오정희
吳貞姬

1947년 서울에서 태어나 1970년 서라벌예술대학 문예창작과를 졸업했다. 1968년 『중앙일보 [illegible] 에 「완구점 여인」이 당선되어 등단했으며, 197 [illegible] 이상문학상을, 1982년 「동경(銅鏡) [illegible] 상한 이래 동서문학상, 오영수문학 [illegible] 주요 문학상을 수상했다. 2003년에 [illegible] 장편소설 『새』로 독일 리베라투르 [illegible] 해외에서 한국인이 문학상을 받은 [illegible] 문학의 해외 진출사에서 매우 뜻깊 [illegible] 저서로 소설집 『불의 강』 『유년의 뜰』 [illegible] 놀이』, 짧은소설집 『돼지꿈』 『가을 여자』, 장편소설 『새』, 동화집 『송이야, 문을 열면 아침이란다』를 비롯해 『내 마음의 무늬』 등 다수의 수필집이 있다.

바람의 넋

오정희 컬렉션 | 소설집

바람의 넋

초　　판　1쇄 발행 1986년 11월 1일
초　　판 18쇄 발행 2016년 5월 2일
개 정 판　1쇄 발행 2017년 12월 15일
개 정 판　3쇄 발행 2018년 4월 30일

지 은 이 오정희
펴 낸 이 이광호
펴 낸 곳 ㈜문학과지성사
등록번호 제1993-000098호
주　　소 04034 서울 마포구 잔다리로7길 18(서교동 377-20)
전　　화 02)338-7224
팩　　스 02)323-4180(편집) 02)338-7221(영업)
전자우편 moonji@moonji.com
홈페이지 www.moonji.com

ISBN 978-89-320-3062-3 04810
978-89-320-3059-3 (세트)

이 도서의 국립중앙도서관 출판예정도서목록(CIP)은 서지정보유통지원시스템 홈페이지(http://seoji.nl.go.kr)와 국가자료공동목록시스템(http://www.nl.go.kr/kolisnet)에서 이용하실 수 있습니다. (CIP제어번호: CIP2017032126)

이 제작물은 아모레퍼시픽의 아리따글꼴을 사용하여 디자인되었습니다.

바람의 넋

오정희 컬렉션
소설집

문학과지성사

차례

야회(夜會) 7
밤비 45
인어(人魚) 75
하지(夏至) 99
전갈 129
순례자의 노래 155
지금은 고요할 때 183
새벽별 215
동경(銅鏡) 243
바람의 넋 279
작가의 말 420

야회(夜會)

어두워진다는 느낌이 마루의 벽시계 소리에 귀를 기울이게 한 것인지, 벽시계 소리에 어둠을 감지한 것인지는 확실치 않았다. 평소 시계 치는 소리를 일일이 헤아려 듣는 버릇이 없기 때문이었다. 책상을 디딤틀 삼아 올라서서 천장을 붙이던 명혜는 여섯번째 종소리가 끝나는 것과 동시에 책상에서 내려와 풀 빗자루를 대야에 넣었다.

어느새 저물녘의 그늘이 집 안에 눅눅히 밀려들고 있었다. 덧문을 열어놓은 창문께에만 잔양이 머물러 금빛으로 밝았다.

두 아이는 마루에서 턱을 쳐들고 앉아 텔레비전을 보고 있었다.

"불을 켜라."

순간 오도카니 앉아 있는 두 아이가 어슴푸레한 빛 속으로 천천히 사라지는 듯한 느낌에 명혜는 저도 모르게 다급히 소리쳤다. 엄마의 목소리에서 신경질적인 기미를 읽었던가, 힐끗 한번 쳐다본 윤재가 말없이 일어나 까치발로 서서 벽의 스위치를 올렸다.

허리를 두드리고 뻣뻣한 목을 두어 번 돌려보던 몸짓 그대로 명혜는 신문지, 도배지, 풀이 든 대야 따위로 어수선한 방바닥을 훑어보며 마저 일을 마칠까, 그대로 둘까 잠깐 망설였다. 벽은 그런대로 도배가 되었지만 천장은 아직 삼분의 일쯤이 남아 있다. 굳어지는 풀이야 다시 물을 섞어 풀어 쓴다 해도 내일 또 다시 일판을 벌일 것이 번거로웠다.

김 원장 집에서 정한 시간은 여섯 시 반이었다. 지금부터 서둘러 아이들 옷 갈아입히고 외출 채비를 하자면 일곱 시에 닿기도 힘이 들 것이다. 명혜는 어수선하게 벌인 일을 마치지 못하고 스산해지기 시작하는 초저녁, 아이들까지 이끌고 나선다는 것이 그다지 내키는 일은 아니었으나 못 간다는 전갈을 하기에도 늦은 시간이라고 생각했다. 퇴근하는 길로 곧장 가겠다던 길모는 벌써 가 있을지도 몰랐고 안주인은 이미 그네 가족의 식사 준비를 마쳤을 것이다. 일껏 청해놓은 손님의 자리가 빌 때느낄 안주인의 낭패감을 명혜는 잘 알고 있었다. 그러면서도 명혜는 며칠 전 길모가, 김 원장이 저녁 식사를 함께 하자더군, 당신도 꼭 와야 한대, 했을 때 단박, 그 사람이 왜 우릴? 하고 반문한 것처럼 아직 초대의 의미를 알 수 없었다. 대개의 사람들이 안다면 알고 모른다면 모를, 혈연과 지연과 학연으로 애매하게 얽혀 있는 작은 지방 도시에서 굳이 줄을 찾아 고등학교 선배라는 데 이어본다 해도 그것이 특별한 관계가 될 수는 없었다. 해마다 연말이면 명혜는 길모의 모교이기도 한 이 도시 유수의 고등학교 동창회장 직함으로 김 원장의 이름이 적힌 금박의 연하장을 받았을 뿐이었다.

불을 켜자 도배지의 꽃들이 뭉텅뭉텅 쏟아지듯 눈에 들어왔다. 좁은 방은 덩이덩이 만개한 붉은 꽃덩이로 분통같이 화사했다.

"이게 상엿집이야? 무당집이야?"

기겁을 할 길모의 목소리가 들리는 듯했다—요즘엔 거의 무지(無地)에 가까울 정도로 무늬가 드러나지 않는 벽지를 씁니다. 고급 주택일수록 그렇지요. 색상이 세련되고 고상하고 무늬 맞출 필요가 없어 일이 쉬운 데다 내구성과 내습성이 강하고—. 볼품 있고 실용적인 고급 벽지의 견본 책을 펼쳐 보이던 지물포 주인은 명혜가 구석에서 비닐도 씌우지 않은 채 먼지를 뒤집어쓰고 있던 꽃무늬 벽지를 뒤적거리자 떠름한 표정을 지었다. 더 고를 생각이 없어진 건 그 도배지에 찍힌, 손바닥 두 배 크기의 꽃자줏빛 꽃을 보자 어쩌면 모란이 뚝, 뚝, 하는 시구절을 떠올렸기 때문인지도 몰랐다. 어릴 적, 고리짝 안쪽에 붙이거나 간이 옷궤로 쓰기 위해 사과 궤짝에 붙이던 것과 비슷한 도배지에서 어떤 향수를 느꼈기 때문이 아닐까 하는 것은 정작 벽과 천장 치수에 맞춰 자르면서 뒤늦게 해본 생각이었다.

정말 꽃들이 뚝 뚝 소리 내며 떨어져 내리듯 무늬는 크고 빛은 짙었다. 나는 왜 이렇게 실제적이 못 될까, 명혜는 방 안을 둘러보며 한숨을 쉬었다. 성질이 꼼꼼하고 어수선한 것을 못 참는 길모는 다른 도배지로 바꿔 새로이 도배를 하려 들 게 뻔했다.

발 딛는 곳마다 풀기로 끈적거리고 종이가 묻어났다. 명혜는 방바닥에 널린 물건들을 발에 걸리지만 않게끔 한옆으로 밀어 놓고 목욕탕으로 나와 손을 씻었다. 그러곤 세면기에 한쪽 다리를 걸쳐 먼지와 풀기와 종잇조각들이 더께로 엉겨 끈적거리는 발을 닦으며 창밖을 내다보았다. 빤히 바라다뵈는 나지막한 산의 왼쪽 자락을 뒤덮은 숲은 눅눅한 산그늘에 잠기고 있었다. 마치 상록수와 관목의 상태를 연구하기 위한 의도로 조림을 한 듯 왼쪽의 소나무 숲과는 달리 산의 오른쪽 자락은 떨기나무 숲이어서 잎이 지는 계절이면 헐벗은 나무 사이로 산등성이 뒤를 감아 흐르는 강물은 한층 파랗게 보였다. 해 질 녘이면 강으로부터 소나무 숲으로 길게 선을 그으며 날아가던 흰 새의 모습은 보이지 않았다. 오후 다섯 시와 여섯 시 사이의—그것은 명혜가 인생에 대한 어떤 막연한 느낌을 갖는 시간이기도 했다—한없이 느린 흐름과 불투명한 긴장 속을 흰 새는 아직 햇빛이 흐르는 강으로부터 그늘에 잠기는 숲을 향해 날개를 퍼득이며 천천히 날아가곤 했다.

명혜가 그 새를 발견한 것은 오래전이었다. 그날 명혜는 부엌

선반에 얹어놓은 작은 노트에 "오후 다섯 시와 여섯 시 사이, 흰 새는 강에서 숲으로 간다"라고 적어 넣었다. 명혜에게는 흔히 요리책이나 마른행주 따위를 얹어놓는 부엌의 선반에 노트와 볼펜을 준비해두는 버릇이 있었다. 가족들의 식사 준비를 하며 무심히 내다보는 바깥 풍경이, 해가 지고 밤이 되기까지의 외로움과 적막감이 그녀의 내부에 무언가 불러일으키는 힘이 되리라는 기대로. 새는 아마 그보다 더 오래전부터 강과 숲 사이를 날아다녔음에 틀림없었다. 무심히 내다보는 눈길에 서리처럼 얹히던 흰빛의 잔상(殘像)을 명혜는 기억할 수 있었다. 그 노트는 그 밖에도 여러 가지 자잘한 느낌들로 채워져 있었다. 까마득히 높이 맨 한 가닥 줄이 어느 광야보다도 드넓었던 곡예사를 어느 날 갑자기 줄에서 밀어 떨어뜨린 것은 무엇이었을까, 그 여자는 왜 서서히 미쳐갔던가 따위. 그리고 그것을 쓸 당시, 그토록 깊은 암시와 적절한 비유, 높은 상징이라고 여겼을 몇몇은 이제 무슨 동기로 왜 썼는지조차 잊혀진 채 의미 없는 기호로 바래지고 있었다.

옷을 갈아입으려고 안방 문을 열던 명혜는 아차 싶었다. 외출복이 든 장롱은 방의 안쪽에 있고 방바닥은 낮에 덧칠한 니스가 마르지 않아 엿물처럼 끈적거릴 것이다. 진작 외출복부터 꺼내놓을 것에 생각이 미치지 않았던 게 불찰이었다. 입고 있는 감색 원피스는 아랫단에 풀 자국이 허옇게 남아 있었다. 이렇게까지 하면서 굳이 외출할 필요가 있는가를 자문하면서도 명혜는 풀 자국을 손으로 비벼 털고 물걸레로 문질러 눈가림을 하고는 집을 나섰다.

길모가 꼼꼼히 그려준 약도를 짚어 가지 않아도 김 원장의 집은 쉬 찾을 수 있었다. 시청 국장 관사 맞은편 집이오. 정원이 넓고, 이층집 전체가 등나무로 뒤덮여 있어 쉽게 찾을 수 있을 거요. 약도를 그리며 길모는 말했었다. 길모의 설명이 아니더라도 명혜는 그 집을 알고 있었다. 관사촌으로 불리는, 비교적 고급 주택지로 알려진 그 동네는 도시를 이루는 몇 개의 구릉 중 가장 늦게까지 밝은 햇빛 속에 남아 있는 언덕에 위치하고 김 원장의 집은 또한 그 집이 갖는 특징 때문에 눈길을 끄는, 이 도시에서 몇 안 되는 집 중의 하나였다. 이태 전 겨울, 얼음판에서 썰매를 타다 발목을 삔 윤재를 업고 용하다는 침술원을 찾아가던 길에 그 집 앞을 지나친 적이 있었다. 길눈이 유난히 어두운 명혜를 위해 동행해준 이웃집 여자는, 언덕 위에 이르러 너른 뜨락 안쪽 깊숙이 덩그러니 서 있는 이층집을 가리키며 나지막이 소곤거렸다.

"중앙동에 김외과 병원 있지요? 그 병원 원장 댁이에요."

명혜는 그녀의, 남의 귀를 조심하는 듯 은밀한 목소리의 수상쩍은 여운에 의아해하며 붉은 벽돌의 이층집을 바라보았다. 폭의 너비가 다른 두 개의 상자를 포개 얹은 듯한 집은 크고 견고해 보였으나 집을 지은 이의 뜻이나 애정 따위는 아무 곳에도 나타나 있지 않은, 큰 규모의 바라크 같은 인상을 주었다. 잎을 모조리 떨군 회색빛 등나무 줄기들이 위장망처럼 빈틈없이 전면(前面)을 얽고 있어 그런 느낌이 든 건지도 몰랐다. 이 층의 테라스에도 눈에 젖은 낙엽이 수북이 깔려 있었다.

"가을이나 겨울에는 볼품이 없지만 여름엔 굉장해요. 등꽃 향기도 그렇지만 온 집을 뒤덮는 이파리들이 장관이에요. 그래서 녹색의 장원이라고 하기도 해요."

명혜는 거칠고 황량한, 아니 거의 추악한 느낌을 주는 철저히 장식 없는 스타일의 낡은 이층집이 등나무 이파리에 가리워 장원으로 변하는 모습을 잠깐 떠올려보았다.

"벌레가 굉장히 끓겠네."

명혜는 진저리치는 것으로 이웃집 여자의 외경과 선망을 묵살했다. 명혜는 칠십 년이 되었다든가 팔십 년이 되었다든가 하는 오래된 붉은 벽돌 건물에서 중고등학교 과정을 마쳤다. 박공이 여럿 있는 서양풍의 교사는 빈틈없이 담쟁이덩굴에 뒤덮여 있어 한여름에도 창문 열기가 꺼려졌다. 송충이들이 끊임없이 창틀을 타고 교실로 기어들기 때문이었다. 멀리서 보면 담쟁이에 뒤덮인 교사는 번들거리는 비늘이 입혀진 거대한 파충류 같았다. 바람이 불어 나뭇잎이 흔들릴 때면 명혜는 아, 거대한 파충류의 동물이 꿈틀대고 있구나, 비늘을 털고 있구나 중얼거리곤 했다.

택시는 국민학교의 담을 끼고 잘 포장된 완만한 비탈길을 올라가 언덕 막바지에 이르러 멈춰 섰다.

아직 지지 않은 등나무 이파리에 둘린 집의 형체를 확인하고서도 명혜는 벨을 누를 엄두를 못 내고 멈칫거렸다. 초대를 한 주인 부부 중 어느 쪽도 알지 못한다는 것이, 안에서부터 들려오는, 전혀 예기치 않은 왁자지껄한 사람들의 말소리와 밝은 불빛이 순간적으로 되돌아갈까 하는 충동을 불러일으켰다. 차 멎는 소리를 들었던가, 반쯤 열린 대문에서 젊은 여자가 나왔다.

"아유, 어서 오세요."

손을 하나씩 나누어 꽉 잡고 있는 아이들과 명혜를 재빨리 훑어보는 눈길에 누구시더라, 하는 물음이 있었다.

"저, 이길모 교수의……"

자신을 말해야 하는 면구스러움에 명혜의 얼굴이 붉어졌다.

"아, 그러시군요, 와주셔서 고마워요. 제가 이 집 안주인이랍니다. 뵙게 되어서 기뻐요, 애기들도……"

안주인이 스스럼없이 웃으며 윤재와 명희의 뺨을 가볍게 두드렸다. 그녀는 조금 쌀쌀한 날씨인데도 목이 많이 파인 얇은 천의 드레스를 입고 있었다. 명혜는 장신구로 치장하지 않은 그녀의 희고 매끈한 목이 아름답다고 생각하고 이어 그녀가 아이를 낳은 적이 없는, 김 원장과는 스무 살이나 차이가 지는 젊은 후취댁이라는 것을 떠올렸다. 정원은 밖에서 짐작하기보다 훨씬 넓었다. 담을 따라 드문드문 서 있는 수은등 외에도 정원수 가지에 임시로 가설한 여러 가닥의 전깃줄에 백열등이 빛을 뿜고 있어 은성하고 따뜻한 느낌을 주었다. 시간이 늦은 탓도 있지만 사람들은 벌써 꽤 많이 와 있었다. 명혜가 생각했던 조촐한 저녁 식사 자리는 아니었다.

"집 찾는 데 애쓰지 않으셨어요?"

"국장 관사 앞이라니까 두 번 말할 것도 없이 바로 앞에서 내려주더군요."

"산이 커야 그늘도 크다고, 이럴 때 유명한 사람 덕을 보는군요."

안주인은 정원 가운데 놓인 커다란 둥근 탁자로 명혜를 안내했다.

"우리 주인이에요."

생맥주를 뽑고 있던, 머리가 희끗희끗하고 풍신이 좋은 김 원장은 함빡 웃으며 손을 내밀었다. 부드럽고 따뜻한 손에 스칠 듯 손을 대었다 내리며 명혜는 너그럽고 온화한 인상이라고 생각했다. 밖에서 차 소리가 나자 안주인은 잠깐, 하는 시늉으로 고개를 끄덕여 보이고는 종종걸음으로 대문을 향했다.

"아유, 어서 오세요. 사모님은 안 오세요? 집 찾는 데 애쓰지 않으셨어요?"

정원에는 가운데의, 흰 보를 씌우고 음식을 차린 큰 탁자 외에도 군데군데 술과 안주, 컵 들이 놓인 작은 탁자들이 있었다. 한쪽 구석에 설치된 화덕에서는 고기가 구워지고 있었다. 포개 얹은 흰 사기 접시와 유리컵 들은 정결하게 반짝이고 깊어가는 어둠으로 불빛은 한층 화려해졌다. 탁자 주위로 모여드는 사람들은 저마다 제 그림자를 잔디 위에 혹은 담벼락에 길게 이끌고 있어 실제보다 더 많은 수의 사람이 움직이는 것 같았다. 유쾌한 웃음소리, 분주한 몸짓, 떠들썩하게 나누는 인사로 일렁이는 속에 홀로 남겨진 명혜는 어디엔가 섞여 있을 길모를 찾아 두리번거렸다. 한 번쯤 본 듯한, 그러나 전혀 초면임이 분명한 얼굴들이 망막을 스쳐갔다. 낯선 분위기에 얼떨떨해진 윤재와 명희는 불안스레 명혜의 옷자락을 잡은 채 떨어지지 않았다.

탁자를 등지고 서서, 바바리코트를 입고 있는 비대한 중년 남자와 이야기하고 있는 길모는 꺼칠하고 낯설어 보였다. 명혜는 집 밖의, 전혀 우연한 장소에서 가족을 볼 때의 슬픔과 순간적으로 외면하고 싶은 감정을 예외 없이 맛보며 이마를 찡그렸다. 언젠가 번잡한 거리에서 뜻하지 않게 길모와 맞닥뜨렸을 때도 명혜는 그가 그녀를 발견하기 전 재빨리 고개를 숙이고 지나쳐 버린 적이 있었다.

빈 컵을 놓으려고 돌아서던 길모는 그제야 명혜를 발견하고, 왔어? 하는 표정으로 어색하게 웃었다. 그러고는 함께 이야기하던 바바리코트의 남자에게 명혜를 소개했다.

"어이구, 반갑습니다. 사모님이 소설을 쓰신다는 얘기는 들었습니다."

길모와 같은 대학에 재직하고 있다는 정 교수는 입을 함빡 벌리고 아하, 입김을 내뿜듯 소리 없이 웃었다. 그 웃음이 그를 턱없이 호인으로 보이게 했다.

명혜는 이마에 와 닿는 불빛을 피해 슬몃 고개를 돌렸다. 불빛이, 거미줄처럼 가늘게 얽힌 주름살과 화장기 없이 거친 피부를 여지없이 드러내리라는, 그래서 길모가 젊지도 아름답지도 않은 아내를 초라하게 여길 듯한 생각이 들었던 것이다.

"요즘도 소설, 열심히 쓰십니까? 이 교수는 소설가 부인을 두었으니 외조를 많이 해야 되겠소."

그가 또 아하 웃으며 명혜와 길모에게 동시에 말했다.

"아, 네, 뭐 그저……"

명혜는 맞쥔 손을 비틀며 뜻 없는 말을 우물거렸다.

몇 해 전 일간지 소설 현상 공모에서 당선 없는 가작을 한 후부터 명혜는 아는 사람 사이에서는 소설가라는 호칭으로 불렸다. 가작 당선자가 만삭의 임부였다는 것이 짧은 기사 속의 작은 화제가 되기도 했다. 당선작의 반액이었지만 명혜에게는 꽤 큰돈이었던 상금으로 그녀는 길모의 새 양복을 맞추어 단벌옷을 벗기고, 막 태어나려는 윤재를 위해 늘 부럽게 바라보며 지나치던 예쁜 요람을 샀다. 자신의 몫으로는 목공소에서 튼튼하고 커다란 책상을 짰다. 그것은 즐거운 추억이었다.

그 뒤로 사람들은 으레 그래야 할 것처럼—이제는 점점 빈도가 드물어지는 것이긴 했으나—요즘도 소설 쓰세요? 뭘 쓰고 계세요? 하고 물어왔다. 그때마다 명혜는 그렇다고도 아니라고도, 어쩌면 상대방의 생각대로 해석될 수 있는 여지를 남기며 애매하게 웃거나 말꼬리를 흐렸지만 손에는 찬 땀이 흘렀다.

무엇이든 쓸 수 있을 것 같은, 이른바 소설가의 눈을 가졌다는 자신에 차 있었음에도 그녀는 수삼 년 내 두어 편의 단편소설을 발표했을 뿐이고, 처참한 실패보다 오히려 작은 성공을 더 두려워한다는 생각에도 불구하고 그 소설들은 성공이나 실패를 뜻하는 어떤 작은 예시를 드러냄 없이 사라져버렸다. 그러나 미련이나 아쉬움은 없었다. 그것은 큰 작품을 쓰기 위한 작은 시도에 불과했을 뿐이니까. 자신이 앞으로 써야 할 소설에 대해 생각할 때 인생은 깊은 암시와 은근한 풍자, 높은 상징으로 가득 차 보였다.

밤마다 명혜는 늦도록 불을 켜놓고 책상 앞에 앉아 스쳐간 인상, 자신이 살아온, 그리고 살아갈, 또한 다른 사람들이 살아가는 내력과 얽힘을 더듬고 그것이 그 스스로의 활성을 얻어 작용하여 생의 은유(隱喩)로서 형상화되기를 바라며 몇 자씩 쓰곤 했다. 그러나 흰 종이 위에서 인생은 보잘것없는 일상의 연속이고 통속적인 흐름이었다. 흰 종이 위에서는 어떤 것도 유치하고 흔한 이야기가 되어버렸다. 하지만 명혜는 밤마다 책상 앞에 앉는 일을 포기하지 않았다. 시력은 걷잡을 수 없이 나빠져 스탠드 등의 촉수를 자꾸 높이지 않으면 안 되었다. 아무리 촉수를 높여 바꿔 끼워도 눈은 침침하기만 했다. 그리고 뜨거운 백열등 불빛을 감당하지 못해 자꾸 눈물이 흘렀다.

"도장 파는 거야? 영락없이 도장장이군."

어느 날 밤 잠에서 깬 길모는 센 불빛에 눈을 뜨지 못하며 말했다. 그 뒤로도 길모는 종종 말했다. 도장 파? 농담을 모르는 길모에게 그 이상의 유머를 바란다는 것은 무리였다. 센 불빛에 눈물을 흘리며 명혜는 그 눈물을 자신이 울음으로 여기게 될까 봐, 그리고 그 울음이 누군가를 감동시키리라는 환상에 빠지게 될까 봐 두려워했다.

"옛 희랍인들도 담배 피우는 재미와 소설 읽는 재미만은 몰랐으리라는 말을 대학 교양학부 시절에 듣고 그럴듯하다고 생각했던 기억이 납니다."

눈썹이 짙고 호리호리한 젊은 남자가 파이프에 담배를 채워 꼭꼭 누르며 끼어들었다. 그는 갓 연수가 떨어져 이곳 지청에 발령받았노라고 자기소개를 했다. 잠깐 길모와 정 교수, 젊은 검사 사이에 인사와 악수가 오갔다.

"원래 소설 같은 거하곤 거리가 멀어놔서…… 하지만 뵙게 되어 영광입니다."

그는 가죽 담배쌈지를 조심스럽게 여미어 주머니에 넣고 맛있게 담배를 한 모금 빨았다.

"사고 조직이 다른 탓인지 소설보다는 오히려 논픽션 쪽을 읽게 되더군요."

나는 지나치게 솔직하다는 게 결점입니다, 하듯 젊은 검사는 천진하게 웃었다. 자기의 웃음의 효과를 충분히 알고 자신하는 사람의 웃음이었다.

명혜는 작은 노트에 적힌 흰 새의 이야기, 몇만 년 전의 지층

밑에 화석으로 남은 세쪽이, 깊은 늦가을 밤, 인적 없는 광장에서 문득 부딪쳤던 검은 안경을 쓴 안마사, 그 안마사의 피리 소리 따위를 떠올리며 공연히 이마를 문질렀다.

"부지런히 써서 유명해지고 돈도 버십시오. 그래서 이 교수 보약 좀 먹이시고…… 그런 뜻으로 술 한잔 드리겠습니다."

정 교수가 또 사람 좋은 웃음을 아하 웃으며 맥주를 한 컵 가득 따라 내밀었다. 명혜는 탁자에 매달리는 윤재와 명희에게 주스 잔을 하나씩 들려주고는 거품을 흘리지 않도록 조심하며 맥주를 마셨다. 예쁘고 포근한 요람을 마련하고 태어날 아기를 기다리는 건 확실히 행복한 일이었다. 그리고 또한 술을 마신다는 것도 과히 나쁘지 않았다. 길모가 없는 낮에 마시는 술은 때 없이 날카로워지는 신경을 부드럽게 해주고 하찮은 일에서 자주 느끼게 되는 실패감과 거기에 따른 초조감이나 조바심에서 벗어날 수 있게 해주었다. 젊은 검사는 아이들의 주머니에 땅콩이며 건포도를 한 줌씩 넣어주었다. 주머니가 불룩해진 아이들은 명혜의 치맛자락을 놓고 어룽대는 그림자들 사이로 뛰어다니기 시작했다. 그동안에도 대문 밖에서는 계속 차 소리가 들리고 사람들이 정원으로 들어섰다. 흰 앞치마를 두른 일 보는 여자들이 종종걸음을 치며 음식을 날랐다.

"술과 음식은 얼마든지 있으니 많이 드시고 즐겁게 노세요."

탁자마다 다니며 혹 미비한 것이 없는가를 살피던 안주인이 친근하게 명혜의 팔을 잡아끌었다.

"사모님 이쪽으로 오세요. 소개해드릴 분들이 많이 있어요."

안주인이 데리고 간 곳은 한창 고기가 구워지고 있는 화덕 곁이었다. 그쪽에도 역시 작은 탁자가 마련되어 있고 잔과 술병이 놓여 있었다. 열 명 가까이 되어 보이는 여자들이 화덕 주위의 의자에 앉거나 서서 고기를 뒤적이며 익은 고기를 먹고 있었다.

명혜를 위해 까만 벨벳 투피스를 입은 뚱뚱한 여자가 자리를 만들어주었다. 안주인이 소개하는 대로 명혜는 차례로 고개를 숙여 보였다.

"한 치과 원장 사모님, 임 교수 사모님, 공예 연구가 남 여사, 화가 주 여사, 또 사모님, 사모님……"

대학생처럼 보이는 젊은 여자도 있고 오십줄에 든 중년 여인도 있었다.

"후래자삼배(後來者三杯)라는데 우선 술 받으세요, 이건 미세스 김이 우릴 위해 특별히 내온 거랍니다. 술 못하시면 맥주를 드릴까? 하지만 이건 포도주니까……"

구력(球歷) 육 년의 동호인(同好人) 테니스 대회에 주부 팀으로 출전한 경력도 있어 게임 여사라고 불린다는 은행 지점장 부인이 몸체가 둥근 양주병을 들어 올리며 안주인을 향해 눈을 찡긋했다.

"저는 술 마시면 주사가 있어서……"

명혜의 말에 그네들 사이에 잠깐 웃음이 일었다.

"폭력만 안 쓰면 괜찮아요."

"고약한 버릇이…… 술만 취하면 울어버린답니다."

"술 한잔 먹고 우는 건 애교예요."

"모시고 갈 바깥양반들도 계시니 얼마든지 취해보는 것도 즐거운 일이 아닌가요?"

안주인이 목이 긴 잔에 호박빛 술을 따라 돌렸다. 메마른 입에 향기가 강한 술은 뜨겁고 쓰게 느껴졌다. 그 쓴맛을 지우기 위해 명혜는 남은 술을 단숨에 마셔버렸다.

"살 빼는 일이 생각보다 쉽지 않더군요. 코트에서는 날더러 날으는 삼겹살이라고 한다나요."

"내가 처음 테니스 시작했을 때는 뒤에서 날으는 돼지라고 수군거렸다는데 그것보다 더 지독하군요."

라켓을 들고 뒤뚱거리는 뚱뚱한 여자를 떠올리며 여자들은 킬킬 웃었다. 그네들은 명혜로 인해 잠시 끊어졌던 대화를 계속하고 있었다.

"정원이 훌륭해요. 밤에 이렇게 정원에서 모이니까 색다른 분위기를 느끼게 되는군요."

명혜의 치하에 안주인은 밝게 웃었다.

"꽃이 지기 전에 한다는 게 그만 나뭇잎이 지기 전에 하게 되었어요. 난 해마다 몇 차례씩 이렇게 치르지 않으면 몸살을 한다니까요. 뭐라는 이름의 병인지…… 이번이 아마 올해의 마지막 파티가 될 것 같아요."

김 원장 집에서의 야회는 관례적인 것인 모양이었다.

안주인이 빈 얼음 그릇에 얼음을 채워 오기 위해 자리를 떴다. 정원을 뛰어다니다가 키 작은 장미나무 가시에 얼굴을 긁힌 윤재가 흉하게 찡그리며 울자 김 원장은 손수 톱을 가져와 꽤 굵은 장미나무 밑동을 잘라버렸다. 어머, 아까워라. 김 원장의 서슴없는 톱질을 지켜보던 사람들은 큰 소리로 말했다.

"하이든이군요. 난 하이든을 대개 아침에 듣는데 밤에 들어보니 느낌이 좀 다르네요. 꼭 기상나팔 같잖아요?"

지루하고 시시하다는 표정을 굳이 감추려 하지 않고 한 모금도 마시지 않은 술잔을 손바닥 안에서 빙빙 돌리고만 있던, 얼핏 여대생으로 보이는 젊은 검사 부인이 명혜 옆으로 자리를 옮겼다.

"그러고 보니 좀 그런 느낌이 있군요."

단숨에 마셔버린 술이 어느새 따뜻이 몸 안으로 퍼지는 것을 느끼며 명혜는 그녀의 가벼운 빈정거림에 간단히 동의했다. 스피커에서 요란히 흘러나오는 것은 트럼펫 협주곡이었다.

"남편을 따라 이곳으로 온 지 석 달밖에는 안 됐어요. 살아온 환경이 다른 탓인지 쉽게 적응이 안 되고 정이 안 들어 걱정이에요."

명혜는 젊은 검사 부인의, 말할 때마다 치약 광고 모델처럼 예쁘게 벌어지는 입술을 바라보며 화덕의 열기로 미지근해진 술을 잔에 채웠다. 얼음을 가지러 들어간 안주인은 아직 돌아오지 않았다. 술잔을 들고 조금씩, 아주 조금씩 핥듯이 마셔가며 명혜는 고개를 깊이 끄덕이는 것으로 진한 공감의 뜻을 나타내었다. 벌써 몸 안에 따뜻이 피어오르는 술기운을 빌린다면 무엇에든 동의하지 않을 수 있으랴.

사윈 재 위에 몇 덩이의 숯을 더 넣자 타다닥, 불꽃놀이처럼 밝은 소리로 피어오르고 여자들은 성장한 차림에 불티가 튈까봐 잠시 어깨를 뒤로 젖혔다. 조금씩 취기가 오른 그네들의 얼굴에 불그레 홍조가 돌아 불빛에 아름답고 놀랄 만큼 생기 있게 반짝거렸다. 명혜는 물기가 마르자 또다시 허옇게 풀 자국이 드러나는 원피스 자락을 남의 눈에 띄지 않게 밑으로 잡아당겼다. 그러나 집에서는 미처 발견 못 한 팔꿈치께의 허연 얼룩은 누구의 눈에도 완연할 것이었다.

윤재는 솜씨껏 모양내어 다듬은 회양목 가지를 잡고 정원석에 기어올라 타잔 흉내를 내고 명희는 뒤뚱거리며 오빠를 따라가다가 넘어져 엄마를 부르며 울었다.

"아이들이 아직 어리군요."

"이런 자리인 줄 알았으면 올 생각을 못 했을 거예요."

공예 연구가의 말에 민망해진 명혜가 변명하듯 말했다. 명혜는 아직까지 이것이 무슨 연고, 무슨 이름의 파티인지 짐작이 가지 않았다. 모인 사람들은 연령과 직업이 각각이었고 서로 간에 뚜렷한 친분이 있는 것 같지도 않았다.

"그렇지 않아요. 그건 대학 선생더러 관료가 되라는 거죠……"

귀 익은 목소리에 명혜는 뒤돌아보았다. 길모가 대학의 자율성에 대해 얘기하고 있었다. 뜻밖의 큰 목소리에 잠깐 주위가 조용해졌다. 길모는 꽤 많이 마신 모양이었다. 취할수록 목소리가 커지는 것이 길모의 술버릇이었다. 길모의 말 상대는 놀라 돌아보는 사람들을 향해 아무것도 아니라는 듯 한 손을 가볍게 저어 보이며 열심히 계속해서 귀를 기울이는 시늉을 했다. 그러한 가벼운 손짓이 명혜에게는 이 햇내기야 하는 듯 보였다.

"정작 문제가 되는 것을 문제 삼는 일에 모두 두려워하고 있습니다. 핵심……"

길모의 목소리는 트럼펫 협주곡과 사람들의 말소리에 묻혀 들리지 않았다. 큰 소리로 혼자 이야기하고 있다는 데 당황한 길모가 목소리를 낮춘 때문인지도 몰랐다.

"사모님 댁에도 송 교수 부인이 찾아갔나요?"

임 교수 부인이 명혜에게 물었다.

"송 교수 부인이라면?"

"있잖아요. 사회학과의…… 지난해 봄에 그만둔……"

그녀의 목소리가 조금 낮아졌다.

"우리 집에도 왔었어요. 남이 엄마하고는 고등학교 동창이거든요."

게임 여사가 말했다.

"우리 애하고 같은 학교 자모라는 연관으로도 찾아오는데 고등학교 동창을 놓칠 리 있겠어요?"

치과 의사 부인이 알 만하다는 표정으로 고개를 가볍게 내둘렀다.

"우리 애 아빠한테는 연구실로 찾아왔더래요. 알 만한 데는 다 다니나 봐요."

"살자니 할 수 있나요? 딱하더군요."

지난해 봄, 사회학과 교수가 한 사람 물러났다더니 그 얘긴가, 명혜는 짐작이 갔다. 길모와는 고등학교 선후배 관계라던가. 그러나 고등학교 선후배 관계라는 건 드물거나 특별한 관계는 아니었다.

"그 부인이 왜요?"

"보험 회사 외무원을 한대요. 아는 처지에 거절할 수는 없고 해서 애들 교육 보험을 하나 들어주었지요. 조만간 사모님 댁에도 갈 거예요."

"모난 돌이 정 맞는다고……"

"누가 아니래요? 아무래도 처신이 경솔했어요. 소신이 밥 먹여주나요? 가족들이 무슨 고생이에요?"

"송 교수는 요즘 뭘 한대요?"

"가끔 번역 일거리도 맡아 하고 그런대요. 생활이 말이 아닌가 봐요. 생활이 안 되니 차라리 운전을 배워 택시기사를 할까 보다 한다지만 천생 책상물림이 당하기나 해요? 부인이 일 년새 폭삭 늙었더라구요."

"남의 얘기가 아네요. 우리도 밖에서 손 놓으면 당장 밥 먹을 걱정부터 해야 될 처지가 아녜요? 요즘 같아서야 어디 대학 선생 노릇도 하겠어요?"

임 교수 부인이 낮게 한숨 쉬며 명혜의 귓가에 소곤거렸다. 그네들 사이에 희생 · 근절 · 정책 따위 말들이 낮은 목소리로 오가고 화제는 노후를 위한 백수 보험으로, 또 최근 선전되고 있는 콘도미니엄 시스템으로 이어졌다.

그들의 말소리가 귓바퀴에서 웅웅대다가 술렁술렁 흘러가는 것이, 움직이는 사람들의 모습이 물결처럼 일렁이며 정답게 느껴지는 것이 이미 취기가 위험 수위를 넘고 있다는 신호임을 알면서도 명혜는 또 술을 따라 찔끔찔끔 마셨다. 이 낯설고 마음 놓을 수 없는 분위기에 대한 어쩔 수 없는 긴장이 아무리 술을 마셔댔자 더 이상의 취기를 자신에게 허용치 않으리라는, 또한 화덕 주변의 여자들 중 그 누구도 자신이 마시는 술의 양을 눈여겨보지 않으리라는 믿을 수 없는 안도감으로.

고기는 연하고 양념은 알맞았다. 고기 굽는 연기가 운무처럼 부옇게 정원의 하늘에 서리고 참숯은 선홍의 잉걸불로 타올랐다. 명혜는 아이들을 불러 알맞게 익은 고기를 골라 입에 넣어주었다.

"고기는 역시 숯불구이라야……"

"아녜요, 숯불구이는 벌써 구식이에요. 내년에는 바비큐 시설을 할까 해요. 내년 봄 꽃 필 때 다시 한번 모이십시다."

안주인이 즐거운 어조로 말했다.

손에 들려주는 대로 음료수를 마신 아이들은 오줌이 마렵다고 보채었다.

"번거롭게 신발 벗고 안에 드나들 것 없이 뒤꼍으로 가세요. 하수도가 있으니까."

안주인이 일러주는 대로 명혜는 아이들을 데리고 뒤꼍으로 갔다. 담과 벽 사이는 좁고 껌껌했다. 그리고 그 사이를 막고 있는 것은 돌려놓은 커다란 개집이었고 입구가 벽에 막혀 갇힌 개는 인기척에 낮은 위협 소리를 내었다. 쉴 새 없이 서성이는지 밖으로 늘어진 쇠줄이 처르륵처르륵 시멘트 바닥에 끌리는 소리가 차가웠다. 그러나 파티가 끝날 때까지 얌전히 있으라는 주인의 명령에 익숙한 개는 낮게 으르렁거리는 이상의 소란을 떨지 않았다. 명혜는 개집의 입구가 단단히 막혀 있다는 것을 알면서도 느닷없이 허벅지 안쪽의 맨살에 깊이 박히는 이빨의 환상에 진저리치며 아이들을 번쩍 치켜 안고 발소리를 죽였다.

뒤꼍은 껌껌했다. 마른 이파리들이 좁은 마당에서 바스랑 소리를 내며 굴러다녔다. 한 모퉁이 돌아왔을 뿐인데도 정원에서 들려오는 소리는 아련히 멀었다.

오래 참았던 듯 시원스레 오줌을 누고 있는 윤재와 명희를 지키고 섰던 명혜는 자신도 스커트를 걷고 쭈그려 앉았다. 등나무 이파리에 뒤덮여 단단히 은폐되어 있는 전면과는 달리 집의 뒷벽은 고스란히 드러나 있었다. 그리고 아랫층이 도마 소리, 환풍기 돌아가는 소리, 낮은 두런거림 따위로 활기를 띠고 있는

데 비해 이 층의 창들은 깜깜히 닫혀 있고 왼쪽 구석 창에만 불빛이 보였다. 누군가가 있는 것일까. 아니면 불 끄기를 잊은 빈 방일까. 두서없는 짐작을 해보며 명혜는 정원에서 벌어지는 은성한 파티와는 무관하게 홀로 켜져 있는 불빛에 정다움을 느꼈다.

공기는 맑고 차가웠다. 한결 맑아진 별들은 명혜에게 곧 다가올 겨울을 말하고 있었다. 겨울이란 명혜에게 있어, 새벽마다 밥을 짓기에 앞서 아랫목에 길모의 구두를 녹이는 일과 천식기 있는 아이들을 업고 걸려 사흘거리로 병원 걸음을 해야 하는 것을 뜻했다. 아니 그보다 겨울은 새벽 세 시에 바라보는 별의, 그 찌르는 듯한 슬픔이기도 했다. 잠옷 위에 스웨터를 걸치고 밖으로 나와 연탄을 갈며 피어오르는 독한 가스에—충분히 마르지 못하고 저장된 연탄을 갈 때는 늘 독한 가스 냄새가 났다—쿨럭쿨럭 기침을 해대며 눈물이 어룽진 눈으로 바라보는, 지는 달과 지는 별은 얼마나 차갑고 아득했던가. 새파랗게 살(煞)이 선 별빛이 얼마나 찌르는 듯한 슬픔과 비애로 가슴을 후비었는지. 밤과 새벽 사이를 흐르는 무서운 정적은, 패킹이 헐거운 수도꼭지에서 떨어지는 물방울 소리를 낱낱이 헤아리며, 혹은 한 개비씩 성냥을 그어 불붙는 모양을 지켜보다 끝내 한 통의 성냥을 다 없애며 보내는 밤의 기원(祈願)에 대한 냉담한 침묵이었다.

명혜는 허청거리는 것을 감추려는 긴장된 걸음걸이로 빠르게 정원을 가로질러 화덕 곁으로 다가갔다.

"……그게 사실이군요."

명혜가 끼자 공에 연구가가 성급히 말끝을 아무렸다. 갑작스레 끊겨버린 대화에 이을 화제를 찾지 못해 어색한 침묵이 흘렀다.

"꼭 참호 같아요. 이 층에도 불이 켜져 있던데 밖에서는 조금도 알아차릴 수가 없잖아요."

새삼스러운 활기로, 껌껌한 집을 손짓하며 명혜는 자연스럽게 잔에 술을 따랐다.

"정말 이 층에 불이 켜져 있던가요?"

검사 부인이 가려움증을 참지 못하듯 입을 열었다.

"네, 그렇다니까요."

"큰아들이 와 있다는 게 헛말이 아니군요."

"외국에서 돌아왔나요?"

"외국은 무슨 외국, 정신병원이죠. 정신병원과 집을 오락가락한답니다."

김 원장은 이혼한 전처와의 사이에 세 아들을 두었는데 그중 맏이는 외국에 가 있고 밑의 두 아들은 서울에서 대학에 다닌다는 얘기를 명혜도 들은 적이 있었다.

"집에 온 걸 보면 많이 나아진 모양이죠?"

"아들이 집에 있으면 집 안에 전혀 사람을 들이지 않는다는데 이상한 일이군요. 파티를 열다니…… 신경을 흥분시킬까 봐서라기보다 외부에 알려지길 꺼리는 거죠."

"원인이 뭐래요?"

"대물림 병이라고도 하고 머리를 다쳤다고 하기도 하지만 가정 문제로 심리적 갈등이 심했다는 얘기도 있어요. 뇌수술도 받았다지요, 아마?"

"거부증이래요. 아무것도 안 먹고, 먹으면 토해버리고…… 영양 주사로 산대요."

"그건 어렵지 않겠군요. 이 댁 안주인이 주사 놓는 데야 귀신이었잖우."

치과 의사 부인은, 이 집 안주인이 얼마 전까지 김외과 병원의 간호원이었다는 사실을 은근히 일깨웠다.

"숨기면 뭘 해요. 등잔 밑이 어둡다고, 남들이 감쪽같이 모르리라고 믿고 있는 건 김 원장 내외뿐인걸."

"아, 그래서 그 창문에만 굵은 쇠창살이 쳐져 있었군요. 그러고 보니 무슨 신음 소리도 나는 것 같았어요."

"에그머니나, 뛰쳐나오기도 하는 모양이죠?"

여자들은 낮게 비명을 지르고 눈을 크게 떴다. 명혜는 자신의 거짓말이 나타낸 즉각적인 반응에, 만족스럽게 나머지 한 모금을 홀짝 마셨다. 김 원장에 대한 후문은 끝이 없었다. 여자들은 이제 거리낌없이, 그러나 더욱 낮아지고 친밀해진 목소리로 보고 듣고 짐작하고 상상하는 바를 나누었다.

"김 원장이 대단한 야심가예요. 국회의원에 출마할 생각이라고 하더군요."

"나이도 그만하겠다, 돈도 많이 모았겠다, 지반도 꽤 굳혔겠다, 왜 그런 생각이 없겠어요."

"남자들의, 권력과 여자에 대한 욕망은 끝이 없다더니 정말 그런가 보죠?"

그리고 김 원장이 맡고 있는 동창회장직, 지역 사회 개발과 민간 봉사를 목적으로 한다는 고급 사교 클럽 회장직에 대해, 삼십 년 넘어 닦아온 이 지방의 인맥·지맥에 대해 얘기했다. 또한 자주 열리는 파티에 대해 말하고 그렇다면 아들이 와 있음에도 불구하고, 가든파티에는 적당한 계절이 아닌 지금 뒤늦게나마 요란한 자리를 마련한 것은 명년 봄의 선거를 의식한 게 아니냐는 데 의견이 모아졌다. 그러다 그네들은 갑자기 서로가 초면임을 깨닫고 어리둥절해졌다.

윤재는 연못가의 정원석 위에 아슬아슬하게 서서 막대기를 휘둘러 솟아오르는 분수의 물줄기를 자르고 있었다. 못 하게 말려야지, 빠지면 어쩌려구.

명혜는 취기로 몽롱히 풀리는 눈을 뜨고 사열병처럼 꼿꼿한 걸음걸이로 연못을 향했다.

"사모님, 사모님, 이리 오십시오."

둥근 탁자 곁을 지날 때 누군가가 명혜를 불렀다.

"제가 한잔 드리지요. 소설가가 술 한잔도 못 한대서야 됩니까? 술에 취해봐야 주정꾼 얘기도 쓰지."

벌써 취기가 많이 오른 듯한 정 교수였다. 괜찮을걸, 나는 술

두어 잔에 얼굴이 붉어지는 체질은 아니거든. 이마에 길모의 시선을 느꼈으나 명혜는, 낮의 취기를 한 번도 그에게 들켜본 적이 없다는 것을 떠올리며 자신 있게 팔을 뻗어 철철 거품 흐르는 잔을 받았다.

"솔직히 말하면, 소설이란 그거 그럴듯한 거짓말이 아닙니까?"

"그렇다면 사모님께서는 대단한 거짓말쟁이겠군요."

정 교수의 말에 누군가가 재빨리 대꾸하자 대단한 재담이라는 듯 와자자 웃음이 터졌다.

"저는 아직 미숙한 거짓말쟁이라 곧 탄로가 나고 만답니다."

당근과 암의 관계에 대한 최근 의학 보고서에 관한 얘기를 하던 맞은편의 두 남자가 그들을 바라보다가 갑작스레 그쳐버린 웃음에 뭐, 별일 아니군 하는 낯으로 당근을 한쪽 집어 어석어석 씹었다.

"모두들 암 공포증에 걸려 있지만 당장은 먹어야겠습니다."

윤재는 여전히 위태롭게 서서 막대기로 분수의 물줄기를 치고 있었다. 사방으로 흩어져 튀는 물줄기에 주위에 있던 사람들이 얼굴을 찌푸리며 자리를 옮겼다.

연못이라지만 그저 조그만 웅덩이지, 빠진대봤자 익사야 할라구.

명혜는 취기가 주는 엉뚱한 담대함으로 입을 열었다.

"이 시대의 전형적인 인물을 그리려고 해요. 그는 신중성에 있어서는 자벌레와 같고 판단력에 있어서는 적에게 다리를 잘라주고 달아나는 절족 동물과 같으며 치유력 또한 불가사리와도 같지요. 물론 높은 풍자성과……"

"여기를 보세요. 두 분 정답게 포즈를 취하세요. 오올치, 좋습니다."

탁자 건너편에서 김 원장이 사진기를 들이대었다. 펀뜩 플래시가 터지는 순간 명혜는 어깨에 둘려지는 팔을 느끼고 반사적으로 길모를 올려다보았다.

"즉석 사진입니다. 두 분 표정이 아주 다정해요."

김 원장이 껄껄 웃으며 사진을 내밀고 또 다른 한 쌍의 부부를 찾아 사람들 속으로 섞여 들어갔다.

아직 물기가 마르지 않은 사진 속에서 명혜는 술잔을 높이 든 채 길모를 향해 행복하게 웃고 길모 역시 유쾌한 표정으로 웃고 있었다. 들린 팔꿈치께 풀 자국이 사진 속에서도 희미한 얼룩으로 드러났으나 명혜는 이제 그런 따위에 신경 쓰지 않았다. 명혜는 성급히 말을 이었다.

"그는 물론 세속적인 성공과 권력을 누리게 되지요……"

"전쟁 직후에 그런 인물을 그린 소설이 많이 나왔었지요. 그것 역시 대학 교양학부 때 얻어들은 귀동냥입니다만. 시대는 변해도 그 각각의 시대를 살아가는 인간들의 모습에는 커다란 공통분모가 있다는 얘기 아니겠습니까?"

젊은 검사가 진지하게 고개를 끄덕였다. 나는 언제까지나 똑같은 치수의 신발만 짓는 어리석은 구두장이 같아. 아이들은 자꾸 크는데, 맞지 않는 신발은 쓸모가 없지.

명혜는 거품이 가라앉은, 누군가가 마시기를 잊은 잔을 들었다. 오후 다섯 시와 여섯 시 사이의 기나긴 흐름 속을 날아가는 흰 새, 줄 위에서 외로움으로 서서히 미쳐가는 사람의 얘기에서 생의 은유와 의미를 끌어내려는 것은 정말 부질없는 짓일까.

암에 대한, 테니스와 조깅에 대한, 지난밤의 숙취에 대한, 핵전쟁과 노스트라다무스에 대한 이야기들이 술렁술렁 귓가로 흘러갔다. 일의 전문성에 비해 형편없이 낮은 급료에 대해 불평하고 알게 되어 반갑다고, 좀더 자주 만나게 되기를 바란다고 말하기도 하고 그 자리에 없는 누군가를 여지없이 능멸하기도 했다.

명혜는 컵을 눈높이까지 들어 올리고 미지근해진 맥주를 마셨다. 컵의 유리를 통해 엄마를 찾아 화덕께로 뒤뚱뒤뚱 걸어가는 명희가 조그맣게 보였다.

명혜는 유리컵에 눈을 댄 채 멍하니 서서 자신의 내부에 괴롭게 끓고 있는 욕망을 형상화시킬 하찮은 실마리를 찾아 헤매인 시간과 길목들을 생각했다. 한나절을 도수장의 뜰에 서서, 이끌려 들어가는 가축들과 함석지붕 위로 쏟아지는 햇빛을 보았다. 또 기(氣)를 잃은 타락한 백정을 보기도 했다. 일부러 배를 빌려 찾아간 강 가운데의 섬, 선사 시대의 유적지에서 하루를 보내기도 했다. 그러나 발밑에 굴러다니는 어느 돌멩이 하나 옛날로부터 있어오지 않은 것이 있으랴.

화덕 쪽에서 갑자기 자지러지는 아이의 울음소리가 들렸다. 명희였다. 명혜는 빈 컵을 내려놓고 취기를 감추기 위해 천천히 걸어갔다. 이럴 때일수록 태연하고 대범한 태도가 초대해준 주인에 대한 예의로 보여지기를 바라며.

"화덕에 데었어요. 뜨거운 줄 모르고 손을 댔나 봐요. 애기가 화덕 가까이 오는 줄은 아무도 몰랐어요."

팔에 안고 있던 명희를 넘겨주며 안주인이 미안하고 당황한 표정을 지었다. 명희의 키는 화덕 높이에도 못 미쳤다. 화덕의 굽에 가려져 눈에 띄지 않았나 보았다.

명희의 손가락 안쪽이 벌겋게 부풀어 있었다. 엄마를 보자 명희는 더욱 찌르듯 날카로운 소리로 울어대었다.

"바셀린을 가져오세요."

"바셀린보다 알코올이 화기를 빼는 데는 나을 거예요."

치과 의사 부인의 말에 검사 부인이 맥주를 한 컵 가져왔다. 명혜는 명희의 팔을 걷어 맥주잔 속에 집어넣었다.

"명희, 괜찮아?"

길모가 다가와 걱정스럽게 이마를 찌푸리며 물었다.

"대단치 않아요. 조금 스쳤을 뿐이에요."

울음은 그쳤지만 놀란 아이는 불가에 있으려 하지 않았다. 한쪽 손을 맥주잔 속에 담근 채 편편한 정원석에 얌전히 앉아 있는 조그만 계집애는 인형처럼 보였다. 분수가에서 놀던 윤재도 시무룩한 낯으로 명희의 곁에 앉아 하품을 해대었다. 잘 시간이 지난 것이다.

안에서 일 보는 여자 둘이 상을 맞들고 나왔다. 안주인이 흰 보를 젖히자 사람들은 아하, 탄성을 질렀다. 여러 개의 크고 흰 접시 위에 역시 엄청나게 큰 게들이 얹혀 있었던 것이다.

"우리 집의 특별 요리랍니다. 이걸 안 잡수시면 우리 집에 오셨었다는 말씀을 할 수 없지요."

놀라는 사람들을 향해 안주인이 자랑스럽게 말했다. 그동안 일 보는 여자들은 탁자마다 게 접시를 나누어 얹었고 김 원장은 빈 잔들을 찾아 새로이 술을 채웠다. 살아 있었을 때 그대로의 모습으로 통째 익혀진 붉은 게는 아스파라거스에 둘러싸여 어리둥절한 표정으로 겹눈을 길게 뽑고 있었다. 다리가 하나씩 뜯기기 시작하고 게는 순식간에 몸통만 남았다. 그래도 여전히 영문을 모르겠다는 표정이었다. 안주인이 익숙한 솜씨로 등딱지를 벗겨 눈부시게 흰 살과 내장을 드러내놓았다.

점점 작아지고 추악해진 게의 잔해가 탁자마다 수북이 쌓일 무렵 누군가가 축배의 노래를 부르기 시작하고 주인은 전축을 껐다.

"집에 가야겠어요, 애들 재울 시간이 지났어요."

명혜의 말에 길모는 시계를 보았다.

"아직 열 시가 안 됐군."

"그래요, 당신은 더 계세요. 슬그머니 갈 테니 나중에 대신 인사드려줘요."

명혜는 명희를 업고 윤재를 앞세워 사람들의 뒤로 돌아 정원을 나왔다.

"택시 잡아줄게."

길모가 따라 나왔다. 대문을 나온 길모는 주머니에 두 손을 찌른 채 안에서와는 달리 성난 사람처럼 말이 없었다. 취기로 가빠진 숨결에 구운 고기 냄새와 술내가 뒤섞여 풍겼다. 노래는 합창으로 바뀌어져 있었다. 물레방아 소리 들린다, 매기 내 사랑하는 매기야. 길모가 흘깃 뒤돌아 대문을 바라보았다. 비탈길에서 빈 택시가 올라오는 것을 보자 명혜는 길모의 등을 밀었다.

"차가 오네요. 어서 들어가세요."

앞에 와 멎은 택시 문을 열려다 명혜는 아차, 난감해졌다. 옷에 주머니가 없는 탓에 지갑을 손에 지니기가 번거로워 길모의 주머니에 넣었던 기억이 비로소 떠올랐던 것이다. 이미 대문 안으로 사라진 길모를 뒤따라가 지갑을 받아 오는 것은 그닥 어려운 일이 아니었다.

그러나 명혜는 차가운 밤공기가 취기를 씻어주리라는 기대로 내처 언덕길을 내려가기 시작했다. 몇 잔의 술로 후끈해진 터인데도 밤이 깊어감에 따라 한결 기온이 내려가는 것을 느낄 수 있었다. 낮과 밤의 일교차가 심한 것이 내륙 도시인 이 지방의 특색이기도 했다. 춥고 인적 없는 밤거리를 노래라도 부르면서 걷는 동안 취기는 가시고 머리가 한결 맑아질 것이다.

길고 짧은 그림자가 우쭐우쭐 앞서 걸었다. 등에 업힌 명희의 손이 어깨를 움켜쥐고 있어 명혜의 그림자 양어깨에는 조그만 뿔이 돋아 있었다. 외로운 두 개의 그림자를 밟으며 가끔씩 택시들이 스쳐갔다. 차가 지날 때마다 명혜는 비틀비틀 길옆으로 비켜서고 졸고 있던 명희는 깜짝깜짝 놀라 깨며 가냘픈 신음 소리를 내었다.

국민학교의 담은 한없이 길었다. 발밑이 자꾸 흔들려 명혜는 고꾸라질 듯 허뚱허뚱 내딛다가는 자주 주춤거리며 서서 눈을 깜박거렸다. 불 밝힌 정원에서 끊이지 않고 노랫소리가 들려오고 있었다.

"아빠는 왜 안 오시지?"

노랫소리를 듣고 있음인지 잔뜩 목을 움츠리고 걷던 윤재가 시무룩하게 물었다.

"친구분들과 더 말씀하시다 오신대."

길모는 밤늦어 허옇게 센 머리로 돌아올 것이다. 술 취해 들어오는 길모의 머리는 늘 허옇게 세어 있고, 명혜는 그것이 골목 가로등의 역광 때문이라는 것을 안 뒤에도 매양 섬뜩섬뜩 놀라곤 했다. 아아 꿈은 사라지고, 꿈은 사라지고. 그들은 즐겁고 또 즐겁게 잃어버린 청춘과 사라지는 꿈, 취기가 맺어준 새로운 우의를 노래했다. 노래도 즐거움도 밤새 이어질 듯했다. 멀리서 들리는 노랫소리는 얼마나 정답고 멀리서 보는 불빛은 얼마나 은성하고 그리운 것일까. 명혜는 방금 떠나온 곳이면서도 이미 자신에게는 발 들여놓는 것을 완강히 거부하는, 즐거움과 환락에 가득 찬 그곳으로 되돌아가고 싶었다. 머지않아 불이 꺼지고 얇은 옷으로 아름답게 성장한 여자들은 느닷없는 한기에 어깨를 떨며, 또한 그들은 그들이 먹은 달콤하고 흰 게의 살과 수북이 뱉어놓은, 아직도 선명한 주홍빛의 껍데기에 분명치 않은 배반감과 부끄러움을 느끼며 부산히 작별의 악수를 나누리라는 것을, 피곤한 안주인은 성마른 소리로 일보는 여자들을 채근하고 종내는 단숨에 잘라버린 장미의 그루터기만 흉하게 남을 즈음 정원은 곧 갇힌 개의 낮은 그르렁거림, 빈 위장을 훑어내는, 미친 청년의 부질없는 구역질 소리로 가득 차게 될 것을 알면서도 명혜는 돌아가고 싶었다. 안주인에게는 인사를 하지 않고 슬그머니 빠져나왔으니 그녀는 필시 아마 뒤꼍에서 아이들 오줌을 뉘고 온 줄 알겠지. 미련한 짓이야. 졸고 있는 아이들을 끌고 집에까지 걸어갈 생각을 하다니. 기온이 이렇게 내려가고 또 바람까지 불기 시작하잖아?

명혜는 큰 소리로 말했다. 윤재가 불안한 눈길로 말없이 명혜를 흘깃흘깃 올려다보았다.

명혜는 되돌아가기 위해 몸을 돌리다가 국민학교의 담벼락에 쓰러지듯 기대어 섰다. 길 맞은편 집들이, 담 위로 비죽비죽 솟아 있는 나뭇가지들이, 구름 속으로 빠르게 숨는 달이 물구나무를 서듯 비잉 한 바퀴 흔들리고 명혜는 한 손으로 업은 아이를 떨어뜨리지 않도록 필사적으로 받치며 담 밑에 쭈그리고 앉았다. 포식한 고기와 술, 흰 게의 살이 전혀 소화되지 않은 채 위장을 뒤집으며 식도를 타고 올라왔다.

명혜는 입을 벌린 채 하아하아, 가쁘게 숨을 쉬며 언덕 위의 집을 바라보았다. 거물거물 흔들리는 시야 속으로 방금 떠나온 집은 비늘에 빈틈없이 감싸인 거대한 파충류의 동물처럼 우뚝 서 있었다. 몇천만 년 전, 중생대의 깊은 지층에서 솟아오른 찬 피 동물. 조금씩 조금씩 불기 시작한 바람에 그것은 비늘을 떨며 점차 움직이고 있는 듯 보였다. 명혜는 어서 일어나야겠다고 안간힘을 썼다. 밤이 더 늦기 전에 아이들을 데리고 가야 한다고 생각했다. 그러나 등에 업힌 아이의 천 근 같은 무게로, 그리고 간단없이 비잉빙 내둘리는 어지럼증에 다리를 가눌 수가 없었다. 명혜는 술 취한 아내에게 아이를 업혀 홀로 내보낸 길모를 원망하고 결코 포기할 수 없는 자신의 꿈을 원망하고 취기가 주는 편안함, 안가한 감상에 젖어 뜻 없이 흐르는 눈물을 원망했다.

"아무래도 너무 마셨어. 그러는 게 아닌데. 그래도 할 수 있니? 넌 못 보았을 거야. 얼마나들 권하는지. 난 가끔 아주 쓸쓸하거든. 그런데 여기가 어디쯤이더라. 집으로 가는 길을 기억하겠니?"

명혜는 업힌 아이를 돌려 안고 아예 땅바닥에 털썩 주저앉았다. 그러고는 살며시 윤재의 귓불을 잡아당겼다. 긴장한 윤재의 몸이 뻣뻣하게 끌려들며 공포로 커다랗게 열린 눈이 다가왔다.

"괜찮아, 곧 집에 갈 수 있게 될 거야. 보잘것없는 사람들의 더러운 모임이야. 조금만 쉬었다가 가자. 이상하지? 난 어릴 때는 어른들은 아무것도 모르는 게 없을 거라고 생각했는데 이렇게 어른이 되었어도 밤이 되면 가끔 집에 가는 길도 잊어버리다니."

명혜는 윤재를 안심시키기 위해 상냥하게 웃었다. 그러나 눈은 윤재의 조그만 어깨 너머 어둠 속에 점차 커다랗게 흔들리며 다가오는 언덕 위의 집을 바라보고 있었다. 명혜는 참을 수 없는 두려움으로 눈을 감았다. 비늘을 털며 다가오는 거대한 동물에 대한 두려움보다 더 확실한, 겁에 질린 어린 아들을 상대로 술주정을 하고 있는 자신을 보는 무서움에서 도망치고자 있는 힘을 다해 눈을 감았다.

[1981]

밤비

저녁나절 내내 민자는 진열대 뒤에 놓인 의자에 앉아 거리를 내다보고 있었다. 비가 내리는 탓에 짧은 봄의 저녁은 아직 이른 시각이건만 어슴푸레하고 길 건너 시외버스 터미널이며 주유소, 여관 따위 낮은 건물들이 한층 우중충하게 잦아들고 있었다. 젖은 아스팔트 위를 달리는 차바퀴의 미끄러운 접착음이 잿빛의 소음을 빨아들이며 지우며 드문드문 이어졌다.

터미널 앞 신호등이 '가시오'로 바뀌자 한 무리의 사람들 틈에 끼어 길을 건너던 흰색 상의의 남자가 곧장 약국 출입문 밖에 설치된 공중전화로 다가갔다. 그리고 그보다 한 걸음 뒤처져 길을 건넌 병사가 약국 문을 열고 들어왔다. 챙이 좁은 군모를 눈 위까지 숙여 쓴 그는 들어서는 길로 무거워 뵈는 더플백을 팽개치듯 바닥에 내려놓았다.

"감기 몸살인데 잘 듣는 약 좀 지어주십시오. 아주 독하게요. 벌써 나흘짼데 이 모양이네요."

"증상이 어떤가요."

"감기란 게 뻔하지 않습니까. 기침이 나고 팔다리가 쑤시고 무엇보다 땡골이 쑤시는 데는 환장하겠습니다. 지독한 감기예요."

그는 말을 하는 중에도 계속 기침을 해대었다.

"환절기라 그래요. 좀 기다리세요."

민자는 칸막이가 된 조제실로 들어왔다. 항생제와 소염제, 소화제, 항히스타민제 따위를 넣어 공이로 찧으며 민자는 무심히 조제실의 유리를 통해 공중전화에 매달린 흰색 상의를 입은 남자의, 마치 수족관 속의 붕어와도 같은 소리 없는 부르짖음을 바라보았다. 그러자 공중전화 앞에 서 있던 그를 몇 차례인가 보았다는 기억이 비로소 떠올랐다. 공중전화 위쪽에 붙은 친절한 안내문—동전은 약국에서 바꿔줍니다—에 따라 동전을 바꾸러 들어왔을 때 흰색 양복 윗도리에 줄이 선 검은 바지의 예복과도 같은 차림이 짧게 깎은 머리와 함께 걸맞지 않게 어색한 화려함으로 인상에 남았던 것이다.

조제실을 나오기 전 민자는 버릇처럼 캐비닛의 손잡이를 돌려보았다. 이가 꼭 맞게 닫힌 캐비닛은 역시 단단히 잠겨져 있었다.

터미널 쪽에서 발차 벨이 길고 둔하게 들려왔다. 문을 등지고 서서 약 한 봉지를 입안에 털어 넣던 병사가 허둥지둥 더플백에 손을 대었다.

"서울 가는 버스예요."

민자는 벽시계를 흘깃 보며 천천히 그의 조바심을 풀어주었다. 그가 탈 작정임이 분명한 전방행(前方行) 버스는 이십 분 뒤에나 뜰 것이다.

"귀대하시는 모양이죠?"

민자는 다소 기계적인 웃음을 띠며 물었다. 전화를 걸던 남자는 방금 붉은빛으로 바뀐 신호등을 보며 건널목에 서 있었다.

"전출입니다. 오밤중에나 부대에 들어가게 되겠지요. 오늘 새벽 부산에서 떠나 줄창 차를 탔습니다."

흰색 상의의 남자는 푸른 신호등에 따라 길을 건너는 중이었다.

"네? 뭐라구요?"

방금 자신이 한 말을 잊은 민자가 놀란 듯한 표정으로 그를 바라보며 되물었다.

"종일 차를 탄다는 건 아주 피곤하고 지루하기 짝이 없는 노릇입니다. 게다가 군대란 남은 밥그릇 수를 세는 것 외엔 별로 재미있는 곳이 못 되거든요."

"정말 그럴 거예요."

종일 차를 타야 하는 일에 대해서는 전혀 생각하지 않으면서 민자는 깊이 고개를 끄덕였다. 병사는 민자의 동의를 얻은 것이 기쁜 듯 뜻밖의 활기와 진지성을 보이며 덧붙였다.

"허지만 도리 있습니까? 군대 생활이란 기왕 탄 기차지요. 가만히 있어도 기차는 달린다 이겁니다. 달리는 기차에서 뛰어내리는 건 자살 행위지요. 그걸 빤히 알면서도 사고 치는 친구들이 있어요. 요즘엔 부쩍 더 그래요."

기차와 버스를 갈아타며 종일을 오는 동안 그는 내내 술기에 젖은 듯 말을 할 때마다 몹시 술냄새를 풍겼는데도 눈만이 붉게 충혈되어 있을 뿐 낯빛은 새하얬다.

그는 벽시계와 자신의 손목시계를 번갈아 보고 아직 시간이 충분히 남아 있음을 확인하고는 비닐을 씌운 손님용 긴 의자에 털썩 주저앉았다. 하루 내 차에 시달렸다면서도 군화는 깨끗하고 윤이 났다. 자기가 동의한 것은 무엇에 대해서였을까. 무엇이 그렇게 쉽게 그가 하루 종일 침을 뱉듯이 내뱉었을 가벼운 말투에 동의하게 만든 것일까. 민자는 공연히 서성이며 약장 문을 열어 흐트러지지 않은 물건들을 바로 놓는 시늉을 하고 손가락으로 전화기의 먼지를 닦기도 했다. 침묵의 사이로 거리의 소음들이 뚜렷이 들렸다.

"어쨌든 곧 봄이니까요."

잇단 기침 끝에 가래침을 돋우어 뱉고는 구둣발로 문지르며 병사가 말했다.

"그럴 거예요. 봄은 어떤 사람에겐 견디기 어려운 계절이지요."

민자는 다시 무관심하게, 피곤하고 기계적인 웃음을 띠며 대꾸했다. 그는 손을 맞쥐어 깍지 낀 채 딱, 딱, 손마디를 꺾었다.

엄지부터 새끼손가락까지 차근차근 다 꺾은 후에는 한꺼번에 잇달아 우드득 소리를 내는 일을 되풀이했다. 가끔 눈을 치떠 민자를 바라보기도 했다. 모자 아래 귀밑으로 바짝 깎은 머리가 파릇하게 드러났다. 그 애잔함이 그녀에 대한 어떤 불손함도 노여움 없이 받아들일 수 있을 것 같은 느낌이 들게 했다.

이런 청년들을 만나는 일이 민자에게는 결코 드문 일이 아니었다. 터미널에 닿고 떠나는 버스는 하루에도 수없이 휴가를 나가고 귀대하고 전출하는 병사들을 실어 날랐다. 그들은 예외 없이 젊음과 젊음의 절망에 사로잡혀 있었고 다스려지지 않은 욕정과 어느 순간 맹목의 열정으로 변할 수 있는 바닥 모를 절망과 광기는 또한 그들이 예외 없이 지니게 마련인 술기를 빌려 거의 환상적으로 보였다.

그가 마침내 더플백을 메고 일어났다. 한 단씩 낮아지는 음계(音階)처럼 짙어지는 어둠 속으로 가라앉는 거리에는 여전히 비가 뿌리고 불빛이 취기처럼 곳곳에서 돋아나고 있었다. 찬 비 속, 재[嶺]를 넘어가는 험한 밤길을, 취기를 빈 방심한 마음이 안전하게 목적지까지 바래다줄 것이다. 그의 취기가 그리고 밤비가 그에게서와 마찬가지로 민자 자신에게도 다행스럽게 생각되었다. 일찌감치 약국 문을 닫고 영화 구경을 가기에 아직 늦은 시간은 아니리라. 아니면 비 내리는 밤거리로 홀로 산책을 나갈 수도 있을 것이다. 길을 다 건넌 그 남자는 대합실 앞, 차양이 없는 층계에 우두커니 서 있었다. 어쩌면 마지막 회 상영쯤 볼 수도 있으리라는 생각에 민자는 신문의 아랫단을 훑어보았다. 그러나 그녀는 이곳에 자리 잡기 시작한 칠 년 전 이래 영화관에 가기 위해 시간보다 일찍 문을 닫고 거리에 나가본 적이 한 번도 없었다.

진열대 뒤에 놓인 의자에 앉아 바깥을 내다보거나, 장거리 승객들을 위해 카페인과 부형제, 염산디펜히드라민을 섞어 멀미약을 조제하고 디아스타제와 용담 가루를 섞어 소화제를 조제하는 동안 절기는 바뀌어 걸리는 몇 장의 풍경화처럼 유리문 밖으로 흐르고 달과 해가 바뀌었다. 규정에 따라 한 달에 두 번 쉬는 일요일에조차 그랬다. 밀린 빨래나 청소, 그리고 낮잠으로 하루를 보내고 저녁나절에야 몸과 마음이 모두 형편없이 지친 기분으로 이 작은 도시 입구에 위치한 호수로 산책을 나가는 것이 고작이었다. 강이 얼어붙는 계절이 아니라면 사람들은 일요일 오후에 보트를 타고, 호수의 둑길을 따라 백양나무가 심겨진 숲에는 바람이 불어 나무들은 하얗게 이파리를 뒤집으며 솨아솨아 흔들리곤 했다.

민자는 관자놀이를 손가락으로 누르며 의자에 앉았다. 다음 차가 닿을 때까지는 별반 손님이 없을 터였다. 하루가 끝나간다는 사실이 새삼스러운 피곤함과 이유가 분명치 않은 안도감을 불러일으켰다. 민자는 작은 냉장고를 열어 드링크제 한 병을 꺼내 비타민 한 알과 함께 삼켰다. 차갑고 달큰한 액체가 목구멍을 타고 넘어가는 순간적인 만족감에 한결 의기양양해져 대합실 유리문에 붙어 선 사람들을 여유 있게 바라보았다. 자신이 형광등의 찬 불빛 아래 유리 상자 속의 인형처럼 무생물적으로 드러나 보이리라는 것에 거의 가학적인 쾌감을 느꼈던 것이다. 약을 사러 수십 번씩 드나든다 한들 그들은 민자에 대해 흰 가운을 입은 침울한 표정의 중년 약사라는 것밖에 달리 무엇으로 기억할 것인가.

안채와 약국을 잇는 쪽문이 열리며 주명이 나왔다. 종일 자리를 걷지 않고 잠드는 둥 깨는 둥 신문 한 장 뒤적이는 것으로 소일한 그는 얼굴이 부석부석했다.

"아직 비가 와?"

주명이 선하품을 깨물며 밖을 기웃이 내다보았다. 흰색 상의의 남자는 아직도 층계참에 서 있었다. 있는 힘을 다해 이쪽을 바라보고 있는 것 같기도 했다. 그렇게 쉽사리 환히 안이 들여다보이는 곳이란 이곳밖에 없을 터였다. 이런 밤 왕자처럼 화려한 의상은 오히려 쓸쓸하고 스산해 보인다고 민자는 생각했다.

"줄곧 오는걸요."

그에게서 눈길을 떼지 않으면서 민자는 대답했다.

"지겹게도 오는군."

주명이 목젖이 들여다보일 만큼 크게 하품을 하며 한껏 기지개를 켰다.

"덕분에 하루 잘 쉬었잖아요."

봄비치고는 길었다. 고등학교 지리과 선생인 그는 일요일인데도 학생들을 이끌고 인근 산의 오물을 치우는 자연 보호 운동을 나갈 예정이었던 것이다. 눈이 녹자 산이 사람들에 의해 또 다시 더럽혀지기 시작했다고 지방 신문은 개탄을 했다.

주명이 또 크게 하품을 하고는 눈가로 비어져 나온 눈물을 찍어내었다. 그는 늘 잠을 모자라했다. 가게 문을 닫고 안에 들어갈 때면 텔레비전을 틀어놓은 채 언제부터인가 모르게 잠들어 있곤 했다.

"난로를 너무 일찍 떼었나 봐. 제법 써늘한걸."

주명이 헐렁하게 걸친 스웨터의 목 단추를 잠그며 어깨를 으쓱했다.

"방에 있다가 나와서 그럴 거예요. 그냥 견딜 만은 해요."

주명이 진열장에서 옥시풀을 꺼내 탈지면에 부었다. 그러고는 옥시풀이 흠뻑 밴 탈지면으로 찬찬히 이 안팎을 닦아내기 시작했다. 거북스럽게 등을 구부리고 조그만 거울에 이를 골고루 비추어가며 닦는, 막 머리가 벗어지기 시작한 중년 남자의 희화적인 뒷모습을 보며 민자는 슬며시 웃음이 나왔다. 그는 이의 사기질에 밴 니코틴이 옥시풀의 탈색 작용에 의해 하얘진다고 굳게 믿고 있었다.

"수경이는 뭘 해요?"

그의 눈길이 미치지 않는 등 뒤에서 그를 훔쳐보고 있다는 미안함에 민자는 공연히 손금고를 여닫으며 물었다.

"숙제를 하는 모양이야."

냉수로 울걱울걱 입안을 헹구어낸 주명이 이어 말했다.

"일찌감치 문 닫지그래, 비도 오는데. 당신 피곤하지 않아?"

그의 손이 슬며시 가운 앞섶을 더듬어 꽉 움켜쥐었다. 아얏 소리를 지를 만큼 센 힘이었다.

"잠깐 들어갔다 올게요."

민자가 품에서 빠져나가자 그는 그냥 그래보았을 뿐이라는 듯 의자에 털썩 주저앉으며 덤덤하고 무료한 낯으로 신문을 집어 들었다.

민자가 찬 우유를 한 컵 따라 방에 들어갔을 때 밥상을 펴놓고 앉아 꾸벅꾸벅 졸고 있던 수경이 깜짝 놀라 고쳐 앉으며 잠기 가득한 몽롱하고 흐린 눈으로 민자를 바라보았다.

"숙제 다 했니?"

수경이 후다닥 감추는 공책을 민자는 힘주어 잡아채었다. 공책에는 수없이 많은 소녀의 얼굴이 그려져 있었다. 양 갈래로 땋은 머리, 단발머리, 고수머리의 소녀들이 하나같이 날아가려는 듯 커다란 나비 리본을 매고 꿈처럼 푸르고 둥근 눈으로 그려져 있었다. 하루 종일 그 애는, 창이 옆 전당포 건물의 벽에 막혀 낮에도 불을 켜야 하는 어두운 방에 틀어박혀 가위로 종이 인형을 오리면서 나오지 않았다. 민자의 눈길과 부딪쳐 아이의 영민하지 못한 눈가에 자신도 느끼지 못할 짧은 순간 적의와 경계의 빛이 스쳤으나 곧 스러지고, 다만 두려움만이 둔하게 번득였다.

"이게 뭐니, 숙제장에 낙서만 하고."

민자는 공책으로 아이의 머리를 후려쳤다. 그 매질이 각성(覺醒)에 이르도록 호된 아픔도 되지 못하리라는 것을, 아이와 자신에게 다 같이 동물적인 두려움과 굴욕감만을 가져다줄 뿐이라고 생각하면서도 두 번 세 번 거푸 후려쳤다. 아이는 머리를 감싸 쥐고 쿨적쿨적 울었다.

"어서 끝내고 자."

한 번 더 위협적으로 이르고 민자는 방을 나왔다. 울고 있는 마음속에 가득한 앙앙한 불만과 적의는 더 깊은 곳에서 난폭함과 완강함으로 은밀히 자랄 것이다. 그런 것을 알면서도 민자는 하찮은 일로 잦은 손찌검을 하고 그런 뒤에는 자신이 보잘것없는 인간으로 초라하게 여겨져 우울해지곤 했다.

공부에 취미가 없고 주의가 산만한 아이는 언제나처럼 숙제를 마치지 못하고 밥상에 엎드려 잠이 들 것이다. 공책에 가득 그려진, 매를 맞거나 숙제를 할 걱정이 없는 행복한 소녀들의 얼굴 위에 더러운 침 자국을 남기며. 이곳이 아닌 어느 먼 곳에 행복한 나라가 있으리라는 공상으로 현실을 버텨나가는 열한 살짜리 계집애의 마음을 헤아려보는 건 끔찍한 일이었다.

"다 시들었잖아."

진열대 위에 놓인 테라리움 병에 분무기로 물을 뿜어주던 주명이 힐난하는 어조로 내뱉었다.

"온도가 안 맞아서 그런가 봐요."

먼젓번, 주명이 애지중지하던 흰 동백이 죽었을 때도 아마 석유난로의 가스 때문일 게라고 대꾸했던 것을 민자는 떠올렸다.

"가끔 물 주는 건 그다지 어려운 일이 아닐 텐데…… 당신은 종일 보고 있으면서도 시드는 걸 몰라?"

방금 옥시풀로 닦은 이가 그가 한 음절씩 말을 내뱉을 때마다 하얗게 드러났다. 정결하다기보다 광물질의 단단한 광택이었다.

주명의 말대로 민자는 아침마다 유리병 속의 연하고 가냘픈 음지식물(陰地植物)과 그 연두의 작은 이파리들이 밤새 있는 힘을 다해 뿜어낸 숨결들, 유리병 안쪽 벽에 맺힌 작은 물방울들을 보았다. 사실 테라리움이란 특별한 잔손질이나 부지런함을 요구하는 까다로운 재배법은 아닐지도 몰랐다.

"잠깐 잊었다니까요."

민자는 무관심하게 대꾸하고는 고개를 저었다.

빗줄기는 좀더 세차진 것 같았다. 바람도 부는지 문이 제풀에 두어 번 여닫겼다.

"여기선 뭐든지 죽고 말아. 왼통 소독약 냄새뿐이니. 안에 들여다 놓아야겠어."

민자는 몸을 돌려 주명을 물끄러미 바라보았다.

"아직 춥거든. 이건 온도에 예민하다구."

주명이 변명하듯 덧붙이며 머쓱하게 눈길을 누그러뜨렸다.

민자는 조금 전 주명이 썼던 컵에 냉수를 따랐다. 옥시풀이 묻어 있을 리 없건만 몇 번이고 헹구어 바닥에 뿌렸다. 한 컵의 냉수가 정신을 맑게 해줄 것을, 아이를 때리면서부터 아니, 그 이전 자신이 기억할 수 있을 때부터 지속되어온, 시간이 감에 따라 더욱 짙어지고 깊어질 것이 분명한, 그녀 자신 오히려 즐기고 있는 듯한 권태로움—그것은 오히려 불투명한 열망이라고 할 수도 있지 않을까—에서 구해주기를 바라며 천천히 한 모금씩 마셨다. 아무런 기대 없이 거울을 보고, 거울에 비치는, 이미 용모와 옷차림에 신경 쓰지 않게 된 여자를 보며 마치 독한 술을 마실 때처럼 애매한 호기로 낯을 찡그리고 컵을 비웠다.

주명이 분무기의 남은 물을 쏟아 버리고 테라리움 병의 마개를 닫았다.

사복 차림의 여학생이 가방의 무게로 한쪽 어깨를 늘어뜨린 채 들어왔다. 이런 시간에 오는 학생들은 대개 두통약이나 잠을 쫓는 각성제를 찾았다. 분명 약국 뒤편 골목의 독서실로 밤샘을 하러 가는 것이리라 생각되었다. 통금 시간이 가까울 무렵이면 값싼 여인숙과 술집 들을 지나 남녀 학생들이 어울려 라면이나 우유 따위를 사러 나오는 것을 종종 볼 수 있었다. 이른 아침 약국 문을 열 즈음, 그들은 누추하고 질척거리는 창가(娼家)의 골목을 빠져나오는 사내들과 뒤섞여 부스스한 얼굴로 두런두런 걸어 나왔다.

여학생과 엇갈려 갈래머리의 소녀가 들어섰다. 우산이 없는

지 머리와 어깨가 흠씬 젖어 있었다.

"뭐지?"

민자가 물었다. 소녀의 멈칫거리는, 안절부절못하는 시선이 자꾸 주명에게로 향했다.

"일찍 문 닫고 들어와. 안 자고 있을게. 덧문은 내가 닫아주지."

주명이 짐짓 민자의 허리를 감는 시늉을 하고는 안으로 들어갔다.

"저…… 저…… 생리 불순인데요. 날짜가 많이 지났는데……"

쉽게 입을 떼지 못하던 소녀가 더듬더듬 말했다. 민자는 기억할 수 있었다. 열흘인가 일주일인가 전에도 주근깨투성이의 소녀는 생리 불순을 호소하며 약을 사 간 적이 있었다.

"통경제(通經劑)를 써보지."

"먼젓번에도 썼는데 안 들어요."

소녀의 애원하듯 매달리는 눈길을 민자는 냉담하게 밀어내었다. 소녀의 눈에 눈물이 돌고 있었다.

"더 잘 듣는 걸로 지어주세요."

소녀의 나이답지 않게 마디가 굵고 거친 손이 결사적으로 진열대 한 귀퉁이를 움켜쥐었다. 민자는 번민으로 윤기를 잃고 꺼칠한 소녀의 얼굴을 무표정하게 바라보았다.

"지어줄 수는 없어. 통경제가 안 들으면 병원엘 가야지. 아가씨 말대로 단순히 생리 불순이라면 이걸 또 써봐. 양을 좀 늘려서.”

통경제쯤으로 배 속의 것은 떨어지지 않아, 아무래도 병원 신세를 져야 할걸. 민자는 소녀의 다만 어리석음과 두려움만을 나타낼 뿐인, 커다랗게 열린 동공을 보며 속으로 가만히 말했다.

소녀는 시름없이 문을 밀고 나갔다. 눈앞이 안 보이는 양 신호등의 붉은빛을 무시하고 길을 건너는 모습이 보였다. 차들이 신경질적으로 경적을 울려도 소녀는 아랑곳없이 느릿느릿 걸었다. 어쩌면 간단히 소녀를 나락에서 구할 수도 있었으리라. 하지만 그 애가 철길에 뛰어들든 물속에 몸을 던지든 그게 왜 내 탓인가. 하긴 요즘 애들은 그만한 일로 죽지는 않아. 민자는 성가신 듯 고개를 저으면서도 소녀의 모습이 안 보일 때까지 눈으로 좇았다.

방금 차가 들어왔는지 사람들이 대합실 문을 메우며 빠져나왔다. 그들은 우산을 펴 들거나 불을 달고 대기하고 있는 택시를 향해 뛰었다. 밀려 나오는 사람들에 가려 잠시 보이지 않던 흰색 상의 남자의 모습이 거의 비어버린 대합실에 뎅그러니 남았다.

그는 자동판매대에 주화를 넣어 차를 뽑아 마시며 이쪽을 바라보고 있었다. 민자는 허리를 굽혀 긴 걸레로 바닥의 물 자국을 닦아내었다. 적정량보다 몇 배나 강하게 희석한 크레졸액에 담갔던 걸레에서는 독한 소독약 냄새가 풍기고 그것은 금세 약국 안에 가득 찼다.

민자가 조제실에서 약을 지을 동안 또는 포장하는 동안 약을 사러 온 사람들은 바닥에 함부로 담뱃재를 털고 침을 뱉고 더러운 흙발 자국을 남겼다. 때문에 민자는 하루에도 여러 번 물걸레질을 하지 않으면 안 되었다. 그러나 그녀가 소독약에 빤 걸레로 바닥을 자주 닦아내는 것은 자신의 생활에서 때때로 맡게 되는 막연한 부패의 냄새에 더 깊은 까닭이 있었다. 터미널 손님을 상대로 멀미약과 감기약, 소화제, 피부 연고 따위를 팔고 밤이면 잠들고 아침이면 깨어나는 일상이 다만 타성적인 몸짓일 뿐이라는 생각을 민자는 역시 특별한 괴로움 없이 하곤 했다.

민자는 걸레를 치워놓고는 유리문에 글씨를 썼다. 봄 · 꽃 · 나비, 봄 · 꽃 · 나비. 발돋음질로 열심히 봄을 기다리며 차가운 겨울 유리창의 성에에, 단지 손바닥으로 지우면 그만일 뿐인 글씨를 쓰던 교과서 속의 소년처럼 이미 아무것도 기다릴 것이 없다고 생각하면서도 가슴속에 환히 피어나는 그리움으로 민자는 쓰고 지우고 입김을 불어 또 썼다. 봄 · 꽃 · 나비. 지난 시절 어느 날, 차가운 얼음 조각처럼 문득 와 박혔던, 가슴 두근거림으로 다가올 날들을 기다리던 소년의 동경이 수십 년 지난 지금사 비로소 맑게 녹아 흐르는 것일까. 어쨌든 곧 봄이니까요. 병사의 말대로 봄인 것이다. 그러나 이곳에서의 봄이란 할아버지 지게에 꽂힌 노란 개나리 꽃가지는 아니었다. 대륙으로부터의 바람이 몰고 오는 끝없는 황사 현상이었다. 부연 모래바람에 도시를 에워싼 산은 한층 멀어지고 때로 미친 듯한 회오리를 일으켰다. 버스에 실려 온 사람들은 봄의 화사한 기운을 이기지 못해 한없이 토해내었다. 따라서 봄철이면 터미널 주변 어디서나 허옇게 널린 토사물을 보게 마련이었다.

차를 다 마신 남자가 종이컵을 휴지통에 구겨 버리고는 층계를 내려왔다. 이번에는 신호 대기에 걸림이 없이 곧바로 길을 건넜다. 공중전화를 향해 오는 것이라는 것을 알면서도 민자는 퍼뜩 문에서 물러났다.

그는 수화기를 입에 바짝 댄 채 무엇인가 열심히 얘기하고 있었다. 안타까운 손짓이 빠르게 허공을 갈랐다. 부탁입니다. 제말 좀 들어보세요. 꼭 만날 일이 있다니까요. 언제까지든 기다리고 있겠습니다. 유리문 밖 사내의 안타까운 외침이 민자에게 환히 들리는 듯했다.

전화는 좀체 끝날 것 같지 않았다. 한 통화가 끝나면 그는 성급히 주머니에서 주화를 꺼내 넣고는 다시 다이얼을 돌렸다. 그는 아마 여자와 어디론가 먼 길을 떠나려는 것일까. 막차까지 떠나버린 뒤였다. 마지막 닿을 차를 기다려 마중 나온 사람들이 떠나면 대합실은 텅 비고 불이 꺼지게 될 것이다.

손님이 유난히 없는 날이었다. 민자는 벽시계를 보고는 속치마에 스웨터를 걸친 차림으로 슬리퍼를 끌며 술손님의 심부름을 나오는 술집 색시들을 기다려 밤늦게까지 문을 열고 있을 필요가 없다고 생각했다. 공중전화의 자물쇠를 열어 주화를 꺼내고 그 속에 갇힌 비밀 · 약속 · 사랑의 말들, 안부 따위를 인적 없는 거리에 풀어놓고, 하루의 매상을 계산하고 마지막으로 조제실 안의 캐비닛을 열어 작은 상자의 독극물을 점검하고 덧문을 닫으면 하루는 끝나는 것이다. 그러나 민자는 처방용 종이에 비가 온다, 비는 왔는가, 비는 올 것인가, 의미 없는 말들을 끄적이며 그대로 앉아 있었다. 통화는 길었다. 마침내 그는 무언가 설득하려는 안간힘으로 휘젓던 손을 맥없이 늘어뜨리고 송수화기를 제자리에 걸었다.

민자는 공중전화의 자물쇠를 열고 주화를 꺼낼 때마다 통화자들이 구겨 버린, 혹은 잊고 간 메모지에 적힌 전화번호, 기억력 나쁘고 성미 급한 사람들이 전화기에 휘갈긴 숫자들을 보면서 전화를 걸고 싶다는 견딜 수 없는 충동을 느끼곤 했다. 실제로 세상의 끝에서부터인 듯 아득히 울리는 신호음에 소스라쳐 놀라 수화기를 놓은 적도 여러 번이었다.

전화 부스 앞에 망연히 서 있던 그가 기웃이 안을 들여다보더니 문을 열고 들어섰다.

"전화 좀 빌릴 수 있을까요?"

그가 멈칫멈칫 말했다. 비로소 가까이에서 그의 얼굴을 본 민자는 차가운 물방울이 목덜미에 떨어지는 듯 섬뜩하게 놀랐다. 그 놀라움은 전혀 예상치 않은 것이었다. 그가 흉기를 들고 있다 해도 그토록 놀라지는 않았을 것이다.

"네, 그러세요."

민자는 가슴 밑바닥을 지나간 놀라움을 감추고 선선히 그의 앞에 전화기를 밀어놓았다. 그는 얼굴에 흐르는 빗물을 손바닥으로 문질러 닦고는 다이얼을 돌렸다. 통화 중 신호가 민자에게까지 들렸다. 그가 수화기를 내려놓고 한숨을 쉬었다. 짧게 깎은 머리털은 비에 젖어 꼿꼿이 일어나고 추위 때문인 듯 검은 얼굴은 거의 푸른빛으로 보였다. 흰색 상의도 흠뻑 젖어 있었다.

"통화 중인 모양이군요. 좀 앉아서 기다리다가 다시 걸어보세요."

민자의 말에 따라 그는 순순히 긴 의자에 앉았다.

"공중전화가 고장인가 부죠? 동전만 삼키고 벙어리일 때가 더러 있어요. 쓰는 사람이 함부로 다루는 탓도 있죠. 그래 뵈도 전화라는 게 꽤 섬세한 기계랍니다."

"수화기를 아예 내려놓은 것 같습니다."

그가 웃을싸하게 얼굴을 찡그리며 우물우물 대꾸했다.

"비가 많이 오나요. 옷이 다 젖었군요."

그는 민자의 말에 대답하지 않았다. 민자는 찬찬히 그를 살펴보았다. 짧은 머리칼만 아니라면 어디서나 볼 수 있는 평범한 청년이었다. 각이 진 얼굴은 선량하고 소심해 보였다. 검고 큼직한 손은 거북하게 무릎 위에 놓여 있었다.

"쥐약 좀 주쇼."

잠옷을 입은 뚱뚱한 남자가 들어서자마자 버럭 화를 내듯 말했다.

"쥐약은 취급 안 합니다."

"먹고 죽을 거 아니니 좀 주쇼. 비가 오니까 쥐들이 왼통 집 안으로 모여 굿을 해대요. 잠을 잘 수가 있어야지."

잠자리에서 뛰쳐나왔다는 남자를 향해 민자는 다시 쥐약은 없습니다,라고 말했다.

쥐약을 취급하지 않는다는 것은 거짓말이다. 그것은 틀림없이 캐비닛 안에 들어 있다. 그러면서도 민자는 쥐약을 사러 오는 사람들을—그들은 대개 쥐가 끓어 못 견디겠다는 식의 설명으로 용도를 확실히 알렸는데도—취급하지 않는다는 간단한 말로 돌려보내었다. 주소·이름·주민등록번호를 적고 도장을 받아야 하는 번거로움보다 더 큰 두려움이 있었던 것이다. 캐비닛 안에 따로 비치된 독극물 상자에는 쥐약 외에도 청산가리, 비소제의 독약과 몰핀, 데메롤 성분의 습관성 의약품이 엄격히 구분되어 있었다. 열쇠 역시 잘 보관되어 있었다. 그럴 일이 결코 없으리라는 것을 알면서도 민자는 약을 조제할 때마다 자신도 모르게 흰 손이 그 상자를 열어 그것들을 조금씩 조제한 약에 집어넣는 환상에 시달려왔다. 때문에 민자는 하루에도 수차례씩 손님이 뜸한 시간을 틈타 그 상자를 열어 꼼꼼히 내용물을 점검하고 혹시 다른 손이 닿았던 흔적이라도 있는지 열쇠의 위치를 확인하는 것이었다. 그러나 대체 누가 손을 댈 수 있단 말인가. 민자는 고소했다. 딸이나 남편에게조차 조제실의 출입을 엄격히 금지하고 있지 않은가.

"누구를 기다리는가 부죠?"

막차가 닿고 대합실을 빠져나오는 사람들을 좇는 민자의 눈길을 따라 밖을 내다보던 그가 홀연히 민자 쪽으로 고개를 돌리며, 엉거주춤 일어나려는 시늉을 했다.

"잠깐 비를 그어도 괜찮아요. 난 통금 시간까지 문을 열고 있으니까요."

더 이상 기다려야 할 차가 없다는 것을 알면서도 민자는 상냥하게 말했다. 그는 마치 줄에 맨 인형처럼 스르르 맥없이 무릎을 꺾고 무너지듯 의자에 주저앉았다. 전화기를 쓰기 위해 들어왔다는 사실은 까맣게 잊은 얼굴이었다.

터미널의 정비 공장에서는 땅, 땅, 망치로 철판 두드리는 소리가 간헐적으로 들려왔다. 새벽에 떠나야 할 차들의 정비 작업이 시작되고 있는 것이다. 그는 익숙지 않은 그 소리에 놀라는 기색이었고 놀라움을 드러내지 않기 위해 불안스레 손을 비비고 두릿두릿 약국 안을 둘러보았다.

"유리병 속에 화초를 기르시는군요."

침묵이 견딜 수 없어진 그는 무엇이든 말해야 한다는 의무감에 사로잡힌 듯 테라리움 병에 눈을 주며 말했다.

"아니요. 난 언제나 물 주는 걸 잊어요. 남편의 취미랍니다. 난 싫어요. 꼭 유리병 속에서 견딜 수 있는 최소한의 산소와 물기로 생존하다니 숨이 막혀요. 그렇게 생각지 않으세요?"

마지막 들어오는 기차가 지나가고 있었다. 열한 시가 가까운 시각이었다. 우릉우릉 유리문 흔들리는 소리에 그가 움칠 놀라 어깨를 떨었다.

"기차가 들어오는 소리예요. 역이 가깝거든요. 터미널 뒤로 철로가 있는 걸 모르셨나요? 나는 한 시간마다 저 소리를 들어요. 그러면서도 들을 때마다 지진이나 혹은 해일일지도 모른다는 생각을 하곤 하죠. 만약, 정말 만약 지진이나 해일이 온다면, 그래서 이 도시가 고스란히 묻혀 구전(口傳)의 전설로만 남고 또 오랜 세월이 지나 이 위에 새로운 도시가 생긴다면—우리들이 무덤 위에 집을 짓듯—또 그 어느 날 고대의 전설을 믿는 환상적인 청년이 이 도시를 발굴하게 된다면 그는 이대로 화석으로 남아 있는 우리를 보고 무슨 생각을 하게 될까요."

민자는 높은 소리로 웃었다. 그 웃음소리는 자신의 귀에도 너무 짧고 갑작스러웠다. 웃음을 그치자 견딜 수 없는 정적과 공허가 찾아왔다.

"금이, 금이를 아십니까?"

그가 더듬더듬, 마치 목에 가시라도 걸린 양 힘겹게 내뱉었다. 오랜 망설임과 더 오래고 깊은 간절함이 배인 어조였다.

"이 부근에 사는 사람인가요?"

"아마, 아마 그럴지도 모릅니다."

금이, 금이, 두어 번 입속으로 뇌어보다가 민자는 고개를 저었다.

"그렇다면 더더욱 알 수 없는데요. 여기선 사람들이 아주 쉽게 떠나지요. 나는 하루 종일 떠나는 사람들을 본답니다."

그는 고개를 숙인 채 구둣발로 지익지익 시멘트 바닥을 긁었다. 신경이 거슬리는 그 소리에 민자는 낯을 찡그렸다.

"그 여자는 읍의 하나뿐인 다방에서 차를 나르는 일을 하고 있었습니다. 아주 예쁜 여자였지요. 나는 어떤 날은 종일 다방 구석자리에 앉아 그 여자를 바라보기만 했죠."

그의 얼굴에 억제할 수 없는 기쁨이 희미하게 피어올랐다.

"그 여자도 당신에게 관심을 갖게 되었나요?"

"그 여자는 누구에게나 상냥했습니다. 그런데 내게는, 이젠 오지 마세요, 날 잊어버리고 공부 열심히 해서 성공하세요,라고 말했어요. 나는 공무원 시험을 칠 작정이었거든요."

"그건 당신을 좋아하지 않는다는 뜻이에요."

민자는 시골 청년의 순진한 사랑에 미소를 지으며 친절히 말했다.

"나는 파견 근무를 나가 있었어요. 토치카 속에서 지낼 때면 늘 그 여자를 생각했기 때문에 실지로 곁에 있는 듯이 느껴지곤 했죠."

"오래 해상 생활을 해야 하는 사람들은 여자 모양의 고무 인형을 안고 잔다는 얘기를 들은 적이 있어요."

"그건 더러운 얘깁니다. 나는 금이에게 손가락 하나 대지 않았습니다. 적어도 그 애가 자기 이복 오라비와 어쨌다는 추잡한 소문이 퍼지기 전까지는요."

그가 새로운 비탄과 분노로 날카롭게 소리쳤다.

"그런데 그 여자가 이곳에 살고 있나요?"

그의 이해할 수 없는 열기와 열망이 가슴 밑바닥 깊숙이 숨어 있던 불씨에 서서히 점화되어옴을 느끼며 민자는 집요하게 캐물었다. 그러나 그는 민자의 말을 거의 듣고 있지 않는 성싶었다.

"금이는 어릴 때부터도 누구에게나 친절하고 상냥했죠. 그런 아이가 그렇게 타락하리라고는 생각할 수 없었습니다. 어느 날 내가 보는 앞에서 치마 속에 손을 넣는 사내와 밤 약속을 하더군요."

"금이는 죽었어요."

민자는 단호히 말했다. 칠 년 전 이래 한 번도 입에 올리지 않았던 말을 꺼내게 된 것에 내심 기뻐하는 자신의 경망스러움을 탓하면서도 발작적인 충동을 참을 수 없었다.

"아니요. 오래전에 죽었어야 했죠. 내가 나타날 때마다 자취를 감추는 것으로 자신의 살아 있음을 명백히 하느니 차라리 죽었어야 했습니다."

그의 이야기가 지루해서 참을 수 없다는 듯, 어서 말해야 한다는 조바심으로 민자는 종아리를 피가 나게 긁고 성급히 볼펜 꼭지를 눌러대며 연신 머리칼을 쓸어 올리는 시늉을 했다.

"당신도 그 애가 죽은 게 내 탓이라고 생각하시나요?"

결코 너 때문에 죽은 게 아니라는 대답을 구해 민자는 허덕허덕 말했다.

"당신도 내가 금이를 일부러 찾지 않았다고 생각하십니까? 이복 누이를 범하고 팽개쳐버렸다고 생각하십니까?"

그가 고집스레 항의했다.

"그건 작은 사건이었어요. 그 작은 읍에서는 소문이 놀랄 만큼 빨리 퍼져요. 어느 날 저녁 사람들은 약국 앞에 몰려왔어요. 죽은 소녀를 떠메구요. 그 소녀가 약을 지어 간 건 사흘 전 일이었는데요. 당신도 내가 잘못 조제해준 약을 먹고 그 애가 죽었다고 생각하세요?"

"나는 소문이 무서웠습니다. 그 일이 있은 이후 금이는 입버릇처럼 죽겠다고 말했죠. 허지만 금이는 죽는 대신 다방에 일자리를 얻어 집을 나갔지요. 금이는 예뻤기 때문에 일자리를 얻는 것은 쉬웠습니다."

"사람들은 그 소녀가 특이 체질인 데다 더욱이 남모르게 애를 배고 있었다는 사실을 안 이후에도 생각을 고치지 않았어요. 내가 조제하는 약에 마약을 사용하거나 비소를 넣는다고 생각했어요. 심지어는 내 손에는 독성이 있어 손에 닿은 건 뭐든지 죽어버린다고까지 소문이 났다니까요."

민자는 웃었다. 자신의 웃음이 악마처럼 보이리라는 것을 알면서도 웃음을 지우지 않았다. 그는 눈에 띄게 떨고 있었다. 크게 열린 채 허공의 한 점을 응시하고 있는 그의 모습을 잔인하게 지켜보며 민자는 말을 이었다.

"우린 그 작은 읍을 떠나게 되었지요. 손에 돌을 들고 있지는 않다 하더라도 모든 사람이 나를 보고 있다는 공포가 어떤 건지 아세요? 내가 내 자신의 목소리를 남의 것처럼 생생한 울림으로 듣게 된 건 바로 그 사건이 있었던 때부터지요. 여기선 아무도 날 모른다는 게 여간 편안하지 않아요. 모두들 어디론가 떠나고 어디서인가 흘러들고 모든 일이 아주 쉽게 일어나고 쉽게 잊히지요."

그러나 정말 그럴까. 터미널 부근에서는 늘 작은 소란이 있게 마련이었다. 민자는 음지식물처럼 유리문 안쪽의 눅눅한 그늘에 잠겨 있으면서도 결코 밖의 소란에 무심할 수 없었다. 아무런 일이 일어나지 않았을 때조차 유리문에 붙어 서서 깜박 잊고 있던 그 무언가를 찾으려는 듯 환한 햇빛 아래 종잇장처럼 얇아진 사람들이 소리 없이 걸어가는 모양을 우두커니 바라보곤 했다. 그리고 민자는 가끔 혼자 울었다. 빨갛게 부은 눈두덩으로 조제실에서 나오는 그녀를 보는 것은 드문 일이 아니었다.

"누군가가 금이를 보았다고, 병이 들어 앓고 있더라고 일러주며 금이가 있는 곳의 전화번호를 주었습니다. 고향에서 함께 자란 친구지요. 나는 금이를 만나기 위해서 어제 외출 나온 겁니다. 새 옷을 빌려 입었지요."

그가 자신이 입고 있는 옷을 내려다보며 짜내는 듯한 웃음을 지었다.

"그래서, 그래서 금이를 만났나요?"

"어제 낮에 터미널에 내렸을 때 나는 분명 금이는 이곳에 있으리라는 확신이 들었습니다. 그러나 금이를 만날 수 없었지요. 하루 종일 전화를 했지만 사람들은 금이를 모른다고도 하고 오늘 떠났다고도 하고 심지어는 죽었다고까지 말했어요. 나는 만나는 사람마다 붙들고 물었지요. 아무도 금이를 몰랐어요. 종내 나는 금이가 떠날 길목을 지키고 서서 아무렇게나 떠오르는 번호대로 다이얼을 돌려댔습니다. 금이가 이 도시에 있는 것이 확실한 이상 언젠가는 전화선 저쪽에서 응답할 것이 분명하니까요."

그의 눈이 극도의 피로와 갈망으로 몽롱하게 풀려가고 있었다.

"금이는 없다니까요. 벌써 칠 년 전에 죽었어요."

"어제저녁 귀대를 했어야 했죠. 그러나 나는 금이를 찾기 전에는 돌아갈 수 없다는 걸 압니다."

아득히 먼 하늘에서 봄 천둥이 울었다. 비는 계속 올 모양이었다. 점점 잦아지고 높아지는, 정비 공장의 망치 소리에도 그는 더 이상 놀라지 않았다. 반쯤 눈을 감고 의자 등에 기대앉은 그는 마치 죽은 것처럼 보였다. 얼굴은 거의 잿빛으로 굳어 있었다. 민자는 그가 처음 들어서는 순간 자신이 왜 그렇게 놀랐는지 수많은 사람 가운데에서도 단박 알아볼 수 있게 한 것이 무엇인지 비로소 알 수 있었다. 그것은 의식이나 욕망이 모두 빠져나간, 완전히 절망한 얼굴의 낯익음 때문이었다. 애초 전화를 쓰기 위해서라는 용무 따위는 그에게 없었던 것이다. 그는 한 가닥 불가능한 위안을 찾아 헤매고 있었던 것은 아니었을까.

문을 닫아야 할 시간이었다. 터미널 대합실의 불도 언제부터인가 깜깜하게 꺼져 있었다.

민자는 의자에서 일어나 그에게 다가갔다. 비에 젖은 어깨에 손을 얹고 잠긴 듯 따뜻하고 부드러운 어조로 말했다.

"떨고 있군요. 뜨거운 물을 한 컵 마시면 한결 따뜻하고 마음이 가라앉을 거예요. 아니, 그보다 견딜 수 없이 괴롭고 슬플 때는 깊은 잠보다 더 좋은 약은 없지요."

그는 민자의 말을 거의 듣지 않고 있는 듯했다. 민자는 대답 없는 그를 남겨둔 채 조제실로 들어갔다. 불행한 사람은 위로받을 권리가 있는 거야, 중얼거렸지만 손이 자꾸 떨렸다. 캐비닛이 열리는 삐걱 소리, 열쇠가 맞물리는 작은 음향을 은폐하기 위해, 그리고 결코 주명이나 수경이 나올 리 없다는 것을 알면서도 안의 기척에 날카롭게 귀를 세우며 짐짓 큰 소리로 말했다.

"잡념 없이 모든 괴로움을 잊고 편안히 잠들 수 있게 할 뿐이에요. 원한다면 당신은 행복한 잠 속에서 당신의 가련한 금이를 만날 수도 있어요."

민자는 작은 상자 속의 약병을 꺼내 급히 마개를 열고 초록빛의 알약을 두 알 꺼냈다. 손바닥 위에 올려놓고 잠시 들여다보았다. 민자는 알고 있었다. 그 초록빛의 알약이 잠을 잘 수 없이 괴로운 밤, 얼마나 멀고도 아득한 환상의 여행으로 친절히 데려가는지를.

민자가 조제실의 칸막이 뒤에서 나왔을 때 그는 없었다. 비닐 의자의 움푹 파인 자국과 흙발 자국 외에 그의 흔적은 없었다. 거칠게 여닫은 여운으로 유리문이 미미하게 흔들렸다.

민자는 찬 유리에 이마를 바짝 대고 밖을 내다보았다. 주유소의 흐린 아크릴 등 불빛에 그곳을 질러 어둠 속으로 달려가는 그의 흰색 상의가 희끄무레하게 비치다가 곧 사라지는 것이 보였다.

[1981]

인어(人魚)

염주처럼 줄에 꿴 삶은 밤 한 타래를 알뜰히도 훑어 먹는 데 열중한 순영을 물끄러미 바라보고 있노라니, 내가 딸아이와 짧은 여행을 다녀오겠노라는 말을 했을 때 별 까탈을 부림이 없이, 그러지, 하는 한마디 말로 선선히 승낙하던 남편에 대한 노여움이 새삼스레 치받쳤다. 마침 순영의 열두번째 생일이어서 명분이 서는 것이긴 해도, 여느 때 한나절의 외출에도 신경을 쓰던 그로서는 의외로 대범한 마음 씀이었다.

"순영이 데리고 어디 바닷가에나 다녀올까 해요. 생일 선물 겸해서."

중학교에만 들어가도 엄마랑 가는 여행 따위는 별로 재미있어 하지 않을 테니, 하는 다분히 암시적인 내 말에 남편은 대답했다.

"그러지, 난 우평이 데리고 그동안 낚시나 한차례 다녀올게."

코밑이 거뭇해지기 시작한, 요즘 들어 더욱 말수가 적어진 중학교 삼 학년짜리 우평은 남편과 나 사이의 오가는 말에 별 반응을 보임이 없이 숟가락을 놓자마자 제 방으로 들어가버렸다.

부자(父子) 사이에 어떤 묵계가 있었던 것은 아니었을까. 이쪽의 과민한 신경 탓이라고만은 할 수 없게 이즘 들어 부쩍 어른스러워지고 품 안을 빠져나간 듯싶은 우평의 태도도 수상쩍었다. 지난해까지만 해도 제 물건을 함부로 만진다거나 하는 이유로 으레 하루에 한두 차례는 동생을 쥐어박아 울음보를 터뜨리게 했건만 언제부터인가 그러한 다툼은 없어졌다. 대신 어쩌다 밥상머리에서나, 나란히 앉아 텔레비전을 볼 때 가수들의 노래를 큰 소리로 따라 부르거나 끝없이 재재거리는 제 누이동생을 바라보는 우평의 착잡하고 측은해하는 눈길에 나는 까닭 모르게 가슴이 하르르 떨리곤 했다.

마침 국경일이 토요일과 겹친 연휴였다. 남편은 지금쯤 아마 우평이와 낚시 짐을 챙기고 있으리라.

차창으로 들어온 가을 햇살이 순영의 머리칼에 엷은 광택으로 흘러내렸다. 머리를 움직일 때마다 노란색, 빨간색, 보라색 등의 광택으로 교차되는 그 빛에 나는 눈이 시었다. 비단실 타래처럼 빛이 엷고 숱 적은 머리칼 사이로 가르마가 희었다.

"아유, 벌레도 많아라. 온통 벌레 먹은 것뿐이야."

밤을 다 먹은 순영이, 손수건을 펼쳐 받쳤는데도 옷 위로 흐트러진 밤 부스러기며 껍질 따위를 털어내었다.

"단풍 좀 봐라, 벌써 함빡 물이 들었구나."

버스 차창 밖, 산은 무너지듯 붉은색이 지천이었다.

"얼만큼 더 가야 해?"

순영은 바깥 경치에는 별 흥미가 없나 보았다.

"아직 두 시간 남았다."

"지루해죽겠어."

순영이 하품을 하며 몸을 뒤틀었다.

"한참 자렴. 다 가면 깨울게. 속이 답답하니? 멀미가 나는 것 같애?"

"이거 좀 끌러줘."

순영이 등을 돌려 대었다. 브래지어였다. 이런 철부지, 나는 속으로 혀를 차며 블라우스 속에 손을 넣어 브래지어 호크를 끌러주었다.

"아, 이제 살 것 같다. 답답해서 죽을 뻔했어."

순영은 호르르 한숨을 내쉬며 의자 등받이에 편히 기대앉았다. 제법 도드라지는 젖몽오리에 웃음 삼아 사주었던 것인데 처음 하는 탓에 무던히도 거북했나 보았다.

"잠이 안 오거든 바깥을 내다보렴."

산의, 경사가 완만한 비탈에는 검은 염소 떼가 있고 염소 몰이 소년은 우리가 탄 버스를 향해 손을 흔들었다. 시드는 풀빛 위로 햇살이 유난히 부드러웠다.

버스가 잠깐 M읍에서 멎었을 때 함지에 머루 뭉치를 담아 팔고 있는 아낙네들을 보고 순영은 또 머루가 먹고 싶다고 했다. 보기만 해도 신 침이 돌아 진저리가 쳐졌지만 나는 막 떠나려는 차에서 억지로 손을 내밀어 머루를 한 뭉치 샀다. 순영은 먼젓번처럼 무릎에 손수건을 펴놓고는 먹기 시작했다. 나는 입가에 번진 머루의 보랏빛 물을 꼭꼭 닦아내며 먹는 데 열중한 순영의 모습을 물끄러미 바라보았다. 솜털이 보스스 돋아난 둥근 뺨이 복숭아처럼 보였다. 무심한 아이의 모습을 보노라니 납덩이 같은 것이 가슴을 짓눌렀다. 순영이 이번 여행의 진정한 뜻을 꿈엔들 생각할 수 있을까.

삶에 있어 건전한 상식과 절제를 으뜸의 미덕으로 여기고 가르쳐온 내가 집을 떠나면서부터 아이의 분방하고 끊임없는 요구에 한 번의 제지도 가하지 않고 선선히 들어주게 된 것은 여행이 주는 해방감, 잠깐 비켜서도 무방하리라는 무책임감 때문만은 아니었다.

고작 이틀 동안의 짧은 여행을 마치고 돌아오는 길은 서로가 얼마나 달라져 있을지—특히 순영에게 있어 세상과 인생은 얼마나 달라져 있을 것인가—, 그것은 또 얼마나 잔혹한 일일까 하는 생각이 나를 가해자의 입장으로 몰아 나는 마치 마지막 여행인 듯, 감상을 나무라면서도 비감에 빠지게 되는 것이었다.

내가 둘만의 여행 계획을 알리고 행선지를 어디로 했으면 좋겠느냐고 물었을 때 순영은 환성을 올리며, 바다를 보고 싶다고 말했다.

“바다는 여름이 좋지 않니? 지금은 춥고 쓸쓸할걸? 왜 하필이면 바다야, 차라리 온천장이 낫지 않겠어?”

남편이 떠름하게 한마디 거들었다.

“난 이제껏 한 번도 바다를 본 적이 없잖아. 아빠는 바다낚시를 가도 꼭 오빠만 데리고 다녔으니까 이번엔 내가 엄마랑 갈 차례야.”

그건 사실이었다. 남편이 마땅치 않은 표정으로 낯을 찡그렸다. 그 순간 남편은 아마 나와 마찬가지로 순영이 바닷가에 버려졌던 아이라는 사실을 떠올렸음에 틀림없었다.

우리가 입양(入養)을 결정하고 보육원의 입양 담당자에게 조심스레 아기의 출생에 관해 물었을 때 그는 말했었다.

“자세한 건 알 도리가 없죠. 부모가 직접 맡긴 아이가 아니니까요. 동해안의 바닷가에 버려져 있었답니다. 엔간히 모진 사람들이에요. 해수욕장이 있는 곳이라 겨울에는 사람 발길도 없는데…… 필시 파도에 휩쓸려 가기를 바랐던 게지요.”

순영을 데려온 후 우리는 바다에 간 적이 없었다. 아이가 어려서, 혹은 물것들이 많아서, 혹은 사람이 너무 붐빈다거나 제철이 아니라는 구실을 대었지만, 그리고 남편이나 나나 서로 입 밖에 내어 말한 적은 없었으나 순영이 바다에 버려졌었다는 사실을 떠올리기 때문이라는 것을 너무도 잘 알고 있었다. 그렇다면 생후 삼 개월 정도 아기의 무의식 속에 잠재된, 바다에 대한 기억의 부상(浮上)을 두려워한 것일까. 그보다는 본능적인 거부감 때문이라는 것이 더 확실한 얘기가 될 것이다.

나는 남편의 못마땅해하는 기색을 짐짓 무시하고 남편에게 동해안의 관광지인 Y읍으로 가는 고속버스 표 예매를 부탁했다. 일종의 공범 의식에서였을 것이다. 그리고 이번 여행을 위해 순영의 속옷, 잠옷, 바바리코트까지 굳이 새것으로 준비했다. 예사롭지 않은 일일수록 예사롭게 처리하는 게 현명한 방법이라는 수칙을 지켜오는 자신이면서도 그런 행동을 한 것은 이번 여행이 어쩌면 결별이 될지도 모른다는, 이번 여행에서 순영을 잃을지도 모른다는 최악의 경우를 생각했기 때문일 것이다.

순영은 내 어깨에 비스듬히 기댄 채 잠이 들었다. 어깨에 묵직이 실리는 머리를 편히 받치며 나는 순영의 흘러내린 머리칼을 올려주었다. 머리칼에서는 샴푸 냄새가 진하게 풍겼다. 머리를 감을 때는 꼭 세 번 이상 헹구어야 한다고 잔소리를 해대어도 지켜 서 있지 않으면 두 번으로 후딱 헹구어버리고 마는 버릇이었다.

자기를 낳은 친어미가 아니라는 것을 알게 되고부터, 어찌 그 이전의 관계를 기대할 수 있을까. 이전의 관계가 설혹 미움과 배반으로 가득 찬 것이었다 해도 그렇다. 가족 간에는 어떤 종류의 애정과 미움과 적대감에도 나름대로의 자연스러움이 스며 있게 마련이다. 나는 이후로 순영과 나 사이, 우리 가족 사이에 끼어들 부자연스러움을 두려워하고 있었다. 그리고 또한 일찍 시작될 그 애의, 도시 내 것처럼 받아들일 수 없을 존재론적 회의도 두려웠다. 그럼에도 불구하고 순영이 더 자라기 전, 남의 입을 빌려 자신의 출생에 대한 얘기를 듣기 전 사실을 일러 주자는 것이 남편과 나의 공통된 생각이었다. 세상에 영원히 숨겨지는 일이란 없다. 최소한 남의 입을 빌려 듣는 굴욕감과 수치심만은 피하게 하고 싶었다.

높은 재를 넘어 산길을 내려가자 해안 도로였다. 짧은 가을 해는 이미 저물고 있었다. 나는 순영을 가볍게 흔들어 깨웠다.

"어머나, 바다야. 정말 바다구나."

순영은 벌써 어둡게 가라앉기 시작한 바다를 보며 잠기가 대번에 달아난 쨍쨍한 목소리로 환성을 질렀다.

"정말 바다 냄새가 나는 것 같아. 맨발로 막 뛰고 싶어."

나는 엉덩이를 들썩이는 순영의 어깨를 눌러 앉혔다. 순영의 갑작스러운 생기에서 비롯된 불안을 감추느라 내 목소리가 조금 냉담해졌다.

"왜 이렇게 수선을 떠니? 좀 얌전히 굴렴. 이제 곧 내리게 될 텐데."

순영은 뜻하지 않은 핀잔에 무안해진 듯 잠시 시무룩해졌으나 텅 빈 해수욕장에 내리자 금세 재잘거리기 시작했다.

"엄마, 너무 좋아. 생전 처음 바다에 오는데도 낯설지가 않아. 냄새도 그렇고."

"영화나 책에서 하도 많이 봐서 그런 게지."

나는 순영의 말을 무뚝뚝하게 자르고는 숙소를 찾아 걸음을 옮겼다. 바다 저편에서부터 몰려오는 안개가 바람에 섞여 축축이 몸에 스미었다.

해수욕장 주위의 여관들은 대개 폐쇄된 듯 인적이 없이 스산했다.

나는 모래에 발을 빠뜨리며 작은 솔밭 건너 '해변 호텔'이라는 간판을 달고 있는 건물을 향해 걸었다.

순영은 호텔과 바다 사이에 작은 송림이 있다는 것이 불만이었으나 이런 계절에 문을 열고 있는 곳은 해변 호텔뿐이었다. 나는 대신 바다가 잘 내려다보이는 삼 층에 방을 잡았다. 호텔의 방들은 거의 비어 있는 듯 조용했다. 긴 복도를 걸어갈 때 울리는 우리들의 발소리가 오히려 스산하고 적막했다.

"엄마, 어서 바다엘 나가요."

방을 정하고 열쇠를 받아 들자마자 또다시 채근하는 순영의 바바리코트 단추를 벗기며 나는 다정히 말했다.

"좀 쉬어라, 몹시 피곤하구나. 옷부터 갈아입고 잠깐 쉰 뒤에도 얼마든지 나갈 수 있잖니? 설마 바다가 어디로 도망가는 일이야 생기겠니?"

그러고서 나는 화장대 쪽으로 돌아앉아 클렌징크림으로 천천히 화장을 지우기 시작했다. 거울 속으로, 훌훌 벗고 옷을 갈아입는 모습이, 그리고 처음 와보는 호텔 방을 신기한 듯 여기저기 들춰보고 둘러보는 순영의 모습이 비쳤다.

"엄마, 정말 변소도 붙어 있네."

화장실 문까지 열어보며 순영이 깜짝 놀란 표정을 지었다.

"호텔은 다 그렇단다."

침대에 씌운 밝은 빛깔의 담요, 갓전등, 텔레비전 세트 따위로 눈가림을 했을 뿐 자세히 보면 천장의 한 귀퉁이가 누수로 얼룩이 지고 화장대로 가려진 벽의 벽지는 시커멓게 썩어가는 낡고 초라한, 이름만의 호텔일 뿐이었다. 그런데도 순영은 집 밖의 모든 것이 신기하고 화려해 보이기만 하는 나이인 것이다. 창밖은 벌써 저물고 있었다. 작은 솔밭 건너 바다가 빤히 보이고 파도 소리는 바로 발밑에서인 듯 가깝게 들렸다. 불을 켜야 할 시간이었다. 불을 켜자 창밖의 바다는 불빛 저편으로 밀려가 사라져버렸다. 바다가 보이지 않는 것이, 아니 순영의 눈에서 가려지게 되었다는 것이 내게 알 수 없는 안도감을 주었다. 천천히, 오래 시간을 끌어 화장을 지운 뒤 나는 전화 수화기를 들어 호텔 사무실을 불렀다.

"더운물이 나오나요? 그리고 호텔 안에서 식사가 됩니까?"

"목욕은 언제라도 하실 수 있습니다. 밤 열 시까지는 호텔 식당에서 식사가 됩니다. 식당은 일 층 로비 옆에 있습니다."

전화를 끊고 나는 순영에게 말했다.

"우선 목욕부터 하렴. 그리고 식당에 저녁 먹으러 내려가자."

"그럼 엄마, 저녁 먹고 바다 구경을 하러 가요."

작은 욕조 안에 더운물을 채워 나는 순영의 발가벗은 작은 몸을 밀어 넣었다. 순영은 깔깔거리며 첨벙첨벙 물장구를 쳤다. 나는 욕실을 나와 함부로 벗어 던진 순영의 옷을 챙겨 옷장 안에 걸었다. 욕실 안에서는 물 튀기는 소리에 섞여 순영의 높다란 노랫소리가 들려왔다.

초록빛 바닷물에 두 손을 담그면
초록빛 바닷물에 두 손을 담그면,

순영은 어주 어릴 때부터 변소에 들어앉아 노래를 부르는 버릇이 있었다. 노래가 서너 곡쯤 계속될 때쯤, 이젠 나올 때가 되었군 하며 우평이와 나는 마주 보고 웃곤 했었다. 순영의 높게 울리는 노랫소리에 지워져 파도 소리는 들리지 않았으나 나는 커튼을 닫았다.

순영의 뜻에 따라 바닷가에 왔으면서도 굳이 그 애의 눈에서 바다를 가리려 애를 쓰는 건 막바지에 다다랐음을 알면서도 좀 더 유예를 얻어보자는 조바심 때문일 것이다.

예정대로라면 벌써 지난해쯤 기회를 만들었어야 했다. 그러나 나는 미뤄왔다. 남편도 마찬가지였다. 용기가 없었다. 예방주사를 맞힐 때처럼 알맞은 시기를 찾았으나 미룰 구실은 또 얼마든지 있었다. 아직 어리다거나 몸의 상태가 좋지 않다거나 상처받기 쉬운 예민한 성격이라거나 따위…… 그러나 그것은 정말이지 구실에 불과했다. 더 큰 근본 원인은 남편이나 나나 순영에 대한 정에 자신이 없었다는 것일 게다. 나는 너의 친엄마가 아니라는 것은 내게 있어서도 그 애가 친딸이 아니라는 선언이 될 것이고 그 말은 이제까지의 어떤 종류의 짙은 관계도 단번에 무산시킬 수 있는 위력이 있으며 그 뒤에 올 순영의, 자신도 의식지 못할 방어 태세에 배반감을 느끼지 않을 자신이 없었다. 그러나 지난봄 순영의 초조(初潮)를 겪으면서, 그리고 그 나이 또래의 사촌들과의 잦은 접촉에 나는 더 미룰 수 없는 짙은 불안에 사로잡혔다. 그 또래 계집애들의 사귐에 비밀은 얼마나 빼놓을 수 없는 크나큰 조건이며 그 비밀이란 또 얼마나 은밀하고 상상할 수 없이 엄청난 것이랴. 어쩌면 그 애들은 이미 제 어머니의 수군거림을 비밀리에 순영의 귀에 불어 건넸는지도 모를 일이었다.

"너의 부모가 세상을 떠나자 너는 보살펴줄 사람이 필요했고 우린 예쁜 딸을 원했지. 피를 나누었다는 것이 그다지 대단한 게 아니라는 걸, 진실로 중요한 건 함께 관계를 이루어가는 과정이라는 걸 너를 기르면서 배우게 되었단다. 나는 언제나 너를 내게 보내준 보이지 않는 큰 뜻에 감사하고 있단다."

순영에게 사실을 알리기로 결심하고 난 뒤 남몰래 얼마나 많이 연습해온 말인가.

그러나 정말 그럴까.

무심히 잠든 아이를 낯설게 바라보며, 그리고 흉하게 낯 찡그리고 우는 아이를 안아 달래며 나는 얼마나 자주 진정 이 아이를 사랑하는가를 반문하곤 했던가. 숨기려 애썼음에도 불구하고, 또한 끊임없는 죄책감에 시달리면서도 나는 내가 낳지 않은 아이에 대한 어쩔 수 없는 이물감, 거부감을 지울 수 없었다.

아이를 기르는 마음에 꿈이 없다는 것이 때때로 나를 괴롭혔다. 나는 사람은 사랑과 상처로 성숙한다고 생각해오면서도 순영이 결코 독특한 재능이나 개성을 지니기를 바라지 않았다. 예쁜 옷, 예쁜 그릇, 윤택한 생활 따위에 만족하는 조금쯤 범속하고 평범한 여자로 자라기를 바랐다. 또한 어떤 일에도 오래 비감에 빠져 있지 않을 만큼, 툭툭 털고 일어나 타협할 수 있는 스스로의 치유 능력을 가진 건강한 여자가 되기를 원했다. 그것은 내가 자기의 생모가 아니라는 것이 현실화되었을 때의 상황을 복선으로 깔고 있었기 때문일 것이다. 그러나 오래 방황하고 좌절함이 없이 예사롭게 인정하기를 어찌 바랄 수 있을까.

나는 내가 낳지 않은 그 애를 기르면서 다섯 살 때의 나로, 아홉 살 때의 나로 돌아가려는 노력으로 그 애와의 거리를 좁혀보려 애를 썼다. 자신의 피가 섞이지 않은 순영에 대한 이질감은 남편 쪽도 마찬가지인 모양이었다.

우평을 낳고 다음 해 나는 자궁암 진단을 받았다. 자궁을 들어내어 포태의 희망이 없어진 내게 입양 의사를 타진한 것은 남편 쪽이었다.

평판이 좋은 개업의였던 남편의 수입은 많았고, 내가 받은 교육의 혜택이며 누리고 있는 윤택한 생활에 대해 막연한 채무감을 느끼고 있던 나는 그 제의를 지극히 정당하게 받아들였다.

오던 첫날부터 시작된 순영의 밤 울음은 근 일 년을 두고 계속되었다. 자리에 누워 첫잠이 들 만하면 벌떡 일어나 앉아 울어대는 것이었다. 몸이 아픈 것도, 낮에 놀란 일이 있었던 것도 아니었다. 도시 까닭을 알 수 없었다. 섧게섧게 우는 울음은 아무리 달래고 안아주어도 그치지 않았다. 보기 흉하게 얼굴 찡그리고 안아주는 손을 뿌리치며 우는 울음에는 우리 부부의, 버려진 생명을 거두고 있다는 은밀한 긍지, 믿고 있던 세상에 대한 선의, 가슴속에 있다고 생각해온 사랑 따위를 여지없이 짓밟고 비웃는 조소 같은 것이 들어 있었다. 남편은 그다지 참을성이 있는 편이 못 되었다. 서너 달이 못 되어 진저리를 내며 눈을 흘겼다.

"아주 못된 버릇이야. 도대체 부족한 게 뭐지?"

순영이 밤 울음 버릇을 고친 뒤에도 남편은 꽤 오랫동안 그 애에 대해 가졌던 마음, 입양에 대한 회의를 버리려 하지 않았다.

순영이 목욕을 마치기를 기다려 나는 순영과 함께 식당으로 내려갔다. 손님이 없는 식당은 객실과는 달리 썰렁했다. 식당 창밖으로 보이는 바다는 어둠에 묻혀 형체를 드러내지 않았다.

"밥 먹고 바다엘 나가봐요."

생선회를 초고추장에 찍어 먹으며 순영이 어두운 바다를 바라보았다.

"머리가 젖었잖아? 젖은 머리로 바람을 쐬면 감기 들어요. 그리고 시간이 너무 늦었다. 내일 아침 일찍 나가서 해 뜨는 거 보는 게 좋을걸."

순영은 더 우기지 않고 고개를 끄덕였다. 저녁을 다 먹고 순영에게는 뜨거운 코코아를, 내 몫으로는 커피를 부탁해 마시면서 나는 또 조바심을 쳤다. 내일이면 다시 집으로 돌아가야 한다. 언제, 어디서, 어떤 계기로 어떻게 말을 꺼내야 할까. 차라리 순영의 말대로 바닷가에 나가 어둠 속에 서로의 얼굴을 감추고 무심히 내뱉는다면 순영도 마치 파도 소리처럼 그 말들을 예사롭게 받아들일 수 있지 않을까.

"아빠랑 오빠는 지금쯤 뭘 하고 있을까."

순영이 생글생글 웃으며 문득 물었다.

"글쎄, 아마 낚시터에서 함께 슬리핑백 속에 누워 간지럼을 태우거나 궁상맞게 라면이나 끓이고 있겠지. 벌써 보고 싶니?"

"응, 한 식구들이잖아. 아침에는 다 같이 밥을 먹었는데 저녁에는 이렇게 서로 멀리 떨어져 있다는 게 이상해."

얘야, 내일 아침이면 우리는 또 얼마나 더 멀리 떨어져 있게 될는지…… 나는 속으로 중얼거렸다. 그러자 또다시 내게 이러한 무거운 짐을 떠맡겨버리고 무심해 있을 남편에 대한 노여움이 고개를 들었다.

"그래, 한 가족이니까."

나는 작게 한숨을 쉬었다.

방으로 올라와 순영은 곧장 잠옷으로 갈아입고는 침대 속으로 들어갔다. 그러나 피곤한 푼수치고는 바뀐 환경 탓에 쉽사리 잠이 오지 않는 모양이었다.

"공주님이 된 기분이에요. 행복한 꿈을 꿀 것 같아요."

레이스가 많이 달린 예쁜 새 잠옷에 기분이 좋은지 순영은 행복하고 나른한 표정으로 말했다. 나는 말없이 빙긋 웃었다. 그만한 나이 때의 나도 그랬다. 여러 형제 틈에 끼여 가난하게 자라며 얼마나 나만의 방, 나만의 비밀 서랍, 예쁜 잠옷, 침대 따위를 원했던가.

"행복한 꿈이라면 어떤 거지?"

"아주 예뻐지는 거, 아주 피아노를 잘 치게 되는 거, 예쁜 집, 그리고 혜연이하고 화해하는 거."

순영이 한 가지씩 손가락을 꼽으며 또박또박 말했다.

혜연이란 순영의 단짝인데 얼마 전 싸우고 절교장을 받았다고 했다. '너와의 우정은 끝났다'라는 내용의 편지를 내게 보이며 순영은 사납게 이를 악물었다.

"아직 너랑 말 안 하니?"

"나 보란 듯이 다른 애들하고만 몰려다녀. 얄미워죽겠어. 우경이가 화해를 시키려고 나랑 자기 집에서 만나게 했는데도 현관에 내 신발이 있는 걸 보고는 그냥 가버렸어. 내가 정말 싫은가 봐."

"괜찮다. 곧 중학교엘 가면 더 많은 친구를 사귀게 될 텐데. 그리고 혜연이도 그런 게 본심은 아닐 거야. 오랫동안 잘 지냈잖아? 사람은 마음과는 다른 행동을 하는 경우가 많단다. 미워하는 마음을 오래 지니면 마음도 얼굴도 모두 미워지지."

"엄마는 다른 사람을 미워하는 적이 없지?"

"그럴 리 있니? 왜 그렇게 생각되니?"

"엄마는 늘 예쁘거든."

"엄마니까 그렇게 보이는 거야. 내 눈에는 순영이도 늘 예뻐 보이거든. 사람이란 말야……"

내가 비로소 벼르고 있던 말의 실마리를 쥐었다고 생각했을 때 순영이 크게 하품을 하며 베개에 고개를 묻었다.

"아빠랑 오빠랑 텐트 속에서 자려면 춥겠네. 바람이 많이 부나 봐."

"침낭 속은 따뜻하단다. 사이다라도 시켜 마실까?"

"이 닦고 난 다음에 뭘 먹고 자면 이가 썩잖아."

"아 참, 그렇지. 그냥 잘래? 엄마랑 더 얘기하지 않고?"

"아니, 졸려. 내일 아침 일찍 해 뜨는 걸 보러 나갈래."

순영은 곧 잠이 들었다. 나는 내 침대에 걸터앉아 흐린 갓전등 불빛 아래 잠들어 있는 순영의 얼굴을 물끄러미 바라보았다. 전체적으로 둥글면서도 하관이 빠른 얼굴은 낯설었다. 잠들어 있는 모습은 더욱 그러했다. 내가 딸이라 부르는, 나를 어미라 부르는 이 아이의 인생에 얼마나 깊이 들어갈 수가 있는 것일까.

순영을 데려온 것은 벌써 십일 년 전의 일이다. 순영이 처음 오던 날을 나는 어제인 듯 생생히 기억하고 있다. 십일 년 전의 오늘, 버려진 아이에게 생일이 분명할 리 없어 우리는 임의로 그 애가 온 날을 생일로 정하고 있다. 순영은 박박 깎은 머리의 허약한 아이였다. 그러나 함께 살아온 십일 년이란 세월의 부피와 농도가 아무것도 아닌 듯이 느껴지는 것은 아이가 아주 깊이 잠 속에 빠져 있을 때였다. 아이가 결코 내 손이 닿을 수 없는 먼 세계 속에 가 있는 듯 나는 손가락 하나 댈 수 없는 무력감에 빠지게 되는 것이었다.

"너는 보살펴줄 사람이 필요했고 우리는 예쁜 딸을 원했지."

나는 다시금 중얼거렸다. 순영이 깊이 잠들어 결코 들을 리 없다는 것을 알기에 조금 큰 소리로 다시 말했다. 그러나 자신의 목소리면서도 어떠한 진실성도 느껴지지 않았다. 정말 그럴까, 나는 정말 예쁜 딸을 원했을까. 우평을 낳았을 때, 그리고 그 이후 내 가슴은 다른 아이를 원할 여지가 없을 만큼 그 아이 하나로 온통 충만되어 이미 내 생의 온갖 꿈과 소망을 심고 있었음을 나는 알고 있었다. 자식을 기르는 일에 꿈이 없다는 것, 소망이 없다는 것 자체가 이미 버렸다는 얘기가 아닐까.

밤이 깊을수록 파도 소리는 더욱 가깝게 들렸다. 피곤하지만 도시 잠들 수 있을 것 같지 않았다. 내일이면 다시 돌아가야 하고 여느 날과 같은 날들이 이어지고 순영에 대한 막연한 불안과 조바심이 계속되리라는 것에 초조해졌다.

나는 수화기를 집어 들었다. 맥주라도 한 병 올려 보내달랄 참이었다. 그러나 순영이 얕은 숨소리를 내며 돌아눕는 기척에 수화기를 내려놓고 발소리를 죽여 방을 나왔다. 순영이 혹시 깨어 놀라지나 않을까 슬며시 걱정이 되었으나 나는 식당으로 가려던 발길을 돌려 호텔을 나왔다. 소나무들이 유령처럼 서 있는 송림을 지나자 물소리는 곧 달려들 듯 사나워졌다. 바다는 깜깜했다. 철썩거리며 해안에 부딪는 파도 소리만이 바다와 육지를 가르고 있었다. 나는 끊임없이 달려드는 흰빛의 띠를 위태롭게 피하며 해변을 따라 걸었다. 바닷바람이 축축이 옷을 적시고 몸속으로 스며들었다. 나는 옷깃을 치켜세우며 바람에 날리는 머리칼을 쓸어 올렸다. 순영이 버려졌던 곳, 찬 겨울바람 속, 담요에 싸인 채, 조그만 바람막이의 배려도 없이 던져졌던 곳은 어디쯤일까. 그 애를 낳은 여자는 정말로 자기의 아이가 파도에 휩쓸려 흔적 없이 물에 잠기기를 바랐을까. 그 애가 버려졌던 자리를 확인하고 그 애의 출생에 대한 얘기를 한다는 건 어쩌면 또 한 번 그 애를 인적 없는 해변에 내던지는 행위가 아닐까. 아니 나는 오래전부터 이렇듯 흔적 없이 그 애가 내게서 떠나가기를, 무거운 짐을 벗어버리기를 원해왔던 것이나 아닐까.

갑자기 머리 위에서부터 발끝까지 확 끼얹는 불빛에 나는 비명을 지를 듯 멈춰 섰다.

"누구요?"

불빛에 갇혀 나는 목소리의 주인을 알아볼 수 없었다. 상대는 두 사람이었다.

"어디 있는 사람이오?"

그들은 거듭 위협적인 목소리로 대답을 재촉했다.

"해변 호텔에 묵고 있어요. 바람을 쐬러 나온 길입니다."

나는 더듬더듬 대답하며 낯을 찡그리고 애매하게 웃어 보였다.

"여긴 작전 지구입니다. 어서 돌아가세요. 인적이 드문 데다 부근 불량배를 만나기 쉽습니다."

내 행색을 천천히 살펴본 그들이 불빛을 거두며 곁을 지나쳐 멀어져갔다. 나는 허리를 굽혀 발밑을 더듬었다. 군인들이 전짓불을 비추었을 때 발밑에서 주먹만큼 큰 소라 껍데기를 보았던 것이다. 그것을 주워 들어 귀에 대어보니 윙 약한 소리가 귓전을 울렸다.

군인들의 철벅거리는 발소리가 모래펄에 묻혀 멀어졌다. 나는 돌아섰다. 되돌아갈 길이 아득히 멀었다. 송림 건너 호텔의 불빛도 보이지 않았다. 나는 문득 덜미를 잡는 무섬증에 마구 달렸다. 돌아가려는 마음이 급할수록 발목은 모래펄에 묻히고 젖은 긴 스커트 아랫단이 종아리에 휘감겨 무릎이 맥없이 꺾여 고꾸라졌다.

귓전을 때리며 울부짖는 파도 소리가 마치 낯선 방에서 무서운 꿈을 꾸다 깬 순영이 엄마를 부르며 울고 있는 소리처럼 들리고 있었다.

차가운 밤공기와 젖은 몸 탓만은 아니게 덜덜 떨며 방으로 들어온 나는 들어오는 길로 옷장을 열어 순영의 옷가지들을 목욕탕의 욕조 속에 집어넣고 물을 틀었다. 욕조에 물이 차오르자 순영의 신발까지도 집어넣었다. 내 속의 그 무슨 힘이 나로 하여금 그런 행동을 하게 한 것인지도 모르면서 순영의 옷가지들이 흠뻑 젖어 잠기는 것을 보고야 마음이 가라앉았다. 이런 느닷없는 소동을 전혀 모르는 채 순영은 고른 숨소리를 내며 깊이 잠들어 있었다. 나는 머리맡의 전등을 끄고 반듯이 누워 잠을 청했다.

다음 날 새벽 내가 눈을 떴을 때 순영의 잠자리는 비어 있었다. 나는 화들짝 일어나며 순영을 불렀다.

"순영아, 화장실에 있어?"

그러나 아무런 대꾸도 없었다. 나는 화장실 문을 열었다. 욕조 가득 순영의 옷가지들이 여전히 허물처럼 잠겨 있을 뿐 순영은 없었다. 나는 비긋이 열린 커튼 사이로 바깥을 내다보았다. 그러고는 아, 얕은 비명을 질렀다. 흰 레이스 잠옷 차림의 순영이 솔밭을 지나 바다로 가고 있었다. 땅에 끌리듯 긴 잠옷 자락 때문에 순영은 걷고 있는 게 아니라 슬몃슬몃 빠르게 미끄러지고 있는 듯 보였다.

해변에 이르러 순영은 마구 달리기 시작했다. 바람에 폭넓은 옷자락은 풍선처럼 부풀었다. 그 애의 뒤 모래펄에는 맨발 자국만이 새 발자국처럼 점점이 뿌린 듯 남았으나 곧 파도에 씻겨 흔적이 없이 사라졌다.

신혼부부인 듯 녹의홍상의 여자와 검은 양복의 남자가 순영의 곁을 지나치다가 돌아서서 오래오래 순영을 지켜보았다.

나는 흰 파도와 해변을 따라 달리는 순영의 흰 옷자락을 구별할 수 없었다. 점점이 멀어져가는 순영을 보며 순영아, 순영아, 안타깝게 외쳤으나 그 소리는 외침이 되어 나오지 않았다.

[1981]

하지(夏至)

"피워도 괜찮겠습니까?"

옆자리의 사내가 담배에 불을 붙이려다 말고 문득 혜순의 존재를 의식한 듯 물었다. 여전히 이어폰을 낀 채였다.

"네, 괜찮아요. 피우세요."

버스의 뒷좌석은 물론 금연석이 아니었다. 깊이 들이마셨다가 후루룩 내뿜는 입김으로 미지근해진 담배 연기가 코끝을 스쳐 창밖으로 흘러 나갔다.

여섯 시에 끝나는 마지막 강좌를 듣고 시외버스 터미널까지 오는 동안, 그리고 버스가 서울의 외곽 지대를 벗어날 때까지 줄곧 중천에 머무는 듯 강하고 뜨겁던 햇발은 희미한 조락의 기미를 엿보이며 풀기 없이 엷어져가고 있었지만 물길을 따라 솟은 산 빛은 아직 눈부시게 밝았다.

"도대체 언제까지 마냥 이렇게 있을 건지 알 수가 없군요."

"그러게 말이에요. 아마 사고가 난 모양이지요?"

간단히 동의하고, 이어 묻는 혜순의 말에 그는 낸들 압니까 하는 표정으로 으쓱 어깨를 치켜올렸다.

도(道)의 경계 표지 위, 전광판의 숫자가 19:49에서 19:50으로 바뀌는 참이었다. 여느 때라면 시발지인 서울에서 종착지인 P시까지 거리의 꼭 절반 지점인 한내면을 지날 시각이었다. 밤재를 넘을 즈음부터 앞차를 따라 슬금슬금 거북이걸음을 하던 버스가 평지에 이르러 완전히 멎어버렸을 때의, 전광판에 찍힌 시간을 혜순은 기억하고 있었다. 벌써 이십 분이나 버스는 선 자리에서 꼼짝 않고 있는 것이다. 마찬가지로, 속력을 줄이면서부터 버스 안에 일기 시작한 작은 소요도 가라앉았다.

움직이지 않는 버스와, 통행량에 비해 엄청나게 옹색한 도로에 대해 불평하고, 까닭을 알고자 목을 빼어 창밖을 내다보던 승객들은 가야 할 길을 가지 못하고 있는, 더욱이 그 이유조차 알지 못한다는 어쩔 수 없는 낭패감과 한 가닥 불안을 숨긴 채 잠잠했다.

버스의 앞으로도, 뒤쪽으로도 눈길 닿는 끝까지 띠처럼 길게 이어진 차량의 행렬은 도시 움직일 기미를 보이지 않은 채 시드는 햇빛 아래 권태롭게 노출되어 있었다.

버스 앞창의 위쪽에 붙인 길쭉한 거울 속으로, 가끔 선글라스로 감춘 운전사의 눈이 두 개의 검은 동그라미처럼 떠올라 버스

안을 훑곤 했다.

서울과 P시를 오가는 직행버스를 통상적으로 이용하는 승객들은, 좁은 국도에서는 조그만 충돌 사고 따위로도 오랫동안 차가 밀리고, 군사상의 주요 도로이므로 흔히 만나게 되는 군 이동 차량이나 운전 교습 중의 군 트럭 때문에 몇십 분씩 지체했던 경험을 갖고 있었다. 또한 줄곧 물길을 끼고 굽이도는, 산을 깎아 닦은 도로에서 미끄러진 버스가 곧장 강으로 떨어져 수장되었던 몇 해 전의 겨울을 기억하고, 깎인 산의 드러난 암벽마다 세워진 '낙석 주의' 푯말이 한갓 경고문만이 아님을 잘 알고 있었다. 우기에는 더욱 그러했다. 편마암의 적갈색 암벽은 방금 쪼아낸 듯 날카롭고 사나운 모서리를 드러내었다. 운모 조각들은 위협적으로 반짝이고 비에 젖어 마치 피 흘리듯 생생하고 선명히 드러나 더 이상 가까이 오지 마라, 언제라도 굴러떨어지리라는 완강하고 비통한 자해 행위의 느낌을 주었다.

'낙석 주의' 푯말이 떨어지는 돌을 막을 수 있을까. 오만 년 전부터 사람들은 돌을 깨어 연모를 만들고 그들의 신과 죽은 이의 영혼을 위해 단을 쌓았으며 반석 위에 산 자의 집을 지었다.

강의 물빛은 한결 엷어진 햇살에 잔비늘을 만들며 아직 밝은 녹색으로 부드럽게 밀렸다. 그것은 아주 오래전 현미경으로 들여다본 유글레나의 무리를 연상시켰다. 최초로 지구상에 생겨난 이래 육억 년 동안을 한결같이 하나의 몸을 둘로 나누는 일만을 되풀이해온 녹색의 투명한 원생동물은 역시 육억 년 전과 똑같이 헤엄 털을 흔들며 방추형의 몸을 움직이고 있었다.

"해가 퍽 길어진 것 같습니다. 아직도 대낮 같으니 말입니다."

혜순의 눈길을 따라 역시 강을 내려다보며 사내가 말했다.

"그래요. 아, 오늘이 하지예요. 일 년 중 오늘보다 더 해가 긴 날은 없지요."

얼핏 탄식처럼 들리는 자신의 목소리를 재빨리 감추며 혜순이 크게 고개를 끄덕였다. 국도의 왼쪽, 강에 이르는 길은 우거진 잡목 숲으로 보이지만 잎 지는 계절이면 메마른 회백색의 나무들 사이로, 지층의 켜를 뚜렷이 드러낸 가파른 벼랑을 볼 수 있었다.

창으로 들어오는, 아직 식지 않은 열기와 후텁지근한 바람에 섞여 밤꽃 향기가 독하게 코를 찔렀다. 오른쪽 산비탈은 모두 밤나무 숲이어서 나무들은 가지마다 허옇게 밤꽃을 늘어뜨리고 있었다. 곧 우기가 오고, 한차례의 비로 꽃의 자취는 씻은 듯 사라질 것이다. 시들어가는 꽃의, 이상하게 가슴을 찌르는 애달픔과 독기에 혜순은 잠깐 숨을 멈추었다.

숲은, 혜순이 정기적으로 이 길을 오가게 된 지난봄 이래 지나칠 때마다 푸른 물감을 덧칠한 듯 점차 칠칠하고 무성해졌다. 여름으로 접어들면서부터 해가 저물 무렵 버스를 타면 줄곧 해를 따라 달리는 기분이 들곤 했다. 대기가 투명한 밝음을 잃고 창백한 회백색으로, 잿빛으로 가라앉으며 산과 숲이 수묵화처럼 어스름 속에 잠겨들어 홀연히 사라지고 이윽고 밤이 오는 것을 볼 수 있게 되는 것이다. 그것은 태양이 그리는 길고 완만한 시간의 궤도를 달리는 느낌, 혹은 저녁부터 밤에 이르는 불가해한 공간 속을 지난다는 느낌이기도 했다.

전광판의 숫자가 20:05를 가리키고 있었다. 여느 때라면 하중리의 산굽이를 돌며 강을 낀 맞은편 산꼭대기의 송전탑과 그 아래의 선산(先山), 생전에 낯을 익힌 사람들의 묘지와 빗돌이, 그녀가 그들에 대해 갖고 있는 희미한 혹은 명료한 몇 가지 인상, 추억 들과 함께 고즈넉이 산그늘에 잠겨드는 것을 조그만 안타까움의 눈으로 헤아리곤 하던 시각이라는 것이 혜순을 조바심 나게 했다. 그것은 움직이지 않는 버스에 앉아 화석처럼 침묵하거나, 얕은 잠에 빠져 있는 사람들에 대한 조바심인지도 몰랐다. 그러나 아무리 급한 걸음이라 할지라도 어쩔 도리가 없다는 것을, 차를 내려 갈아타고 달려갈 사정이 못 되니 차라리 마음 느긋이 먹고 잠을 자거나 주간지를 뒤적이는 것이 기다림의 지루함을 잊는 최상의 방법이라는 것을 승객들은 진작 터득하고 있는 듯했다. 어차피 이렇게 늦은 시간, 항상 가수 상태에 빠져 있는 듯 호젓하고 조용한 소도시인 P시에서 긴한 약속, 급한 사정 따위는 없을 터였다.

혜순은 버릇처럼 손목시계의 태엽을 돌렸다. 태엽은 이미 더 돌아갈 수 없을 만큼 팽팽히 감겨 있었다.

남편은 수술을 잘 치러냈을까. 그는 오늘 평소와는 달리 새벽에 샤워를 했다. 남편에게서는 별다른 말이 없었지만 혜순은 요란한 물소리를 들으며 그가 마침내 미뤄오던 수술을 해야 하는 날임을 알아차렸다.

"더운물이 안 나오지요? 아직 물이 찰 텐데요."

"괜찮아."

욕실 밖에서 묻는 혜순의 말에 남편은 벌거벗은 채 면도를 하며, 좀 한기 든 목소리로 대답했다. 그러고는 아침 식사를 커피 한 잔으로 때운 빈속인 채 병원으로 나갔다. 수술이 있는 날은 늘 그랬다.

"P시까지 가십니까?"

혜순의 조바심을 알아챘던가, 옆자리의 사내가 말을 걸어왔다.

"P시에 살고 있어요."

혜순은 못을 박듯 잘라 대답했다.

혜순이 애초 그에게 관심을 두게 된 것은 삶은 달걀 때문이었다. 버스가 떠나기 직전 허둥지둥 올라탄 그는 곧 버스 안에 남은 유일한 자리, 뒤에서 두번째 줄, 혜순의 옆자리를 찾아 앉았다. 오후 일곱 시경의 직행버스는 통근 승객들로 금세 가득 차버리는 것이다. 사내는 자리에 앉자마자 들고 온 봉투 속에서 삶은 달걀과 소금 봉지, 우유곽을 차례로 꺼내서 무릎 위에 올려놓았다. 우선 우유를 한 모금 마신 뒤 달걀을 톡톡 두드려 금을 내어서는 한입 가볍게 베어 물 만큼만 껍데기를 벗겨 먹었다. 다시 우유를 한 모금 마시고는 손가락 끝으로 달걀을 받쳐 들고 껍데기를 벗겨 또 한입 베어 먹었다. 세번째에는 달걀 밑

부분에 손톱만큼의 껍데기만 남아 있게 되어 종내 달걀 속살에는 손을 대지 않고도 말끔히 먹게 되는 것이다. 그것을 보며 혜순은 대단한 결벽증이라는 생각과 함께 달걀이 흔한 요즘 아이들은 한 알의 달걀을 그렇게 기교를 부려 성실하게 먹을 줄 모른다 싶어 미소가 지어졌다. 오후 일곱 시면 시장기가 들 시간이기도 했고 혜순 역시 빈속의 멀미를 겁내어 차에 오르기 전 요구르트 한 병을 마셔둔 터였다. 세 알째의 달걀을 먹고 난 그는 달걀 껍데기와 빈 우유곽 따위를 본디대로 봉투에 넣어 앞좌석의 등받이에 달린 그물 망태에 넣고는 주머니에서 소형 녹음기를 꺼내 이어폰을 귀에 꽂고 의자에 편히 등을 기대었다. 평상적으로 늘 그래온, 익숙하게 몸에 젖은 동작이었다.

혜순은 사내가 무어라고 말을 걸어올 틈을 주지 않기 위해 창쪽으로 좀더 다가앉으며 눈길을 돌렸다.

사위는 아직 밝건만 일몰의 기미를 감지한 새들은 천천히 날개를 퍼득이며 깃들일 숲을 향해 모여들고 있었다. 보금자리를 찾아 날아드는 새들을 보며 혜순은 이 지루하도록 오랜 기다림이 기나긴 낮이 끝나고 밤이 올 때까지 계속되리라는 초조감에 남몰래 진저리를 쳤다.

현주는 돌아갔을까. 현주는 혜순이 외출할 일이 있을 때마다 아이들을 보아주러 오는 처녀로 혜순은 집을 나서며 매번 당부하곤 했다. 현주 씨, 내가 올 때까지 기다리고 있을 필요는 없어요. 선생님이 병원에서 돌아오시면 곧 가도록 해요. 이렇게 젊고 좋은 나이의 아가씨를 밤늦도록 붙잡아둔다는 건 정말 미안한 노릇이에요. 그러나 대개의 경우, 현주는 혜순이 돌아가는 꽤 늦은 시간까지 그대로 머물러 있었다. 아이들이 따르니 다행이오, 남편은 말했다.

종합병원 외과의로 봉직하는 그는 귀가 시간을 늦추는 적이 거의 없었다. 대신 주말이면, 당직 근무에 걸리지 않는 한 반드시 짐을 꾸려 혼자 낚시를 떠났다. 일요일 오후 늦게야 돌아오는 그의 바구니는 늘 비어 있었다. 물고기들도 주말이라 휴가 여행을 떠난 모양이군요. 혜순이 바구니를 들여다보며 어처구니없다는 표정을 지으면 그는 웃었다. 술을 마시고 잠을 잤어.

"서울을 자주 다니십니까?"

상대방의, 내켜 하지 않는 기색을 모를 리 없겠건만 사내는 귀에서 이어폰을 빼고 녹음기의 멈춤 스위치를 눌러 끄며 끈덕지게 말을 걸어왔다. 혜순은 비로소 그의 얼굴을 정면으로 바라보았다. 머리칼이 조금 짧다 싶은 것이나 귀밑머리의 면도 자국이 파랗게 드러나는 것이 눈에 설고 어색한 대로 단정해 보이는 용모였다. 서른서넛 정도 되었을까. 말끝을 자르는 듯 단호한 억양 때문인지 선이 비교적 섬세한 얼굴인데도 딱딱하게 모가 진 인상이었다. 몸에 밴, 습성화된 긴장 때문인지도 몰랐다. 더운 날씨임에도 회색 양복에 단정히 넥타이를 맨 차림이었다. 공무원, 장사꾼, 외판원. 혜순은 별반 호기심도 흥미도 없이 잠깐 추리해보았다. 사내의 용모나 태도, 차림새 따위가 그 이상의 상상을 허용하지 않았다. 달걀을 먹은 흔적이 입가에 희미하게 남아 있었다. 혜순의 눈길을 의식한 그가 손수건으로 입가를 문지르며 변명하듯 말했다.

"일이 많아서 점심시간을 놓쳤습니다. 일을 하다 보면 점심을 거르기 예사지요. 서울엔 자주 다니십니까?"

그가 거듭 물었다. 그것은 굳이 상대방의 대답을 듣기 위해서라기보다 자신의 말을 꺼내기 위한 서두임을 혜순은 알 수 있었다.

"아뇨, 가끔 오르내립니다."

혜순은 지난봄부터 모 신문사에서 개설한 교양 강좌를 듣기 위해 매주 화요일마다 서울~P시 간의 직행버스를 탔다.

강의는 세 시간이었다.

"통근을 하세요?"

이맘 시간 버스를 타는 것은 거개가 정기 통근자들이었다.

"말이 쉬워 통근이지 못 할 노릇입니다. 새벽 다섯 시에 뜨는 첫차를 타지요. 나머지 잠은 차 안에서 자는 겁니다. 하루 여섯 시간 넘게 차를 타고 있는 셈이에요. 밤에 집에 들어가면 손발 씻고 저녁 먹고 그대로 쓰러집니다. 여덟 시간 일하기 위해 여섯 시간 차를 타고…… 차를 오래 타다 보니 이런 생활이 문득문득 이상해지고 내가 지금 어딜 가고 있는 걸까 멍청히 생각하는 일이 잦습니다. 피땀 흘리러 가는 일터를 목전에 두고도 말입니다. 하긴 차 안에서야 반쯤 잠든 상태이긴 하지만……"

그는 조금 낮은 소리로 웃었지만 웃을 때조차 긴장을 풀지 않았다.

혜순 역시 차를 타고 달리며, 휙휙 스쳐가는 연변의 풍경, 마치 놀이를 하듯 고물거리는 사람들의 모습을 볼 때면, 사는 일이 마치 기나긴 꿈을 꾸는 것과 같다는, 혹은 기억할 수 없는 과거나 미래의 윤회 속으로 하염없이 감겨드는 듯한 도착 심리에 빠지곤 했다.

공부를 더 하기 위한 것이라면 대학원에 진학해서 정식 코스를 밟는 게 낫지 않겠어? 요즘 나이 든 여자들 사이에서는 대학원 입학이 유행이라더군. 혜순이 교양 강좌에 등록할 작정임을 알렸을 때 남편은 그렇게 말했었다. 이어, 왜 갑자기 그런 생각을 하게 되었는가를 물었다. 인생에 대해 생각하게 되어서요. 인생이라. 정색을 한 혜순의 말을 되받으며 남편은 갑자기 큰 소리로 웃었다. 큰 소리로 갑자기 웃는 건 상대에게나 자신에게다 같이 무언가를 숨기려 할 때의 그의 버릇이었다. 일주일에 하루니까 아이들은 현주 씨에게 부탁하면 될 거예요. 이제까지도 가끔 그래왔잖아요? 차라리 파출부를 부르는 게 낫지 않아? 아니에요. 아이들은 아직 자기네들을 좋아하는 보모가 필요한 나이예요.

고고학과 미래학이 혜순이 신청한 강좌였다. 남편은 혜순에게 무슨 강좌를 들으려는지 굳이 묻지 않았다. 어쨌든 그에겐 아내의 때늦은 향학열이란, 꽃꽂이나 바가지 공예, 에어로빅댄

스나 수영 따위 여가를 살린 취미 생활과 마찬가지이며 일주일에 한 번쯤 명분 서는 외출을 하겠노라는 선언으로 들렸기 쉬웠다. 대학을 졸업한 지 십 년이 넘은 지금 자신에게 진정한 지식욕은 사라진 지 오래라는 것을 혜순은 잘 알고 있었다. 그렇다면 그것은 인생을 모르는 채 흘려버리고 있다는, 자신의 의지와는 무관하게 흘러가는 생을 속수무책으로 마냥 보고만 있다는 막연한 자각, 안타까움에서 비롯된 것일까. 옛날과 훗날에 대한 추측과 상상, 보잘것없는 지식으로 완강히 닫힌 생의 열쇠를 풀어보고자 하는 바람이었을까.

첫 시간에 젊은 강사는 말했다—고고학적 발굴자는 유물을 파는 것이 아니라 인간을 발굴하는 것입니다—. 시간적 간격이 오백 년이든 오십만 년이든 간에 시대를 통관하는 궁극적 호소는 마음을 지적 마음으로, 인간을 감지력 있는 인간으로 만드는 데 있는 것입니다. 그러나 오십억 살의 태양, 사십오억 년의 지구의 역사, 삼백오십만 년 전의 인과(人科) 동물, 불을 사용하고 훌륭한 매장 풍습이 있었던 인류의 조상. 죽음 뒤의 삶과 꿈을 믿었고, 어린아이처럼 상상력이 풍부했던 화석으로 남은 사람들. 호모 사피엔스, 호모 사피엔스 사피엔스. 뇌의 용적과 신경 단위의 비교 따위는 버스를 타고 오는 동안 빈약한 기억의 비축지에서 비늘처럼 떨어져 나갔다. 그리고 돌아와 역시 육만 년 전 혈거족의 아이들처럼 깊고 순결한 잠에 빠져 있는 아이들 곁에 몸을 누이며 그들의 맑은 이마와 감은 눈시울 위로 고독한 꿈의 그림자로 어른대며 다가오는, 그들이 아직 살아보지 않은 미래의 생을 보는 듯한 슬픔에 빠지곤 했다.

"좌지라."

다시 이어폰을 귀에 낀 사내가 문득 내뱉으며 쿡쿡 웃었다.

"네?"

"섬이란 뜻이지요. 부하이라, 호수라는 뜻입니다. 말이 아주 이상하지요?"

섬. 좀더 늙으면 낙도에 가서 의사 노릇을 하겠소. 자전거를 타고 왕진을 다니고 환자가 없으면 배를 타고 바다에 나가 낚시를 하겠소. 남편은 입버릇처럼 말했다. 슈바이처가 되어 문둥병자를 치료하느니 바다낚시가 낫겠지요. 혜순은 가볍게 받아넘겼으나 남편이 자신의 직업과 변화 없고 조용한 P시에서의 생활에서 느끼는 권태로움을 잘 알고 있었다. 더욱이 유능한 집도의로 알려진 그는 몇 해 전 가벼운 손 떨림 증상이 나타난 이래 메스를 잡는 일에 병적인 공포를 갖고 있었다. 그는 스스로를 칼잡이라고 자조투로 불렀다. 예정된 수술 날짜가 다가올수록 그의 몸 안에 숨은 작은 불씨가 자라듯 불안은 깊어지고 억제된 욕정이 더 이상 어쩔 수 없는 발화점을 향해 치닫듯 위태롭게 달아올랐다. 한 번의 수술을 치러낼 때마다 그는 다시는 메스를 잡지 못할 것 같은, 혹은 자신이 병소와는 무관한 부위를 찢고 헤치고, 박제를 만들 때처럼 그곳에 엉뚱한 물건들을 넣고 봉합할 듯한 불안에 사로잡힌다고 말했다. 중학교 생물 시간에 해본

마취당한 개구리를 무디고 조악한 기구로 마구 헤집을 때의 기분이 이상할 정도로 아무렇지도 않더라는 혜순의 말에 그는, 수술대 위의 환자가 개구리의 헤쳐진 몸과 다를 바 없이 보이기 때문에 두려운 것이라고 대답했다. 그것은 단지 중년의 불안, 위기의식일까. 직업에 대한 회의일까. 섬이 그를 사로잡고 있는 치명적인 실패의 예감에서 구원이 될 수 있을까.

"아랍어입니다. 출퇴근 시간을 이용해서 회화 공부를 하지요. 어쨌든 시간을 길에다 깔고 다니는 폭이니까요."

사내가 녹음기와 이어폰을 가리키며 말했다.

"중동 지방에 나가시는 모양이군요."

대기는 창백한 회백색으로 바래져가고 있었다. 햇살이 가신 벼랑 아래 물빛은 한결 어둡게 가라앉았다.

"네, 다음 달에 나갑니다. N토건 회사에 근무하고 있거든요. 사회생활이라는 게 쉽지만은 않더군요. 생존 경쟁이라는 말이 정말 실감납니다. 그렇게 지겹고 벗어나고 싶었던 이전 생활이 오히려 편했었구나 하는 생각까지 드니…… 허지만 진작 옷을 벗지 않은 걸 후회할 때가 많습니다. 이제부터 시작이니 남보다 십 년은 늦게 출발한 셈이지요."

"군대에 계셨었군요."

"꼭 십삼 년 군대 밥을 먹었습니다. 공병대 장교로 있었지요. 길을 닦고 다리를 놓고 댐 공사에도 사역을 나갔었습니다. 벌써 십 년 전인가요. 댐 완공 무렵까지 일했으니. 참 대단한 공사였지요. 많은 사람이 죽었습니다. 위령탑을 보셨는지요. P시에 사신다니 물론 잘 아시겠지요."

댐이라면 P시의 명물로 꼽히고 있었다. 처음 댐을 보았을 때의 놀라움을 혜순은 생생하게 기억하고 있다. 물길을 끊은 탓에 말라버린 하상에서 올려다보는 댐의 화강암 축벽과 수문은 거대한 성채처럼 보였다. 늙은 산은 반 넘어 물에 잠기고 마을은 수몰되었다. 마을과 역사를 감춘 채 갇힌 물줄기는 호수가 되어 잔잔했고 사람들은 그곳에 새로운 고기의 씨를 뿌렸다. 뿌리가 잠긴 나무는 축축이 썩어 짙은 그늘을 만들고 흐르지 않는 물속에서 고기는 이끼처럼 자랐다. 장마철이 되어 만수위(滿水位)가 되면 수문을 열고, P시의 사람들은 낙차가 이루는 폭포를 보기 위해 모여들었다. 쏟아져 내리는 물은 무지개 피워 올리며 마른 강바닥을 뒤덮어 새로운 강을 이루고 논과 밭을 휩쓸어 마침내는 시 전체를 뒤덮으리라는 무서운 기세로 흘러내렸다.

"전역과 동시에 토건 회사에 채용이 되었습니다. 운이 좋았던 거죠. 솔직히 말하자면 군대 밥도 먹을 만큼 먹어 진절머리가 나는 데다, 앞날의 희망도 없었지요. 사실 사회에서는 군 출신을 별로 좋아하지 않지요. 군 출신이 사회에 나와 성공하는 예는 드물답니다. 적응을 잘 못 하기 때문이겠죠. 명령을 내리고 그것을 수행하는 이원적 구조에 익숙하고 기질화되어 있으니 피차 거부 반응을 일으킬 게 당연합니다. 허지만 나는 잘해볼 생각입니다. 가장 중요한 건 어떤 사회든 성실성이 아니겠습니까?"

결코 다변일 듯싶지 않은, 오히려 소심하고 내성적인 듯한—단지 달걀을 먹은 태도에서 받은 빈약한 근거의 인상이었지만—사내였지만 그는 무엇이든 얘기하고 싶어 했다. 항상 체기처럼 얹혀 있는 말들을 뱉어버리고 싶은 미치광이 같은 욕망에 사로잡힌 듯했다. 더욱이 그는 내달이면 중동으로 떠날 것이고 혜순과는 우연히 나란한 자리에 앉은 승객일 뿐이며 P시에 닿아 버스에서 내릴 즈음이면 얼굴도 전혀 기억하지 못할 것이다. 다시 만날 일도, 나란히 자리할 우연도 기대하지 않기에 그의 속에 억눌린 어떤 말도 가능한 것이리라. 골짜기에 인가가 숨어 있었던 것일까. 피어오르는 연기가 능선을 따라 희미하게 흩어지고 있었다. 한결 또렷해진 전광판의 숫자가 쉬지 않고 깜박이며 바뀌었다. 버스가 정지해 있음에도, 시간이 흘러가고 있다는 것은 명징한 사실이었다.

해는 지고 강 쪽의 하늘 한 귀가 벌겋게 달아오르고 있었지만 주위는 푸른빛의 셀로판지를 통해 보듯 청명하고 밝았다. 차들이 늘어선 국도는 더욱 그러했다. 하지의 기나긴 해는 산모롱이 저쪽에 숨어 영원히 사라지지 않을 듯했다. 현주는 돌아갔을까. 현주가 돌아가야 할 시간이었다. 밤이 깊어지기 전에.

"아, 정말 너무 지체하는군요. 도대체 언제나 차가 움직이게 될까요?"

혜순은 목이 졸리는 듯한 불안감으로 안타깝게 내뱉었다. 지난 주 화요일, 그녀가 돌아갔을 때 일곱 살짜리 딸애는 말했다. 아빠와 현주 언니와 우리들은 해 지는 걸 보기 위해 뒷산에 갔었지요. 하늘이 불타는 것 같았어요. 언니는 노을이 지는 거라고 말해줬어요. 그런데 바람이 많이 불었어요. 산에 가서 뭘 보았다고? 혜순이 묻자 아이는 대답했다. 흰 새가 날아가는 걸 보았어요. 너무 더웠어, 해가 지니까 좀 서늘해지더군. 올여름은 무덥고 길 모양이야. 남편은 말했다. 현주는 말없이 아이들에게 종이 새를 접어주고 있었다.

"처음 회사에 들어갔을 때, 부끄러운 얘기지만 화장실에 들어가 남몰래 운 적도 여러 번이었습니다. 하루에도 열두 번씩 그만두어버릴 생각을 하곤 했죠. 우선 사무실 분위기가 딱 사람 기를 죽이더군요. 오십여 명이 한방에 앉아 있는데 말소리는 커녕 숨소리조차 안 들려요. 내 눈에는 그들이 입고 있는 흰 와이셔츠만 보이더군요. 자리 하나를 차지하고 앉았지만 일의 두서를 모르고 서툴 건 뻔한 일 아닙니까? 영 죽겠더군요. 게다가 출신 지방, 출신 학교별로 파가 갈려 저희들끼리 똘똘 뭉치지요. 특히 학벌이 셉니다. N토건이라면 엘리트들만 뽑기로 소문난 곳이 아닙니까? 이런 마당에 이끌어줄 선배도 받들어줄 후배도 없으니 그야말로 적막강산이에요. 언제나 물에 기름처럼 겉돌고, 치사하고 아니꼬운 생각을 하면 차라리 다 때려치우고 막노동판에 뛰어드는 게 속 편하겠다 싶지만, 까짓 거 남들이 다 견디는데 이 정도에서 물러선다면 넌 아무것도 해낼 게 없을 게다,라고 자신을 몰아붙이며 버텼지요."

갑작스러운 다변으로 인해 흥분한 탓인지 사내의 얼굴을 시종 거미줄처럼 얽고 있던 긴장과 피로의 빛이 가시고 관자놀이의 핏줄이 두드러지게 부풀어 올랐다. 발은 버스 바닥을 일정한 리듬—필시 자신도 의식지 못하는 동작임에 틀림없는—으로 두드리며 무도병 환자처럼 떨고 있었다. 엷게 씌운 막이 벗겨진 듯, 놀랄 만큼 생기를 띤 표정으로 처음과는 아주 생소해진 얼굴을 혜순은 조금 기이한 느낌으로 바라보았다. 사내는 필시 하루나 이틀, 아니 그보다 아주 더 오랫동안, 어쩌면 혜순이 상상할 수 있는 것보다 훨씬 더 오랫동안 말할 상대를 찾지 못해 입을 다물고 있었음이 분명했다. 운전사의 앞창 위쪽의, 푸르게 선팅이 된 차양에 보랏빛의 달이 손톱 모양으로 찍혀 있었다. 달은 아마 지나치게 붉은빛을 띠었음에 틀림없었다.

그날 현주는 집시풍의 보랏빛 폭넓은 스커트를 입고 있었다. 딸아이는 두 팔을 크게 부풀려 보이며 말했다. 바람이 굉장히 불었어요.

"사실 나는 공고 출신입니다. 대학 진학할 형편이 못 되었지요."

제풀에 한결 높아진 사내의 목소리가 귀청을 찢을 듯 다가왔다.

"……허지만 뜻있는 곳에 길이 있다는 좌우명은 변함이 없습니다. 대학은 못 갔지만 군대 생활을 하면서 방통(放通)을 수료했지요."

"방통이라뇨?"

혜순이 비로소 보랏빛의 달에서 시선을 돌렸다.

"방송통신대학 말입니다. 말씀드렸다시피 나는 이라크의 현장으로 나갑니다. 뛸 수 있을 때 화끈하게 뛰어볼 작정입니다. 조건도 괜찮아요. 봉급 외에 현지 수당, 가족 수당이 따로 나오니까요. 살아가노라면 가끔 그런 전기가 필요한 게 아니겠습니까?"

"그곳은 전쟁 중이 아닌가요?"

"전쟁이야 늘 벌어지지요. 그러나 파괴와 건설은 또한 항상 함께 있으니까요. 항만 건설 공사로, 거대한 규모지요."

건축과 토목 기술이 뛰어났던 옛 로마인들은 난국에 처했을 때는 우선 공사를 벌여 다리를 놓고 길을 닦고 건축물을 구축한다고 했다. 그리고 수만 년 전부터 사람들은 사랑을 나누었고 종족들은 서로 싸웠으며 한발과 홍수, 질병과 건강, 그리고 삶과 죽음은 되풀이되었고 그것이 바로 자명한 인간 역사의 원형일 것이다. 그러나 그러한 생각도, 좀처럼 저물지 않는 봄날의 저녁, 흘러가는 시간과 함께 점차 농밀하고 무성해가는 그녀의 불안과 욕망에 아무런 위안이 되지 못했다.

사내는 다 돌아간 테이프를 꺼내어 뒷면으로 바꿔 끼웠다.

"아나 마쓰루르 짓단 릴리까이카? 만나 뵈어서 반갑다는 뜻입니다."

"그 나라 말을 들어보기는 처음이네요. 그 나라에 대해 아는 건 코브라와 「날아가는 가방」뿐이에요. 나는 어릴 때 정말 날아가는 가방이 있으리라 믿었었지요. 우리 아이들도 그 동화를 퍽 좋아한답니다."

"재산이라곤 가방 하나밖에 없는 청년이 그 가방을 타고 왕궁으로 날아가 공주의 사랑을 얻는다는 동화였지요. 어릴 때 들은 기억이……"

사내가 문득 말을 멈추었다. 갑자기 놓쳐버린 말을 찾으려는 듯 움직이던 그대로 입을 조금 벌린 채 얼굴에 미미한 경련이 일었다. 눈동자는 앞좌석의 등받이의 어느 한 점을 응시하며 꼼짝도 하지 않았다. 그의 얼굴의 갑작스러운 생기는 처음 떠오를 때와 마찬가지로 느닷없이 사라졌다.

혜순이 놀라 얼결에 그의 어깨를 흔들었으나 그는 전혀 느끼지 못하는 것 같았다. 그의 손가락 사이에 끼인, 방금 불붙인 담배가 발밑으로 떨어졌다. 완전히 의식을 잃은 듯했다. 수초에 지나지 않는 순간이었지만 혜순은 작은 간질 발작의 징조임을 알아차렸다. 가까운 친척 아주머니에게서 이런 증상을 본 적이 있었던 것이다. 가까이 살펴보지 않으면 알지 못하고 지나가버릴 미미하고 짧은 발작 뒤, 그녀는 깊고 깊은 잠에 빠지곤 했다. 의사는 극도의 긴장과 신경 불안 탓이라고 했다. 시원하게 옷을 풀어 헤치고 혀를 물지 않게 헝겊 감은 젓가락을 물린다든지 하는 따위 응급처치법이 혜순의 머리에 두서없이 떠올랐다. 남의 눈에 잘 띄지 않는 뒷좌석이고 버스 안의 사람들은 대개 잠에 빠져 있어 이쪽의 움직임을 알아챌 리 없다는 사실이 혜순을 더욱 불안하게 했다. 그러나 사내는 곧 깨어났다. 깜박 졸았을 뿐인 듯 깨어나자, 습관적으로 담배가 끼워져 있던 손가락을 입에 갖다 대었다. 끊긴 필름을 잇듯 연속적인 동작이었다.

"아, 이런."

담배가 빠져나간 빈손을 보고 그는 낭패한 표정을 지었다.

"떨어졌어요."

혜순의 말에 그는 발밑을 내려다보며 담배를 찾았다. 낯빛은 아직 창백하고 눈동자가 불안하게 흔들렸다.

"편찮으세요?"

혜순이 똑바로 그를 바라보며 물었다.

"아닙니다. 좀 피곤해서요. 빈혈이 아닌가 싶기도 합니다만 가끔 사무실 안에서 일을 하다가도 이럴 때가 있어요."

사내가 눈자위와 관자놀이를 세게 문질렀다. 굳어졌던 얼굴 근육은 풀렸으나 눈 주위는 울혈이 진 듯 푸르스름했다.

"자리를 바꿔 앉으시겠어요? 아무래도 창문 쪽이 시원할 테니까요."

혜순이 친절한 어투로 말했다. 그러면서, 그녀는 창쪽의 자리로 그를 밀어붙인다면 다시 발작을 일으켜도 통로에 나가 넘어지는 일은 없으리라는, 그래서 나무토막처럼 길고 뻣뻣이 누운 그의 몸을 건너지를 곤욕을 피하리라는 재빠른 계산에 속으로 쓴웃음을 지었다.

"아, 괜찮습니다. 정말 지겹군요, 사고가 났어도 아마 크게 난 모양입니다. 참 그런데 무슨 얘기를 했더랬죠?"

"「날아가는 가방」 얘기였어요. 재산이라곤 낡은 가방 하나밖에 없는 빈털터리 청년이……"

혜순이 그의 정신을 집중시키려는 노력으로 처음부터 차근차근 이야기를 시작했다.

"네, 그랬었습니다. 청년은 공주와 결혼하게 되죠 아마."

"아니에요, 그렇게 행복하게 끝나지 않아요. 가방이 타버렸기 때문에 가련한 젊은이는 다시 왕궁으로 날아가지 못하고 아름다운 공주는 혼례 의상을 입은 채 언제까지나 청년을 기다리게 되었답니다. 아마 아직까지도 기다리고 있을 거라더군요."

"가방이 타버렸다구요?"

사내가 멍한 눈길을 창밖으로 돌리며 건성 되물었다.

"두 사람의 결혼을 축하하는 불꽃놀이의 불티 하나가 떨어져 가방을 태워버렸답니다. 어처구니없는 얘기죠."

혜순이 낮은 소리로 웃었다.

"그렇지요. 정말 그렇군요."

건성 고개를 주억거리다가 사내는 이마를 몹시 찡그리며 중얼거렸다.

"어지럽군요. 왜 이렇게 지체하는 걸까요. 역시 밖에 나가 바람을 좀 쐬고 오는 편이 나을 것 같습니다."

사내는 자리에서 일어나 녹음기와 이어폰을 앉았던 자리에 놓고는 통로를 걸어 나갔다. 혜순은 목을 빼어, 불안하게 균형을 잃은 걸음걸이로 걸어가는 그의 뒷모습을 지켜보았다. 국도변에는, 기다리는 지루함을 참지 못해 나와 있는 사람들의 모습이 눈에 띄었다. 그들은 무연히 강을 내려다보며 담배를 피우거나 나지막한 정사면체의 시멘트 기둥을 한 뼘 간격으로 늘어세운 가드레일 위에 엉덩이를 걸치고 앉아 있었다. 그들이 피우는 담배 불빛이 어스름 속에 제법 또렷이 빨갛게 타올랐다. 골짜기마다 보랏빛의 어둠이 피어올라 숲과 물은 한결 검게 어두워졌다. 버스에서 내려 선 사내의 모습은 이미 다른 사람들과 식별할 수 없었다. 그는 아마 곧 찾아올 길고 깊은 잠, 그만의 휴식을 위해 숲속으로 들어가버린 것일까.

국도 아래 잡목 숲의 벼랑으로 손 맞잡고 들어가는 젊은 남녀의 뒤에 대고 버스 뒤에 선 트럭 운전사가 창으로 목을 빼어 짓궂게 소리쳤다.

"뱀 나와. 요즘 뱀들은 독이 잔뜩 올랐다구."

햇빛의 자취는 이제 어디에도 없었지만 하늘은 여전히 희부옇게 밝았다. 하지의 황도광이라고 하기에는 지나치게 밝은 빛이 은하처럼 엷게 하늘을 뒤덮고 있었다.

남편은 아마 돌아와 있을 것이다. 술기와 마늘내를 풍기며. 수전증을 겁내어 평소 술을 입에 대지 않는 그였지만 수술이 있는 날은 지나친 신경 소모와 긴장을 풀기 위해 으레 술을 마셨고, 때문에 그에게서는 술과 고기에 곁들여 먹은 날마늘 냄새가 강하게 풍기곤 했다. 그것은 아무리 비누칠을 해서 씻어내도 가시지 않았다. 혜순은 이미 그의 불안과 함께 자라나는, 더 이상 누를 길 없는 성마른 욕정과 토해내는 한숨, 벗은 몸의 땀에서 풍기는 마늘내에 익숙해졌다. 전광판의 숫자가 20:40을 가리키고 있었다. 이미 P시에 닿아야 할 시간이었다. 짙어진 어둠 속에서 시든 꽃향기는 여전히 풍겨왔다. 아이들은 곧 잠이 들 것이다. 혜순은 자신의 조바심이 아이들이 잠자리에 들기 전 반드시 양치질을 시킬 것, 자다가 깨어 우는 버릇이 있는 딸애는 오줌을 뉘면 곧바로 잠든다는 것, 어둠에 대해 병적인 공포를 갖고 있는 아들을 위해 잠든 후에라도 반드시 촉수 낮은 등을 켜놓아야 한다는 것 따위를 현주에게 미리 일러두지 않은 것에서 비롯되는 것이라고 스스로를 타일렀다. 자신은 틀림없이, 한 시간이나 혹은 좀더 지난 후에는 언제나처럼 집에 돌아와 있음에 안도감을 느끼며 조금은 수선스럽게 아이들의 잠자리를 살필 것이다. 지난주에도 그전 주에도 늘 그래왔으므로. 밤길이 어두워요. 아파트 진입로가 험하니 당신이 현주 씨를 바래다줘요. 혜순의 말에 현주는 조금 당황한 음성으로 대답했다. 그냥 가겠어요. 택시를 곧 잡을 수 있을 거예요. 아가씨가 겁이 없다는 건 자랑이 안 돼요. 예쁜 아가씨들은 치한을 겁내고 경계해야 한답니다. 여보, 손전등을 가지고 나가세요. 남편은 꼭 일주일 전에 자신이 넣어두었던 곳에서 손전등을 꺼내 들고 말없이 앞장섰다. 그들이 계단을 다 내려갔을 즈음 혜순은 창가에 서서 아파트 앞길을 내려다보았다. 손전등의 불빛이 나란히 선 두 그림자에 앞서 둥그렇게 흔들렸다. 현주가 입고 있는 집시풍의 폭넓은 스커트가 가끔 불빛 속에서 펄럭였다. 손전등 불빛이 춤추듯 흔들리며 멀어지고 그들이 건물 모퉁이 그늘 속에 완전히 몸을 감추었을 때야 혜순은 창가를 떠났다. 방으로 들어가 흐린 불빛 아래 무심히 잠들어 있는 두 아이의 뺨에, 무한한 슬픔으로 입을 맞추었다. 그들은 아직 해 지는 언덕에 있을까, 희뿌연 박명 속에 남아 있을까. 환히 불을 밝힌 오토바이 두 대가 산굽이를 돌아오는 소리가 들렸다. 곁을 지나칠 즈음 버스 운전사가 고개를 빼어 소리쳤다.

"무슨 일이요. 사고가 났습니까?"

요란하고 갑작스러운 오토바이 소리에 얕은 잠에 빠져 있던 승객들은 엉거주춤 일어나 창밖을 내다보았다. 오토바이를 타고 있던 정복 입은 경관은, 벌써 여러 차례 되풀이했을 말을 던지고는 다시 달려갔다.

"길이 내려앉았소, 뭉텅 무너져버렸다오. 통행 금지요. 뒤로 빼서 구도로로 가쇼."

운전사가 쳇, 혀를 차며 창밖으로 침을 뱉었다.

"구도로라니?"

"구도로라면 오 리 정도 뒤로 가야 해요. 왜 거 배뫼 뒤쪽으로 난 길을 오다가 못 보셨소? 한 삼십 분 더 걸리지만 비포장도로인 데다, 거기까지 빠꾸로 가자면 한 시간은 더 잡아야 할 거요.”

“오밤중에나 닿겠는걸.”

“아니 길 무너진 걸 이제야 알았나? 무작정 차만 세워놓으면 무너진 길이 저절로 복구가 된답디까? 도대체 하는 일이라는 게……”

“하긴 길이, 나 곧 무너질 거요, 라고 말하고 무너지는 건 아니니까요.”

차 안은, 승객들이 저마다 내뱉는 말들로 웅성거렸다.

“손님들, 모두 올라오쇼. 곧 떠납니다.”

운전사가 소리쳐서 길에 내려선 사람들을 불러들였다.

버스에 올라탄 사람들이 제자리를 찾아 앉은 뒤에도 사내는 돌아오지 않았다. 백미러를 통해 버스 안을 한차례 훑어본 운전사가 버스 문을 닫았다. 뒤쪽으로 까맣게 이어진 차들의 불빛이 살아나고 그것들은 꼬리 부분부터 스름스름 움직이고 있었다.

“여기요, 여기 한 사람이 아직 안 돌아왔는데요.”

혜순이 멀리 앞쪽의, 백미러에 박힌 운전사의 검고 동그란 두 눈을 향해 다급히 손짓했으나 이미 후진을 시작한 운전사의 귀에는 들리지 않는 성싶었다. 차가 움직이기 시작하자 조금치의 틈도 없이 다붙은 앞의 차들이 컨베이어 벨트처럼 따라 움직였다. 앞과 뒤에 늘어선 차들은 단단한 고리로 연결된 중단할 수 없는 긴 흐름과도 같았다. 후진하는 차를 정지시키고 숲으로 들어간 사내를 찾는다는 것은 이미 불가능한 일이었다. 버스가 몇

어 있던 자리, 깊고 단 잠에서 깨어난 사내가 되돌아올 자리는 점차 멀어져갔다. 숲속으로 들어간 남녀는 돌아왔을까. 혜순은 맞쥔 손을 비틀며 자신도 모르게 아아, 안타깝게 부르짖었다.

이미 지나온 길을 더듬어 차는 느릿느릿 후진하고 어둠은 갑자기 짙어졌다. 낮익은 풍경은 어둠 저편으로 사라지고 국도변에 드문드문 세워진 가드레일이 어둠 속에서 느닷없이 튀어나온 듯 빛을 내고 있었다. 야광 도료가 입혀진 탓에 거대한 황금 이빨처럼 보이기도 했다. 뒤로 뒤로 느리게 움직이는 버스는 마치 거꾸로 돌리는 시곗바늘 같다고 혜순은 생각했다. 이대로 한없이 간다면 머나먼 옛날에 이를 수 있을까. 후진하는 차의 흐름에 몸을 맡긴 채 사람들은 화석처럼 조용히 눈 감고 움직이지 않았다. 사내의 자리가 비어 있음을 아는 사람은 없었다. 저마다 얕은 수면, 불가능한 환상, 편안치 않은 꿈속으로 피신해버렸으므로. 아이들은 아마 곤히 잠들어 있을 것이다. 아니 어쩌면 맨발인 채 둘이 손잡고 자신들도 모를 길을 타박타박 걸어가고 있을지도 몰랐다.

혜순은 사내의 빈자리에 놓인, 녹음기에 연결된 채로인 이어폰을 귀에 꽂았다. 모기처럼 앵앵거리는 소리가 귀의 얇은 떨림막을 통해 울렸다. 여기는 어디입니까. 따라 하세요. 아이나 나흐누 알안. 이 거리의 이름은 무엇입니까. 마쓰무 하닷 쇠리이…… 전혀 알아들을 수 없는 말들이, 이미 오래전에 소멸한 고대의 방언처럼, 주술처럼 생경하게 흘러나왔다.

하늘은 이제 한 귀퉁이만 허옇게 박명을 남긴 채 완전히 어두워졌다. 어쩌면 시드는 꽃의 향기 한 줌, 잔양으로 남아 떠돌며 하냥 희끄무레 빛날지도 모를 일이었다.

[1982]

전갈

바람이 불고 있었지만 그 여자는 산책을 나가기로 했다. 햇빛을 쬐러 가자. 방바닥에 엎드려 머리를 맞대고 전자놀이판의 자동차 경주 게임을 하고 있던 두 사내아이는 뜻밖의 제의에 의아한 눈빛으로 그 여자를 올려다보았다. 엄마는, 바람이 분다고 감기를 걱정하며 조금 전 자신들을 불러들였던 것을 잊은 것일까. 더욱이 지금은 해가 설핏 기울기 시작하는, 결코 해바라기에 적당한 시간이 아닌 것이다.

베란다로 나가는 마루의 커다란 창은 광장이라 불리는 그리 넓지 않은 공터를 향해 나 있어 일조(日照)의 차단물은 없었지만 동향인 탓에, 아침결에만 잠깐 드는 햇빛이 물러간 지 오래여서 집 안은 젖은 듯 고즈넉했다.

겨울이 오기 전 햇빛을 많이 쬐어두어야만 해. 겨울은 어둡고 길단다. 여느 때처럼 잠깐의 외출일 뿐이라는 것을, 또한 엄마와 함께 가는 길이 결코 대단한 모험일 리 없다는 것을 알면서도 아이들은 순순히 일어나 그녀가 시키는 대로 점퍼 깃을 여미고 양말을 당겨 신었다. 집 밖의 세계란 아이들에게는 언제나 새롭고 낯설며 기대를 갖게 하는 것이다.

아빠에게 제가 만든 비행기를 보여드리겠어요.

산의 중턱에 자리 잡은 아파트 단지를 벗어나 갈나무 숲 골짜기를 지날 때, 얼굴에 와 닿는, 낮게 뻗은 나뭇가지를 피해 휙휙 고개를 젖히며, 어느새 키가 그녀의 어깨 높이까지 자란 여덟 살배기 큰아이는 어른스럽게 말했다. 그러한 자신의 태도를 의식했음인지 좀 거세고 뻣뻣한 목소리였다. 아이들은 물론 내일이면 아빠가 먼 곳에서 돌아온다는 것을 알고 있었다. 그러렴, 좋은 선물이 될 거다. 틀림없이 아빠는 깜짝 놀라시겠지. 그녀는 잎 떨군 나뭇가지 사이로 뿌옇게 서리는 햇살이 그대로 가슴에 불투명한 막을 드리우는 느낌에, 아이의 기다림 속에 깃든, 아마 아이 자신은 의식지 못할 것이 분명한 긴장을 달래기 위해 조그만 어깨에 손을 얹었다. 하지만 집에 가져올 수 없어요. 전시회가 끝난 후에는 학교에 보관한대요. 아이가 시무룩하게 말했다. 자랑과 칭찬을 기대할 수 없다는 데 대한 실망을 드러내지 않으려고 애쓰고 있었지만 조금 전의 어른스러운 태도는 사라졌다. 아빠와 같이 전시장에 가서 보면 되잖니. 그 여자는 한숨 쉬듯 낮은 목소리로 아이의 조바심을 풀어주었다.

국민학생 과학전에 출품해서 입상한 모형 비행기는 시립 과학관에서 전시 중이었다. 그녀의 말에도 아이의 얼굴은 쉬이 밝아지지 않았다. 아빠랑 보러 가면 되잖니. 말 흉내 내기의 새로운 버릇이 붙은 제 동생을 말없이 흘겨보며 두 손을 바지 주머니에 깊이 찌른 채 와삭와삭 발밑에 쌓인 낙엽을 밟았다.

골짜기를 벗어나 과수원의 낮은 울타리를 돌면 시의 외곽도로가 나타나고 그 건너 강줄기가 보였다. 차가워진 날씨 탓인가, 그것은 한층 파랗고 깊게 흐르는 듯했다.

그 여자는 잠깐 바람이 불고 있는 하늘을 올려다보며 시간을 가늠해보고는 내처 걸었다. 아이들이 과수원 앞에 이르러 머뭇거렸다. 지난 여름과 가을, 몇 차례 과일을 사러 과수원에까지 온 적이 있지만 그곳을 지나쳐 더 멀리 가본 적이 없었기 때문이었다.

과수원 아래는 돼지 막이었다. 산에서 흘러내리는 물은 돼지막의 오물, 주민들이 함부로 버린 쓰레기 따위로 더러운 도랑물이 되어 간신히 작은 줄기를 이루며 강으로 흘러들고 있었다.

폭우가 지나간 다음이면 제법 맑아지는 물에, 돼지를 치며 사는 가난한 동네 여자들은 머리를 풀어 감고 빨래를 하고 아이들을 씻겼다. 강에 다리를 놓는 공사가 시작되면서부터 밤낮없이 돌아가는 준설선 모터의 기름이 강을 뒤덮고, 또한 물밑치기 작업으로 위험한 웅덩이가 곳곳에 생겨 익사 사고가 잦아지자 시 당국은 강의 사용을 금했던 것이다.

강가에 이르자 아이들은 그녀의 손을 놓고 강줄기를 따라 난 모래펄로 달음박질쳤다. 고개를 한쪽으로 비스듬히 기울이고 머리칼을 흩뜨리며, 바람을 공처럼 안고 아이들은 달렸다. 물기 머금어 단단해진 모래펄에는 곧 아이들의 발자국이 꽃처럼 어지러이 찍혔다. 너무 뛰지 말아. 자칫 넘어질 듯 위태로운 걸음으로 숨 가쁘게 형을 따라 뛰는 작은아이를 향해 그 여자는 소리쳤다.

곳곳에 모래 채취로 생긴 웅덩이와 작은 사구들이 있고 웅덩이에 괸 흐린 물에는 물거미가 힘겨운 몸짓으로 미미한 파문을 만들며 떠 있었다. 한결 기울고 엷어진 햇살이 강 가운데의 중유를 끈끈하게 뒤집어쓴 준설선 위로 맥없이 떨어져 내렸다. 엔진을 끈 낡고 조그만 선체는 폐선처럼 보였다. 지난밤 이곳에서 무슨 일이 있었던가. 갑자기 영하로 떨어진 기온에 피웠을 화톳불 자리에는 불에 탄 나뭇가지들이 흩어져 있고 바람에 재가 거멓게 날아올랐다. 그 여자는 그 황량하고 텅 빈 강가에서 그것만이 오직 그녀에게 허락된 일인 듯 바람에 날아오르는 재를 차근차근 힘주어 밟았다. 판자를 잇대어 임시로 지은 간이 상밥집의 문이 열리고 어둑신한 안쪽에서부터 갑자기 여자의 상반신이 햇빛에 밝게 드러났다. 헝클린 파마머리를 빗고 있던 늙수그레한 그 여자는 빗살에 끼인 머리칼을 햇빛에 털어 버리며 잠시 강펄에서 강아지처럼 뛰노는 아이들을 바라보고는 문득 찢어지게 하품을 했다.

인부들은 보이지 않았다. 소문대로 공사는 중단된 모양이었다. 그 여자는 지난여름 내내 밤새 털털거리며 돌아가는 모터 소리를 들었다. 강에서 들려오는, 물밑치기를 하기 위해 준설기를 가동하는 소리였다. 곧 다리가 놓일 것이라고 했다. 강을 가로질러 놓일 새로운 다리는 이제껏 보아왔던 그 어느 것보다도 아름답고 견고하며, 젖빛 대리석의 아치 난간을 갖춘 이 고장의 명물로 사랑받고 이용되리라 했다. 새로운 다리의 모형도는 진작부터 상설 전시관에 전시되어 있었다. 그러나 공사는 진척이 되지 않았다. 시의 재정 상태 악화로 부득이 내년으로 미루게 되었다던가, 강바닥에서 예상치 못한 암반을 발견했기에 더 많은 장비를 필요로 하기 때문이라는 말도 있었다. 다리는 강펄에 몇 개의 사구만을 만든 채 시작할 때의 요란했던 풍문과 기대만큼이나 갑작스레 잊혔다. 밤새 귓가에서 울리며 밤잠을 설치게 하고 무위한 공상과 조바심을 불러일으키던 준설기 소리가 사라진 뒤에도 그 여자는 여전히 잠을 이룰 수 없었다.

강의 대안에는 두어 척의 전마선이 떠 있고 울긋불긋한 슬레이트를 얹은 집들과, 밭벼를 거두어들인 낮은 경작지, 몇 동의 비닐하우스 등이 풍경화처럼 펼쳐져 있다. 바람이 불고 있었지만 초겨울의 풍경에는 결빙되기 직전의 물과 같은 고요함, 정치(精緻)함이 있었다.

강을 향해 돌팔매질을 하고 있는 아이들의 모습이 아득하게 눈에 들어왔다. 움직이지 않는 투명한 풍경 속을 가르고 나타난 개가 죽은 쥐를 물고 그 여자의 곁을 지나쳐 갔다. 그 여자의 눈길이 무심히 개의 행로를 따라 움직였다. 그 개는 한결같이 느린 걸음으로 그러나 망설이는 빛 없이 강을 질러 걸린—다리 공사가 시작되기 훨씬 전, 도괴의 위험으로 통행이 금지된—오래된 목조의 다리를 건너가기 시작했다.

이른 새벽, 그 여자의 잠을 깨운 것은 느닷없는 전화벨 소리였다. 곧 비행기를 타. 아마 오늘 밤은 비행기에서 보내야 할 것 같소. 내일 아침이면 그곳에 닿을 거요. 전화 감도는 아주 좋았지만 거리를 의식한 그는 목소리를 높였다. 오게 되어 기뻐요. 애들도 몹시 기다리고 있어요. 식사 든든히 하고 감기 안 걸리도록 덧옷 꺼내놓으세요. 여긴 추워요. 이상 저온이래요. 그 여자도 덩달아 큰 소리로 대답했다.

귀국 일자는 일주일 전에 받은 그의 편지에도 명시되어 있었다. 아니 일 년 전, 보다 나은 대우와 승진을 회사 측으로부터 약속받고 떠날 때 이미 예정된 것이었다.

지난 일주일, 그 여자는 남편을 맞기 위한 준비로 정신없이 바쁘게 지냈다. 비누를 풀어 마루의 때를 벗기고 도배와 장판을 새로이 했으며 솜을 틀어 새 이불을 꾸몄다. 그것은 그 여자로서는 거의 필사적인 몸놀림이었으나 일은 아직도 많았다. 오늘은 산 게를 구해 토막 쳐 게장을 담그고 그곳의 더운 기후가 그의 식성을 변하게 하지 않았다면 여전히 좋아할 것이 분명한 음식을 몇 가지 장만할 예정이었다. 그리고 무엇보다도 대청소를 해야 했다. 그러나 그 여자는 긴치 않은 외출로 아침나절을 보내버렸다.

전화를 끊고 그때 막 잠에서 깨어난 아이들에게 자신의 얼굴을 달아오르게 한 설렘과 흥분을 드러내지 않으려는 노력으로 그 여자는 짐짓 무뚝뚝하게 말했었다. 아빠가 내일 오신다는구나. 그러나 그 순간 그 여자는 문득 자신의 어조에 깃든 이유를 알 수 없는, 막바지로 몰린 듯한 절박감을 감지할 수 있었다. 아이들을 각각 학교와 유치원에 보내고도 한동안 일을 잡지 못하고 서성이던 그 여자의 머리에 떠오른 것은 며칠 전 받아놓고도 무심히 던져버렸던, 큰아이의 학교 자모회에서 온 공문이었다. 고아원과 양로원의 월동 준비를 위한 자선 바자에 내놓을 폐품 이용 작품을 만든다는 내용이었다. 그게 언제까지였더라. 그 여자는 서둘러 학교로 달려가며, 자신이 눈먼 말과도 같다고 자조했다.

부대에 가득 든 헌 스타킹을 꼬아 깔개를 만들고 헝겊 자투리로 조각보를 잇는 작업이 그 여자에게 주어졌다. 못 쓰게 된 잡동사니 물건들과 헌 옷가지의, 악취와 먼지가 가득한 임시 작업실로 꾸민 창고에서 되도록 깊이 숨을 쉬지 않으려고 애쓰며 그 여자는 아이의 반 친구 엄마에게 소곤거렸다. 자식이 무섭긴 하군요. 왜요? 내일 남편이 귀국한다는데도 여길 나와 앉았으니 말이에요. 해외에 나가셨던가 부죠? 네. 일 년 만에 돌아오는 거랍니다. 저런, 바쁘실 텐데 나오셨군요. 굳이 그러실 필요가 없었는데. 보시다시피 일손들이 이렇게 많고 작업 마지막 날이니 일도 거진 끝나가잖아요? 또 빠진대도 표 나는 것이 아닌걸요. 어쨌든 참 좋으시겠어요. 결혼한 부부가 일 년씩이나 떨어져 있다는 건 불편하고 자연의 법칙에도 어긋나는 일이니까요.

강바람에 섞여, 아이들이 부르는 소리가 메아리처럼 아련히 들려왔다. 그 여자는 늙은 개에게서, 그 개를 바라봄으로써 비롯된 상념에서 빠져나올 수 있는 것에 기뻐하며 아이들을 향해 걸음을 옮겨놓았다. 다리를 건너간 개는 마을 쪽으로 가지 않고 아직 맞은편 강펄에서 어슬렁거리고 있었지만 그것은 시력이 나쁜 그 여자에게는 이미 느린 속도의 잿빛 움직임에 지나지 않았다.

아이들이 흥분과 경탄의 다급한 손짓으로 가리키는 곳은 강둔덕의 꽤 굵은 고사목(枯死木)의 둥치였다. 밑동 부근의 흙이 무너져 얽힌 뿌리가 드러나고 곁에는 방금 그곳에서 젖혀놓은 듯 젖은 흙빛이 생생한 돌이 나동그라져 있었다. 아마도 어린 두 사내아이가 힘을 합쳐 바위벽을 밀듯 역사(役事)했을 법한 큰 돌이었다.

보세요, 이상한 벌레가 있어요. 가재 같아요. 썩은 나무뿌리들이 얽혀 드러난 곳에 그것보다 한결 엷은 색의, 손가락 길이의 벌레가 엎드려 있었다. 앞으로 모은 두 개의 집게발과 길게 뻗은 꼬리로 그것은 얼핏 가재처럼 보이기도 했다.

그 여자의 얼굴에 문득 떠오른 긴장의 빛을 알아차리기에는 아이들의 낯선 벌레에 대한 호기심이 지나치게 강했다. 가재가 아니야. 전갈이라는 거다. 어조를 낮추는 일 따위는 이럴 경우 무의미한 조심성이라는 것을 알면서도 그 여자는 조그맣게 말했다. 죽은 건가요? 큰아이가 이마를 찌푸리며 물었다. 죽었나봐, 죽은 거야. 작은아이는 형의 말을 흉내 내어 맞장구쳤다. 죽은 체할 뿐이야. 그 여자는 고개를 흔들며 온통 정신이 팔려 있는 아이들을 조금 뒤로 잡아당겼다. 그것은 아이들의 길지 않은 인내력을 알 것이다. 죽은 체 엎드려 있다가 조바심으로 참을 수 없어진 혹은 이미 안심해버린 아이들이 발로 건드리거나 손으로 집어 올릴라치면 날카롭게 꼬리 끝을 쳐들 것이다. 이미 그 여자에게는 낯설지 않은, 그리도 친근한 몸짓으로.

그것이 보이지 않게 된 것은 언제부터였던가. 전갈을 처음 보았을 때의 공포—단지 공포라고 하기에는 지나치게 복합적이고 부정확한 느낌일는지도 모른다. 공포 속에는 그것이 어떤 동기, 대상에서 유발된 것이든 극도의 단순성과 생생함이 있기 때문이다—를 그 여자는 기억하고 있었다. 그것은 오히려 하나의 환상이라는 말이 맞을 것이다.

전갈을 보기는 처음이에요. 기분 나쁘게 생겼어요. 뭘 하고 있는 걸까요. 전갈이 움직일 때까지 기다리는 일에 진력이 난 큰아이가 발밑의 흙을 운동화 앞부리로 후볐다. 정말 그래. 작은아이가 또 냉큼 받아 대답했다. 전갈의 주름진 세모꼴 등과 염주알 모양으로 이어진 꼬리는 처음의 윤기를 많이 잃었으나 햇빛을 받아 연하고 거의 투명하게 보임으로써 자신은 결코 의도하지 않았을 생기를 드러내고 있었다.

남편이 떠난 날 밤, 그가 쓰던 방에 들어가 전등 스위치를 올렸을 때 그 여자는 불이 켜짐과 동시에 벽과 천장이 잇닿은 틈서리에서 길게 붙어 있는 물체를 보았다. 거의 흰색에 가까운 엷은 색 벽지 위에 연한 갈색의 몸뚱이는 돋을새김의 장식처럼 튀어나와 견고하게 붙어 있었다. 처음 그 여자는 그것이 그리마의 한 종류이리라 생각했다. 두려워할 것이 없다고 스스로를 타이르면서도 그 여자는 선 자리에서 움직일 수도, 그것에서 눈을 뗄 수도 없었다. 꼼짝하지 않고 벽에 부착해 있던 그것은 그 여자의 팽팽한 시선에 마지못해 끌려오듯 마침내 벽을 대각선으로 가르며 느릿느릿 내려오기 시작했다. 불빛이 만드는 그림자 때문에 몸뚱이는 엷게 부풀어 퍼져 보였으며 실제보다 훨씬 많은 수의 다리로 헤엄치는 듯한 움직임은 부드럽고 마냥 권태로워 보였다. 전갈이구나. 그 여자는 중얼거렸다. 그것은 어쩌면 전갈이 아닐지도 모른다는 믿을 수 없는 확신을 얻기 위한 중얼거림이기도 했다. 그때까지 실제로 전갈을 본 적이 없었던 그 여자에게 전갈이란 대개의 사람들에 있어 그러하듯 그것이 가진바 맹독성, 야행성, 잠행(潛行), 비밀스럽고 잔혹한 생존 방식에 대한 미신적 두려움이었고 그것이 만들어낸 신화와 전설로 길들여진 상상력이었으며 인간의 어두운 속성의 상징성에 지나지 않았다. 전갈에 대해 그 여자는 생물 도감의 그림보다 여름밤의 남쪽 하늘에 긴 주걱 모양으로 늘어서 나타나는 자신의 별자리로서 익숙했다. 전갈좌인 당신은 비밀과 죽음, 어둡고 잔인한 열정과 성적 환상에 사로잡혀 있습니다. 물론 그 여자는 점성술 따위를 믿지 않았다.

벽을 타고 내려오는 동안, 상대가 다만 놀란 듯 크게 열린 눈으로 바라볼 뿐 무방비 상태라는 것을 간파해버린 전갈은 꼬리를 쳐들어 둥글게 머리 위로 구부렸다. 적이 위협적이고 도전적인 자세였으나 일 초와 이분의 일 초까지 계산되어 이어지는 기계체조 선수의 굴신 동작처럼 유연한 몸짓이었다. 그리고 그때까지 그 여자가 젖어 있던, 이별 뒤의 허탈감과 해방감, 불분명한 가슴 에임, 애상 따위를 비웃듯 벽과 책장 사이의 좁은 틈서리로 천천히 사라졌다. 방은 남편이 사용하던 물건, 기거하던 흔적들이 가득했다. 책상, 책장, 엽총, 배낭, 옷걸이에 걸린 채로인 옷가지들이 곳곳에서 그의 존재를 증거하고 있었고 그 사이에서 전갈을 찾아낸다는 것은 불가능한 일이었다. 그 여자가 혼자 힘으로—설사 자고 있는 아이들을 깨워 그들의 힘을 빌린다 해도—들어 옮길 수 있는 짐은 몇 가지 되지 않았다. 기껏 그날 밤 그 여자가 한 일이란 바퀴벌레를 죽이기 위해 늘상 해왔던 방법, 즉 붕산 가루를 뿌리고 마른 쑥을 태워 연기를 피우는 일뿐이었다. 그것만이 전갈로부터 아이들과 자신을 보호하는 방법이었다. 그 작은 독충의 위협, 환상 앞에서 그 여자는 무력했다. 밤새 그 여자는 전갈이 소리 없이 기어 다니며 아이들의 연한 살을 찌르고 재빨리 달아는 환상에 시달려 역시 한 마리 전갈처럼 어둠 속에서 서성였던 것이다.

그것이 어떻게 남편의 방에 들어올 수 있었던가. 집은 아파트의 사 층이고 그 여자가 아는 한, 전갈은 콘크리트 건물에 서식하는 동물이 아니었다. 여름철이 아니어서 창문은 대체로 닫혀 있었기 때문에 창을 타고 들어왔을 리는 없었다. 결국 그 여자는 전갈이 남편에게 묻어 들어온 것이리라고 결론을 지었다. 집 밖에서 밤을 보낸 그가 흔히 도깨비바늘이나 민들레 꽃씨, 쥐똥나무 열매 따위를 묻혀 오듯 그것은 아마 남편의 옷이나 짐 속에 숨어 들어온 것이 틀림없을 것이다. 수렵협회 회원인 그는 출국에 앞서 얻은 휴가로, 때마침 금렵 조치가 풀린 휴전선 부근 산으로 사냥을 떠나 닷새를 보내고 돌아왔던 것이다.

이런 건 학교 표본실에도 없어요. 유리병 속에 넣어 표본을 만들겠어요. 알코올에 담그거나 포르말린을 쓰면 썩지 않는다고 학교에서 배웠어요.

무엇이든 모으기를 좋아하는, 빠진 이까지 소중히 모으는 큰아이는 가느다란 나뭇가지로 그것을 들어 올리려 했다. 안 돼, 건드리지 마라. 그 여자는 날카롭게 제지했다. 자신의 목소리가 성마르게 신경질적으로, 아이들이 이해할 수 없는 불안을 드러내지나 않았을까 우려하면서 조금 누그러진 어조로 덧붙였다. 독이 있는 거란다. 아주 위험해. 독이라는 말이 주는 생생한 느낌에 아이들은 잠깐 멈칫했다. 그 여자의 귀에도 그것은 터무니없이 생기 있게 울렸다. 전갈은 머리를 어두운 구멍 쪽으로 향한 채 여덟 개의 마디 발을 힘없이 널브러뜨리고 꼼짝도 하지 않았다. 보아라, 그 여자는 손을 들어 햇빛이나 쬐련다는 듯 천연한 몸짓 속에 미만한 독기를 가리켰다.

그 후 몇 차례 더 그 여자는 남편의 방에서 전갈을 보았다. 전갈은 그 여자의 기척에도 피하려는 빛 없이 책상 다리나 천장, 방의 틈서리에 단단히 붙어 있었다.

전갈이 보이지 않게 된 후에도 여전히 그 여자는 남편의 방문을 열 때면 핏줄이 팽팽히 당겨지는 듯한 긴장을 느꼈다. 아니, 보이지 않게 됨으로써 전갈에 대한 그 여자의 환상과 두려움은 더욱 커진 듯했다. 방의 어디선가 숨어 수많은 새끼를 치고 서식하리라.

그 여자는 자주 마른 쑥을 태웠다. 빠져나가지 못하고 닫힌 창가에서 안타깝게 비비적거리며 자욱이 서리는 매캐하고 독한 연기에 기침을 해대며 그 여자는 그것이 제독(除毒)이나 살충을 목적으로 한 것이 아닌, 일종의 주술적 행위로 느껴지곤 했다.

아, 움직여요. 큰아이가 비명인지 탄성인지 모를 소리를 지르며 동시에 발부리로 흙을 차 뿌렸다. 그러고는 자신의 행동에 대한—어쩌면 진작부터 은밀히 짓누르고 있었을지도 모를—미신적인 두려움에 약간 질린 얼굴로 한 걸음 물러섰다. 전갈은 머리가 흙에 묻힌 채 꼬리 부분만이 오르르 드러났다.

추워요. 아이들이 목을 움츠렸다. 찬바람 속에 오래 방치되어 있던 탓에 뺨이 파랗게 얼고 점퍼 깃 안쪽의 목덜미에는 소름이 가득 돋아 있었다. 추워요, 돌아가요. 아이들이 시려오는 발을 구르며 다시 말했다. 그래, 돌아가자. 아이들은 끙끙대며, 자신들이 젖혀놓았던 돌을 밀어 구멍 위에 무겁게 얹었다.

그 여자는 아이들의 언 손을 양손에 하나씩 나눠 쥐고 온 길을 되짚어 걸었다. 저물기를 기다려, 썩은 나무둥치와 무거운 돌 틈으로 기어 나온 전갈이 먹이를 찾아, 채워지지 않는 갈망과 억눌린 욕정으로 소리 없이 헤맬 강펄은 그러나 아직은 고요하고 냉정하게 가라앉아 있었다. 아이들은 너무 멀리까지 온 것에 겁을 내는 듯 그 여자의 곁에 바짝 붙어 서서 종종걸음을 쳤다.

갈색의 오리 떼가 강을 향해 흘러드는 더러운 도랑물을 거스르며 자맥질을 하고 있었다. 몇 마리인가는 햇빛이 엷게 남아 있는 둔덕에서 더러워진 깃털을 털어 말리고 있었다.

아빠는 떠나셨을까요. 아이가 문득 그 여자를 올려다보며 물었다. 그럼, 지금쯤 비행기를 타고 부지런히 날아오고 계실걸. 그 여자는 아이를 향해 미소를 지었다. 아빠가 오신다니 기뻐요. 나도 그렇단다. 아빠가 오시면…… 아이가 즐거운 공상과 기대로 눈을 반짝이며 잠깐 말을 끊었다. 그래, 모든 것이 잘될 거다. 그 여자가 대답했다.

돌아오는 길에 그 여자는 과수원에 들렀다. 남편은 서리 맞은 뒤의 물기 마르고 볼품없는 사과의 강한 단맛과 상한 듯한 향기를 좋아했다. 내일 아침 일찍 한 상자 배달해줄 것을 부탁하면서 그 여자는 묻지도 않는 말을 덧붙였다. 애들 아빠가 좋아해서요. 내일이면 도착합니다. 일 년 만의 귀국이지요.

다시금 갈나무 숲으로 들어섰을 때 메마른 나뭇가지 사이로 부옇게 비쳐들던 햇빛은 거의 사위었다. 그 여자는 어둡고 깊어 가는 그늘에 들어서며 문득 뒤를 돌아보았다. 방금 지나온 엷은 금빛 햇살 속에, 조그만 두 아이와 아이들의 손을 하나씩 나눠 쥔 자신의 모습이 마치 지나간 시대의 음영, 혹은 이제는 쓰이지 않는 옛 주화의 마모된 양각 무늬처럼 희미하게 남아 있다가 차츰 닳아지듯 사라지는 것을 보았다.

어둠 속에서 비로소, 등뼈처럼 단단하게 솟아오르는 시간의 흐름을 뚫고 그 소리는 들려왔다. 불을 끈 마루에서 팔짱을 끼고 서성이던 그 여자는 부엌 세탁장으로 가서 위층과 연결된 홈통에 귀를 기울였다.

홈통의 울림으로 부풀어 오르고 엷게 퍼져 약간 변질된 음들이 주저하듯 잠깐씩 멎고 그 여자는 차가운 홈통에 더욱 바짝 귀를 갖다 대었다. 자신의 갈망이, 채근이 끊긴 음을 잇게 하리라는 몸짓으로.

마루의 커튼을 닫고, 전등 스위치를 내리는 열두 시 넘은 시각, 더 이상 아무것도 기다릴 것이 없다고 생각될 즈음, 층계를 올라오는 발소리가 들리고 그 여자는 아, 이제 그가 돌아오는구나 생각하곤 했다. 그 여자의 집을 거쳐 올라가게 되는 오 층의 마주 보는 두 집 중 한 집은 비어 있기 때문이었다. 발바닥 전체를 충계 바닥에 대었다 떼는 무겁고 피로한 발소리는 그 여자의 집 문 앞에 이르러 한숨 돌리듯 잠깐 멎는 성싶다가 올라가곤 했다. 그런 뒤 잠시 후에는 홈통을 타고 바이올린 소리가 들려왔다. 한밤중 느닷없이 들려오는 슈만이나 브루흐의 곡들은 마치 깜깜한 창문들 중의 하나에 반짝 불이 켜지는, 어쩌면 전혀 모르는 사람의 생이 외롭고 순결하게 다가오는 느낌이기도 했다.

그거나 그것은 결코 길게 이어지는 법이 없었다. 그가 어느 날엔가의 화려한 무대와 갈채를 꿈꾸며 익혔을 곡들은 대개 첫 악장의 몇 소절만 되풀이 연주되다가, 그러한 자신의 바람, 환상을 비웃듯 갑자기 그치곤 했다.

갑자기 사납게 물 쏟아붓는 소리와 함께 벼락 치듯한 물줄기가 홈통으로 쏟아져 내리는 바람에 그 여자는 자신도 모르게 홈통에서 귀를 떼며 한 걸음 물러섰다. 바이올린 소리가 뚝 끊기고, 늦은 저녁을 차리는 귀찮은 일에 짜증기를 숨기지 않은 요란한 그릇 소리와 함께 날카로운 여자의 목소리가 들려왔다. 그들은 또 다투고 있는 모양이었다. 다툰다지만 그 여자의 귀에는 간혹 들리는 그의 것인 듯한 낮은 웅얼거림을 누르는 여자의 목소리만 들려왔다. 귀를 더욱 바짝 홈통에 붙이고 숨을 죽이는 그 여자의 노력에도 불구하고 웅얼거리는 남자의 대꾸는 좀체 알아들을 수가 없었다. 그에 비해 여자의 말은 알아듣기 쉬웠다. 그러나 그것 역시, 못 살아, 미치겠어, 아아, 따위 히스테리컬한 외침이 대부분이어서 그 여자는 무엇이 그들 부부 싸움의 빌미와 내용이 되는지 알 수 없었다. 아아, 졸려서 미치겠어요. 허구한 날 이렇게 밤늦도록 기다리는 것도 못 견딜 노릇이에요. 어쩔 작정이에요. 말 좀 해봐요. 아아 나는 불안해요. 나는 종종 내가 껍질만 남은 벌레 같은 생각이 들어요.

홈통의 벽에서 웅웅대고 뭉개지고 지워지는, 종내는 탄식으로 덮이는 말들을 짐작으로 이어 맞추며 그 여자는 보이지 않는 그의 어깨를 안타깝게 잡아 흔들듯 중얼거렸다.

그들 부부는 자주 다투었다. 밤늦은 시간의 바이올린 소리, 다투는 소리뿐 아이가 없는 탓인지 그의 집은 늘 조용했다. 늦은 오후, 갓 잠 깬 듯 권태롭고 부스스한 얼굴로 베란다에 서서 밖을 내다보는 그의 오동통하고 애젊은 아내를 보는 일만 없다면 필시 빈집이라 여기기 십상이었다. 밤일 하러 나간대요. 시내에 바이올린 연주하는 술집이 있다더군요. 아파트의 같은 동(棟)에 사는 아낙네들은 그의 집을 가리키며 수군거렸다. 잃어버린 꿈과 욕망 때문에, 누군가를 안타깝게 부르는 손짓으로 한밤중, 주저하며 두려워하며 수줍게 활을 긋는다는 것은 그 여자의 지나친 감상인지도 몰랐다. 그것은 하루 일을 끝낸 악기의 조율, 가볍게 손을 풀기 위한 의미 없는 동작일 수도 있는 것이다.

늦은 오후, 그 여자는 가끔 층계참이나 아파트 출입문에서 그와 부딪쳤다. 그때는 그 여자가 간식을 먹이기 위해 아이들을 불러들이는 시각이기도 했다.

그는 귀밑머리가 희끗희끗 세기 시작하는 중년을 넘긴 사내였다. 그는 때로 불투명한 막을 통해 보듯 그 여자를 물끄러미 바라보기도 했으나 대개는 바이올린 케이스의 무게로 한쪽 어깨를 비스듬히 늘어뜨린 채 버릇인 양 우울하게 이마를 찡그리고 지나쳐 갔다.

남편과 함께 결혼기념일을 자축한다고 간 술집에서 그를 보았어요. 나이 든 악사는 처량하더군요. 그편에서야 우리를 알 리 없지만 인사 삼아 세 곡이나 청해 들었어요. 반상회에서 만난 한 아낙네는 구석자리에 홀로 앉아 있는 악사의 젊은 아내를 흘끗거리며 낮게 소곤거렸다.

위층에서는 이제 아무런 소리도 들려오지 않았다. 이따금 아파트 광장을 질주하는 차 소리만 들려왔다. 그들의 다툼은 화해로운 결론을 얻은 것일까. 아니면 그 여자가 남편과의 다툼 뒤에 으레 그러하듯 다친 마음, 해결되지 않은 문제를 슬픔과 욕망으로 무마시키며 깊이 포옹하고 잠이 들까.

그 여자는 풀 길 없는 어려운 수수께끼를 생각하듯 어두운 마루를 뚜벅뚜벅 걸어 다녔다. 갓 바른 도배지의 마르지 않은 풀냄새가 눅눅하게 맡아졌다. 방문 안쪽에서 아이들은 곤히 잠들어 있었다. 새벽 두 시가 채 못 된 시각이었다. 남편은 아직 어두운 하늘에 떠 있을 것이다. 아침나절의 외출과 오후의 긴 산책으로 피곤했지만 그 여자는 잠들 수 있을 것 같지 않았다. 차라리 남편의 물건들이 먼지를 뒤집어쓰고 보존되어 있는 방의 청소를 하는 것이 훨씬 더 효율적일 듯했다. 전갈을 발견한 후 그 여자는 남편의 방 청소를 벼르기만 할 뿐 엄두를 내지 못했다.

일 년은 긴 시간이 아니오. 지난해와 또 그 지난해, 살아온 시간을 생각해보오. 세월이 얼마나 빠른지. 임지로 떠날 때 남편은 말했었다. 그 여자가 아이에게 말한 대로, 모든 것이 잘될 것이다. 그가 그곳의 새로운 생활과 일, 사귄 사람들과 풍속에 대해 간간이 써 보내듯 그 여자도 아이들의 자라남에 대해, 그가 없는 가정의 쓸쓸함에 대해 편지를 써 보냈다. 그것은 거짓이 아니었다.

승진을 보장받는다는 명분이긴 했지만 모두가 내켜 하지 않는 아프리카 오지의 지사 근무를 그는 거의 자원한 것이라고 그 여자는 믿고 있다.

그 무렵 똑같이 마흔 살 동갑내기인 그들 부부는 일종의 권태로움에 빠져 있었다. 단순히 결혼 생활에 대한 것이라고 말해버리기에는 복잡한, 무언가 지쳐가고 있다는 분명치 않은 무력감이었다. 마흔 살이란, 자기의 시절이 지나고 있다는 초조감과 함께 인생이 새로운 계기와 자극을 요구하는 나이였지만 또한 무엇을 새로이 시작하기에는 늦은 나이라는 것을 알고 있었다.

아마추어 엽사인 그는 아프리카의 신생국에 냉장고, 세탁기 따위를 팔러 가면서 말라리아와 독충의 위협보다 분명 더럽혀지지 않은 초지(草地)와 밀림, 야생의 동물들을 떠올렸을 것이다. 그 여자 역시 마찬가지였다. 살아온 세월의 부피와 경륜이, 시간이 아이들을 자라게 하고 젊은이를 늙게 하듯이 하늘 아래 새로운 것은 없다고 가르쳤으나 그것은 구원도 위안도 되지 못했다. 남편과 떨어져 있게 될 일 년간의 시간은 아마 그 여자의 전 생애와 맞먹는 것이 될 것이라고 생각했다. 고독이 만성적인 권태와 무위한 환상에서 벗어날 수 있게 해주리라는 기대와 열망이 있었기 때문이다. 그러나 기실 자신이 원하는 것은 무엇이었던가. 원하는 것이 정확히 무엇인지 알고 있다고 자신 있게 말할 수 있을까.

남편이 떠난 뒤 여느 때와 다름없는 하루하루가 이어졌고 그것이 쌓여 한 달 두 달이 흘러갔다. 그 여자는 한 달에 한 번씩 남편의 봉급을 지급받기 위해 정해진 은행의 창구를 찾아갔고 또 가끔 아이들을 데리고 영화 구경을 가거나 갈나무 숲으로 산책을 나갔다. 뚜렷하게 달라진 것은 아무것도 없었다. 하지만 때때로 자정 넘어, 새벽 두 시, 세 시쯤에도, 술 취한 사람이 함부로 운전하는 자동차와 경비원의 플래시 불빛을 피하여 펄럭이며 아파트 광장을 돌아다니기도 했다. 그러는 동안 마음의 외로움이나 불안은 조금씩 스러졌다.

세상을, 자신의 삶을 조금치의 환상도 없이, 칼을 갈듯이 다스려갈 수가 있는 것일까.

제발 그러지 마라. 잠시 조용하던 위층에서 들려오는 소리에 그 여자는 걸음을 멈추었다. 홈통을 타고 들려오는 것은 남자의 고함 소리였다. 그의 아내가 큰 소리로 울기 시작했다. 아아, 시끄러워. 그 여자는 마루 가운데 선 채 별반 그렇게 생각하지도 않으면서 소리 내어 말했다. 그러고는 자신의 말의 반응을 기다리듯 잠시 쉬었다가 조금 큰 소리로 되풀이 말했다. 아아, 시끄러워 미치겠어.

여전히 여자는 큰 소리로 울고 있었지만 위층의 현관문 여닫기는 소리가 거칠게 들리고 이어 층계를 내려오는 발소리가 들렸다.

그 여자는 부엌의 전등 스위치를 올렸다. 어둠 속에서 마음놓고 돌아다니던 바퀴벌레들이 재빠르게 싱크대 밑으로 달아나 숨었다. 소리 없이 흩어져 순식간에 사라진 탓에 그것은 환영처럼 느껴졌다. 그 여자는 잠시 우두커니 서 있다가 생각난 듯 물을 한 컵 따라 마셨다. 부엌과 마루 사이의 튀어나온 흰 벽에는 아이들의 키 높이가 연필로 표시되어 있었다. 남편이 없는 일 년 사이 아이들은 각각 십 센티가 넘게 자랐다. 그 여자는 손톱으로 문질러 그 연필 자국에 깊게 홈을 내었다. 그러나 그것은 그 여자의 마음속에 새겨진 홈일 뿐이었다. 아이들은 더 이상 그 자리에 머물지 않기 때문이었다. 문 하나 건너 자고 있는 아이들이 비현실적인 존재로 아득히 떠올랐다. 물컵을 든 채 멍하니 서 있는 자신에 대해 그러하듯.

그 여자는 부엌 전등을 끄고 다시 마루로 나왔다. 층계를 올라오는 발소리는 들리지 않았다. 헛된 기대로 커튼을 열고 밖을 내다보았지만 뿌옇게 보이는 수은등의 불빛으로는 그의 모습을 찾아낼 수 없었다. 벽시계가 새벽 세 시를 가리키고 있었다. 남편이 그 여자에게 좀더 가까이 다가오는 시간이었다. 밝아오는 아침을 향해 어두운 천공(天空)을 날고 있으리라. 조금이라도 눈을 붙여야 한다. 오랜만에 만나는 남편에게 수면 부족으로 인해 한결 늙고 꺼칠한 얼굴을 보일 수는 없다,라고 생각하면서도 그 여자는 달리 할 일을 찾아내지 못한 혹은 우리에 갇힌 짐승처럼 좁은 마루 위를 뚜벅뚜벅 걸어 다녔다. 위층 여자의 울음소리는 이제 들리지 않았다.

내일 이맘때 자신은 적도의 햇빛과 뜨거운 바람으로 한결 탄탄하고 거칠어진 남편의 팔에 안겨 깊이 잠들어 있으리라. 그리고 짧은 대화와 긴 침묵, 다시금 평온한 나날들이 계속되리라. 그 여자가 아이에게 말했 듯 모든 것이 잘될 것이다. 그 여자의 서성이는 걸음이 한층 빨라졌다. 어둠 속에서 소리 없이 돌아다니는 전갈의 자취를 찾으려는 듯.

견딜 수 없는 어지럼증으로 긴 의자에 드러누워 어렴풋이 잠이 들었을 때 그 여자는 네 시를 치는 벽시계 소리와 함께 층계를 올라오는 소리, 위층의 벨을 누르는 소리를 들었고, 이제 그가 돌아오는구나, 꿈결처럼 중얼거렸다. 꿈속에서 그 여자는 무언가가 안타깝게 기어오르려는 몸짓, 비비적거리는 소리를 들었다. 그것이 무엇인가 알아보기 위해 일어나야 한다고 긴 의자의 팔걸이를 움켜잡았으나 곧이어 커튼이 열린 유리문 밖의 옅은 새벽빛 속에 펄럭이며 검게 떨어져 내리는 무엇인가가 거역할 수 없는 힘으로 그 여자의 감은 눈시울을 눌렀다.

새벽에 그 여자는 심상찮은 웅성거림과 가슴을 찌르는 곡성에 밖으로 나왔다. 그 여자의 집 바로 밑의 화단에 사람들이 잔뜩 모여 있었다. 사람이 떨어져 죽었어요. 바이올리니스트예요. 사람들은 웅성거리기만 할 뿐 신새벽에 맞게 된 흉하고 상서롭지 못한 일에 어쩔 줄을 모르고 있었다.

그는 줄기가 부러진 이년생 단풍나무 곁에 엎드려 있었다. 젖혀진 검은 양복 자락으로 흰 와이셔츠가 보였다. 드러난 한쪽 뺨에 흙이 묻어 있고 머리에서부터 흐른 피가 이마 위에서 가늘게 굳어 있었다. 어떻게 좀 해줘요. 아아, 어쩌면 좋아, 그의 아내가 남편의 구둣발을 부여안고 울부짖었다. 병원에 전화를 했어요. 곧 앰뷸런스가 올 겁니다. 사모님, 그때까지는 어쩔 도리가 없습니다. 경비원이 그 여자의 어깨를 안고 침통한 목소리로 말했다. 그의 아내가 울음 끝에 띄엄띄엄 하는 소리로 보아 그는 비상 사다리로 옥상에 올라가 다시 오 층 그의 집 베란다로 내려가려고 했던 것이 분명했다. 선생님께서는 술에 취해 계셨던가 부죠? 아니에요, 그이는 술을 마시지 않아요. 우린 싸웠고 그이는 오밤중에 집을 나가버렸어요. 그이는 줄곧 머지않아 일터에서 해고되리라는 불안 때문에 신경이 날카로워져 있었어요. 그런 데에서 일하기에는 나이가 많고 이때까지 번번이 그런 이유로 밀려났거든요. 나는 잠이 들면 누가 와서 떠메어 가도 몰라요. 그이가 다시 집에 돌아와 벨을 누르다가 기척이 없으니까 베란다로 들어올 생각을 한 것 같아요. 그의 아내는 어린애처럼 몸부림을 치며 울었다.

곧 앰뷸런스가 다급한 소리로 달려와 그와 그의 아내를 실어 갔다. 경비원은 화단에 흐른 핏자국에 흙을 덮고 부러진 단풍나무 줄기를 울타리 너머로 멀리 내던졌다.

집으로 들어온 그 여자는 밥을 안친 뒤 청소를 시작했다. 아이들은 아직 아침잠에서 깨어나지 않았지만 서둘러야 했다. 시간이 없다,라고 말했지만 그것이 남편이 올 때까지의 시간을 뜻하는 것인지 자신에게 허락된 한정된 시간을 뜻하는 것인지는 그 여자 자신도 기실 잘 알지 못했다.

남편의 방에 들어가 들어낼 수 있는 물건들을 대강 마루로 옮겨놓고 방 안의 먼지를 털었다. 빗자루를 넣어 책장 밑을 깊숙이 훑어냈을 때 그 여자는 먼지와 머리칼 따위를 풀솜처럼 뒤집어쓰고 숨어 있는 벌레를 보았다.

빗자루 끝에 딸려 나온, 그것은 엷은 갈색의 이미 오래전에 말라 죽은 전갈이었다.

[1983]

순례자의 노래

눈이 내리고 있었다. 아침부터 내리는 눈이었다. 혜자는 창문을 열어놓고 창틀에 올라앉아 천지를 어지럽게 흔들며 편편이 쏟아져 내리는 눈을 바라보았다. 눈이 내리기 때문인가, 들려옴직한 작은 소음까지 묻혀버린 듯 동네는 조용했다. 하루에도 몇 차례씩 담 안으로 날아 들어온 야구공을 넘겨달라고 소리치거나 몰래 담을 타넘는 아이들의 소리도 들리지 않았다. 문간방에 세 든 처녀마저 일터로 나가고 나면 통상적으로 비어 있기 마련이었던 집이어서 생겼을 것이 분명한, 동네 아이들의, 담을 타넘어 들어오는 버릇은 쉽게 고쳐지지 않았다. 집에 돌아온 첫날, 마루문에 기대어 지켜보는 그녀를 흘끗거리면서도 유유히 담을 타 넘는 사내아이를 날카롭게 불러 세웠을 때 그 애가 불만스레 내뱉은 말에 오히려 안도감을 느꼈던 것을 혜자는 기억하고 있다. 여지껏 맨날 그랬단 말예요. 다른 애들두요. 집 안에 사람이 없으니 어떡하란 말예요. 안도감을 느꼈다는 것은 아마 적어도 그녀의 집이 흉가거나 마음씨 고약한 거인이 지키는, 저주받은, 황폐한 정원은 아니라는 의미에서였을 것이다.

잎 떨군 나뭇가지에 무겁게 얹힌 눈이 가끔 툭, 툭, 부러지는 소리를 내며 떨어지고 그 서슬에 눈 위에 내려앉아 먹이를 찾던 참새들이 포르르 날아올랐다. 문간방에서 대문으로 이어지는 곳에 발자취가 없는 것으로 보아 문간방 처녀는 아직 나가지 않은 모양이었다.

혜자는 희게 눈 덮인 마당으로 내려가 눈을 한 움큼 쓸어 쥐었다. 발목까지 눈 속에 빠졌다. 이대로 눈이 내린다면 저물기 전 무릎까지 쌓이기 쉬울 것이다. 눈을 쓸어야겠다고 생각하면서도 혜자는 그대로 서 있었다. 어느 집에선가 피아노 소리가 들려왔던 것이다. 한 손으로 서툴게 간신히 멜로디만 잇는 노래를 혜자는 조그맣게 따라 불렀다.

산도 들도 지붕도 하얀 눈으로 하얗게 하얗게 덮인 속에서 깨끗한 마음으로 자라니까요. 혜자가 어린 시절 불렀고 그녀의 아이들 역시 어릴 때 부르던 동요였다. 아이들을 학교에 보내고 난 후 한가롭게 빈집을 지키던 어느 젊은 엄마가 내리는 눈발을 보며 홀연히 솟아오르는 어릴 때의 멜로디를 좇아 건반을 두드리는 것이리라.

피아노 소리는 갑자기 그치고 혜자는 노래를 부르던 그대로 입을 벌린 채 우두커니 서 있었다. 문득 지난밤의 꿈을 떠올린 것은 사라진 소리에서 비롯된 깊은 정적 때문이었을 것이다.

지난밤, 그녀는 꿈을 꾸었다. 오랫동안 잊고 있었지만, 어릴 때부터 그리고 어른이 되고 나서도 종종 꾸던 꿈이었다. 꿈에는 늘 같은 길을 간다. 이제는 잊히고 버려진 옛 성벽처럼 퇴락하고 이끼 낀 돌담이 끝없이 이어지고 그 돌담을 따라 걸으며 혜자는 꿈속에서도 여기가 어디던가, 그전에도 왔었는데, 하며 너무도 익숙한 분위기에 친근하게 중얼거리곤 했다. 돌담을 따라 한없이 가다가 어디쯤에서 닳아지고 부서진 돌담 틈에 손을 넣으면 틀림없이 그 언젠가 약속과 맹세의 뜻으로 넣어둔 작고 예쁜 단추 알, 비밀의 표지, 조그맣게 접힌 종이쪽지 따위를 찾아내리라는 예감과 확신으로 하냥 걷다가 꿈은 깨이곤 했다. 꿈은 시작도 끝도 종잡을 수 없는 하나의 길, 헤매임일 뿐이었지만 꿈의 깨임이란 또 역시 줄곧 따라가던 길의 잃음에 다름 아니어서 혜자는 잠을 깬 후에도 미아처럼 막막하고 안타까운 느낌에서 헤어나지 못했다. 그것은 도대체 어디로 가는 길이었을까. 그리고 또한 그 익숙한 느낌은 무엇이었을까. 귀신처럼 늙어 살고 있는 어머니라면 그게 바로 저승길, 혹은 전생(前生)의 길이라고 주저하지 않고 한마디로 명쾌히 대답할 것이다. 근 이 년 가까이 잊고 있던 꿈을 다시 꾸기 시작한 것은 확실히 집에 돌아왔다는 자기 암시, 확신일 것이다.

손이 차갑게 얼어들어 왔다. 쓸어 쥔 눈이 손안에서 녹고 있었다. 혜자는 젖은 손을 문지르며, 발을 굴러 신발에 묻은 눈을 털어내고 집 안으로 들어왔다. 방과 마루는 한껏 어지러져 있어 발을 내디딜 때마다 벗어 던진 잠옷이며 물컵, 걸레, 트랜지스터라디오 따위가 밟혔다. 당연했다. 일주일 전 집에 돌아온 이래 그녀는 집안일에 전혀 손을 대지 않았다. 늘 아귀처럼 달려드는 허기로 어쩔 수 없이 밥은 지었으나 설거지는 내팽개쳐두었다. 욕조에 더운물을 채워 한기가 느껴질 만큼 물이 식을 때까지 오랫동안 몸을 담그고 들어앉았고 욕실에서 나온 알몸 그대로 불을 끈 마루에서 서성이기도 했다. 엊그제 그녀는 집 뒤편 마당의 시멘트 갈라진 틈에서 딸아이의 노란 꽃 핀을 주워 그것을 들여다보며 하루를 보냈다. 중학교 졸업반이 된 딸애는 이미 오래전에 꽃 핀 꽂을 나이가 지났다.

한 달 전까지 남편과 두 아이, 살림을 보아주던 시모(媤母)가 살던 집이었지만 그녀가 돌아왔을 때 그녀의 살림살이만 고스란히 남긴 채 말끔히 비워져 있었다. 퇴원을 앞둔 그녀의 거취에 대해 많은 논란과 숙의가 있었겠지만 이미 호적 정리까지 깨끗이 마친 그녀에게 집을 내주기로 한 것은 그쪽으로서는 대단한 배려였을 것이다. 담당 의사에게서 언제든 퇴원해도 좋다는 통고를 받자 남편은 말했었다. 곧 집을 비우기로 했소. 그 집에 들어가는 것이 싫으면 팔고 작은 아파트를 얻는 것도 한 방법이 될 거요. 내 생각이긴 하지만 그 편이 여러 모로 좋을 것 같소. 집이 팔릴 동안 임시로 친정에 가 있는 게 어떻겠소. 그날 이후 혜자는 남편을 만난 적이 없었지만 어쨌든 그로서는 이혼한 전처에 대한 예를 다한 셈이었다. 표면상으로는 그녀가 원한 이혼이었고 그 역시 그리될 수밖에 없다는 방향으로 생각이 기울고 있었지만 그것이 그녀가 병원에 있는 동안 이루어진 일이라는 점을 괴로워한 듯했다.

그러나 그녀는 퇴원하면서 곧장 이 집으로 돌아왔다. 인간은 망각의 동물이다, 당신은 심신이 아주 건강하다, 그전처럼 충분히 잘 살아갈 수 있다, 무엇보다 두려움을 갖지 말라고 의사는 말했었다. 긴 여행 뒤의 휴식처럼 그녀는 극도의 게으름 속에 자신을 풀어놓았다. 이따금 울리는 전화벨 소리, 이제는 이곳을 떠난 남편과 아이들을 찾는 소리들이 소스라치는 현실감으로 그녀를 일깨웠다. 없어요, 이사 갔습니다. 모르겠는데요. 짤막하고 무뚝뚝한 대꾸로 전화를 끊고 나서 그녀는 그들이 남긴 흔적을 찾아 미친 듯 집 안을 뒤졌다. 그것은 마치 그녀가 떠나 있던 시간들을 지우려는 노력과 같았다. 벽에 붙인 스티커, 빗살에 낀 검고 윤기 나는 긴 머리칼, 한 귀퉁이에 수놓은 손수건 따위 흔적은 어디서나 발견되었지만 그것은 오히려 그녀와 그들 간에 놓인 엄청난 공백을 강하게, 생생하게 인식시켰고 그들은 이제 돌아오지 않는다는 것, 되찾을 수 없는 시간임을 상기시켰을 뿐이었다. 어쩌면 더 깊은 사랑으로 굳게 맺어질 수 있지 않았을까. 서로의 가슴 밑바닥에 단단히 도사린 수치심과 두려움을 숨길 수 없을지라도. 한바탕 집 안을 휘젓고 난 뒤 그녀는 무릎을 싸안고 소리 죽여 흐느껴 울었다. 기진할 때까지 울고 나면 텅 빈 위장의 속 쓰림, 오랜 벗처럼 친근한 허기증이 달래듯 부드럽게 찾아왔다.

찬밥을 고추장에 비벼 늦은 점심을 먹고 잠깐 누웠던 혜자의 낮잠을 깨운 것은 요란한 벨 소리였다. 누굴까. 화들짝 놀라 깬 그녀가 마루문을 열었을 때 또 한 차례 초인종이 울리고 등기 왔습니다, 도장 주세요, 소리치는 집배원의 모습이 철 대문 너머로 보였다. 도장이 어디 있더라. 등기 우편이 올 데가 없다는 생각과 집배원의 다그침에 허둥대며 예전의 버릇대로 대부분 비어 있는 화장대 서랍들을 차례로 열었다. 역시 도장은 없었다. 도장이 없어요. 혜자는 밖을 향해 황망히 소리쳤다. 원 참, 손도장이라도 찍으쇼.

등기 편지는 건넌방 처녀에게 온 것이었다. 건넌방은 아무런 기척 없이 조용하고 부엌문에는 맹꽁이 자물쇠가 걸려 있었다. 혜자는 부엌 창으로 손을 들이밀어 편지를 넣어두고는 방으로 들어왔다. 놀라 잠에서 깬 탓에 아직 쿵쿵 뛰는 가슴을 누르며 한껏 열린 화장대 서랍들을 닫으려다 혜자의 손이 멈칫 멎었다. 그곳에 들어 있는 눈에 익은 작은 수첩 때문이었다. 까마득히 잊고 있었던 것, 그러나 분명히 손때 묻은 자신의 것이었다. 그녀는 수첩을 꺼내 성급히 한 장씩 넘겼다. "29일 덕수궁" "동복(冬服) 세탁소" "16일 오후 3시 아라야" "신세계 백화점 바겐세

일, 15일부터 21일까지, 모직 셔츠와 조끼" 짤막짤막한 메모들은 흐릿하게 기억나는 것도 있지만 전혀 짐작이 가지 않는 것도 많았다. "3일 우미화원 꽃바구니, 카네이션 빛깔 섞어 60송이" 이것은 아마 스승의 환갑잔치에 가져갈 선물이었을 것이다. 때로 미소 지으며 때로 애써 기억을 더듬느라 눈살을 찌푸리며 혜자는 하나씩 읽어나갔다. 수첩의 뒷부분에는 전화번호들이 적혀 있었다. 위에서부터 나란히 적힌 것은 대학 동창들의 전화번호였다. 그네들은 한 달에 한 번씩 모이던 친목계 회원이기도 했다. 비교적 가깝게 지내던 친구들이었는데 왜 그네들 생각을 한 번도 한 적이 없었을까. 혜자는 비로소 할 일을 찾아낸 듯 성급히 전화 다이얼을 돌렸다. 숙자가 근무하는 여성지 편집실로 전화를 했을 때 전화를 받은 상대방은 그녀가 오래전에 잡지사를 그만두었음을 알려주었다. 애경의 집으로 전화를 걸자 곧바로 테이프에 녹음된 여자의 음성이 흘러나왔다. 지금 거신 번호는 없는 번호이오니 다시 확인하신 후 걸어주시기 바랍니다. 아라비아 숫자를 짚어 확인하며 다시 돌렸으나 마찬가지였다. 이상한 일이었다. 무엇엔가 홀린 기분이었다. 명화의 집은 신호음만 갈 뿐 받지를 않았다. 그녀는 참을성을 가지고 춘자의 집 번호를 돌렸다. 전화번호가 바뀌었습니다. 상대방은 짧은 한마디로 전화를 끊었다. 혜자는 수화기를 내려놓고 잠시 망연해졌다. 자신이 홀로 떨어져 있던 이 년의 세월이 비로소 엄청난 현실감으로 압박해왔던 것이다. 그것은 쓰디쓴 배반감이기도 했다.

이게 마지막이야. 그녀는 속으로 다짐하며 마치 자신의 운(運)을 걸고 마지막 패를 던지는 도박꾼처럼 비장한 심사가 되어 다섯번째로 다이얼을 돌렸다. 신호가 떨어지고 여보세요, 응답하는 목소리에서 곧장 정옥의 얼굴을 떠올리며 혜자는 짐짓 느릿느릿 말했다. 정옥이? 나 혜자야. 어머, 어머. 뜻이 분명치 않은 감탄사의 되풀이에 이어 말이 끊겼다. 죽은 사람에게서 온 전화라도 받은 듯 질린 기색이 역력히 전해졌다. 오랜만이구나. 정말 그래. 건강은 어떠니? 그녀의 말을 받으며 정옥이 허둥지둥 덧붙였다. 어디 있니? 집이야, 집에 왔어. 다른 친구들 잘 있지? 통 연락이 안 되는구나. 그럴 거야. 이사를 많이 했어.

만나고 싶다는 혜자의 말에 정옥은 잠시 뜸을 들인 후 대답했다. 마침 잘됐어. 봉선이가 남편 따라 외국으로 가게 되어 송별회를 해주기로 했어. 일곱 시야, 광교 K빌딩 십삼 층 스카이라운지 알지? 거기야. 모두들 널 보면 반가워할 거야.

정옥과 통화를 끝낸 후 혜자는 다시 인형극 연구소로 전화를 걸었다. 민 선생은 인형 제작도 하지만 인형극 연출에 더 뜻이 큰 사람이었다. 혜자가 만든「빨간 모자」와「해님 달님」의 인형으로 텔레비전 방송국에서 극을 연출한 적도 있었다. 그때 민 선생은 혜자가 만든 인형들의 표정이 살아 있고 아이디어가 참신하다고 칭찬했다. 언젠가 인형 전시회를 해도 좋지 않겠느냐고 부추긴 것도 그였다. 이 년은 그녀에게만 긴 시간은 아니었던 모양이었다. '김혜자'라는 이쪽의 밝힘을 듣고도 그는 금세 알아듣지 못했다. 「빨간 모자」와 「해님 달님」 극에 쓰인 인형을 만들었던 김혜자라고 설명을 했을 때야 그는 아, 가늘게 놀람의 외침을 내뱉었다. 그러나 그는 곧 예사롭게 물었다. 오랜만입니다. 어떻게 지내세요. 그도 잘 알 것이다. 혜자가 어떻게 지냈는가는 아는 사람들 사이에서 일흔 번도 더 돌아다녀 낡아빠지고 진부한 얘깃거리가 되었을 테니. 건강은 괜찮으십니까. 아주 좋은 편이에요. 요즘도 인형극 하시지요? 그녀는 오래 얘기하고 싶었다. 그는 친절하고 더욱이 혜자의 인형에 대해 호감을 가진 사람이었다. 언제 짬 내서 한번 놀러 나오십시오. 지금이라도 나갈 수 있노라고, 저녁 모임 전에 서너 시간쯤 낼 수 있노라고 말하고 싶었으나 혜자는 아쉽게 수화기를 내려놓으며 그는 워낙 바쁜 사람이라는 생각으로 서운한 마음을 달랬다. 그는 인형극에 미쳐 마흔이 넘은 이제까지 독신으로 지내며 인형극에 관한 책을 쓰고 소극장과 국민학교 강당, 그리고 텔레비전 방송국으로 바쁘게 뛰어다녔다. 그렇더라도 그는 혜자의 인형에 보인 관심을 잊지는 않았을 것이다. 인형 전시회를 하고 전시회장에서 직접 인형극을 보여주자는 제안도 잊지 않았을 것이다. 내일이라도 민 선생을 만나야겠다고 혜자는 생각했다. 다시 인형 만드는 일을 할 수 있으리라. 낙도와 벽지의 학교로 순회공연을 다니고 또 인형극의 인형들을 한 세트씩 갖춰 싼값에 보급한다면 어린이들은 스스로 집 안에 작은 극장을 갖춰 인형극 놀이를 할 수 있으리라. 그것이야말로 자신이 뜻을 갖고 하고 싶은 일이며 그 일로 돈도 벌 수 있을 것이다. 그것은 당연하고도 근사한 일이었다. 스스로 돈을 벌어 생활할 수 있어야만 비로소 진정한 의미의 자존(自存), 독립이 될 것이다. 다시금 인형 제작을 시작하겠다는 결의가 그녀에게 갑작스러운 생기와 활력을 주었고 그것은 또한 이제껏의 생활이 단순히 기생적(寄生的)인 삶으로, 굴욕적인 것이었다고 자신을 준열히 비판하게끔 만들었다. 저녁에 친구들을 만나는 자리에서 지금 자신이 하고자 하는 일, 앞으로의 창창한 계획에 대해 얘기하리라. 인형과 인형극에 대해 자기만큼 알고 있는 사람이 그들 중 누가 있겠는가. 민 선생과 함께할 전시회나 순회공연 얘기는 거짓말이 아니다. 약속된 것은 아니지만 조만간 그렇게 될 것이 틀림없다. 민 선생은 늘 혜자가 만드는 인형에 관심을 표하지 않았던가. 친구들 사이에서 자신의 얘기가 일흔 번씩이나 돌고 돌았을 것이란 생각은 자신의 기우일 뿐일지도 몰랐다. 처음 전화받았을 때 민 선생이 곧 그녀를 기억해내지 못하던 것, 그리고 뒤를 이은, 감전된 듯한 놀라움과 막연한 약속의 말에서 그녀를 기피하는 심사를 읽은 것은 이편의 공연한 피해 의식인지도 몰랐다. 자신이 생각하는 만큼 남들은 혜자에게 관심을 갖거나 오래 기억하고 있지 않다고 의사도 말하지 않았던가. 그것은 그들에게는 이태 전 어느 여름 석간신문 귀퉁이의 일 단 기사에 불과한 일이었다. 적어도 그들은 한 지인(知人)의 불행한 사건을 잊지 않기 위해 이 년 동안 살았던 것은 아니었다. 그들이 자식을 기르고 재산을 늘리며 삶의 기쁨을 탐욕스럽게 누릴 동안 자신은 한없이 이어지는 지루하고 단조로운 실뜨기 놀이와 오후 한 시에서 세 시까지 이어지는 해바라기, 의사와의 의미 없는 문답 놀이로 시간을 보내며, 다만 잊히려는 염원으로 살았다. 환경을 바꿔보는 것도 좋으리라는 남편의 충고를 따르지 않고 이곳으로 다시 돌아온 것은 천만 잘한 일었다. 빈집의 적막함, 혼자 있는 쓸쓸함이 아니었다면 어떻게 다시금 인형 만드는 일을 시작하겠다는 생각을 할 수 있었겠는가. 작은 수첩을 찾아낼 수가 있었겠는가.

혜자는 다락으로 올라갔다. 작업장으로 쓰던 지하실이 허섭스레기와 쓰지 않는 살림살이 따위로 채워져 자연스레 폐쇄되자 그곳에 있던 물건들을 커다란 트렁크에 넣어 다락 구석에 올려두었던 것이다.

트렁크에는 두텁게 먼지가 앉았고 쇠 장식은 녹이 슬었으나 잠겨 있지는 않았다. 그녀가 넣어두었던 그대로 한 겹 신문지 아래 그것들은 고스란히 들어 있었다. 굵고 가는 토막 철사, 굳어버린 접착제 튜브, 물감 들인 새의 깃털과 한 움큼의 스펑클, 얼굴뿐인 견우와 직녀, 만들다 만 선녀의 나래옷. 그녀의 손에 의해 닫혀진 후 한 번도 열려본 적이 없었을 트렁크 속에서 재처럼 조용히 누워 있는 그것들을 하나씩 들춰내며 그녀는 이상하게 가슴이 무너지는 듯한 슬픔을 느꼈다. 한꺼번에 쓸어 담은 듯 뒤섞인 갖가지 인형의 머리와 팔다리, 옷감 자투리 들을 들추자 또 한 겹 신문지가 나타났다. 그녀는 잠깐 눈을 감고 심호

흡을 했다. 트렁크 맨 밑바닥에 감추어진 것, 그녀의 가슴 밑바닥에 돌처럼 단단히 자리 잡은 것이 무엇인지 그녀는 너무도 잘 알고 있다. 상기도 백 년 동안의 깊은 잠에서 깨어나지 못한 아름다운 공주, 그녀가 마지막으로 완성한 작품이었다. 의상을 입히고, 화려한 드레스의 주름을 펴기 위해 마지막 인두질을 할 때 그 사건이 일어났던 것이다. 떨리는 손으로 신문지를 벗겨내자 화관에 둘러싸인 풍성한 머리털을 자랑스럽게 흩뜨린 공주의 얼굴이 드러나고 몸체가 드러났다. 그리고 그녀는 화려한 의상의 곳곳에서 끊긴 사슬 토막처럼 금빛으로 반짝이는 좀벌레의 허물을 보았다.

눈발이 훨씬 가늘어졌다. 저물녘인데도 먼 하늘이 맑게 트여 오는 것을 보면 이대로 그쳐버릴 성도 싶었다. 네 시였다. 약속 시간까지는 아직 넉넉히 시간이 남아 있었지만 혜자는 외출 준비를 시작했다. 저물자 이내 밤드는 쓸쓸한 집을 뒤로하고 나갈 수 있다는 사실이 그녀에게 어느 정도의 기쁨과 흥분을 불러일으켰음에 틀림없었다. 세수를 하고 시간을 들여 화장을 했다. 밤 화장이야 조금 짙어도 무방하리라 싶었다. 더욱이 오늘은 모처럼 허물없는 친구들을 만나는 날이 아닌가. 옷장 문을 활짝 열어 옷걸이에 걸린 옷들을 하나씩 점검했으나 입고 나갈 만한 것이 없었다. 지난 이 년간 옷을 한 벌도 해 입지 않았고 또 그동안 엄청나게 몸이 불었던 것이다. 모양과 색깔이 마땅치 않은 점은 백번 양보하고라도 입어본 옷들은 하나같이 단추가 채워지지 않았고 그것은 그녀를 암담한 절망감에 빠뜨렸다. 옷장에 걸린 옷들을 모조리 입어본 후에야 그녀는 몸에 맞는 옷을 찾아낼 수 있었다. 십여 년 전 유행했던 자루 모양의 풍덩한 옷이었다. 흰 칼라가 넓게 목을 두르고 어깨 아래부터 망토처럼 퍼진 검정 벨벳 원피스를 입은 그녀가 퇴근길의 남편을 만났을 때 아내의 옷차림에 까다로웠던 그는 대단히 소녀 취향의 옷이라고, 그녀의 나이에 걸맞지 않음을 넌지시 둘러말했고 그녀 역시 곧 새로운 유행을 따라 그 옷을 입지 않게 되었던 것이다. 몸이 얼마나 불었는지 옷을 입자 자루 속에 든 듯 답답하게 죄어왔다. 길게 자란 머리를 묶고 그녀는 자신의 모습이 무성영화 시대의 배우와 같다는 생각을 하며 거울을 보았다.

마루의 유리문이 드르륵 열리고 건넌방 처녀의 목소리가 들렸다. 아줌마, 나 나가요. 좀 이따가 우리 방 연탄구멍 막아주세요. 혜자가 다락에서 트렁크를 들추고 있는 동안 들어왔었던 모양이었다. 대문 여닫기는 소리를 들으며 혜자는 눈을 흘겼다. 격일로 야간 근무와 주간 근무를 하는 공장에 다닌다고 했지만 지난 일주일 동안 혜자가 알기로도 세 번이나 방에 사내를 끌어들였다. 아, 내보내야지 안 되겠어. 행실 나쁜 계집애의 연탄불 시중이나 들면서 살겠어? 곧 집이 팔릴 거라고, 방을 내달라고 말해야지, 내일 당장. 그녀는 단호히 중얼거렸다.

다섯 시가 넘자 혜자는 코트를 걸치고 집을 나섰다. 눈이 와서 교통 사정이 나쁠 수 있다는 점을 감안하더라도 삼사십 분이면 약속 장소에 충분히 가 닿을 수 있으리라는 것을 알지만 짙게 괴어드는 어둠에 등을 밀리듯 바삐 집을 나섰다.

시간이 넉넉했기에 종로에서 차를 내린 혜자는 곧장 지하도를 건넜다. 환기가 안 되는 지하도는 악취가 가득하고 사람들이 묻어 들인 눈으로 질척거렸다. 전동차 소리로 끊임없이 발밑이 우릉우릉 흔들렸다. 창백한 불빛 아래 분주히 오가는 사람들을 혜자는 방심한 눈길로 바라보며 느릿느릿 걸었다.

눈은 완전히 그치고 저무는 거리에는 바람이 불고 있었다. 지하도를 빠져나와 비로소 큰 숨을 내쉬며 혜자는 가야 할 방향을 가늠했다. 오랫동안 시내에 나와본 적이 없지만 그녀의 머릿속에 찍힌 약도는 명료했다. 지하도의 입구, 지상에 한 발을 올려놓은 채 그녀는 잠시 다섯 시 사십 분을 가리키는 시계탑, 얼어붙은 분수, 꼬마전구 불빛들이 명멸하기 시작하는 대형 크리스마스트리를 보았다. 허옇게 눈이 얹힌 크리스마스트리 너머 저편에 K빌딩 십삼 층 스카이라운지의 불빛이 환하게 떠 있었다. 횡단보도가 없는 그곳까지 가기 위해 세 개의 지하도를 건너야 했다. 아직 시간이 많이 남았군. 약속 시간보다 일찍 가서 우두커니 앉아 있는 것도 청승맞아 보일 텐데. 근처에서 커피라도 한잔 마시며 몸을 녹일 생각으로 두리번거리던 그녀의 눈길이 길 건너 왼쪽 갈색 빌딩에 이르러 찔린 듯 멎었다. 순간 K빌딩이며 불빛 깜박이는 대형 트리 따위는 걷힌 듯 사라졌다. 오직 창마다 불을 밝힌 십오 층 빌딩만이 시야 가득 들어왔다. 왜 진작 그 생각을 못 했을까. 정옥에게서 K빌딩의 위치를 들었을 때 그 맞은편에 남편의 근무지가 있다는 걸 전혀 생각지 못한 자신의 우둔함을 가볍게 나무라며 혜자는 빠져나온 지하도로 다시 바삐 내려갔다. 그는 아직 사무실에 있을 것이다. 퇴근 시간을 넘기고도 그는 언제나 늦게까지 회사에 남아 일을 하곤 했었다. 그리고 그는 언제든 어려운 일이 있으면 의논해주기 바란다고 말하지 않았던가. 인생의 어느 한 시절, 결코 짧지 않은 세월을 가장 가깝게 함께 지낸 사람으로서 이 추운 날 따뜻한 커피 한잔 나누는 일에 어떤 끈끈함이나 칙칙함이 있는가. 그러한 관계에조차 인색하다면 사람들의 어울려 살아감, 인생이란 도대체 무엇이란 말인가. 더욱이 자신은 이제 새로운 출발, 멋진 일들에 대한 계획으로 가득 차 있지 않은가. 곧 일을 시작할 것이고, 게다가 인형극계의 독보적인 존재인 민 선생과 함께하는 일이라면 남편도 훨씬 미더워할 것이다.

쉴 새 없는 자문자답으로 의기양양해진 혜자가 '영우무역'이 있는 오 층에서 엘리베이터를 내렸을 때 수위가 앞을 가로막았다. 빌딩의 오륙칠 층을 모두 '영우무역'이 쓰고 있었던 것이다. 어떻게 오셨습니까, 아주머니. 혜자는 예상치 않은 벽에 잠깐 주춤했으나 곧 당당히 대답했다. 기획실장을 찾아왔는데요. 그가 인터폰을 들었다. 교환이 나오는 동안 수위는 다시 물었다. 누구시라고 그럴까요. 안사람이라고 해주세요. 젊은 수위는 고개를 갸웃하고 다시금 찬찬히 그녀를 아래위로 훑었으나 기획실이 나오자 곧 수화기를 건네주었다. 기획실장입니다. 바로 곁에서 말하듯 송수화기를 가득 채우며 크게 울리는 목소리가 이상하게 귀에 설었다. 당신……이세요? 나예요, 영선이 엄마예요.

귀에 설고 여유 있는 그의 목소리가 와락 그녀를 위축시켜 혜자는 더듬거렸다. 누구십니까, 제가 기획실장입니다만…… 그리고 잠시 사이를 두었다가 그가 덧붙였다. 혹시 이기덕 실장을 찾으시는 게 아닙니까? 그래요, 이기덕 실장님을 대주세요, 제가 안사람이에요. 허덕이며 하는 그녀의 대답에 상대방은 아, 낮게 부르짖었다. 잠깐 기다리세요. 제가 이군호입니다. 곧 나가지요. 곧이어 왼쪽으로 꺾인 복도에서 키가 크고 몸피가 가는 사내가 나타났다. 머리가 많이 벗어지고 안경을 쓰고 있었지만 혜자는 첫눈에 그를 알아보았다. 남편의 입사 동기로 꽤 가까운 사이였던 이군호였다. 만혼을 한 그는 결혼 전까지 술에 취하면 으레 그녀의 집에서 묻어 자곤 했었다. 그가 안내한 곳은 접객용의 작은 방이었다. 무언가 얘기하고 있던 두 사람이 그들과 엇비껴 나간 뒤 실내는 시잇시잇 스팀 소리만 들릴 뿐 조용했다. 몇 개의 의자와 탁자만이 놓인 장식 없는 방을 혜자는 호기심도 없이 둘러보았다. 그럴 이유가 짐작되지 않는 대로 그가 몹시 당황하고 있다는 느낌을 받았기 때문이었다. 그는 인터폰으로 차를 부탁하고 비로소 그녀에게 말을 건넸다. 많이 좋아지셨군요. 건강은 괜찮으십니까? 모두들 자신에게 한결같이 건

강을 묻는다. 마치 당신의 화약고는 안전한가라고 묻듯이. 혜자는 말없이 웃었다. 요즘은 어떻게 지내세요? 일을 시작했지요. 호오. 반가운 소식이군요. 무슨 일인지 물어도 되겠습니까? 그럼요. 인형극에 관계하게 되었답니다. 그리고 집을 옮길까 해서요. 역시 그이 말대로 환경을 바꿔보는 게 좋을 것 같은 생각이 들어요. 그런데 그이는 자리에 없나요? 혜자는 웃음 띤 얼굴로 그를 바라보며 조심스레 물었다. 모르셨습니까? 그가 미간을 좁히며 뜻밖이라는 듯 되물었다. 반소매 스웨터를 입은 젊은 여자가 커피를 가져와 탁자 위에 놓았다. 그는 더 이상 입을 열지 않고 찻잔에 설탕을 넣어 천천히 젓기 시작했다. 무슨 말씀이신가요? 뉴욕 지사로 나갔지요. 한 달 되었습니다. 혜자는 방금 한 모금 마신 흰 찻잔에 붉게 찍힌 자신의 입술 자국을 뚫어지게 바라보았다. 실내는 너무 더웠다. 속옷 밑으로 축축이 땀이 흐르는 것을 느꼈다. 게다가 꽉 끼는 옷은 운신할 수 없이 숨통을 죄었다. 코트의 단추는 풀어놓았지만 벨벳 원피스 위로 살이 터질 듯 괴롭게 부풀어 올랐다. 그녀는 손수건을 꺼내 얼굴과 목덜미의 땀을 찍어냈다. 흰 손수건에 분과 루주, 아이섀도의 빛깔이 진하게 묻어났다. 아무래도 화장이 너무 짙어진 게라고 혜자는 민망한 마음으로 생각했다. 한 삼 년 있을 작정으로 아이들까지 데리고 떠났지요. 모르고 계셨군요. 모르긴 해도 그 친구가 아주머니에게 알리지 않은 건 행여 아주머니의 상처를 건드릴지도 모른다는 배려였을 겁니다. 아니, 괜찮아요. 저는 지나가는 길에 그저…… 들른 것뿐이에요. 그이는 절더러 의논할 일이 있으면 언제든 찾아오라고 말했거든요. 옷 속으로 줄곧 흐르는 땀과 후텁지근하고 더러운 공기에 질식할 것만 같다는 생각을 하며 그녀는 멍청히 말했다. 가야겠어요. 그녀는 무겁게 몸을 일으켰다. 괜찮으세요? 안색이 아주 나쁘군요. 창백한 얼굴로 땀을 흘리고 있는 그녀를 보며 그가 걱정스럽게 물었다. 좀 더워서요. 바쁘실 텐데 시간을 내주셔서 고마워요. 또 친절히 대해주셔서 고맙습니다. 엘리베이터 문이 닫히고 정중히 허리를 꺾은 그의 모습이 가려지자 그녀는 조용히 울기 시작했다.

시계탑의 전자시계는 일곱 시 이십 분을 가리키고 있었다. 약속 시간인 일곱 시에서 이십 분이 지났는데도 그녀가 아는 얼굴들은 하나도 나타나지 않았다. 그녀가 앉은 창가에서는 시계탑이 맞바라다보여 일 초 일 초 흐르는 시간을 헤아릴 수 있었다. 크리스마스트리의 불빛이 한결 명료해지고 도시의 불빛은 깊고 현란하게 돋아났다. 어둠이 깊어지고 있는 것이다. 삼십 분이 지났다. 한산하던 실내는 거의 차다시피 했고 그녀는 출입문이 여닫힐 때마다 긴장한 눈길을 보냈다. 혹시 그들이 자신을 알아보지 못한 것은 아닐까. 그녀는 자신이 첫눈에 쉽게 알아보지 못할 정도로 모습이 변했다는 걸 알고 있었다. 밖의 어둠을 배면으로 해서 유리창에 음화상(陰畫像)으로 찍힌 얼굴은 자신이 보기에도 낯설었다. 사람들이, 세상이 그녀의 일을 잊어주기를 원하는 간절한 바람으로 그녀는 규칙적인 투약과 주사, 간단없이 찾아드는 나락과 같은 수면과 허기증으로 살을 찌우며 열심히 자신의 모습을 변모시켰고 머리털은 회백색으로 길게 자랐다. 병실을 함께 쓰던 여자가 자기의 머리핀을 훔쳐갔다고 어거지를 쓰며 느닷없이 그녀의 머리털을 뜯을 때까지, 상대방의 손에 한 움큼 뽑힌 회백색 머리털이 자신의 것인 줄 깨닫지 못하고 있었다. 그네들이 자신을 못 알아볼지도 모른다는 생각에 혜자는 출입문 가까운 곳으로 자리를 옮기고 진토닉을 한 잔 시켰다. 벌써 한 시간이 지나고 있었다. 유리로 밀폐되고 난방이 잘된 실내는 역시 더웠다. 그녀는 코트를 벗어 의자 등받이에 걸쳐놓고 답답하게 죄는 목과 가슴의 단추를 살며시 풀어놓았다.

얼음을 가득 채운 투명한 유리컵에 얇게 저민 레몬 한 조각과 붉은 체리가 떠 있었다. 그것은 그녀에게 시큼하고 떫은맛이 나는 냉수에 지나지 않았다. 보기에 좋은 것이 먹기에도 좋다는 서양 속담은 적절하지 못한 비유라고 생각하며 점점 작아져 컵의 표면으로 떠오르는 얼음 조각을 우울하게 바라보았다. 얼음은 금세 녹아버리고 레몬의 맛은 속임수처럼 엷어졌다. 그리고 시간이 감에 따라 그들이 오리라는 희망 또한 엷어져갔다. 아홉 시가 넘자 그녀는 웨이터에게 또 한 잔의 진토닉을 주문했으며 비로소 자신이 약속 시간과 장소를 잘못 안 것이 아닌가 하는 실제적인 의혹에 사로잡혔다. 혹시 내일, 또는 모레로 정해진 날짜를, 오직 나가고자 하는 그녀의 절박한 갈망이 임의로 오늘이라 속삭인 것이 아닐까. 점점 작아지는 얼음 조각들이 달그락 소리로 부딪치다가 흔적 없이 녹아 사라지는 것을 지켜보며 한없이 기다려야 한다는 것은 쓸쓸한 일이었다. 열 시가 되어 또 한 잔의 진토닉을 주문했을 때 젊은 웨이터는 넓고 흰 깃을 목둘레에 부챗살처럼 두르고 강철처럼 뻣뻣하고 윤기 없는 회백색 긴 머리털을 늘인, 몹시 비대한 여자를 마치 유령을 보는 듯한 눈초리로 바라보았다. 그들이 이제 오지 않으리라는 것은 자명한 사실로 드러났고 그녀는 심한 노여움에 사로잡혔다. 그녀가 모임에 나오리라는 것을 알고는 몰래 장소를 옮겼음에 틀림없었다. 이 부근의 어딘가에 자리 잡고 앉아 유리창을 통해 환히 보이는, 기다림에 지친 그녀를 손짓하며 끝없이 수군댈 것이다. 글쎄 걔가 전화를 했지 뭐니? 너희들에게도 다 전화를 했었대. 용케 피했구나…… 남자는 죽고 그 앤 풀려났지만 그럼 뭘 하니, 폐인이 다 된걸. 실제로 귓전에서 울리는 소리에 혜자는 귀를 틀어막았다. 아무리 정당방위라지만…… 어쨌든…… 그랬으니까. 이혼했다지? 그럴 거야, 어떻게 같이 살겠어, 무서워서…… 정절을 지키기 위해서였을까? 얼결에 자기도 모르게 한 짓이 아니었을까. 아마 공포 때문이었을 거야. 후에 걔가 정신병원에 들어간 걸 봐도 알지. 남들의 얘기 속에서 죽은 것은 언제나 도둑이 아닌, 남자였다. 남편도 그랬었다. 뭔인가 자꾸 알아내고 싶어 했다. 그가 단순히 낮털이 도둑인가, 전부터 알던 사이까지는 아니더라도 적어도 지나치며 낯이 익은 사내는 아닌가를 교묘히 우회하며, 그러나 집요하게 캐물었다. 처음 보는 남자였어요. 무슨 일이 있었냐구요? 보는 그대로지요. 제발 날 내버려둬요. 도대체 뭘 알고 싶어서 그러는 거예요. 그녀는 그녀의 생각으로는 수천 번 이상 했던 말을 되풀이하며 입을 틀어막고 울었다. 그녀가 속치마 바람이었고 사내가 흉기를 지니고 있지 않았다는 것이 끝내 석연치 않은 의혹으로 자랐던 것이리라.

문득 주위가 조용해진 것을 깨닫고 혜자는 두리번거렸다. 창가의 자리에 이마를 맞대고 앉은 한 쌍의 남녀가 있을 뿐 실내는 텅 비어 있었다. 스탠드에 기대서 있던 웨이터가 그녀를 보며 커다랗게 입을 벌려 하품을 했다. 시계탑의 시계가 열한 시를 가리키고 있었다.

깊은 밤, 땅속을 지나가는 전동차가 우릉우릉 발밑을 울렸다. 사람들의 자취는 뜸했지만 지하도는 여전히 질척이고 악취가 가득했다. 다시금 세 개의 지하도를 거쳐 지상으로 솟아오른 혜자는 바람 부는 하늘을 올려다보았다. 뿌연 대기 속에서 드문드문 돋아난 별들이 어둡게 깜박였다.

지하도의 마지막 계단을 밟고 입구를 빠져나오다가 그녀는 무엇엔가 무릎을 부딪쳐 허둥거렸다. 발밑에서 동전 흩어지는 금속성의 소리가 차갑게 울렸다. 그녀는 반사적으로 허리를 굽혀 아래를 살폈다. 형광등이 고장 난 지하도의 입구는 어두웠다. 그곳에 담요를 쓰고 웅크리고 앉은 사람에게 발이 걸렸음을, 그의 동냥 그릇을 뒤엎었음을 깨닫고 혜자는 황급히 말했다. 미안합니다. 딴생각을 하다가 그만…… 담요 속에 잠든 아이를 안고 있는 그 여자는 장님이었다. 내리감은 눈으로 턱을 쳐들고 한 손으로 앞을 더듬어 쏟아진 동전을 그러모았다. 혜자는 그녀를 도와 허리를 굽히고 침침한 불빛에 의지해 발밑을 살피며 계단에 떨어진 동전들을 주웠다. 혜자가 주워 모은 동전들을 바구니에 넣으려 할 때 그 여자의 손이 느닷없이 손목을 거머쥐었다. 깜짝 놀랄 만큼 끈끈하고 억센 손아귀였다. 그것은 혜자가 손안에 든 동전을 완전히 털어 넣어 빈손임을 확인할 때까지 아프게 쥐어 비틀며 놓지 않았다. 혜자는 얼얼하게 통증이 느껴지는 손목을 문지르며 그녀를 바라보았다. 그녀는 다시금 잠든 듯 조는 듯 담요 속에 둥글게 몸을 웅크렸다. 아무렴 내가 그 돈을 집어갈 줄 알았나요? 하긴 멍청히 딴생각을 하다가 걷어찼으니 내 잘못이 많지요. 차가운 바람이 사납게 지하도 입구로 밀어닥쳤다. 혜자는 그 여자 곁에 쭈그리고 앉았다. 얼어붙은 분수 옆 크리스마스트리의 불빛이 외롭게 깜박이는 것이, 열한 시 반을 가리키는 시계탑이 보였다. 춥지 않아요? 밥은 먹었어요? 아기는 아주 얌전히 자는군요. 이젠 들어가야죠? 날씨가 아주 추워질 거라는군요. 그 여자는 듣는지 마는지 대꾸가 없었다. 숙소가 어디죠? 길을 건너줄까요. 한뎃잠을 자다간 얼어 죽고 말아요. 더구나 아기를 데리고…… 살그머니 담요를 들추는 혜자의 손을 사납게 뿌리치며 그 여자는 눈을 부릅떴다. 씨팔, 귀찮게 진드기 붙네, 멀쩡하게 생긴 여편네가, 할 일 없으면 들어가 발 닦구자라구. 핏발 선 붉은 눈으로 혜자를 노려보며 내뱉고는 아이를 부둥켜안은 채 동전 그릇을 들고 뚜벅뚜벅 서너 계단 내려가 주저앉았다. 섬뜩 놀란 혜자는 쫓기듯 황황히 그곳을 떠났다.

밤이 깊을수록 바람은 사나워졌다. 행인들은 코트 깃을 바짝 올리고 종종걸음을 치거나 택시를 잡기 위해 황황히 뛰었다. 옛 기억을 더듬어 집으로 가는 방향의 택시 정류장을 찾아 겨우 한 구간을 걸었을 뿐인데 그사이 행인들은 눈에 띄게 줄었다. 대신 차들이 미친 듯 달리고 있었다. 택시 정류장에도 대기하고 있는 빈 차가 없었다. 어떻게 해야 집에 갈 수 있는지 도시 짐작이 되지 않았다. 그러나 무엇보다 혜자를 괴롭히는 것은 위벽이 쥐어뜯기는 듯한 허기증이었다. 점심때 이후 그녀가 먹은 것이란 맹물과 다름없는 진토닉 세 잔뿐이었다는 생각이, 그 시큼하고 떫은맛의 억울함이 더욱 그녀의 허기증을 자극했다. 그릇 가득한 흰밥과 기름 발라 구운 생선, 뜨거운 파전 따위가 눈앞에 떠올라 그녀는 꿀꺽 침을 삼켰다. 병원에서도 늘 그랬다. 언제나 배가 고픈 그녀를 위해 지난여름 딸애는 보온통에 닭구이를 담아 면회를 왔었다. 눈부시게 흰 여름 모자를 쓰고 온 그 애는 게걸스레 먹는 그녀를 보며 몹시 울었다. 엄마 우린 모두 죄를 지어요, 용서해주세요,라고 말하며, 잠시의 작별인 듯 인사를 하고 떠난 그 애를 그날 이후 보지 못했다. 무엇이든 먹을 수 있다면, 조금이라도 입에 넣을 수만 있다면, 집에 가는 일이야 그다음에 생각해도 충분할 것이다.

배를 움켜쥐고 쉴 새 없이 주위를 두리번거리던 혜자는 길모퉁이의 불빛이 번히 비쳐 나오는 포장마차로 들어섰다.

뭐, 먹을 만한 걸 주세요. 배가 고파서 그래요. 칼이며 도마, 냄비 따위를 주섬주섬 챙기던 아낙네는 불쑥 들어선 그녀를 놀란 눈으로 바라보았으나 말없이 그릇에 어묵꼬치 두 개를 넣고 국물을 부어 내밀었다. 이것밖에 없어요. 다 떨어졌어. 지금 막 들어가려는 참인데…… 꼬치 두 개를 순식간에 먹어치우자 그녀는 국물을 한 그릇 더 부어주었다. 숨도 쉬지 않고 다 마신 혜자가 입가를 훔치며 다시 그릇을 내밀자 아낙네는 진정 딱하다는 표정으로 사죄하듯 손을 내저었다. 정말 소주밖에 없다니까. 혜자는 아낙네가 마개를 따주는 소주병을 받아 들고 돈을 치렀다.

혜자는 찻길에서 비낀 고궁의 돌담을 끼고 걸었다. 느릿느릿 울리는 자신의 발소리뿐 꿈속의 길처럼 조용했다. 거짓말처럼 허기증이 말끔히 가신 위장에 술기운이 부드럽게 피어올랐다. 바람이 세차게 불어올 때마다 이끼 낀 돌담의 안쪽, 오래 묵은 나무들이 머리 풀며 울었다. 혜자는 서너 걸음에 한 번씩 멈춰 서서 찔끔찔끔 소주를 부어 넣었다. 도수 높은 안경을 썼을 때처럼 자꾸 발밑이 꺼져들었다. 약속 위반이야. 혜자는 소리

내어 말했다. 어린 시절 소꿉놀이를 하던 동무들이 그녀만 남겨 놓고 아무런 말없이, 단순히 놀이에 싫증이 났다는 이유만으로 돌아가버릴 때 혹은 숨바꼭질 놀이에서 술래가 된 그녀가 열심히 열을 셀 동안 절대로 찾을 수 없는 곳에 숨어 나오지 않거나 놀이를 일방적으로 파기해버린 아이들에게 막막하고 외로워진 그녀가 울 듯한 심정으로 외치던 소리였다.

그녀는 다시금 엄마를 이런 곳에 두다니, 우리가 이렇게 살아야 하다니, 차라리 난 죽어버리고 싶어요,라고 울면서도 나날이 싱싱하게 아름답게 피어나던 딸에게 거짓말쟁이라고 욕설을 퍼부었다. 그래, 빈집에 그녀만 남겨두고 남편과 아이들은 훌훌히 떠났다. 마치 어릴 때의 신의 없는 계집애들처럼.

돌담길은 어디까지 이어지는 것일까. 문득 어젯밤의 꿈이 생각났다. 꿈속에서 늘 가는 길인가. 어느 무너진 돌 틈에 자신을 위한 표지가 있으리라는 것을 알면서도 언제나 안타까움뿐으로 꿈을 깨었다는 기억이 그녀를 조바심 나게 했다. 혜자는 꿀꺽꿀꺽 목 안으로 술을 부어 넣었다. 그것이 마치 영원히 깨지 않을 꿈의 묘약인 듯 숨도 쉬지 않고 단숨에 마셨다. 모두들 나를 살인자라고 경계하고 기피하지만…… 그녀는 큰 소리로 말하며 새삼스러운 호기로 빈 병을 힘껏 내던졌다…… 누구라도 그런 상황에서라면 그럴 수밖에 없었을 거야. 정말 그랬다. 혜자는 아이들이 학교에 간 뒤 여느 때처럼 지하실에 꾸민 작업장에서 인형 만드는 일을 하고 있었다. 아주 더운 여름날이었고 더욱이 아교를 녹이기 위해 전기 곤로까지 피운 지하실은 찜통 같았다. 대문은 안으로 걸렸고 찾아올 사람도 없다는 것이 그녀로 하여금 속치마 바람으로 일하게 했을 것이다. 잠자는 공주의 머리칼과 장신구를 붙이는 까다로운 공정(工程)을 끝내고 마무리 작업에 열중해 있을 때 지하실문을 가로막고 기척 없이 들어서는 낯선 사내를 보았다. 그때 그녀가 본 것은 사내의 얼굴이 아니라 자신의, 거의 벗은 몸이었다. 그러나 다가오는 사내의 두 눈에 한껏 달구어진 전기인두를 들이댄 것은 오직 공포심 때문이었다.

몸의 곳곳에서 꽃처럼 피어나는 취기에 흔들리며 혜자는 걸었다. 무너진 돌 틈에 숨은 언젠가 맺은 비밀한 약속, 사랑의 맹세를 찾듯 한 손으로 돌담을 쓸며 똑바로 앞을 보고 걸었다. 모두들 잊었다고, 어쩔 도리가 없지 않았느냐고 누군가가 그녀의 귓전에서 웅웅 속삭였다. 그녀가 달아오른 전기인두를 들이대지 않았다 하더라도 결과는 지금보다 결코 나을 것이 없을 것이라고 속삭였다. 돌담길, 꿈에는 그리도 익숙하게 자주 가는 길, 길이 끝나는 곳에는 꿈 깨인 쓸쓸한 현실이 있을 뿐이라고 어렴풋이 생각하면서도 혜자는 꽃처럼 피어나는 취기가 영원히 그 길을 이어주리라는 기대로 더 깊은 어둠을 향해 한 걸음씩 옮겨 놓았다.

[1983]

지금은 고요할 때

현관문이 열린다. 아주 짧은 동안, 가느다란 팔뚝이 문틀과 문의 손잡이에 빗장처럼 팽팽히 가로걸린다. 문은, 아이가 비긋이 열린 틈서리로 비비대며 빠져나가려는 순간, 작은 몸을 팽팽히 긴장시킨 필사적인 주의력을 비웃으며 기어코 진저리 나는 금속성을 내고야 만다. 그러나 아이는 여느 때의 그 아이라고는 생각할 수 없는 민첩함으로 재빨리 빠져나가고 문은 요란한 소리로 탁 닫긴다.

연희는 손에 낀 붉은 고무장갑과 앞에 놓인, 비누 거품 가득한 대야를 보며 잠시 소리의 여운에 귀 기울인다. 아이가 내려놓은 그대로 베란다 바닥에 놓인 작은 컵의 비누 거품이 약한 소리로 잦아들고 푸르무리한 물빛으로 남는다. 조금 전까지 붉게 익은 얼굴로 땀을 흘리며 거품을 찍어 방울을 날리던 아이의 환영이 비로소 사라진다. 그녀가 팔을 잡아 안으로 끌어들이지 않았다면 아이는 진종일 별 뜨거운 베란다에서 벌판의 끝을 향해 오색의 방울을 불어 날렸을 것이다.

달아나는 아이의 덜미를 잡아 끌어들이지 못한 것은 손에 들고 있는, 비눗물을 잔뜩 머금은 스펀지 때문이었을까.

연희는 스펀지를 유리창에 대고 힘주어 문지른다. 끓어오르던 거품은 먼지를 씻어내며 뿌옇게 잦아들고 조바심을 숨긴 발소리는 층계를 한 단씩 내려가며 멀어진다. 하루 동안의 갇힘이, 오직 벗어나고자 하는 갈망이 발소리를 조심하는 지혜를 주었을 것이다.

봄의 긴 가뭄 끝에 여름이 시작되고 있다. 뜨겁고 건조한 바람은 달아오른 유리창에 끊임없이 불그레한 얼룩을 만든다.

층계를 다 내려가 아파트 출입문을 나선 아이는 하얗게 비어 있는 길 가운데에서 정오를 가리키는 해시계의 막대처럼 한껏 짧아져 어쩔까 망설이듯 잠깐 멈춰 선다.

"이젠 좀 조용해졌군."

한수의 목소리가 마루를 건너온다.

"아, 네. 그래요, 기주가 나갔어요."

그가 자고 있다고 생각했기에 연희는 조금 당황한 기색으로 대꾸한다.

아이의 빠져나감이, 그것이 그녀에게 야기시킨, 만져질 듯 단단한 고요함이 그에게도 감지된 것인가. 아닌가? 기주는 결코 소란을 떠는 아이가 아니다. 언제나 종이 인형처럼 조용하다. 새벽부터 쉼 없이 들려오던 불도저 소리가 어느 결엔가 들리지 않음을 깨닫고 그녀는 덧붙인다.

"아마 점심시간인 모양이에요."

그가 방에 길게 누워 있는 탓에 베란다를 향해 난 유리문에 매달려 있는 연희에게는 반바지 아래 거무스레 털이 돋은 다리 부분만이 보인다.

그녀가 잠이라고 생각한 것은 어쩌면 명상인지도 모른다. 단전(丹田)에 힘을 모으고 머리를 비우십시오. 병 속에 연기를 불어넣듯 한없이 자신을 풀어놓으십시오.

더운 지방에서 얻어온 병에, 침술사는 부항(附缸) 요법과 함께 명상을 권했다. 두 달간의 병가(病暇)는 사흘을 남기고 있다.

뿌옇게 흘러내리는 비눗물의 불투명한 막을 통해 아이 역시 뿌옇게 흔들리며 멀어져간다. 발밑에 짧은 그림자를 밟듯이 끌며 이제는 완전히 안심한 걸음걸이로 아파트 단지를 두른 철책을 향해 느릿느릿 걷는다.

안타까움의 손짓으로 성급히 비눗물을 닦아내자 모래흙의 벌판과 벌판의 끝, 무너진 산이 투명하게 다가든다.

산은 키 작은 소나무와 뒤엉킨 아카시아 덤불에 몸을 숨긴, 동물의 동체처럼 보인다. 조금 전까지 헐어낸 산의 단면, 물기 마르지 않은 선명한 빛깔과 소리 없이 흘러내리는 흙으로, 아직 살아 있는 채 육탈(肉脫)을 시작한 듯 보이기도 한다. 머지않아

남은 산은 완전히 무너지고 공사는 시작되었을 때처럼 갑자기 끝날 것이 자명한 사실이다. 그리고…… 산보다 먼저 산의 기억이 사라질 것이다.

불도저가 엔진을 끄고 벌판의 가장자리에 서 있음에도 바라보는 동안 산은 얼음이 녹듯 계속 윤곽을 허물리며 작아지는 듯한 느낌을 준다.

고요함 속에 귀에 선, 잘 정제된 소리가 불쑥 뛰어든다. 그것은 좁은 실내를 금세 가득 채워버린다. 잠이 들어 있지 않은 경우, 한수가 매시간 배정된 라디오 프로그램인 시보(時報)를 놓치는 일은 거의 없다. 제발 쉬고 싶다고 입버릇처럼 말해왔으면서도 두 달의 병가가 그에게 유폐의 느낌을 주었던 것일까. 하지만 라디오 뉴스에서 그가 기다리는 소식을 전해줄 리는 만무하다. 그의 애탐, 기다림에 연희는 잠깐 손을 멈추고 귀를 기울인다. 한 시간 전에 이미 내보냈던, 특기할 것 없는 몇 가지 소식의 되풀이에 이어 아나운서는 봄부터 계속된 가뭄으로 인한 농작물 피해, 그리고 곧 비가 내리리라는 관상대의 발표를 전하고 있다. 그러나 하늘은 청명히 푸르고 구름은 높아 비를 품은 조짐은 보이지 않는다.

연희는 이제 아주 깨끗해진 유리창의 물기를 마른걸레로 문지른다.

철책에 난 문은 평소 아파트 단지의 후문 구실을 해왔지만 지금은 몇 겹의 사슬로 얽어매어 출입 금지의 뜻을 나타내고 있다. 아이는 애써 발돋움으로 손을 뻗어 사슬을 잡아당긴다. 그러나 무겁고 완강한 사슬의 매만짐이 아이에게 어떤 기억을 상기시켰을 것이다. 곧 문 열기를 포기하고 몇 발짝 떨어진 곳의, 철책 아래쪽에 뚫린 구멍으로 간다. 끊긴 철사가 허공을 앙상히 찢으며 열어놓은 구멍으로 조그만 몸을 동그랗게 굽혀 빠져나간다. 한 다발의 얽힌 사슬이 아이의 뇌리에 깊은 흔적을 남겼음이 틀림없다. 사용 금지가 된 것은 벌써 오래전이건만 아이는 매양 한차례씩 문을 열기 위한 헛된 시도를 해보고서야 뚫린 구멍을 찾는다.

"기주야."

연희는 아이를 부른다. 그러나 아이는 철책 부근에서 꺾은 아카시아 줄기를 흔들며, 하나씩 뜯어낸 이파리를 불어 날리며 벌판을 질러간다. 지난봄, 야산과 골짜기를 뒤덮은 민들레꽃이 시들고 보얗게 피어난 갓털이 바람에 불려 먼 곳에서 다시금 뿌리내린다는 것을 가르쳐준 후 아이는 무엇이든 불어 날린다. 봄내내 먼지바람 속에 날려 보낸 민들레와 버들개지의 갓털들은 어디에서 싹을 틔울까.

아이는, 커다란 한수의 슬리퍼를 끌고 있다.

어제 그 애는 신발을 한 짝 잃고 돌아왔다. 그러고서 야산의 정지(整地) 작업이 끝날 때까지 철책 밖으로 나가면 안 된다는 엄명으로 이제껏 집에 갇혀 있었다.

'공사 중'의 푯말을 지나 캐터필러의 깊이 파인 자국을 밟고 가는 곳은 어제 신발을 잃었던 곳 부근일까. 어딘가, 두고 온 신발 한 짝이 묻혀 있으리라고 생각하는 것일까. 다시는 그곳에 가면 안 된다는, 아직 종아리에 푸르게 남아 있는 매의 아픔을 잊은 것일까.

아이는 표면이 말라 회백색을 띤, 이제는 흙을 메워 평지가 된 계곡을 걸어간다. 언제였던가. 아카시아꽃을 하얗게 입에 물고 골짜기를 지나 등교하는 아이들을 고통과 터질 듯한 질투의 눈으로 보던 것은 어제의 일인가, 그저께의 일인가 아니면 더 오래전의 일이던가.

지난겨울, 눈이 채 녹기 전 시(市)에서 나온 세 사람의 측량 기사가 거의 온종일 걸려 아파트 앞 야산과 골짜기의 넓이, 길이, 경사각도 따위를 재고 찰칵찰칵 카메라 셔터를 눌러댈 때도 산을 깎아 골짜기를 메우리라는 것은 아무도 예상하지 않았다. 그리고 정작 공사가 시작되고도 한참 지난 후, 나이가 차도 학교에 가지 못하는 아이를 데리고 철책 바깥으로 나오기 시작할 무렵에도 연희는 이러한 사태를 상상할 수 없었다. 골짜기의 비탈을 내려오면 논둑길이고 학교 가는 아이들과 엇비껴 지나치며 연희는, 곧 지쳐버리긴 했으나 풀잎을 따서 아이에게 숫자와 셈법을 가르치고 눈에 보이는 사물의 이름을 반복해서 일러주었다.

푸른 벼 포기 위에 거미가 밤새 짜놓은 거미줄과 공교히 반짝이는 이슬, 논둑길을 달려가는 자전거의 흰 바퀴, 숲에 숨어 우는 새의 울음 따위가 그 애의 표정 없는 눈에 뜻하지 않은 생기로 떠오르기를, 부싯깃처럼 작은 반짝임으로 타오르기를 기대하며.

그것은 한수의 '그런 아이들'만 모아 가르치는 곳으로 보내야 한다는, 부쩍 심해진 성화에서 잠시 비켜서는 방법이기도 했다. 한수는 반복되는 훈련으로 삶의 기본적인 방법을 익히게 함으로써 아이와 그들 부부에게 무겁게 지워진 인생의 짐을 덜 수 있다고 설득하려 애썼다. 어쩔 수 없는 일이잖아. 그런대로 살아가는 법을 배워야 해. 한수는 뻔뻔스레 말했다. 어떤 아이들? 연희는 한수의 말을 자신의 마음속에서 울리는 또 다른 음색의 소리로 느끼며 노여움을 누르고 반문했다. 그러나 정말로 자기 자신 세상을 거절한, 세상을 향한 문을 닫아버린 아이에 대해 무엇을 알고 있는가.

"기주야."

소리가, 소리의 목멤이 아이에게 가닿기 전 모래 속에 묻히리라는 것을 알면서도 연희는 아이를 부른다.

산을 깎는 공사가 시작된 후 처음 철책 밖으로 나갔던 날, 아이는 부스러진 몇 개의 돌조각과, 상기도 잘린 밑동에 맑은 수액이 맺힌 축축한 나무뿌리를 가져왔다. 땅속에 묻혀 있던 암반의 부스러진 조각은 운모처럼 반짝여 아이는 그것을 물 담긴 어항 속에 넣고 떠오르는 빛을 오래 바라보았다. 사금(砂金)을 거르듯 손을 휘저어 그의 마음속에 드리운 반짝이는 빛 무늬를 잡으려 했다.

둘째날, 아이는 개구리를 들고 왔다. 그것은 등과 배에 말라 붙은 진흙을 묻히고 죽어 있었다. 그것으로 연희는 골짜기 아래의 논이 메워진 것을, 우기(雨期)가 가까워지면 밤마다 가득 끓어오르던 개구리 울음소리가 더 이상 들려오지 않게 될 것임을 알았다.

공사는 언제 시작되었던가. 창을 열면 철책 너머 곧장 눈이 가닿던, 제법 둔덕과 골짜기를 갖춰 아기자기한 모양을 이루며 푸르던 산에 대대적인 정지 작업이 진행되는 것이 누구의 눈에도 완연하게 드러날 즈음, 새벽의 뿌연 대기 속에 들려오는 둔중하고 위협적인 캐터필러 소리와 안개가 걷히면서 밀차의 거대한 삽날이 햇빛에 번쩍이며 드러나는 것에, 또한 끌어당긴 듯 갑자기 다가오는, 뭉텅 귀가 잘려 나간 산의 모습에 아, 저도 모르게 대단히 복합적인 탄성을 지르곤 했었다. 이제껏 존재하던 것이 감쪽같이 사리질 수 있다는 데 대한 전율이었을까. 어제의 풍경이 사라지듯 지금의 실재도 하나의 헛보임, 가시(假視) 현상이 아닌가 하는 의혹에서였을까.

그러나 산은 밋밋한 등성이, 약간의 비에도 붉은 물로 씻겨 내리는 골짜기, 봄이면 분홍 구름처럼 꽃 피워 올리는 과수원의 기억을 지우며 사라져갔다. 이제 사람들은 작아지는 산에, 새로이 생겨난 벌판에, 옛날로부터 그 모습으로 있어왔던 듯, 낯설어하지 않는다. 오늘의 모습에 충분히 익숙해지도록, 그리고 어제의 산, 사라진 부분을 기억 속에서 결코 재생시키지 못하게끔 변화를 만성적으로 익힐 여유를 두고 공사가 천천히 진행되었기 때문이다.

벌판은 밀대로 민 듯 날마다 넓어져갔고 아이는 군데군데 솟은 흙더미를 지나 쏟아부은 흙이 만드는 벼랑을 따라 조금씩 멀리 나간다. 그러고는 자신이 갔던 곳의 증거물을 하나씩 가지고 온다. 사십 일의 대홍수 후 방주에서 날아간 비둘기처럼. 무지개 뜬 벌판에서 감람나무 이파리를 물고 온, 마침내 돌아오지 않게 된 비둘기처럼.

그녀가 아이의 정처 없는 발길을 제어할 수 있을까. 오색 술이 달린 작은 말채찍을 들고 왔을 때 연희는 어깨를 세게 잡아 흔들면서 물었다. 말을 탔니? 또 거길 갔었어? 아이는 그녀가 흔드는 대로 커다란 머리통을 앞뒤로 흔들리우며 눈을 내리깔았다.

철책의 문을 쇠사슬로 얽어 봉쇄한 지 얼마 되지 않아 연희는 아이를 데리고 그때까지 가본 적이 없는 먼 곳까지 갔다. 어디선가 피어오르는 연기를 쫓아서였다. 막상 연기가 피어오르는 곳에 이르러 연희의 눈이 먼저 발견한 것은 골짜기에 동그라니 내려앉은 하늘이었다. 웅덩이라고나 말해야 할 정도의, 그러나 가장자리를 돌과 풀로 꽤 멋을 부려 치장한 연못이 거울처럼 박혀 하늘을 담고 있었다. 그리고 솔가지 때는 연기가 자욱이 깔린 옴팍집의 마당에서 체수 작은 늙은이가 말의 갈기털을 빗기고 있었다.

아이의 말없는 채근에 이끌리어 휘휘하게 발목에 감기는 풀들을 밟고 내려갔을 때 늙은이는 말끔히 빗긴 갈기털을 한 줌씩 갈라 쥐고 색동 깁을 넣어 땋았다. 말은 수굿이 목을 늘여 숙이는 것으로 늙은이의 손길을 도와주며 조용히 서 있었다. 골짜기에 옴팍 묻힌 집의 손바닥만 한 마당에 말의 검고 큰 덩치는 느닷없다는 느낌을 주었다. 집도 그랬다. 슬레이트로 눈가림을 했을 뿐으로, 몇 장의 널쪽을 못질해 지은 임시 거처에 지나지 않은 듯 허술하기 짝이 없었다.

"짐승도 고운 걸 아는지 치장을 좋아한다우. 이 녀석은 더 유난스럽게 그걸 밝혀. 조금만 손질해주면 누구든지 자기를 보아주길 바라면서 종일이라도 꼼짝을 않거든."

마당가에 서서 물끄러미 바라보는 연희와 아이를 향해 늙은이는 입을 벌려 웃었다. 비탈길을 따라 일구어진 텃밭에 옥수수며 고추 따위가 한 뼘만큼씩 퍼렇게 자라 오르고 있었다.

부근에는 달리 인가가 없었다. 텃밭을 일구고 거처를 만들었지만 그와, 치장을 좋아하는 말에게서는 그림 속의 풍경에 들어 있는 듯한 비현실적인 분위기가 느껴졌다. 분냄새 풍길 듯한 단정한 매무새, 그리고 그와 말에게서는 노동에 길들여진 흔적이 보이지 않기 때문일 거라고 새삼 놀라움으로 생각한 것은 집에 돌아와서였다.

울긋불긋한 색동 깁으로 치장을 마친 말은 퍼지기 시작한 햇빛을 보며 잠잠히 서 있었다. 엉덩이와 배를 문지르는 주인의 손길에 늙은 무당처럼 간간 몸을 떨기도 했다. 불룩한 배와 높은 엉덩이, 다리를 번갈아 내리훑고 쓰다듬을 때마다 늙은이답지 않게 단단한 팔뚝에 문신 새긴 뱀의 꼬리가 꿈틀대며 일어났다. 양쪽 팔뚝에서 기어 올라간 두 마리의 뱀이 그의 몸을 얽어 죄고 심장 부근에서 혀를 맞대리라는 것을 상상하기는 어렵지 않았다.

아이는 입을 벌린 채 눈도 깜빡이지 않고 말을 바라보았다.

"한번 만져보련?"

늙은이가 아이에게 말을 건넸다. 늙은이의 손에 이끌려 아이는 말에게 다가갔다. 그러나 커다란 짐승의 믿어지지 않는 온순함이 오히려 아이에게 경계심을 주었는지 몰랐다. 조금씩 다가가고 물러서기를 여러 번 되풀이했다. 말의, 총기를 잃어 시든 눈길이 한번 아이를 바라보고는 곧 무관심하게 고개를 돌려버렸다.

얘야, 네 힘을 믿지 마라. 네 사랑의 힘을 믿지 마라. 연희는 속으로 중얼거리며 아이의 손을 잡아끌었으나 아이는 뜻밖의 강한 힘으로 버티면서 움직이지 않았다. 늙은이가 소금 한 줌과 당근을 들고 나왔다. 당근을 아이에게 건네주며 말했다.

"그걸 말에게 먹이렴, 너를 알아보게 될 거다. 곧 친해지게 되지."

늙은이의 작고 음침한 눈이 줄곧 아이를 바라보고 있었다. 자기의 손을 말의 입에 대어 소금을 핥게 한 뒤 잠깐 방심한 연희의 손에서 재빨리 아이를 낚아채어 말 등에 앉혔다.

"어떠냐, 괜찮지?"

아이가 놀라 사납게 버둥대자 배를 차인 말은 콧소리를 내며 잠깐 갈기털을 흔들었다.

"무슨 짓이에요. 애가 놀라잖아요."

연희는 뒤늦게 목 질린 소리를 지르며 말에서 내린 아이를 품에 안았다.

"말이란 동물은 아무나 등에 태우지 않아. 마음에 들지 않으면 걷어차 내동댕이쳐버리지. 어린애라면 많이 태워봐서 그러지 않을 게요. 성질이 사나워서 불알을 깠더니 얌전해지기도 했고. 하긴 이제 다 늙어빠져서 소용도 없겠지만……"

미안한 기색도 없이 말하고 늙은이는 보란 듯 말 등에 사뿐히 올라탔다. 그가 올라타자 말뚝에 매인 것처럼 꼼짝 않던 말은 꼿꼿이 고개를 들고 뚜벅뚜벅 걷기 시작했다. 좁은 마당을 쉬지 않고, 일정한 보폭으로 맴돌았다. 채찍과 오랜 훈련으로 길들여진, 머릿속에 그려진 가상의 원(圓)을 결코 벗어나는 법이 없이. 골짜기를 벗어나는 연희와 아이에게 그는 말 등에 올라탄 채 소리쳤다. 또 놀러 오너라.

돌아오는 길에 이미 아이는 아무것에도 눈길을 빼앗기지 않았다. 그리고 아침이면 당근과 한 움큼의 소금을 들고 철책의 구멍을 빠져 달아났다.

한쪽 발에는 흙이 버석거리는 신발을 신고 또 한 발은 맨발인 채 돌아왔을 때 한수는, 작은 부주의가 세상을 살아가는 데 얼마나 치명적인 실패를 불러올 수 있는가를 누누이 설명하느라 애를 썼다. 그것은 차라리 한수 자신의 실패감, 배반감이 아니었을까. 이 년간의 해외 근무를 마치고 돌아온 그에게 회사 측은 휴양을 권했고 딱히 기간을 정하지는 않았지만 병가는 통상적으로 두 달을 넘기는 법이 없었다. 그런데 쉬고 있는 동안 소식을 보내마던 회사 측에서는 두 달을 사흘 남긴 이제까지 아무런 연락이 없었다. 명분이 휴양일 뿐 사실은 그가 떠나 있는 동안 없어진 부서의 자리를 만드는, 인사 대기라고 한수는 지나가는 말처럼 흘렸으나 두 달의 기간은 실제적으로 병가가 되어버렸다. 더운 지방에서 얻어온 두통과 무기력감으로 두 달간을 거의 누워 보냈던 것이다.

"그런 말은 이 아이한테는 너무 어려운 얘기예요. 알아듣지 못해요."

연희는 한수의 부질없는 노력을 가로막고 외짝 신발과 맨발을 번갈아 가리키며 아이의 종아리를 쳤다. 그러고는 아이가 두려움 외에 무엇을 느낄 것인지 알 수 없으면서도 명백한 교훈을 주기 위해 야전삽을 찾아 들고 모래펄로 나왔다. 그때에도 포클레인의 거대한 손은 흙을 떠올려 골짜기 아래로 쏟아붓고 있었다. 아이의 자신 없이 내딛는 걸음이 멈춰 선 곳, 종잡을 수 없는 선과 동그라미—아이의 닫힌 의식 속에 간단없이 떠오르는 표상—그리고 한나절 햇빛 아래의, 고독한 역사(役事)로 쌓아올린 잔돌무더기 따위를 파헤치며 연희는 몇 번이고, 결코 잃은 신발이 아까워서가 아니야,라고 말했다. 아이가 알아들을까를 의심하면서도 자신의 행위 이면의 더 큰 숨은 뜻을 알리고자 했다.

그러나 신발은 발견되지 않았다. 아이가 놀던 곳의 언저리를 샅샅이 파헤쳤으나 신발은 없었다.

"이상하구나. 그게 어딜 갔을까."

모래 위에서는 어떤 표지도 무의미했다. 방금 파헤친 흙빛도 뜨거운 햇빛에 바래서 어제의 흙과 다름없이 말라가는 것에 그녀는 희미한 두려움을 느꼈다. 때로 삽질은 지나치게 깊었다. 우물처럼 깊어진 구덩이에 아이를 목 깊이까지 넣었다 들어 올리며 말했다.

이렇게 묻혀버릴 수도 있다니까. 그러면 아무도 찾을 수 없어. 넌 왜 그걸 모르니.

아이는 공포에 질린 얼굴로 비명을 지르는 시늉을 하면서 몸을 뒤틀었다.

"내일 다시 찾아보자꾸나."

연희는 삽을 모래펄에 탁 꽂으며 기진맥진한 목소리로 말했다. 단지 한 짝의 신발을 찾기 위해서라면 그토록 힘을 소모할 필요가 어디 있겠는가. 다음 날이면 신발을 찾는 것은 더욱 불가능해지리라는 것을 그녀는 알고 있었다. 모래는 밤사이 물처럼 흘러 오늘의 삽질, 그녀의 두려움, 고통, 불안의 흔적을 없앨 것이므로. 아침이 되면 모래의 완벽한 함몰, 천연함, 고요함 위로 그녀를 사로잡고 있는 잔혹한 환상은 더욱 뚜렷이 드러날 것이므로.

새 신발을 장만해주지 않는 것도 아이를 못 나가게 하는 한 방법이 될 거라고 한수는 말했다. 신발을 잃었다는 사실조차 깨닫지 못하는 아이에게 매질을 한 것은 기실 그녀 자신이 끔찍한 환상에서 벗어나려는 작은 노력의 방법이었을 뿐이다.

연희는 다 닦인 창을 한쪽으로 밀어 연다. 바람이 비질하듯 한차례 벌판을 휩쓸고 아이는 잠깐 바람의 불투명한 움직임에서 빠져나오려고 허우적거린다.

그녀의 예상과는 달리 아이는 어제 삽으로 파헤친 장소를 그대로 지나쳐 간다. 벌판의 끝에 이르러 종아리가, 궁둥이가, 어깨가 늪 속에 잠기듯 차츰 사라진다. 투명하고 거대한 손, 혹은 모래벌판의 침묵이, 정적이, 이 모든 보이지 않음이, 아이를 천천히 밀어 넣고 있다. 목이 잠기고 검은 머리털이 가물거리더니 완전히 사라진다.

아직 덜 메운 골짜기가 있는가. 아이를 끌어당기는 것은 논둑길에 가득하던 여뀌와 자운영 붉은 꽃의 기억인가.

"기주야."

자신의 부름이 고요할 뿐인 벌판에 또 한 겹의 침묵으로 내려앉으리라는 것을 알면서, 그리고 아이의 보이지 않음이, 빈터에 남긴 발자국마저 곧 지워지리라는 확신이 그녀에게 거의 자포자기적인 해방감을 주었기에 거듭 아이의 이름을 부른다.

아이가 사라진 벌판에 갑충처럼 엎드려 멈춰 있던 불도저가 요란한 폭파음으로 시동을 걸고, 방금 남긴 발자취를 캐터필러로 깊이 눌러 없애며 움직이기 시작한다. 그리고 그녀는 시야를 가로막은 산이 무너짐으로써 훤히 보이게 된 아파트의 진입로로부터 이쪽을 향해 걸어오는 사내의 눈에 익은 모습을 알아본다.

"무엇을 짓는답니까?"

검은 비닐 가방을 열어 알코올 솜이 담긴 병과 침통을 꺼내며 침술사가 묻는다. 불도저 소리가 한결 가깝게 들려온다.

"길이 생기거나 건물이 서겠지요."

연희로서는 알 수 없는 일이었으나 무성한 풍문 속에서 사람들이 저마다 무책임하게 내뱉는 말을 그대로 옮긴다.

"전망이 막히겠군요. 그래도 이만큼 가까이서 풀빛을 보는 곳도 드물 텐데요."

"다들 그걸 걱정하지요."

한수는 웃통을 벗고 연희와 침술사 사이에 길게 누워 눈을 감고 있다. 침술사는 더 말을 꺼내지 않고 한수의 등을 알코올 솜으로 찬찬히 문지른다. 뜨거운 햇빛 아래 걸어오는 동안 익은 얼굴의 붉은빛이 채 가시지 않아 언제나처럼 단추 하나 풀지 않은 정장 차림이 더욱 무덥고 답답해 보인다. 한수의 등에는 짙고 엷은 빛의 울혈이 도장처럼 빈틈없이 찍혀 있다. 두 달에 걸친 부항 자국이다.

침술사는 잠시 생각에 잠긴 얼굴로 한수의 등을 바라본다. 이윽고 죽지뼈쯤에 침을 찔러대기 시작한다.

"기주는 어딜 갔소?"

문득 한수가 묻는다.

"놀러 나갔어요."

"놀다니, 어딜 가서 뭘 하고 논단 말이요, 그 애가."

"애들은 뭣이든 재미있어 한다니까요."

연희는 낮게 한숨을 쉰다.

수없이 은침을 찔러댄 자리에 부항기를 대고 손잡이 펌프를 누르자 피가 깔때기 모양의 흡입구로부터 유리 대롱으로 솟구쳐 오르는 것이 보인다. 부항기를 뗀 자리는 꽃이 핀 듯 화사하게 붉다. 곧 시커먼 보랏빛의 얼룩으로 변할 것이다.

"어혈이 져서 그렇습지요. 보세요, 빛깔이 탁하지요. 정혈(淨血)이 되면 모든 병이 근치됩니다."

휴지를 풀어 익숙한 손놀림으로 유리 대롱의 피를 닦아내어 한수의 눈앞에 들이대었으나 한수는 애매하게 대꾸하며 얼굴을 찡그린다.

어느 집에선가 땅땅 못 치는 소리가 들려온다. 어디선가 아이 우는 소리가 들려온다. 침술사의 깨끗지 못한 손이 애무하듯 등을 더듬어 침을 찌를 자리를 찾는다. 불도저 소리는 가까워졌다가 멀어지고 다시금 가까워진다. 텅 빈 벌판에 불도저와 포클레인의 둔중한 몸체만이 느릿느릿 움직이고 있다. 햇빛을 받아 운전석은 다만 번쩍거림만 가득해 저 홀로 움직이는 듯 보인다. 해는 퍽 기울었지만, 달아오른 모래들은 회백색으로 반짝이고 남은 산, 모래의 척박한 땅 위에서 풀과 나무는 헛된 희망처럼 무성히 자란다.

척추를 따라 침을 찔러댈 때마다 한수는 소리 없이 입을 딱딱 벌리며 아픔을 참는다.

오렌지주스 컵 주위로 파리가 한 마리 끈끈히 맴돈다. 손을 내저어 쫓아도 그것은 단맛과 인공 향료의 강한 냄새에 이끌려 곧 되돌아온다. 아이는 계속 울고 있다. 뉘 집 애가 저리 우나. 더위와 졸음에 짜증 내며, 채워지지 않는 욕구에 애타하며. 아이의 끈질긴 울음에 연희는 침술사의 목을 답답하게 죄고 있는 붉은 넥타이, 니코틴이 누렇게 밴 손가락, 때 낀 손톱의 정갈치 못함, 그리고 넓적다리에서 팽팽히 죄어 잡힌 바지 주름에서 눈을 떼지 못한다. 오렌지주스 컵 표면에 물방울이 맺히고 흘러 다탁을 적신다. 연희는 흘러내리는 물방울을 보며 누군가가 어서 그것을 마셔주기를 원하는 다급한 갈증에 사로잡힌다.

"바깥출입을 오래 못 하셨지요?"

침술사가 쉰 목소리로, 딱히 누구에게랄 것도 없이 묻는다.

"두 달이에요, 벌써 두 달이나…… 귀국한 뒤로 줄곧……"

그러나 연희는 말을 맺지 못한다. 한수가 아, 비명을 질렀기 때문이다.

"이런, 침이 부러졌어요."

침술사가 중동이 잘린 침을 뽑아내며 낭패한 표정을 짓는다. 그가 손수건을 꺼내어 이마와 목덜미를 닦는다. 날씨가 덥군요. 비가 오려는 모양입니다. 그는 날씨 탓을 하고 있지만 오늘따라 무언가 몹시 허둥대고 있는 듯하다. 그는 무면허 침술사이다. 의료법 위반으로 교도소 신세를 진 적은 있지만 그건 사람을 상하게 한 건 아니고 면허 없이 의료 행위를 했기 때문이지요. 사람 몸속 들여다보기를 공명(孔明)이 천문(天文) 보듯 한다니까요. 산에 들어가 수도 생활도 꽤 했었대요. 사는 것도 우리와는 달라 마누라 셋을 한집에 거느리고 사는데 무슨 비방을 쓰는지 마누라들끼리도 그렇게 사이가 좋고 남편을 잘 받든답니다. 소개한 사람의 말에 반신반의하면서도 그를 부른 것은 무엇보다 치료비가 쌌고 부르는 곳이면 어디든 오기 때문이었다. 그가 잠깐 일어나 화장실로 들어간 사이 연희는 곧이어 다급히 세차게 뿜아내는 물소리를 들으며 재빨리 한수에게 소곤거린다.

"침을 분질러 하마터면 큰일 날 뻔했지 뭐예요. 아무래도 엉터리예요. 사기꾼이에요. 이 더운 날 넥타이 꼭꼭 죄어 매고 양복 단추 하나 풀지 않는 걸 봐도 알 수 있어요. 괜히 멀쩡한 피만 뽑아대는 게 아닌가 싶어."

"낸들 알아? 허지만 어쩌겠어. 저 친구, 마누라가 셋이라며?"

길게 뻗은 한수의 손이 슬며시 치마 밑으로 기어들어 연희의 엉덩이를 쓰다듬는다. 화장실에서 물소리가 그치고 연희는 재빨리 한수의 손을 거둬내며 입을 다문다. 아이의 울음소리는 계속 끈질기게 들려온다. 긴 낮을 참지 못해 하며, 지루함을 못 견뎌 하며. 아이의 울음이 야기시킨 조바심을, 여름의 긴 오후 무언가 팽만히 고조되어가는 안타까움을 한수 역시 똑같이 느끼고 있음에 틀림없다. 아름다운 꽃무늬로 피어오르던, 등의 부항자국은 어두운 보랏빛으로 변색되어가고 있다.

"좀 어떻습니까. 시원하시지요?"

침술사가 물었으나 한수는 글쎄요, 입안엣소리를 내며 달아오른 눈길로 연희를 바라본다.

후끈한 바람이 불어 들어왔다. 그러나 그것은 아직도 컵 주위로 끈끈히 맴도는 파리를 날려 보내지 못한다. 컵의 오렌지주스가 하나는 반쯤 비워진 채, 또 하나는 손도 대지 않은 채 미지근한 온기로 침전되고 있다.

"좀 나은 것 같지 않습니까?"

침술사가 다시금 애원하듯 묻는다. 연희는 문득 불도저 소리가 들리지 않음을 깨닫는다. 이제 가늘게 우는 울음소리만이 피와 땀 냄새에 가득한 정적을 힘겹게 휘젓고 있다.

연희가 일어나자 한수가 왜? 하는 표정을 담고 눈을 치떠 바라본다.

"애를 찾아야지요, 나간 지 오래됐어요."

해가 아직 뜨거웠다. 연희는 잠깐 철책 앞에서 손바닥으로 차양을 만들어 이마에 얹고 해가 기울어가는 하늘을 본다. 불도저는 멎고 아무도 없던 모래벌판에 몇 사람이 웅기중기 모여 있는 것이 보인다. 연희는 몸을 구부려 철책의 구멍을 빠져나간다. 가득한 햇빛 때문에 벌판을 걷는 일은 그녀에게 무한대의 시간을 가는 듯한 추상적인 느낌을 주었고 이 느낌이 걸음걸이를 조금 부자연스럽게 했을 것이다.

아이가 걸어갔던 길에는, 아마 그 애가 불어 날렸을 아카시아 이파리가 조그맣게 시들어 점점이 뿌려 있다. 하나 둘 셋, 하나 둘 셋, 그녀는 가는 목적을 잊을까 저어되어 그것을 끊임없이 자신에게 상기시키려는 듯 또박또박 발걸음을 세며 걷는다.

불도저가 서 있는 곳, 방금 헐어낸 산 자국에 모여 있던 사람들이 목을 빼어 비집고 들어가는 연희에게 주춤주춤 자리를 내준다. 그들은 거의 공사장 인부들로 아이들도 두어 명 끼어 있다.

그들이 들여다보고 있는 것은 파헤친 흙 가운데 드러난 뚜껑 열린 관이었다. 주위의 흙은 다른 흙과는 뚜렷이 구별되게 회색을 띠고 있었다.

"관이 나왔다오. 하마터면 그냥 밀어버릴 뻔했지."

한 남자가 뒤늦게 온 그녀에게 친절히 설명해준다. 왜 평토장을 했을꾸. 남의 산에 몰래 묻은 게 아닐까. 오가는 이야기들을 귓전으로 들으며 연희는 김 서린 듯 뿌연 관 속을 들여다본다. 갇힌 먼지들이 햇빛 속에 천천히 떠오르고 서리서리 얽힌 무형의 매듭을 풀어내고 있다.

"시신이 말 그대로 이렇게 티끌로 남다니…… 수백 년은 되었을 걸세."

"관을 워낙 잘 썼군. 아직 말짱하잖아."

"허묘가 아닐까. 남의 눈을 속이기 위한……"

한동안 입을 열지 못하던 사람들은 엷어지는 먼지 속에 관의 안쪽 모서리가 차츰 드러나자 탄식처럼 한마디씩 내뱉는다.

"술 받아오게. 북어 한 마리도. 조상을 만났으니 제사를 지내야지."

연희는 그곳을 빠져나온다. 둔덕을 돌아 벌판을 한 바퀴 돌았으나 아이는 보이지 않는다. 벌판의 끝에 이르러 새로이 흙을 쏟아붓는 골짜기를 내려다본다. 엷게 고이는 어둠을 덮으며 흘러내리는 흙은 방금이라도 무언가가 비집고 나올 듯 생생한 빛을 띠고 있다.

슬리퍼 자국은 보이지 않는다. 지워졌을 것이다. 포클레인의 거대한 손이 빙글빙글 돌아가며 흙을 퍼 올려 골짜기로 쏟고 있다. 골짜기 아래 홀로 그것뿐인 듯 동그란 연못이 나타난다. 옴팍집은 뒷벽까지 흙이 메워져 금세라도 매몰될 듯하다. 연희는 곤두박질치듯 위태롭게 비탈을 내려간다. 흙 속에 거꾸로 박히는 환상에서 벗어나기 위해 실제로 몹시 다리를 버둥대며 내려간다. 아이가 돌아오는 길을 찾을 수 있을까. 아이가 돌아올 때쯤 자신의 발자취가 만든 길은 사라질 것이다.

"우리 아이 안 왔나요?"

연희는 흙이 수북이 흘러내린 마당에 들어서며 찢어지게 소리를 지른다. 아이는 보이지 않는다. 말도 보이지 않는다. 포클레인이 또 한차례 흙을 쏟아붓는다. 그녀의 외침 역시 흙 속에 묻혀버린다.

비탈의 텃밭이 타고 있다. 늙은이는 옥수수 밑동으로 들쥐처럼 빠르게 달리는 불길을 보며 맥없이 앉아 있다. 아직 사라지지 않은 밝음 속에서 연기가 희미하게 피어오른다.

늙은이의 등 뒤로 해가 붉게 지고 있다. 연희는 아이 역시 보았을 불길과, 지고 있는 붉은 해를 아이의 눈이 되어 바라본다. 이곳에 오기까지, 이 순간을 지연시키기 위해 아이가 떠난 이후 줄곧 얼마나 불필요하고 긴 우회를 했던가.

"할아버지, 우리 아이 못 보셨냐구요."

그가 고개를 돌린다. 언젠가 한번 온 일이 있는 연희를 알아보는 기색이 없다.

"지난봄에 씨를 뿌렸다오."

그가 손을 들어 타고 있는 옥수수밭을 가리킨다. 포클레인의 손이 한차례 머리 위에서 빙글 돌더니 옴팍집의 지붕 위로 흙을 쏟아붓는다. 연희는 쏟아지는 흙을 피해 얼결에 마당을 건너 늙은이에게 다가간다. 집과 밭은, 내일 어쩌면 오늘 밤중까지는 완전히 묻혀버릴지 모른다.

"말이 안 보이는군요."

연희는 손을 내저어 연기를 쫓으며 짐짓 무심하게 둘러본다.

"그놈은 달아나버렸소. 흙이 쏟아지는 바람에 놀란 모양이오. 난 말이 돌아오기를 기다리고 있다오."

그가 손을 들어 막연히 허공의 한 점을 가리킨다.

"우리 아일 못 보셨나요."

연희는 거의 필사적인 참을성으로 다시 묻는다. 그러곤 그가 시선을 돌릴 틈을 주지 않고 성급히 덧붙인다.

"말을 잘 못 하는 아이예요. 이곳에는 거의 매일 왔었을 거예요. 난 그걸 좋아하지 않았지만요."

돌 틈에 빽빽하게 심은 아마릴리스 푸른 잎이 날카롭게 뻗어 그늘을 짓는 연못 물에 흰 꽃 이파리가 떠 있다. 허리를 굽혀 꽃잎을 건져내고 연희는 늙은이 곁에 나란히 앉는다. 그러고서 처음부터 다시 말하기 시작한다.

"우리 아이가 말을 못 한다는 것은 잘 아시죠? 어제 신발을 잃어버려 제 아버지의 슬리퍼를 신고 나갔어요……"

아이의 말 없음이, 홀로 멀리 가 있음이 그녀에게 얼마나 큰 슬픔과 불행이 되는지 알리기 위해 연희의 두 손이 허공에서 안타깝게 허우적거린다.

그동안에도 포클레인은 쉬지 않고 지붕 위로 흙을 쏟아붓고 있다. 아니 점점 빈도가 잦아지고 있다.

"미친 짓들이오. 도대체 산을 헐어서 어쩌겠다는 거요."

늙은이가 갑자기 화난 소리를 내지른다.

"뭔가 목적이 있겠지요."

연희는 그의 주의를 되돌리기 위해 상냥하게 대꾸한다.

"여덟 살이랍니다. 나이가 차도 학교엘 못 가요. 아이가 말을 좋아했다면, 그래서 이곳으로 찾아오곤 했다면 그건 우리 애가 다른 아이들과 아주 다르기 때문일 거예요. 아주 어릴 때 심하게 앓고 난 뒤로 그래요. 의사들은 난산이 원인이라고도 하더군요."

한시도 잊은 적이 없는, 열에 뜬 아이의 눈이 비낀 그대로 멎던, 울음이 그치던 순간, 더 이상 울지 않게 된 순간의 고통이 새롭게 입을 벌리고 그녀는 때로 품으려 애쓰고 때로 물리치려 애쓰는 그 애에 대한 사랑에 목이 메인다.

"아이들은 다 동물들을 좋아한다오."

늙은이는 동정적인 어투로 대꾸하며 그녀를 바라본다.

"우리 아이가 어딜 갔지요? 사고가 있던 날 이후 난 무서움에 사로잡혀 있었어요. 흙더미 속에 어린 사내아이가 거꾸로 묻혀 있던 사고 말이에요. 아래에서 놀다가 쏟아붓는 흙에 그대로 생매장이 된 거지요."

머리 위에서 빙빙 돌아가는 포클레인 소리와 싸우듯 그녀의 목소리는 점점 높아진다.

"밤늦도록 돌아오지 않는 아들을 찾아 그 애의 애비가 낯선 집 문들을 두드리고 산길을 뒤집으며 다닐 동안 아이는 바로 집 부근 흙더미에 거꾸로 박혀 있었답니다."

늙은이는 긴 막대로 옥수수 고랑을 쑤석거려 불길을 터놓고는 연희의 곁에 다시 앉는다.

"그랬지요, 사람들은 거꾸로 박힌 아이를, 무를 뽑듯 뽑아 올리고 머리칼에 엉긴 흙을 털어내었지요. 공사는 하루 동안 중단되었지요. 모든 아이들에게는 공사장 주위에서 얼쩡대는 것이 엄격히 금지되고 최소한 그 현장의 생생함이 부모들의 뇌리에서 지워지기까지 집에 감금되었어요. 나 역시 아이를 못 나가게 막고 그 애가 보는 앞에서 철책의 문에 쇠사슬을 감기까지 했지만 그 앤 어떡허든 빠져나가곤 했어요. 허지만 그건 내 지나친 걱정이 만들어낸 환상인지도 모르지요. 실제의 사건이라고 받아들이기엔 끔찍한 일이었어요. 그건 정말 실제로 있었던 일인가요?"

"다 미친 짓이오."

늙은이는 엷게 깔리는 어둠 속에서 한결 밝아지는 불길을 눈으로 좇으며 똑같은 말을 되풀이한다.

"우리 아이가 어디로 갔나요? 말씀해주세요. 그 앤 할아버지의 늙은 말을 좋아해요. 아니 그 애가 그렇게 되게끔 할아버지가 끌어들였어요. 쓸데없는 말채찍 따위를 주면서요. 늙은 말 따위에 관심을 가질 아이가 아니에요."

연희는 눈물이 가득 고인 눈으로 늙은이를 바라보며 애원하듯 말한다.

"그 앤 오늘 말을 탔다오. 그렇게 생기를 띤 모습은 여지껏 본 적이 없어. 걸음을 시작할 때부터 말을 탔었지. 그러곤 서커

스단의 어린 가수 노릇을 했어. 모자를 쓰고 조끼까지 입으니 영락없이 그때 같더군. 그 앤 웃었지. 처음으로 웃었어."

"할아버지의 아이 말인가요? 죽은 아이의 아버지는 결코 그곳을 떠나려 하지 않는대요. 비가 오면 어차피 산사태를 막아내지 못할 텐데요. 결국 강제 철거할 작정이라더군요. 땅도 시유지이기 때문에 권리를 주장할 법적 근거가 없으니까요."

"나는 말이 돌아오길 기다리고 있소."

늙은이는 여전히 연희를 보지 않고 딴전을 피운다. 연희는 하는 수 없이 몸을 일으킨다.

"제 아이를 보시면 곧 집에 돌아가라고 일러주세요. 이렇게 늦게까지 집 밖에 있은 적이 없답니다."

연희는 신발에 들어찬 흙을 털어내며 이미 발자취를 찾을 수 없이 어두워진 모래벌판으로 되돌아온다.

훨씬 작아진 산 부근, 관이 있던 곳에 사람들은 아직 모여 있다. 빈 관을 어찌해야 할지 숙의가 이루어지지 않은 모양이다. 관은 아까와 마찬가지로 시커멓게 열린 채 놓여 있고 불도저는 산의 반대쪽을 헐어내고 있다.

이렇게 늦도록 공사를 하는 것은 전에 없던 일이다. 곧 우기가 닥치리라는 예고 때문인가. 빈 관 주위에 서 있는 사람들을 붙들고 연희는 거듭 묻는다. 우리 아이를 못 보셨어요? 말을 잘 하지 못하는 아이예요. 제 발에 맞지 않는 커다란 슬리퍼를 끌고 있지요.

사람들은 이상하다는 듯 물끄러미 그녀를 바라보며 고개를 젓는다.

모래벌판을 빠른 걸음으로 질러오며 연희는 드문드문 불이 켜진 아파트 건물을 바라본다. 사람들이 불빛을 좇아 나방이처럼 모여드는 시간이다. 아직 불이 켜지지 않은 그녀의 집 창을 찾아내며 여느 때 매양 그러하듯 나란히 뚫린 공동(空洞), 네모나고 조그만 창 중의 하나, 그들 생활의 특징 없음에 깜짝 놀란다.

"왜 이렇게 늦었지? 기주는?"

문을 열고 들어서는 연희에게 한수는 잇달아 묻는다.

"모르겠어요. 멀리 갔나 봐요."

침술사는 돌아간 지 오래인 듯하다. 그 자리에 남아 있는 주스 컵과 꺼멓게 피가 말라붙은 탈지면 따위를 기진한 몸짓으로 치우는 연희를 한수가 부른다.

"이리 와, 이리 와보라니까."

익숙한 손짓과 눈빛에서 더 이상 참을 수 없는 지경에 이른 그의 조바심을 읽어내며 연희는 짐짓 느릿느릿 대꾸한다.

"이걸 치워야 해요."

"그게 뭐가 급해."

그가 손목을 휘어잡자 떨어진 유리컵의 조각들이 날카로운 파열음으로 흩어진다.

"이따 치우면 돼."

"아, 안 돼요, 애가 안 돌아왔어요. 기주를 찾아야 해요."

"곧 돌아와, 더 어두워지기 전에. 늘 그랬잖아, 집쯤이야 찾아 온다구."

그래, 거세한 늙은 말을 타고 어디를 가겠는가. 성급하고 거친 몸을 받아 안으며 연희는 중얼거린다.

어둠이 방 안을 꽉 채우며 밀려들 때까지 그들은 벗은 몸으로 누워 있었다. 멀어져가는 불도저 소리를 들으며 연희는 말한다.

"산을 깎다가 관이 나왔어요. 그런데 미라가 나왔대도 그렇게 놀라고 무서워하지는 않았을 거예요. 빈 관이었다구요. 글쎄 먼지만 가득하더라니까요. 야담 같은 얘기지 뭐예요."

얕은 숨소리를 내며 잠든 한수는 대답이 없다.

땀이 배어 미끈거리는 가슴에 무겁게 얹힌 손을 밀어내고 연희는 일어난다. 멀어진 불도저 소리는 되돌아오지 않는다. 일어선 그대로 연희는 잠깐 헝클린 머리칼 속에 두 손을 쑤셔 넣는다. 아이는 대체 어디에 있는 것일까. 자신은 아이가 미쳐버린 말을 타고 달아나기보다 오히려 무너지는 흙더미 속에 갇히기를 바라는 것이 아닐까.

창으로 얼굴을 내밀던 연희는 저도 모르게 아, 비명을 지른다. 둥글게 남아 있던 산은 자취 없이 사라지고 휑하니 뚫린 벌판이 낯설고 돌연한 침묵으로 감지되었던 것이다.

어두운 벌판 저쪽, 희미하게 어른대는 것은 빈 관을 지키고 섰는 사람들일 것이다. 아무도 이제 사라진 산에 대해 이야기하지 않는다. 흙더미에 거꾸로 박힌 아이, 그리고 저물도록 돌아오지 않는 아이에 대해 이야기하지 않는다. 그들에게 책임 없는, 그들과는 무관한, 다만 침묵뿐인, 티끌 가득한 빈 관에 대해 이야기할 뿐이다. 어두워가는 벌판의 한 점을 뚫어지게 응시하며 연희는 열심히 생각해본다. 무엇이 있었던가. 오랜 시간에 걸쳐 서서히 사라진, 그러나 결국 한순간에 눈에서 사라진 산의 모습은 아무리 애를 써도 기억에 떠오르지 않는다.

비를 품은 눅눅한 바람이 벌판으로부터 갑자기 불어온다. 곧 우기가 올 것이다. 그러나 지금은 침묵할 때, 다만 고요할 때.

[1983]

새벽별

천장이 궁형(弓形)으로 둥글고 낮은 통로는 동굴 속처럼 좁고, 방향을 종잡을 수 없이 자주 급작스럽게 휘어지곤 했다. 정애는 울림이 없는 붉은 카펫 위를 걸으며 문득 옛 기독교인들이 금지된 의식인, 그들의 예배를 위해 유령처럼 숨어들던 지하 묘지를 떠올렸고 동시에 그 상투적인 연상은 회(灰)칠한 무덤들아,라는 사납고 저주에 찬 힐난의 외침으로 이어졌으나 약간의 취기로 탈골이 된 듯 흐느적거리는 팔다리와 중력이 느껴지지 않는 허청걸음에 그것은 카타콤도 회칠한 무덤도 아닌, 다만 막연하게 휘어지고 굽어진 미로(迷路)일 뿐이었다.

미로에서 빠져나오는 일이란, 누구나 한 번은 반드시 거쳐야 할 통과 의식일까. 실험용 상자 속에서 미로에 갇힌 흰쥐들은 어딘가 있을 출구를 찾아 헛되이 맴돌고 다이달로스는 깃털과

밀랍의 날개를 달고 영원한 미궁(迷宮)을 탈출한다. 어린이 놀이터에도 거미줄처럼 여러 갈래로 얽힌 요술 동굴이 있고 매일 배달되는, 아이들의 가정 학습지에도 길을 찾아 나오는 문제가 반드시 끼어 있다. 어른인 정애에게는 어려운 문제였으나 아이들은 별반 깊이 생각하는 빛 없이 쉽게 길을 찾아낸다. 공간 지각력의 차이라기보다 아이들의 삶은 단순하기 때문이리라. 문제는 지면(紙面)상의 길 찾기 학습이 아니라 삶의 추상성 속에서 출구를 찾아야 하는 데 있는 것이다. 그런데 나는…… 화장실도 못 찾아 쩔쩔매고 있다…… 정애는 아랫배를 누르며 참담한 기분에 빠졌다. 귀를 찢는 밴드 소리는 이미 아련하게 멀었다. 방향을 알 수 없는 곳에서 둥둥둥 울리는 북소리와 차앙차앙 심벌즈 소리가 어울려 불가해한 신호음인 양 간헐적으로 들려올 뿐이었다. 그네가 방금 떠나온 그 소리 속에서 그들은 춤추고 있으리라. 미친 듯, 구애하듯 간절히. 정애는 달팽이 굴처럼 또 한차례 휘어 도는, 이제껏 지나온 것과 다름없이 끝이 보이지 않는 통로를, 이제는 마음 놓고 어기적대며 걷기 시작했다.

조명이 흐린 홀 안의 좌석은 거의 비다시피 하고 대신 무대는 끓는 물처럼 바글거렸다. 맞은편에 앉은 정애에게 자리를 지키고 있던 희서가 턱짓으로 무대를 가리켰다.

"올라가세요. 자리는 내가 지킬 테니."

모두 다 올라갔다는 뜻인가. 올라가 함께 추라는 뜻인가를 헤아리며 정애는 한껏 목소리를 높여 말했다. 밴드 소리가 높아졌던 것이다. 희서가 무어라고 말을 건넸으나 무대 위의 소리에 흡수되어 담수어처럼 뻐끔대는 입매만 보였다. 정애는 재차 물을 기력이 없이 건성 웃는 시늉을 해 보였다. 그 역시 더 얘기하기를 단념하고 무대를 바라보며 담배 연기만을 부옇게 내뿜었다.

등갓 위 뚫린 구멍으로 꺼멓게 그을음이 피어오르며 불꽃이 한차례 길게 올랐다. 시나브로 촛불이 잦아들고 있었다. 마지막 사위는 불꽃에 희서의 얼굴이 잠깐 붉게 일렁이며 드러났다. 누구인가. 정애는 그 얼굴을 보는 순간 가슴 밑바닥을 훑고 지나간 서늘함을 설명할 수 없었다. 어쩌면 막다른 길에 접어든 듯한, 혹은 나는 누구이며 왜 이곳에 있는가라는 본질적인 물음의 느닷없음 같은 것은 아니었을까. 촛불이 꺼졌다. 불분명한 빛이 거두어진 탁자는 한결 안정되고 가라앉아 보였고 무대를 향한 그의 실루엣은 다시 낯익은 모습이 되었다. 그렇다면 갑자기 길게 솟아오르던 불꽃 속에서 본 가면과 같은, 아니 가면의 속살 같은 얼굴은 단순히 낯섦이었나, 자신의 얼굴 역시 그러하리라. 십 년, 십오 년 전에는 전혀 상상할 수 없었던 얼굴. 그러나 누군들 미래에 부착할 자신의 얼굴을 알아볼 수 있겠는가. 정애는 희서와 자신을 둘러싼, 실루엣으로밖에 드러내 보이지 않는 어둠과 귀를 찢는 소음에 남몰래 안도감을 느꼈다.

"담배 한 대만 나눠주시겠어요?"

누군가 다가온 기척에 정애는 무대로부터 눈을 돌렸다. 옆에 와 선 여자에게 탁자 위의 담뱃갑을 내밀었다. 그녀가 익숙한 손짓으로 한 개비를 빼었다. 짙은 화장에도 불구하고 그녀는 스무 살을 넘어 보이지 않았다.

"촛불이 다 탔군요. 어둡지 않으세요? 불 갖다 놓으라고 부탁할게요."

희서가 마땅치 않은 표정으로 피우던 담배를 세게 눌러 껐다. 그녀는 곧 정애네 탁자를 떠났다. 흰 블라우스 밑에 받쳐 입은, 엉덩이께에 풍성히 주름 잡은 검은 바지는 춤추기 좋게 무릎 위에서 졸라매게 되어 있었다. 그것은 정애에게 어린 시절에 대한 어렴풋한 향수를 불러일으켰다. 운동회 날, 여자아이들은 검은 블루머를 입었다. 학교 앞 문방구에서 구입하기로 되어 있는, 블루머에 들인 검은색 물감은 물에 젖으면 곧장 검은 물빛으로 풀렸다. 운동회 날에는 항상 비가 내렸고 서둘러 차일을 걷은 운동회의 끝, 아이들은 다리에 줄줄이 검은 물감을 들이며 초라하게 젖어 돌아오곤 했었다. 오래전, 학교에 있던 늙은 소사가 용으로 승천하기 직전의 구렁이를 죽여 용 못 된 구렁이의 한(恨)이 행사 때의 비 내리는 심술로 나타나는 것이라고 했다. 때문에 아이들은 소풍이나 운동회 전날이면 어른들의 꾸지람을 들으면서도 밤늦게까지 들창을 열어 하늘을 보고, 잠결에도 별이 떴는가를 묻곤 했다. 조바심으로 신새벽에 눈이 떠지면 수챗가에 쪼그리고 앉아 오줌을 누면서 고개를 발딱 젖혀 희미하게 빛 바래어가는 새벽별들을 보고야 안심이 되었다.

웨이터가 촛불을 가져와 등갓 밑에 끼웠다. 탁자가 불그레한 빛으로 밝아졌다. 쉴 새 없이 움직이는 불빛으로 반원의 무대는 빙글빙글 돌고 있는 느낌을 불러일으켰다. 때로 그것은 무대를 수천 조각으로 쪼개며 한 줄기 섬광으로 번득이곤 했다. 찰나의 빛 속에 창백하게 드러난 경해가 이쪽을 향해 입을 한껏 벌리고 웃었다. 정애와 희서에게 올라오기를 채근하며 내뻗은 손을 빛의 작두가 잘라 어둠 속에 던져 넣었다. 어둠 속에서 다시금 살아난 외로운 몸짓들은 은박지처럼 토막토막 빛의 무덤으로 사라진다. 정애는 탁자 밑으로 손을 내려 살며시 시계를 보았다. 아홉 시였다. 밤 시간은 빨리도 흘렀다. 조바심을 하는 게 아니라 단지 밤 외출 습관이 들어 있지 않기 때문이라고 정애는 자신을 타일렀다.

호텔의 회전문을 나서자 기다렸다는 듯 찬바람이 매몰차게 달려들었다. 남자들은 황급히 코트 깃을 올려 목덜미로 감기는 찬바람을 막았다.

택시를 타기 위해 승차장에 줄을 서며 정애는 또다시 시계를 보았다. 열 시 십오 분. 아이들은 잠들었을까. 줄은 길었고 택시는 이따금 생각난 듯 한 대씩 와 멎었다.

“어디 가서 차나 한잔 마시고 헤어집시다.”

어쩌다가 와 닿는 택시와 한없이 늘어선 긴 줄을, 고개를 빼어 기웃거리며 헤아려보던 희서가 뒤에 선 일행에게 말했다.

"그래, 경해 씨 집으로 가. 옛날처럼 아직 거기 살아요?"

어깨를 한껏 오그리고 서 있던 인수가 깜짝 반색을 했다.

"거기라뇨?"

"학교 아래 파랑 대문 집 있잖아요."

파랑 대문 집은 경해가 방을 빌려 자취하던 집이었다. 서너 명이 둘러앉기에도 옹색한 그 방에서 그들은 꽤 자주 커피를 마시곤 했었다. 유별나게 추운 날이면 따뜻한 방바닥에서 궁둥이를 떼지 않고 마냥 버티다가 솜씨를 부린 저녁을 얻어먹은 적도 여러 번이었다. 학보사 동료였던 그들 누구에게나 손위 누이처럼 스스럼없고 마음 씀이 넉넉했던 경해였지만 그래도 그 모든 수고가 희서를 위한 것이 아니었을까, 정애는 속으로 생각하곤 했었다. 그들 중 희서가 가장 딱한 처지였기 때문은 아니었다. 정애의 일방적인, 그리고 남모를 관심이 온통 희서에게 향해 있었기 때문이었다.

"별로 그러고 싶지는 않은데……"

그러면서도 경해는 도리 없이 고개를 끄덕였다.

"나도 이젠 한 시절 다 보냈나 봐. 옛날 얘기만 꺼내면 맥 못 추니. 하지만 딱 커피 한잔뿐이에요."

돌아가야 할 시간이라는 것을, 두고 온 아이들, 그리고 자신이 고수해온 생활 궤도를 이탈한다는 데 대한 일말의 불안이 스멀거렸지만 정애는 내색하지 않았다. 정애로서는 십여 년 만에 만난 옛 친구들이었고 그것은 옛말에도 이르듯 강산도 변하게 하는 긴 세월이었다. 일행이 다섯 명이었으므로 택시 두 대에 분승을 해야 했다. 택시가 닿자 먼저 문일과 정애, 희서가 올라탔다. 경해는 몇 번이나 아파트의 동, 호수를 되풀이해서 일러주었다. 경해의 아파트는 정릉에 있었다.

"그냥 각자 집에 가는 게 어때? 번거롭잖아? 이제 주저앉으면 길어진다구."

고가도로를 내려올 즈음 문일이 불쑥 내뱉었다. 정애도 자리가 쉬이 끝나지 않으리라는 것을 예감하던 터였다. 누구든 한잔의 차(茶)가 절실한 것은 아니리라. 그러면서도 정애는 문일의 말을 못 들은 체 창밖을 바라보았다. 흐릿하게 돋아난 별빛을 죽이며 더 찬란하게 떠 있는 불빛들을 바라보았다.

"잠깐 앉았다나 가지 뭘."

앞자리에 앉은 희서가 한참 후에 느릿느릿 대답했다. 아무래도 상관없지만 집에 급히 들어가느니 아무 데서건 시간을 보내는 것이 나으리라는 투의, 별다른 기대도, 흥미도 느껴지지 않는 음성이었다.

정애는 새삼, 자신이 동승한 그들에 대해 지니고 있는 것은 십 년도 더 전 어느 시절에 대한 기억뿐이라는 것을 생각했다. 이십대에서 삼십대에 걸쳐진 십 년이란 군대 마치고 직장 잡아 결혼해서 아이를 한둘 낳는 과정, 보이지 않는 손이 쳐놓은 금을 벗어나지 않으려 애쓰며 조심스레 살아온 과정이라는 것이 확연하면서도 그들에 대해서만큼은 현재의 삶의 형태가 전혀 상상이 되지 않았다. 함께 지낸 시간의 기억을 그녀 자신이 너무도 생생히 간직하고 있기 때문일 것이다.

이 늦은 밤, 아이들을 잠재우고, 문단속을 단단히 하고, 출장지에서 걸려올 남편의 전화를 기다리고 있어야 마땅할 관행을 파기하고 어딘지 종잡을 수 없는 방향으로 달리는 택시에 실려가는 것은, 그렇게 자신을 내맡기고 있는 것은, 그들과 더불어 공유했던 어느 한 공간을 재현해보고자 하는 욕망인가 그리움인가. 삶은 복습의 과제를 요구하지 않는다는 평범한 진리를 모르는 어리석음 탓인가.

"종강했지?"

문일이 희서에게 말을 건넸다.

"응, 두 집은 했고 한 집은 이번 주 중에 끝나."

"대체 일주일에 몇 시간 뛰냐."

"스물네 시간."

희서가 제풀에 쿡 웃었다. 정애가 희서를 본 것은 정확히 십삼 년 전이었다. 그는 그때 졸업을 일 년 앞두고 입대했다. 선택과 망설임의 여지가 없었던 일이긴 했으나 햇빛 들지 않는 문과대학 별관 사 층 구석방인 학보사에서 의자를 잇대놓고 숙식을 해결해야 하는 가난도 더 이상 버텨낼 수 없었으리라. 그 무렵의 학교는 흡사 봄의 황사 현상, 꽃 피는 계절이면 도지는 열병처럼 기억된다. 최루가스로 벌겋게 젖은 눈에, 학교 뒷산의 만개한 복사꽃은 또 얼마나 무심히 고와 눈물겨웠던가.

경해의 아파트는 십이 층의 끝이었다. 문은 잠겨 있었다.

"여기가 정릉인가. 이 구석이 이렇게 달라질 줄 누가 알았나. 계곡 중턱쯤일 거야. 그전엔 소풍이나 오던 덴데."

통로의 난간에 기대어 임립한 고층 아파트 대단지를 바라보며 희서가 탄성을 질렀다. 차고 황량한 산바람이 사정없이 불어와 코트 자락을 펄럭였다. 뒤차를 타고 곧 따라오마던 경해와 인수는 좀체 오지 않았다.

"혹시 호수를 잘못 안 거 아니오?"

"아뇨, 내내 외고 왔는데요."

정애가 문일에게 손바닥에 쓴 동, 호수를 내보였다.

통로에 면한 이웃집 창문이 잠깐 열리다가 탁 소리 내어 닫혔다. 현관문 앞의, 여럿이 어울린 발소리와 두런대는 말소리에 신경 쓰였나 보았다.

"둘이 딴 데로 가버린 건 아닌가?"

"그럴 가능성도 배제할 순 없지."

경해나 인수 모두 걸릴 것 없는 독신이라는 것을 염두에 둔 말이겠지만 그 말에 대꾸라도 하듯 경해가 엘리베이터를 막 빠져나왔다. 그 뒤를 종이봉투를 한 아름 안은 인수가 따라 내렸다.

경해가 열쇠를 꺼내 문을 열고 스위치를 올렸다. 서너 평은 될 듯한 거실은 간소하지만 깨끗이 정돈되어 있었다. 막연히 짐작했던, 옷가지나 책, 찻잔 따위가 어지러이 널린 예의 무질서

한 생활의 흔적은 보이지 않았다. 그것은 아마, 옛날 자취방의 인상에서 비롯된 짐작일 터였다. 자신은 그때의 시간만을 고스란히 지니고 있는데 모두들 변해버렸다. 정애는 시간이 자기만을 홀로 남겨둔 채 그들 모두를 싣고 흘러간다는 외로움과 묘한 배반감을 느꼈다.

경해는 석유스토브의 불을 피웠다.

"난방이 시원칠 않아서 추워요. 사람 불러다가 손을 봐야지 하면서도 귀찮아서."

"사람 훈기가 없어서 그런 게 아닌가?"

인수의 말에 대꾸 없이 경해는 방으로 들어갔다.

"정애, 여기 전화 있어. 쓸 일 있으면 쓰라구."

반쯤 열린 방문 안쪽에서 경해의 목소리가 들렸다. 경해는 옷을 갈아입고 있었다. 다이얼을 돌리려다 말고 정애는 수화기를 내려놓았다.

"전화 걸어두는 게 마음 편하지 않아?"

필시 아이들과 남편을 염두에 둔 말이거니 생각했으나 정애는 굳이 남편이 출장 중이라거나 함께 사는 친정어머니는 귀가 절벽이어서 전화벨 소리도 듣지 못한다는 말을 해야 할 필요를 느끼지 않았다. 이즈음 들어 어머니의 난청 현상은 더욱 심해졌다. 주의를 주었음에도 아이들은 번번이, 전화기가 뒤집힐 만큼 요란히 울려대는 벨 소리나 버저 소리를 전혀 듣지 못하는 어머니에게 대놓고 할머니는 귀머거리라고 떠들었다. 그래도 알아듣지 못하는 어머니는 뜻없는 웃음만 지었다.

"왜 그동안 그렇게 꼼짝 안 했어? 우리끼리는 그래도 정기적으로 모임을 가진 셈인데…… 연락은 받고 있었겠지?"

경해가 새삼스럽게 정색한 어조로 물었다.

"애 낳고 살림 살고…… 그렇게 지냈죠. 그래도 정 선배가 쓰는 기사는 많이 읽었어요."

정애는 마치 철옹성 속에 자신을 가두고 살아온 듯이 돌아보아지는 지난 세월들을 생각하며 희미하게 웃어 보였다. 여전히 올려다보아야 하는 키, 넓은 어깨, 당당하고 거침없는 태도—때론 정애에게 거부감을 느끼게 하던—인 경해는 정애의 일 년 선배였고 지금은 여성지의 기자로 근무하고 있다. 정애는 경해의 이름으로 나오는 잠입 르포 기사나 벽지, 외딴섬에서 사는 사람들의 이상스러운 풍속을 다룬 특별 취재 기사를 읽은 적이 있었다.

"이상해, 비운 집에 이렇게 먼지가 쌓여."

경해가 화장대 위의 먼지를 습관적인 손짓으로 닦아내며 탄식하듯 말했다.

"검은색 가구에는 워낙 그래요. 당할 도리가 없어요. 걸레질하고 뒤돌아보면 금방 부옇게 내려앉는걸요."

"난 회사에 나가 있으면서도 가끔 빈집에 소리 없이 내리는 먼지를 생각하면 섬뜩해져. 먼지라는 건 무언가 삭아가고 낡아간다는 흔적 아냐?"

경해는 거울을 보며 혼잣말처럼 중얼거렸다.

'딱 차 한잔만'이라던 다짐과는 달리 상은 푸짐했다. 인수가 안고 들어온 봉지 속에서 이 홉들이 소주 네 병이 나오고 그중 두 병이 금세 비워졌다. 전작이 있던 터여서 술이 쉽게 오르는 것 같았다. 모두 얼굴이 토마토 빛깔로 익었으나 인수만은 점점 더 창백해졌다.

"공공칠 가방 하나 들고 동서남북 뛰더라고, 그래서 네가 혹시 간첩이 아니냐고 묻더라."

희서의 말에 문일이, 그렇다고 대답하지 그랬냐 하며 하하 웃었다. 거의 보랏빛에 가까운 북청색 와이셔츠와 커프스 버튼, 고급스러운 벨트 따위로 문일은 중년의 바람둥이처럼 보였다. 그의 인생의 진로를 결정케 한 것은 다름 아닌 릴케 선생이었노라고, 문일은 어느 해인가 경해가 가져온 오징어를 안주 삼아 학보사에서 소주를 마실 때 수줍게 토로한 적이 있었다. 외과의인 그의 부친은 그에게 의대에 가기를 강요했으나 그는 가슴에 품은 『젊은 시인에게 보내는 편지』 한 통으로 맞서 싸우기로 이미 굳게 결심한 터였다. 그 결과 그는 고집불통인 부친과 의절하다시피 해서 곤궁한 대학 시절을 보냈다. '지금이라도 의사 공부를 시작하겠다면'이라는 전제를 항상 놓지 않는 그의 부친은 칼과 코란을 양손에 쥔 마호메트와 다를 바 없었지만 그의 태도 역시 순교자처럼 완강했다. 무엇을 위한 싸움이었을까. 정애가 그에게 무얼 하고 지내느냐고 물었을 때 그는 술 먹는 게

'일'이라면서 H실업 섬유 수출부의 명함을 한 장 건네주었다.

딩동, 현관에서 벨 소리가 울렸다. 그들은 먹고 마시던 손을 놓고 의아한 얼굴로 현관께를 바라보았다.

"아니, 열두 시 넘어 처녀 방문 두드리는 게 누구야."

"이런 관계도 있었군."

경해는 짐작 가는 바가 있는지 놀란 빛도 없이 느릿느릿 일어나 문을 열었다. 열린 문 사이로 바구니와 짧은 파마머리에 눈이 큰 여자의 얼굴이 동시에 나타나 재빨리 안을 훑었다.

"손님 오신 것 같아서, 마침 과일이 많길래 가져왔어."

곧 문이 닫혔다.

"꽤 섹시해 보이는데. 밤에 보는 여자라 그런가."

"너무 시끄럽다는 완곡한 항의가 아니오?"

바구니에는 갓 씻은 듯 물기 맺힌 사과와 귤이 가득 담겨 있었다. 경해가 칼과 접시를 내왔다. 과일을 깎으며 경해가 말했다.

"옆집 사는데 이혼하고 딸과 둘이 살아. 남편이었던 사람이 워낙 바람둥이여서 남자라면 치를 떨어요. 어쩌다 가까워졌는데, 나랑 서로 의지하고 살재. 아예 살림을 합치자고도 하고. 위자료로 한 재산 받아내어 돈 걱정은 없다나. 살림은 자기가 할 테니 날더러는 재미 삼아 직장 다니고 용돈이나 벌래요."

"거참 괜찮군그래. 경해 씨 생각은 어때요?"

인수가 킬킬 웃으며 이죽였으나 경해는 정색을 하고 대꾸했다.

"머잖아 서로를 짐으로 느낄 것 같아서요. 끝낼 땐 어떻게 마침표를 찍죠? 시작도 하기 전에 끝을 보아버린 느낌이라……
그게 항상 망조이긴 하지만……"

"그래, 다 겉멋으로 겉늙어서 그렇다구."

"그렇다면 인수 씨는 왜 아직 총각을 못 면하죠?"

"나야 자유 때문이지."

인수가 거침없이 대답했다. 대학 시절 언제, 어디에나 시작(詩作) 노트를 끼고 다녀 김 시인(金詩人)이란 별호를 진작 얻어두었음에도 아직 무명 시인이라 했고 자신은 영원한 시인, 영원한 낭인(浪人)으로 불리기를 바란다고 했다. 희고 곱살하던 얼굴이 한층 작고 누르끄름해진 데다 머리가 벗어지기 시작하는 그는 경해와 함께 아직 독신을 고수하고 있다. 트럭 몰고 꽃철따라 옮겨 다니며 벌통 놓고 사는 게 소원이라고 했다. 거칠 것 없이 살며 노래하는 새처럼 시를 쓰겠노라고 했다.

"어디서 많이 본 풍경인데?"

희서가 고개를 갸웃했다.

"미국 영화겠지 뭘."

문일이 무릎을 치며 껄껄 웃었다. 정애는 술이 몹시 취해옴을 느꼈다. 이렇게까지 술을 마셔본 적이 없었다고 생각하면서도 빌 틈이 없이 채워지는 잔의 술을 마다 않고 마셨다. 불안 때문인지도 몰랐다. 두 시가 지난 시각이었다. 몹시 어지럽고 속이 뒤집힐 듯 울렁거렸다. 소화되지 않은 술 탓이었다. 정애는 자꾸 헛놓이는 다리를 가누며 화장실로 들어갔다. 손가락을 입에 넣어 토하고 나니 속이 조금 가라앉았다. 양치질을 하고 손을 씻고서도 정애는 한동안 그대로 서 있었다. 욕실 창으로 맞은편 동의 꼭대기 층 불빛 밝힌 창이 눈에 들어왔던 것이다. 계단등마저 모조리 꺼버려 거대한 괴물처럼 껌껌하게 엎드린 건물에 홀로 허공에 매달린 듯 떠 있는 불빛은 어두운 밤 강물에 흐르는 꽃불, 혹은 별처럼 느껴졌다. 어디선가 물 흐르는 소리가 들렸다. 벽을 타고 물소리와 함께 가느다란 노랫소리도 들려오고 있었다. 그 어떤 안타까움이 새벽에 이르도록 잠 못 이루게 하는 걸까. 정애는 퍼뜩 현관문으로 빼꼼 내밀었다 사라진, 눈이 크고 어딘가 신경질적으로 보이던 젊은 여자의 얼굴을 떠올렸다.

술도 담배도 떨어졌다. 게다가 새벽 세 시였다. 설혹 술과 담배와 이야깃거리가 풍성하다 하더라도 새벽 세 시란 밤샘꾼들에게는, 진작 돌아갈걸 하는 후회를 낳는 시간이었다.

"벌써 이렇게 되었나? 일어들 납시다."

상 밑을 더듬어 술병을 찾던 희서가 더 이상 남은 술이 없음을 알고는 문득 시계를 보았다.

"안 돼. 지금 들어가면 마누라한테 혼나. 단잠 깨웠다구 보통 신경질을 부리는 게 아냐. 일찍 들어오지 못할 바엔 차라리 날 샌 다음에 들어오래. 불면증이 심해서 새벽에야 겨우 잠이 들거든."

문일이 겁먹은 표정을 지으며 손을 내저었다. 희서는 공허하게 웃었다. 일주일 전 자궁 적출 수술을 받은 그의 아내는 종합 병원 병실에서 역시 자궁을 떼어낸 네 명의 여자들과 함께 누워 있었다. 자궁암의 진단을 받고도, 그리고 수술실로 들어가면서도 의연한 태도를 잃지 않던 아내는 막상 수술이 성공적으로 끝나고 위기를 넘기자 어린애가 되었다. 잠시라도 그가 보이지 않으면 찾으며 불안해했다. 저 여자는 남편이 외아들인데 첫딸 낳고 수술을 받았대요. 이제 스물일곱 살이라는데 안됐어요. 오늘도 시어머니가 와서 한참 언짢은 소릴 해서 저렇게 내내 울고 있어요. 난 아무렇지도 않아요. 여자가 자궁 수술을 받으면 남자들이 바람을 피운다면서요. 허지만 난 이렇게 살아난 게 기뻐요. 서른한 살의 나이에 아이가 없는, 평생 자식을 낳아볼 희망도 없어진 아내는 남의 말 하듯 소곤대다가 옆으로 돌아누워 소리 내어 울었다. 임신 중절로 입은 상처의 세포가 돌연변이로 발달해서 암으로 진행하는 수도 있다고 담당 의사는 말했다. 그가 공부를 마칠 때까지 아이를 갖지 말자는 것은 아내의 의견이었다. 그러나 결혼 후에도 계속 병원 간호원으로 근무하며 아내는 세 번이나 중절 수술을 받았다.

"생각나요, 희서 씨?…… 그때 김 국장 원고 받으러 H신문사에 갔을 때 말예요."

벽에 기대앉아 조는 듯 눈감고 있던 희서가 무겁게 눈꺼풀을 밀어 올렸다. 그러고는 애매하게 고개를 끄덕였다. 그랬었던가. 그랬겠지. 그런데 턱 쳐들고 자꾸 따지듯 물어대는 저 여자가 누구더라. 옳지, 정애라고 그랬지, 국문과 애였어. 비로소 먼 세월 저쪽에서 동그랗고 죽은깨가 많던 얼굴을 떠올리며 희서는 생각했다. 변했군. 무섭게 변했어.

"새애애애는 노래하는 의미도 모오르면서" 어쩌구 흥얼거리던 인수가 상을 치며 모로 쓰러졌다. 상 위의 빈 병과 잔 들이 쓰러졌다.

"취했어요."

경해가 상을 밀어놓고 엎질러진 재떨이며 접시들을 치우는 동안 정애는 방석을 접어 인수의 머리에 베어주었다. 그의 손이 잠결엔 듯 머리를 받친 그녀의 손을 그러안는 시늉으로 잠시 허공에서 허우적거렸다.

"술에 곯아서 많이 망가졌어."

문일이 걱정스러운 눈길로 인수를 내려다보았다. 희서는 벽에 기대앉은 자세 그대로 눈을 감은 채 대꾸가 없었다.

네 시군. 일어나야지. 경해 씨도 눈을 좀 붙여야 출근할 테니. 문일이 중얼거리는 소리에 희서는 비로소 눈을 뜨고 대꾸했다.

"네 시 반 되면 일어나자구. 시내 나가 해장국이나 한 그릇씩 먹고 나면 집에 들어가기 꼭 알맞은 시간이 될걸."

"그렇게 해요. 지금 나가면 차도 못 잡고 고생만 해요."

경해도 만류했다. 인수는 추운가 보았다. 고르지 않은 숨소리를 내며 잔뜩 몸을 구부렸다. 경해가 담요를 내와 인수의 몸 위에 덮어주었다.

바람이 와릉와릉 창을 뒤흔들며 지나갔다.

"고층이라 그래. 빗소리도 훨씬 가깝게 들려. 바람 부는 날엔 꼭 풍랑 이는 바다에 떠 있는 기분이야. 그렇게 가끔 외롭고 참담한 기분이 든다는 뜻이야. 일요일이나 휴가 때 집에 있으면 하루 종일 전화벨 소리 한 번 안 울려. 열쇠로 문을 열고 어두운 집에 들어서는 일은 좀처럼 익숙해지질 않아."

귓바퀴에서 이명처럼 웅웅대는 경해의 목소리를 들으며 정애는 자신이 흔히 풍랑 이는 바다를 헤쳐 가는 것으로 비유되는 인생살이를 노 저어 갈 힘이 없어 일찌감치 결혼으로 피신해버린 것이 아니었는가 생각했다. 그녀가 대학 졸업 후 들어간 직장의 아래층에 남편의 사무실이 있었다. 어느 날, 퇴근길에서였다. 승강기의 숫자가 십일을 가리키고는 깜깜하게 불이 나갔다. 정전이었는지 고장이었는지는 지금도 확실히 알 수 없다. 어둠과 네모난 상자 속에 완벽하게 갇혀버렸다는 의식이 시간 감각을 마비시켰다. 십일 층의 허공에 매달린 채 이대로 죽을지도 모른다는 불안이 구체적으로 목을 죄어올 즈음 그들 중의 누군가가 맨손으로 문을 열기 위한 시도를 했고 성공했다. 그것이 남편과의 첫 만남이었다. 십 년을 함께 살아오면서 남편이 상궤를 벗어난 초인적인 힘을 보여준 적은 없었다. 그런 기회가 없었던 것인지도 몰랐다. 그러나 정애의 의식 밑바닥에 깔린 것은 남편의 무서운 힘이었다. 결국 자신은 맨손으로 승강기의 문을, 그 완강히 닫힌 문을 여는 그의 힘에 의지해서 결혼을 한 게 아니었을까.

네 시 반이 되자 그들은 일어났다. 문일이 인수를 흔들어 깨우자 그는 어디지? 핏발 선 눈으로 두릿두릿 둘러보다가 다시 눈을 감았다. 문일이 재차 흔들어 일으켜 세웠다. 야단맞은 아이처럼 풀이 죽어 목을 늘이고 있는 인수에게 경해가 코트를 입히고 머플러를 단단히 둘러주었다.

밤이 끔찍이 긴 겨울날이었다. 새벽이라지만 날이 밝기까지에는 꽤 긴 시간이 남아 있다는 것을 그들은 알고 있었다.

그들이 현관문을 나서 통로를 지날 즈음 옆집 문이 열리고 가운 차림의 여자가 소리 없이 빠져나와 그들이 방금 나온 문을 열고 들어섰다.

"웬 패들이야?"

"옛날 친구들."

방석들과 상을 벽 한쪽으로 주섬주섬 치우던 경해가 입을 크게 벌리고 하품을 했다.

"지독한 사람들. 이제 다 갔지? 이 담배 연기 좀 봐."

경해는 창문을 열었다. 담배 연기가 운무처럼 뿌옇게 흘러 나갔다.

"어서 들어오잖구 뭘해? 잠도 안 오고 심란해서 목욕하고 머리 감고, 별짓 다 했어."

가운을 벗어 던지고 침대 속에 들어간 여자가 벌거벗은 상체를 일으키며 경해를 불렀다.

"아침 출근하는 길로 취재 떠나야 돼. 나 눈 좀 붙이게 해 줘."

"어서 들어오라니까."

성난 고양이처럼 가르릉대는, 성마른 채근을 들으며 경해는 현관과 마루, 켜져 있는 목욕탕의 전등 스위치를 차례로 눌러 껐다.

승강기는 가동되지 않았다. 불 꺼진 승강기의 단추를 헛되이 누르며 정애는 문득 맞은편 동을 바라보았다. 깊은 밤, 욕실 창문으로, 눈물 어린 빛처럼 느껴지던 불빛이 생각났던 것이다. 여전히 불빛은 환하게 떠 있었다.

희서가 성냥을 그어 승강기 통로 벽의 안내문을 읽었다.

"24:00시부터 05:00시까지는 승강기 운행이 정지됩니다."

"비상계단으로 내려가는 수밖엔 없겠군. 여기가 몇 층이오?"

"십이 층이에요."

보안등마저 꺼버린 층계가 그들의 발밑에 시커멓게 입을 벌리고 있었다. 하늘은 어둡고 동이 틀 기미는 보이지 않았다. 아직 잠과 술에서 깨어나지 못한 인수는 걸음이 불안정했다.

"발밑 조심하세요."

정애는 인수의 팔을 잡아 부축하며 계단을 하나씩 밟았다.

"깜깜 절벽이군."

희서는 투덜대며 가끔 성냥불을 그어 발밑을 살폈다. 불은 짧게 타오르다 이내 사그라들었다. 정애는 층계참마다 잠깐씩 발을 멈춰 창을 통해 맞은편 동의 불빛을 바라보았다. 자신이 지면을 향해 한 층 한 층 층계를 내려갈수록 그것은 홀로 더 높이 떠오르는 듯 보였다. 마지막 계단을 내려와 지상에 이르렀을 때 그것은 홀연히 사라졌다.

"어둡군."

혼잣말처럼 중얼대는 희서의 말을 문일이 받았다.

"곧 날이 샐 테니까."

택시는 보이지 않았다. 새벽 공기는 칼날처럼 비정했다. 문일이 몇 차례 재채기를 했다. 인수는 장난처럼 우들우들 떨고 있었다.

차를 잡기 위해 큰길을 따라 내려가며 정애는 주변을 살펴보았다. 정릉이라면 어릴 때 할머니와 물맞이하러 오던 곳이었다. 단오절이면 할머니는 청수(淸水)를 찾아 노구메를 지어 치성을 드리고 철 이른 물맞이를 하곤 했었다. 어느 해던가, 계곡에서 신발을 잃은 적이 있었다. 떠내려간 신발을 좇아 꽤 아래까지 물길을 따라갔던 할머니가 빈손으로 돌아와 성난 목소리로 그 신발, 마저 벗어라, 하고는 남은 한쪽 신발을 벗겨 마저 물에 떠내려 보냈다. 신발을 잃으면 그 신발의 임자가 죽는 것이라고, 그러니 남은 것마저 버려야 한다고 했다. 그래서 어둑어둑 산그늘 지는 계곡을 정애는 맨발로 울며 걸어 내려왔던 것이다. 그때의 그 멀고, 부끄러웠던 길, 얼룩덜룩한 헝겊으로 무섭게 치장한 그 늙은 당산나무가 서 있던 길은 지금의 어디쯤일까.

"걔 말야."

로터리에서 막 왼쪽으로 꺾어지는 앞차를 보고 있던 희서가 불쑥 말했다.

"누구?"

앞자리의 문일이 뒤를 돌아보았다.

"정애였지? 우리야 어쩌다 하는 짓이지만 외박하고 새벽에 들어가도 괜찮은 형편인가? 술도 꽤 마시던데."

"인생 작파해버릴 각오라면 무슨 짓을 못 해? 하긴 벌써 결딴났을지도 모르지. 난 처음엔 못 알아봤다구. 그게 언제야. 학교 때 보고 처음인걸. 여자들은 참 무섭게 변해."

뒷자리 안쪽에 고개를 박고 비스듬히 앉은 인수가 노래를 흥얼거렸다. 새애애애는 노래하는 의미도 모오르면서어…… 차에 올라타자 새삼스레 취기가 되살아나는 모양이었다.

"계속 새 타령이군. 집이 어디야?"

희서가 인수를 흔들며 귀에 대고 물었다.

"영등포, 영등포를 아시나요."

완연히 혀 꼬부라진 소리였다. 앞좌석 등받이에 고개를 박고 아예 눈을 감고 있었다.

"요샌 뭘 한대?"

"엉터리 번역을 윤문하는 일로 밥을 먹는대. 트럭 살 돈 모일 때까지만 하겠다지만 그게 벌써 십 년이야."

문일이 어처구니없다는 듯 헛헛 웃었다.

희서를 서대문에서 내려놓고 신촌으로 달리는 동안 문일은 잠깐 망설였다. 희서가 앉았던 자리까지 차지하고 아예 모로 누워버린 인수가 걸리는 것이다. 그러나 외박하고 들어가는 새벽에 더욱이 반갑잖은 취객을 달고 들어갈 경우 아내의 얼굴을 상상하기는 어렵지 않았다. 불청객의 잠자리를 마련하기 위해 잠든 아이들을 옮겨 뉘며 등 뒤로 사납게 눈을 흘길 것이다.

택시가 연세대학 앞을 지날 때 그는 간단히 마음의 결정을 보았다. 사람에겐 귀소본능이 있다. 인수가 제아무리 동가숙서가식 하는 형편의 떠돌이라지만 여관은 뭣하라고 있는 덴가. 더욱이 곧 아침이 될 것이다. 미터기를 들여다보고 영등포까지 요금을 어림 계산해서 운전수에게 돈을 건넸다.

“이 손님, 영등포까지 모셔다드리쇼.”

동네는 아직 짙은 어둠에 묻혀 있었다. 골목에 들어서서 오줌을 누며 문일은 손톱 같은 하현달이 걸린 하늘을 올려다보았다. 별이 몇 개 떠 있었다. 그것은 동극 무대에서 은종이를 오려 붙인 별처럼 흐릿하게 깜빡였다. 어릴 때의 그 쏟아지듯 눈등에 내려앉던 별빛이 아니었다. 세월이 흐를수록 별 보는 일도 힘들어지는구나, 중얼거리면서 문일은 으쓱 몸을 떨고 지퍼를 올렸다.

택시에서 내린 희서는 병원으로 가기 위해 곧장 길을 건넜다. 병원 정문에서 빨간 경보등을 켠 앰뷸런스가 요란한 소리로 빠져나오고 있었다.

그는 산과 병동으로 들어섰다. 입원실이 있는 병동은 출입문이 따로 있었지만 새벽의 차고 매운 바람을 조금 피해볼 요량이었던 것이다. 산과 병동과 마주 보는 그곳은 복도로 이어져 있었다. 택시에서 방금 내린 임부가, 새벽 잠자리에서 막 쫓겨난 듯 부스스한 사내의 부축을 받으며 들어왔다. 알 밴 게처럼 어기적거리는 여자는 두어 걸음 폭마다 주질러앉는 시늉을 하고 남자는 그때마다 조금 참아, 조금만 참으라니까, 무력하기 짝이 없는 말만 내뱉었다. 진통의 비명 소리, 아기 우는 소리가 뒤섞여 들렸다. 밤새도록 계속되었을 그 소리들은 서로 신음하고 격려하며 밤의 깊디깊은 막을 한 꺼풀씩 벗겨내고 있는 성도 싶었다. 산과 병동을 벗어날 때까지도 그 소리들은 희서의 귓가에서 끈질기게 맴돌았다. 아내의 수술에 대해 자신이 지나치게 과민해져 있는 탓이라고, 머리를 흔들었다.

아내의 입원실은 삼 층 끝 방이었다. 층계를 올라서자 막바로 불빛 밝은 간호원실이 나타났다. 간호원이 엎드려 잠을 자고 있는 책상 위에, 셀로판지에 싸인 프리지아 한 다발이 보였다.

희서는 아내의 입원실에 가기 전에 자동 판매대에서 커피를 한 잔 뽑아 마셨다. 방열기 덜컹대는 소리가 들렸다. 스팀이 들어오는 시간이었다. 낡고 오래된 건물은 난방이 시원치 않았다. 밤이 되면 춥다고, 담요 한 장을 갖다 달라던 아내의 말이 생각났다. 스팀이 들어와도 창문이 많고 수시로 문이 여닫기는 대기실에는 온기가 없었다. 희서는 종이컵을 구겨 휴지통에 넣고는 입원실 앞 나무 의자에 앉았다. 아내는 문 안쪽에서 곤히 자고 있을까. 피로가 걷잡을 수 없이 밀려왔다. 지난 일주일 동안 그는 아내의 침대 옆에 마련된 간이 침상에서 새우잠을 잤다. 죽음에서 간신히 빠져나온 아내가 원했기 때문이었다. 방금 그가 지나온 맞은편 산과 병동에서 아련히 들려오는, 종잡을 수 없는 소리들은 불면과 피로로 날카로워진 신경을 톱날처럼 긁어대었다.

그는 딱딱한 나무 의자에 팔을 베고 모로 누웠다. 도망치듯 슬며시 빠져나가 밤새 돌아오지 않는 그를 기다리고 있을 아내를 떠올리며 코트를 벗어 덮고 잔뜩 몸을 웅크렸다. 곧 날이 새고 회진하는 의사와 간호원 들, 꽃을 든 문병객들로 장마당처럼 시끄러워지리라는 것을, 만족스럽고 충분한 수면이 되지 못하리라는 것을 알면서도 어쩔 수 없이 불안한 잠에 빠져 들어갔다.

초인종을 눌렀으나 대문 안쪽에서는 아무런 기척이 없었다. 부질없는 짓이라고 생각하면서도 정애는 초인종에서 손을 떼지 않았다. 새벽의 정적을 깨뜨리며 동네 개들이 짖어대기 시작했다. 그녀는 더 이상 누르기를 단념하고 대문에서 물러나 제자리걸음으로 서성거렸다. 하이힐 속에서 꽁꽁 얼어 감각이 없어진 발가락들을 녹이기 위해서였다. 하릴없이 서성이는 그녀의 앞을 신문 배달 소년이 뛰어가고 새벽 강의를 듣기 위해서인 듯 가방을 든 학생들이 지나갔다. 따르릉, 따르릉 우유 배달 자전거가 지나갔다. 하늘에는 머잖아 희미하게 사위어갈 별들이 힘겹게 깜빡이고 있었다. 새벽별 같은 보배. 유년 주일 학교 시절이었던가, 처음으로 그 노래를 불렀을 때는 정말 맑고 환한 별 하나가 가슴에 내려앉는 것 같았다. 그런데 그것은 어느 결에 차고 녹슨 파편 조각으로 가슴 깊이 박혀 있을 뿐이다. 전에는 사는 일이 두려움뿐이더니 이제는 부끄러움뿐이다.

골목에 면한 집들의 창문 하나에 불이 켜졌다. 새벽밥을 짓는가, 물 트는 소리, 그릇 달그락거리는 소리와 함께 움직이는 사람의 모습이 어른거렸다.

정애는 다시금 대문 앞으로 돌아와 초인종을 눌렀다. 두 번, 세 번, 네 번. 집 안에서 연이어 울리는 소리가 이렇게도 불길하고 다급한데 귀가 절벽인 어머니는 듣지 못하는 것이다. 귀 먼 어머니는 새벽잠 또한 깊어 벼락이 쳐도 깨지 못한다는 것을 알면서도 초인종에서 손을 떼지 않았다. 동네 개들이 일제히 미친 듯 짖어대고 어느 집에선가 드르륵, 유리문 여는 소리가 거칠게 들렸다.

[1984]

동경(銅鏡)

아내가 커다란 함지에 밀가루를 쏟아붓는 것을 보고 그는 식사 전의 산책을 위해 집을 나섰다. 두어 발짝 옮겨놓을 즈음 그는 언덕길로부터 자전거를 타고 달려오는 이웃집 계집아이를 보았다. 브레이크 장치를 움켜쥐고 가속도에 몸을 맡겨 비탈길을 내려오는 아이의 얼굴은 긴장으로 조그맣고 단단하게 오므라들어 있었다. 짧고 꼭 끼는 면바지 아래 종아리도 팽팽히 알이 서 있었다.

공기의 저항을 줄이기 위한 어떤 노력도 없이, 그 아이에게는 아마 지나치게 클 것인 자전거의 페달을 밟고 꼿꼿이 선 자세로 달려오면서 마주 걸어오는 그에게 눈길을 주었던가, 그는 알 수가 없다. 그의 늙은 얼굴에 떠오른 미소보다 재빨리, 맞바람에 불불이 일어선 머리칼과 아직 그을지 않은 흰 이마가 잠깐 기억

되었다가 사라졌다.

절기보다 이른 더위 탓인가, 골목에는 사람의 자취가 없어 그는 늘상 다니는 길이면서도 이상한 낯섦에 빠져 달려가는 아이의 뒷모습을 눈으로 좇았다. 회색빛 담과 낮은 지붕들이 잇대어 있을 뿐인 길을 아이는 달리고, 바람이 길을 낸 자리에 풀포기 다시금 어우러들듯 풍경은 두 개의 바퀴가 만드는 흰 공간 속으로 빨려 들어갔다.

이상하게 조용한 한낮이었다. 간혹 열린 대문으로 빈 뜨락이 보이고 그 안쪽, 집 안이 들여다보이지 않도록 무겁게 드리워진 불투명한 발이 보일 뿐이었다. 아직 아이들이 학교에서 돌아올 시간이 아닌 것이다.

아이는 문득 죽은 듯한 정적을 의식했던가, 아니면 아무도 없는 빈 길에서 쉼 없이 페달을 돌리는 권태로움 때문인가, 장애물도 없는 골목에서 두어 번 길고 날카로운 경적을 울렸다.

아이는 시간을 다 채우지 못하고 슬그머니 유치원을 빠져나왔음이 틀림없었다. 아침마다 그는 담 너머로, 유치원에 가기 싫어하는 아이의 울음소리를 들었다. 그러나 아이는 결국 담장 사이에 난 샛문을 열고 그의 집 마당을 가로질러 유치원에 가곤 했다. 비 오는 날이면 발꿈치까지 닿는 노란 비옷을 입고 마당의 물이 괸 자리를 골라 철벅거리며 한껏 늑장을 부렸다. 유치원에서 돌아오면 자전거포에서 자전거를 빌려 타거나 그의 집 마당 귀퉁이에서 소꿉놀이를 하며 놀았다. 아내는 아이가 그의 집을 무시로 드나드는 것을 싫어했다. 함부로 잔디를 밟고 꽃들을 꺾기 때문이었다. 그리고 아이가 왔다 가면 조그만 물건들이 없어진다고 했다. 때문에 아내는 언제나 아이가 다녀간 자리를 의심스러운 눈길로 살피곤 했다.

아이의 엄마는 찻길에 면해 있는, 약국과 정육점, 당구장이 들어 있는 삼 층 건물의 이 층 미장원에서 일하고 있다. 아이를 낳은 후 바로 중동으로 나간 아이의 아버지는 이제까지 계속 연장 취업을 하고 있다고 했다.

아이의 엄마는 쪽문을 통해 그의 집을 드나드는 일이 거의 없지만 그는 그 여자를 자주 보았다. 창문을 열어놓는 철이면 차 소리가 잦아드는 사이사이 미장원에서 찰칵찰칵 머리칼 자르는 가위 소리가 길 아래까지 들렸다. 때로 찻길의 소음을 막기 위해 창문을 닫는, 찌푸린 얼굴을 보았다. 늦은 저녁이면 비닐 앞치마를 입은 채 찬거리를 사 들고 종종걸음을 치는 그녀와 아주 가까이서 마주치기도 했다. 그럴 때의 그 여자에게서는 파마약과 머리칼 냄새가 강하게 맡아졌다. 한 달에 두 번 쉬는 휴일이면 그 여자는 수챗가에 쪼그리고 앉아 크악크악 가래를 돋우어 뱉었다. 글쎄, 목에서도 머리칼이 나와요. 그래서 난 머리를 자를 때 되도록이면 입 다물고 말을 안 해요. 손님들한테서 무뚝뚝하다는 얘기를 듣긴 하지만요. 언젠가 그는 누군가와 얘기하는 그 여자의 말소리를 들었다.

느린 걸음으로 주택가의 모퉁이, 어린이 놀이터에 이르렀을 때 그는 자전거에 비스듬히 기대어 서 있는 아이를 보았다. 아이는 그늘 한 점 없이 쨍쨍한 놀이터의 모래밭에서 게처럼 놀고 있는 아이들에게 물었다.

"너희들, 내 만화경 못 보았니? 누가 훔쳐갔니?"

"몰라, 몰라."

아이들이 코를 훌쩍이며 대답했다.

아이는 어제저녁 늦도록 샅샅이 뒤져본 모래 더미를, 소용없는 짓인 줄 알면서도 다시금 사납게 헤집어 아이들이 만들어 놓은 굴이나 두꺼비집 따위를 허물어버리고는 자전거에 올라탔다.

"누구든지 가져간 애는 내가 한 바퀴 돌아올 때까지 갖다 놔. 안 그러면 가만 안 둘 테야. 난 누가 내 만화경을 훔쳐갔는지 다 안단 말야."

그는 오한이 들 만큼 새하얀 햇빛, 질식할 듯한 정적 속을 마치 장님인 양 똑똑똑, 지팡이를 촉수처럼 더듬어 한 걸음씩 떼어놓으며 위장의 미미한 움직임을 느꼈다. 그 움직임의 반동으로 그의 몸속에 주렁주렁 매달린 크고 작은 주머니와 창자들이 꿈틀거리기 시작하는 것을 느꼈다. 낡고 무력하게 늘어진 주머니는 이제야 비로소 게으르게 제 기능을 생각해내고 다소의 활기를 되찾은 것이다.

날이 더욱 뜨거워지면 그는 식욕을 돋우기 위해 필요하다고 스스로 처방한, 이십 분에서 삼십 분에 걸친 식사 전의 산책을 그만두어야 할 것이다.

그는 조금씩 숨이 차 하며 멈춰 서서 이마의 땀을 닦거나 길가 집 열린 창에 무겁게 드리워진 커튼을 유심히 바라보았다.

산책길은 늘 일정했고 그는 똑같은 모양의 낮고 작은 집들이 들어찬 주택가의, 어쩌면 공포까지도 불러일으킬 정도로 단조로운 길과 풍경 따위, 망막에 들어오는 모든 것을 오랫동안 바라보곤 했다. 관찰이나 기억을 위한 목적이 없이, 바라본다는 의식조차 없이.

어쨌든 날이 더워지면 산책은 중단해야 할 것이다. 지나치게 좁아지거나 얇아지고 느슨해진 기관들은 더운 날씨를 견뎌내지 못할 것이기에 여름내 그는 그늘에 내놓은 등의자에 앉아 그가 바라보기만으로 그친 풍경들을 떠올리며 지내게 될 것이다.

한껏 느릿느릿 걸었는데도 삼십 분에 걸친 산책을 마치고 집 가까이 올 무렵에는 웃옷 등에 축축이 땀이 뱄다. 만족스러운 결과였다. 그는 자신의 나이에 이르면 땀이 흐를 정도의 운동은 무리라고 생각했기 때문에 몸의 움직임은 언제나 땀이 그저 조금 밸 정도의 가벼운 운동으로 그친다는 것을 수칙으로 삼고 있었다.

그는 스스로 정한 몇 가지 규칙과 질서를 지키려는 노력으로 얻어지는 성과를 중요하고 가치 있게 여겼다. 하루하루가 마치 당기지 않는 입맛으로 억지로 숟갈질을 하는 듯하다고 생각하면서도 이 모든 것이 한순간에 정지할 날이 있으리라는 것을 결코 모르는 것처럼 육체와 생활을 지배하는 규칙과 리듬에 순종하는 기쁨을 느꼈다.

아내는 열두 사람분의 칼국수를 만들 밀가루 반죽을 준비했지만 심방(尋訪)은 취소되었다. 오랜 병을 앓던 교우(敎友)가 방금 운명을 했기 때문에 가정 예배를 위해 교회를 나서던 그들이 곧장 종합 병원 영안실로 간다는 전갈이 왔노라고, 산책에서 돌아온 그에게 말하며 아내는 상기도 함지 가득한 흰 반죽 덩어리에 두 손을 찔러 넣은 채 잠깐 망연한 표정을 지었다.

두 사람 몫으로는 지나치게 많은 반죽은 입이 넓은 함지의 전으로 넘칠 듯 부풀어 오르고 있었다.

마루에는 국수를 썰기 쉽게 밀가루가 발린 도마며 밀대, 국수 위에 얹을 색색의 고명이 담긴 채반 따위가 널려 있었다.

아내는 손님을 맞을 준비로 이른 아침부터 마당 청소를 하고 부엌과 마루에서 종종걸음을 쳤다. 아침상을 물린 뒤 부엌에서 들려오는 나지막한 도마 소리, 기름 타는 냄새, 바쁘게 오가는 아내의 발소리에 그는 불투명한 평안감에 잠겼던 것을 기억한다. 그것은 그 자신 이미 그런 종류의 활기에 새삼스러운 느낌을 갖는다고 믿지 않으면서도 어울려 살아 있음의 열기에 대한 기대, 혹은 일상적 삶에 대한 향수가 아니었을까.

그가 생각하듯 심방이 취소된 데 대한 아내의 실망은 그다지 큰 것이 아닐지도 몰랐다. 그는 아내에게 깊은 믿음이 돌연히 생겼다고 생각할 수 없었다.

지난달의 일이던가, 집집마다 잠긴 문을 두드려 전도를 다니는 두 아낙네가 몹시도 힘들고 딱해 보였던지 아내는 쉬어 가라고 그네들을 불러들였고 그것이 서너 시간에 걸친 교리 강좌가 되었다.

—죽음은 무의식입니다. 산 개만도 못하다고 했어요. 지옥이란 바로 죽음 자체이며 글자 그대로 땅에 갇힌다는 뜻이지요……

방 안에 드러누운 그에게까지 그네들의 교리 강좌는 크게 들렸다.

"그저 좀 다리나 쉬었다 가랬더니……"

그들이 돌아가고 난 뒤 아내는 변명하듯 그에게 말했으나 다음 일요일에는 그네들의 회관에 나갔다. 그리고 그들은 오늘 첫 심방을 오기로 한 것이다.

땅속에 갇힌 생명, 땅속에 갇혀 아우성치는 빛들.

그가 영로를 땅에 묻은 것은 이십 년 전인가. 스무 살의 영로는 그가 살았던 세월만큼 땅에 갇혀 있다.

아내가 그의 점심 준비를 하기 위해서인 듯 자리를 뜨고도 꽤 오랫동안 그는 그대로 마루에 앉아 아내가 바라보던 뜰을 바라보았다. 아내의 눈길이 지나고 머물던 곳을 역시 아내의 눈이 되어 열심히 바라보았다. 뜰은 장미, 수국, 달리아 따위 여름꽃이 한창이었다. 정오의 햇살에 꽃잎은 한껏 벌어져 보다 짙은 빛의 속살을 엿보이고 벌과 나비는 미친 듯한 갈망으로 꽃술 속

깊이 대롱을 박아 꿀을 찾고 있다. 꽃들은 피고자, 더욱 피어나고자 하는 열망으로 빛은 짙고 어두워지며 천천히 눈에 보이지 않게 몸을 떨고 있다. 그러나 그것은 이미 아내의 눈에 비치던 풍경이 아님을 그는 알고 있다. 땅속에 갇힌 아우성을 들으려는 시늉으로 수굿이 귀를 기울이며 나무를 바라보는 사이 무성한 나뭇잎은 편편이 떨어져 내리고 메마른 가지만 섬유질로 남아 파랗게 인(燐)처럼 타오르며 자랑스럽게 가지 뻗었던 자리는 이윽고 냉혹한 죽음만이 떠도는 공간이 된다. 그 공간을 찢을 듯 날카로운 경적을 울리며 자전거는 대문 앞을 지나갔다. 그는 그럴 수만 있다면, 살같이 달려간 아이를 손짓해 불러 뒤돌아보게 하고 싶었다. 얘야, 들어와서 세수라도 하려무나. 뜨거운 햇볕 아래 온종일 자전거만 타다가는 뇌의 혈관이 부풀어 오른단다. 할 수만 있다면 늙은이의 하찮은 친절로 그 애가 살아갈 동안 내내 잊지 못할, 칼 빛처럼 독한 기억을 박아주고 싶었다.

아내가 상을 차려 내왔다. 그는 여느 때처럼 칼국수에 소주 한잔을 반주로 점심 식사를 했다. 국수는 색깔 맞춘 고명으로 잔뜩 치장을 했지만 아주 싱거웠다. 그는 전혀 간이 들지 않은 것을 모르는 듯 고개를 숙이고 훌훌 국수 올을 말아 올리는 아내를 말없이 건너다보았다.

틀니 탓인가, 그러나 틀니를 한 것은 어제오늘의 일이 아니다. 게다가 그는 틀니를 한 뒤 단단한 음식을 씹는 데 부담을 느끼게 되면서부터 점심에는 으레 칼국수를 먹었다. 아내의 칼국수 끓이는 솜씨는 나무랄 데 없었다. 그런데 늘상 해오던 일이면서도 간장 넣는 것을 잊다니. 그리고 그것을 아무렇지도 않은 낯으로 먹는 아내에 대해 그는 자신의 역할에 게을러진 그의 몸 각 기관들에 대한 것과 비슷한 분노와 미움을 동시에 느꼈다.

"간장 좀 가져와."

그는 노여움을 누르고 말했다. 아내가 굼뜨게 일어나 간장 종지를 가져왔다.

이를 뽑고 틀니를 하고부터, 그리하여 음식을 씹고 맛보는 즐거움을 태반 잃게 되면서부터 그 자신 음식에 대해 까다로워졌다는 사실을 그는 인정하려 들지 않았다.

틀니라니. 그는 평생을 시청 하급 관리로 살아왔다. 상사의 지시나 그의 부서에서 결정한 내용들을 기안하고 깨끗이 정서하는 것이 그에게 맡겨진 일의 거의 전부였다. 그는 글씨 쓰는 일을 좋아했고 결코 약자(略字)나 오자(誤字)를 쓰지 않았다. 자신이 올린 서류가 타이핑이 되고 난 후에는 휴지통에 버려진다는 것을 알면서도 정확하고 반듯한 글씨에 기쁨과 긍지를 느꼈다.

그의 부서 책임자들은 그가 정리한 서류를 볼 때면 한결같이 말했다. 자넨 글씨가 좋군.

어느 날 갑자기 이들이 들뜨기 시작하고 잇몸이 퍼렇게 부풀어 이뿌리가 드러났을 때, 결국 모조리 빼고 틀니를 해야 된다는 것을 알았을 때 그는 낭패감보다 심한 배반감과 노여움을 느꼈다. 그리고 이어 위장을 비롯한 몸의 모든 기관이 무력해지는 증상이 나타났다. 의사는 말했다. 퇴직 후에 흔히 오는 증상입니다. 갑자기 일손을 놓게 된 데서 오는 허탈감으로 육체도 긴장과 균형을 잃게 되는 겁니다. 말하자면 정년병(停年病)이라고나 할까요.

누구에게나 찾아오는 일반적 현상이라는 의사의 말은 그에게 조금도 위안을 주지 못했다. 하긴 시말서 한 번 쓰지 않은 그도 정년이 되자 시간과 자리를 정당히 메꾸고 빈둥빈둥 보낸 사람들과 똑같이 궁둥이를 차 밀리지 않았던가. 오래된 청사의 어둡고 환기 안 되는 방에서 몇십 년을 불평 없이 순응하며 살아온 그도 틀니에만은 익숙해지기 어려웠다. 단단하고 차가운 이물질이 연한 잇몸을 옥물고 조이는 느낌에 대한 저항감은 강하고 끈질겼다.

점심상을 물린 그는 부드러운 헝겊에 치약을 묻혀 지팡이 손잡이 부분의 은장식을 닦았다. 어루만지듯 부드럽고 단순한 손놀림을 계속하는 동안, 그리하여 은의 빛이 보얗게 살아나는 것을 보는 사이 맛없는 국수와 아내와 틀니에 대한 노여움은 차츰 사라졌다.

다 닦은 지팡이를 신발장 옆에 세워두고 마루로 올라앉아 무료히 뜰을 내다보다가 잠깐 졸았던 것일까.

문소리도 듣지 못했는데 뜰의 구석진 곳에서 검침원 청년이 쇠꼬챙이로 수도 계량기를 덮은 콘크리트 뚜껑을 열고 있는 중이었다. 아내는 이편에 등을 보이고 쭈그리고 앉아 청년의 손이 움직이는 대로 아래를 내려다보고 있었다. 아내의 흰머리와 앙상하게 굽은 등허리 위로 좀체 기울지 않는 한낮의 정적이 수은처럼 무겁게 얹혀 흐르고 있었다.

"에이, 귀뚜라미 좀 보세요, 할머니. 겨울 지나면 이런 걸 죄다 걷어 태워버려야 벌레가 안 생겨요."

청년이 느닷없이 빛과 외기(外氣)에 놀라 튀어오르는 귀뚜라미를 피해 고개를 젖히며 말했다. 지난겨울, 동파(凍破)를 막기 위해 계량기 위에 쏟아부은 등겨와 짚을 거두라는 말일 게다. 겨와 지푸라기에 싸여 겨울을 난 알에서 부화하여 어둡고 축축한 콘크리트 관 안쪽 벽에 붙어 자라는 벌레들을 그도 본 적이 있었다.

아내는 청년의 말에 말없이 머리를 끄덕였다. 아내의 머리는 호호한 백발이다. 그의 머리에 희끗희끗 새치가 비치기 시작했을 때 그는 문득, 그때까지도 붉은 흙더미 위에 얹힌 성근 뗏장을 다독거리고 있는 아내의 머리가 허옇게 세어 있음을 발견했다.

청대[靑竹]처럼 자라던 아들을 죽이고 머리가 온통 세어버렸다오. 아내는 집에 들인 장사치 아낙네들에게 가끔 말하곤 했었다. 그러면서도 언제나 조발(調髮)과 염색에 신경을 쓰는 그에게는 변명하듯 말했다. 우리 친정이 원래 일찍 머리가 세는 내력이에요. 당신, 염색을 하시니까 보기 좋구려, 아주 젊은이 같아요.

흰머리 올이 드러나면서부터 그는 염색하는 일을 게을리하지 않았다. 틀니를 한 뒤 그는 희고 빛나는 이와 검고 단정한 머리칼로 더욱 젊어졌다. 가끔 그는 이제 마흔 살이 되었을 영로를 바라보듯 거울 속 자신의 얼굴을 오래 물끄러미 바라보곤 했다.

청년이 나가려 하자 우두커니 계량기를 굽어보던 아내가 말했다.

"더운데 잠깐 땀이나 들이고 가우."

"그럼 냉수나 한 그릇 주세요."

청년은 손수건을 꺼내 이마와 목덜미의 땀을 닦았다. 청년이 마루턱에 엉덩이를 걸치고 앉자 아내는 부엌으로 들어가 미숫가루를 한 그릇 타 왔다. 그동안 청년이 가버릴 것을 겁내는 듯 연신 숟가락으로 사발을 휘저으며 종종걸음으로 나오는 아내가 못마땅해서 그는 속으로 혀를 차며 중얼거렸다.

그러지 마라. 단지 수도 검침을 하러 다니는, 어디서나 만날 수 있는 평범한 젊은이일 뿐이야.

청년은 쉴 짬 없이 단숨에 그릇을 비웠다. 아내의 눈길이 청년의 완강한 목뼈와, 함부로 연 셔츠 깃 사이로 엿보이는, 붉게 익은 가슴팍을 탐욕스럽게 더듬으며 허둥거리는 것을 그는 놓치지 않았다.

"잘 먹었습니다, 할머니."

청년이 입가에 흐르는 물기를 손등으로 닦고 입술을 빨았다.

먹는 버릇도 단정치 못해. 먹는 버릇을 보면 바탕을 알 수 있다니까.

그는 또 무력하게 속엣말을 중얼거렸다.

청년은 생각난 듯 마당을 질러가 열린 채로인 수도관의 콘크리트 뚜껑을 닫았다. 검침원들은 누구든 열어젖힌 뚜껑을 닫아주고 가는 법이 없었다. 그들은 한결같이 자신의 직업에 대한 경멸처럼 쇠꼬챙이로 마지못해 뚜껑을 열어젖혀 계기의 숫자를 확인하고는 그대로 가버렸다. 아내는 몹시 힘들게 끙끙거리며 그것을 닫곤 했다.

"이봐요, 젊은이. 내 부탁 하나 들어주려우?"

아내가 막 대문을 나가려는 청년을 불러 세웠다. 청년의 대답을 듣지 않고 어느새 광으로 들어가 무거운 연장 통을 두 팔로 안고 나왔다.

청년은 뻔히, 다소 무례한 눈길로 아내와, 아내가 허리가 휠 듯 무겁게 들어다 놓은 연장 통을 번갈아 바라보았다.

음흉한 늙은이 같으니라구, 미숫가루 한 그릇 값을 톡톡히 받으려는 모양이군 하는 표정이었다. 아내는 그러한 청년의 기색을 짐짓 모른 체 느릿느릿 말했다.

"빨랫줄이 높아서 말야, 좀 나지막이 줄을 매줘요. 빨래 널기가 여간 힘들어야 말이지. 늙은이들만 사는 집이라 통 손이 없어서 그런다오."

"하지만 더 낮게 매면 빨래가 끌릴 텐데요. 애들 줄넘기나 하려면 모를까."

청년이 내키지 않는 기색으로 팔짱을 낀 채 연장 통을 들여다보았다.

"그리고 온통 녹슨 못들뿐이잖아요. 할머니가 원하시면 해드리는 건 어렵지 않지만 괜한 일 같은데요. 더 낮게 매면 어디 빨랫줄 구실을 하겠어요?"

청년은 연장 통을 뒤져 녹이 덜 슨 못과 망치를 찾아 들었다. 못이 모두 녹슬어 있을 것은 당연했다. 망치 · 장도리 · 작은 톱 · 대패까지 고루 갖추어진 연장들은 그 스스로 장만한 것이면서도 오랫동안 쓰지 않았던 탓에 낯설었다.

"그래, 요기는 하고 다니우?"

못을 박는 청년에게 아내가 물었다.

"그러믄요."

청년이 입에 문 못 때문에 우물우물 대답했다. 못 두 개 박는 일은 순식간에 끝나고 아내의 요구대로 먼젓번보다 한 뼘 정도나 낮춰진 높이에 마당을 가로질러 팽팽히 줄이 매어졌다.

줄은 그가 보기에도 너무 낮았다. 아마 오늘 오후나 내일쯤, 아내는 오며 가며 줄이 목에 받친다고 불평하면서 걷어버리느라 애를 쓸 게 분명했다.

"이렇게 수고를 해줬는데 어쩌지? 그다지 바쁜 게 아니라면 요기나 하고 가우. 내 금세 국수를 끓여줄게."

아내가 함지에 담겨 아직도 마루 한 귀퉁이에 놓인 채로인 밀가루 반죽을 흘깃거리며 말했다.

누룩을 넣은 것도 아니련만 더운 날씨 탓인가, 반죽은 미친 듯 부풀어 오르는 것처럼 보였다.

"여러 집을 돌아다녀야 합니다."

"이렇게 종일 걸어 다니려면 힘들겠수. 다리는 좀 아플까."

"제발 개들이나 묶어놓았으면 좋겠어요."

갑자기 청년은 못 견디게 화가 치밀어 오르는 듯 볼멘소리로 대꾸하고는 침을 찍 뱉었다.

"바지 찢기는 건 예사고 자칫 발뒤꿈치 물리기 십상이라구요."

청년의 뒤를 문빗장을 걸기 위해서인 듯 아내가 멈칫멈칫 따라 나갔다.

집 안은 다시 고요해졌다. 뜰의 나무 그림자가 조금 길어진 것으로 보아 햇빛과 시간이 흐르고 있음을 알 수 있을 뿐이었다. 빗장 걸리는 소리도 아내의 신발 끄는 소리도 들려오지 않았다. 대신 탈, 탈, 탈, 탈, 한결 속도를 늦춘 맥 빠진 자전거 바퀴 소리가 들려왔다.

아내가 망연히 문설주를 짚고 서서 바라보고 있을 길목을 더위에 지친 아이는 이미 만화경 따위는 까맣게 잊은, 다만 싫증을 참지 못해 하는 얼굴로 자전거를 끌고 느른히 걸어가고 있는 것일까.

그는 방으로 들어갔다. 의자를 끌어당겨 책상 앞에 앉았다. 책상은 창가에 놓여 있어 담 밖의 소리나 풍경이 훨씬 가까웠고 그는 오랜 버릇으로 의자에 앉는 것이 편했기 때문에 자주 희미한 잉크 자국이며 칼에 파인 홈이며 긁힌 자국 들을 손으로 쓸어보면서 우두커니 앉아 있곤 했다.

영로가 중학교에 다닐 때 마련한 책상이었다. 그는 무엇을 읽거나 쓰기 위해 책상 앞에 앉는 일은 거의 없었지만 층층이 달린 서랍이 요긴하게 쓰인다는 것이 이제껏 그것이 방의 윗목에 자리를 차지하고 있을 수 있는 이유였다.

그는 빈 담뱃갑의 은박지를 벌려 꽃 모양으로 말아 접어 가래를 뱉고 수도 요금과 전기 요금 영수증, 돋보기 따위로 채워진 서랍들을 여닫고 손톱깎이를 꺼내 찬찬히 손톱을 깎았다.

마루를 서성이는 아내의 조심스러운 발소리가 들렸다. 손톱을 깎고 서랍을 여닫는 일이 특별히 비밀스러워야 한다고 생각지 않으면서도 그는 아내의 발소리가 방문 앞을 지나칠라치면 흠칫 놀라 손을 멈추었다. 이젠 늙어 귀신이 다 되었다고 한구석에 가만히 앉아 있어도 집 안 곳곳에서 일어나는 일을 모두 보고 들을 수 있다는 아내도, 그가 비듬을 털고 손톱을 깎고, 억지로 책상 앞에 앉은 숙제하기 싫은 아이들처럼 서랍이나 여닫는 것을 결코 알지 못하리라는 생각 때문에 아내 모르게 행하는 하찮은 손짓 하나라도 대단한 음모인 양 바깥 기척에 귀를 기울이게 되는 것이었다.

아내의 발소리가 마루에서 완전히 사라졌음을 확인하고 그는 책상 서랍 깊숙이 넣어두었던 만화경을 꺼냈다. 그것은 두꺼운 마분지를 원통형으로 말아 붙인 것으로 표면에는 울긋불긋 크레파스 칠이 되어 있었다.

그는 만화경을 눈에 갖다 대고 빙글빙글 돌렸다. 잘게 자른 색종이 조각들이 거울 면의 굴절에 따라 모였다 흩어지며 여러 가지 꽃 모양을 만들었다.

만화경 속의 조화는 현란하지도 신기하지도 않았다. 홑잎과 겹잎 꽃의 단순한 집합과 확산일 뿐이었다. 옛사람들은 만화경을 돌리며 우주의 원리와 이치를 본다고 했다.

엊그제였던가, 점심 산책에 나선 그가 주택가 골목을 벗어나 큰길에 이르렀을 때 그는 주위를 집요하게 맴돌며 따라오는 빛 무늬를 보았다. 어깨와 다리, 가슴팍에 함부로 와 닿는 빛을 털어내며 눈살을 찌푸렸으나 하얗게 번뜩이는 그것이 길과 사람들 사이로 정령처럼 춤추며 뛰어다니다가 다시금 그에게로 되돌아와 얼굴에 오래 머무르자 그는 문득 얼굴이 졸아드는 듯한 공포를 느꼈다. 센 빛살에 눈을 뜨지 못하며 그는 소리쳤다. 누구냐, 거울 장난을 하는 게. 그때 쨍쨍한 목소리가 날아왔다. 안녕하세요, 할아버지. 아이가 미장원 층계에 앉아 있었다. 아이의 손에는 날카롭게 모가 선 거울 조각이 들려 있었다. 다치면 어쩔려고 그러니. 그러나 아이는 말했다. 유리 가게에 가서 동그랗게 잘라달라고 하면 된대요. 내일 유치원에서 만화경을 만들 거예요. 만화경은 뭐든지 다 보이는 요술 상자래요. 그러면서 아이는 길을 건너 달려갔다. 뭐든지 다 보인다고? 그는 아이의 등 뒤에 대고 물었으나 물론 진정한 호기심은 아니었다. 단지 의미 없는 되물음이었을 뿐이었다. 그리고 어제 낮, 그는 놀이터의 벤치에서 그 애의 가방과 함께 놓인 만화경을 보았다. 집으로 오는 동안을 참지 못해 도중에 유치원 가방을 팽개쳐두고 자전거 가게로 달려가는 그 애의 버릇을 그는 알고 있었다. 아이는 이 요술 상자를 통해 무엇을 들여다보았을까. 그는 아이의 눈이 되어 아이의 눈에 비친 모든 것을 보고자 하는 욕망으로 만화경을 집어 들었다. 그것을 품에 감추고 어제 오후 내내 그는 잃어버린 만화경을 찾기 위해 헛되이 모래 더미를 헤치는 아이를 지켜보았다. 내 만화경을 누가 훔쳐갔어요. 전시회에 낼 거라고 선생님이 그랬는데요. 아이는 울면서 벌써 수십 번이나 들여다보았을, 가방과 만화경이 놓였던 긴 의자 밑을 다시 들여다보았다.

뭐든지 볼 수 있대요. 그는 아이의 말을 흉내 내어 중얼거리며 빠르게 만화경을 돌렸다. 돌리는 속도가 빨라짐에 따라 유리와 거울과 색종이가 어울려 모였다 흩어지는 모양이 다양해졌다. 그것은 어쩌면 빠른 속도로 분열하고 번식하는 병원균과도 같았다. 색종이의 선명한 색감 때문인지도 몰랐다.

눈꺼풀이 무겁게 내려앉고 몸이 나른히 풀려왔다. 반주 탓이었다. 낮잠이 결국 그에게, 밤에 깨어 흉몽처럼 빈 뜨락을 서성이게 할 것을 알면서도 소화를 돕기 위해 마신 한 잔의 반주로 인한 잠의 유혹을 그는 이길 수 없었다.

그는 만화경을 서랍 속에 넣고 목욕탕으로 가기 위해 방을 나왔다. 아내는 마루 끝에 걸터앉아 밀가루 반죽을 한 움큼씩 떼어 손바닥 안에 궁굴려 무엇인가 형체를 빚고 있었다.

"뭘 만드오?"

"그저 장난이에요."

아내가 쑥스럽게 웃으며 빚고 있던 모양을 뭉개어버렸다. 마루턱에는 벌써 서툴게 빚은 사람·개·말 따위가 손가락만 한 크기로 늘어서 있었다. 목욕탕으로 들어간 그는 틀니를 빼기 위해 문을 잠갔다.

틀니에 익숙해지려면 되도록 틀니를 빼지 말고 자신이 틀니를 하고 있다는 사실을 의식하지 말라고 의사는 말했지만 그는 언제나 틀니를 빼어 깨끗한 물에 담가 손 닿는 위치에 두고서야 잠이 들곤 했다. 잠으로 들어가는 잠깐의 무중력 상태에서 틀니만이 무겁게 매달려 있는 듯한 느낌을 지울 수 없을뿐더러 틀니만이 홀로 깨어 제멋대로 지껄일, 이윽고 육신은 사라지고 차갑고 단단한 무생물만이 잔혹하게 번득이며 존재할 공간이 두려운 것이다. 이야기를 하고 있을 때조차 그는 자신이 말하고 있는 것이 아니라 틀니가 제멋대로 덜그럭거리며 지껄이는 듯한 느낌에 사로잡혀 자주 말을 끊곤 했다.

틀니를 빼내자 거울 속으로 꺼멓게 문드러진 잇몸이 드러났다. 연한 잇몸은 틀니의 완강함을 감당하지 못해 이지러지고 뭉개지고 졸아들었다. 때문에 틀니를 빼내었을 때의 입은 공허하고 냄새나는, 무의미하게 뚫린 구멍에 지나지 않았다. 잠긴 문을 확인하고 마치 헛된, 역시 덧없음을 알면서도 순간에 지나가 버릴 작은 위안을 구해 자신의 시든 성기를 쥘 때와 같은 음습하고 씁쓸한 쾌락과 수치를 동시에 느끼며 틀니를 닦기 시작했다. 치약 묻힌 칫솔로 표면에 달라붙은, 칼국수를 먹고 난 뒤의 고춧가루 따위 찌꺼기를 꼼꼼히 닦아내자 틀니는 싱싱하고 정결하게 빛났다. 틀니의 잇몸은 갓 떼어낸 살점처럼 연분홍빛으로 건강해 보였다. 그는 헐떡이며, 치약 거품을 가득 물고 허옇게 웃고 있는 틀니를 바라보았다. 거울 속으로, 청년처럼 검은 머리는, 무너진 입과 졸아든 인중, 참혹하게 파인 볼 때문에 더욱 젊어 보였다.

방으로 돌아온 그는 틀니가 담긴 물컵을 머리맡에 놓고, 퇴침을 베고 누웠다. 잠에 빠지는 과정은 언제나 어둑신하고 한없이 긴 회랑(回廊)을 걸어가는 것과도 같았다. 어쩌면 이미 혼백이 되어 연도(羡道)를 걸어가는 것이나 아닐까.

열린 방문으로 아내의 모습이 빤히 보였다. 혼곤하게 빠져드는 가수 상태에서 아내의 손이 반죽을 궁글려 몸체를 만들고 귀와 뿔을 세우고 꼬리와 다리를 만들어 붙이는 것을 보았다. 그가 한 번도 본 적이 없는 이상한 형체였다. 아내는 그것을 이미 만들어진 다른 것들과 나란히 볕이 드는 마루턱에 세우며 웅얼웅얼 낮게 중얼거렸다. 할아버지는 돌아가실 때까지 흉몽에 시달리셨다우. 머리가 깨질 듯 아프다고 했어요. 흉몽 때문에 머리가 아픈 건지 머리가 아파서 나쁜 꿈을 꾸는 것인지는 그분 자신도 몰랐어요. 무당을 불러 푸닥거리를 하고 장님에게 경을 읽히기도 했지만 그 무서운 두통을 낫게 하지는 못했어요…… 이름난 대목이었다는 아내의 조부 이야기는 그도 몇 차례인가 들어 알고 있었다…… 새벽이고 밤중이고 흉한 꿈에 눌려 비명을 지르고 깨어나면 머리가 아파서 미친 사람처럼 온 집 안을 뒹굴며 다녔지요. 할머니는 그 양반이 묏자리에 집을 많이 지어 그런 거라고 말했지요. 그는 회랑의 어슴푸레한 모퉁이에서 흰 끈을 머리에 동이고 비명을 질러대는 등 굽은 노인의 뒷모습을 본다…… 그래서 할아버지는 이상한 짐승의 모양을 손칼로 깎았지요. 코끼리 같기도 하고 곰 같기도 하고 아무튼 참 이상한 모양이었지요. 맥(貘)이라던가, 나쁜 꿈을 먹는 짐승이래요. 중얼거리는 동안에도 아내의 손이 쉼 없이 반죽을 떼어내어 형체를 만들었다…… 할아버지는 그것을 타구와 함께 머리맡에 두었어요. 때문에 타구에 가득 괸 가래침은 마치 맥이 밤새 먹고 이른 새벽에 토해놓은 흉몽과 같았지요. 할아버지는 관 속에 맥을 같이 넣어달라고 유언을 하셨어요. 죽은 후에도 나쁜 꿈에 시달릴 것을 겁내셨던 모양이에요. 죽은 사람도 꿈을 꾸는 걸까, 어린 내게는 그것이 퍽 이상했는데 지금은 할아버지가 그러셨던 걸 이해할 수 있어요. 옛날 사람들은 자기가 쓰던 물건, 부리던 하인들까지도 흙으로 빚어 무덤 속에 같이 넣었다잖아요? 아내의 조부는 이제 길고 희미한 시간의 회랑 끝에서 편안히 잠들어 있다. 머리맡에 맥을 세워두고. 어쩌면 그에게 최면을 걸듯 느릿느릿 낮게 읊조리는 아내의 말소리에 손을 잡혀 그는, 어슴푸레 떠오르는 시간 속을 자꾸 걸어간다. 그것은 마치 감광제가 고루 발리지 않은 필름과도 같다. 어느 부분은 저 홀로 발광체인 듯 환히 빛나며 뚜렷이 떠오르고 어느 부분은 아주 깜깜해서 아무것도 보이지 않는다. 그러나 그는 굳이 잊혀진 것을 되살리고자 안타까워하지 않는다. 기억하고 싶은 것만 기억하는 것은 늙은이에게 주어진 보잘것없는 특권인 것이다. 그러나 그가 지금 주춤거리고 섰는 이곳은 어디인가. 언젠가 가보았던 박물관의 전시실 같기도 했다.

그것은 토우(土偶)나 동경(銅鏡) 따위 죽은 사람들의 부장품들만을 진열한 방이었다. 땅속에 묻혀 천 년 세월을 산, 이제는 말끔히 녹을 닦아낸 구리거울을 보면서 그는 자신을 아주 오래전에 죽은 옛사람으로 느꼈다. 관람객이 한 명도 없이 텅 빈 전시실에는 두꺼운 양탄자가 깔려 있어 자신의 발소리조차 들리지 않았기 때문이라고, 어둡고 눅눅한 회랑을 걸어 나오며 그는 잠깐 스쳐간 괴이한 기분에 대해 변명하였다.

영로를 묻었을 때 그는 그가 묻고 돌아선 것이, 미쳐가는 봄빛을 이기지 못해 성급히 부패하기 시작한 시체가 아니라 한 조각 거울이라고 생각했었다.

"할머니, 뭘 만드세요?"

마당에 짧게 그림자가 드리워지고, 일부러 그러는 듯한 혀 짧은 소리가 들렸다. 흰빛 레이스천의 원피스로 갈아입은 옆집 계집아이였다. 그는 가수 상태에서 빠져나오고자 힘겹게 허우적거리며 있는 힘을 다해 아이를 바라보았다.

자전거 타기에 싫증이 난 것일까, 아이는 인형을 꼭 안고 한 손에는 소꿉놀이가 든 플라스틱 바구니를 들고 있었다.

"유치원에 갔다 왔니?"

아내는 여전히 기괴한 동물의 형상을 빚으며 냉랭하게 물었다. 아내는 언제나 수상쩍어 하는 눈길로 아이를 바라보았다. 아내는 무엇이든 의심했다.

"오늘은 안 가는 날이에요. 토요일이거든요."

"예쁜 옷을 입었구나."

"우리 엄마가 사주셨어요."

아이는 또 꾸민 듯 혀 짧은 소리로 대답했다. 그는 아이를 바라보았다. 있는 힘을 다해 예쁘다고 생각하려 하며. 그러나 언제나처럼 실패하고 만다. 햇빛을 받아 금빛으로 더욱 빛깔 엷어진 눈과 도끼날처럼 뾰죽한 얼굴은 조금도 예쁘지 않았다. 제 살림인 소꿉놀이 바구니를 들고 마당을 걸어가는 뒷모습이나 인형을 안고 그 애의 집 마당에서 그네를 타는 모습은 언제나 좀 고독해 보일 뿐이었다. 아이가 타지 않을 때라도 그네는 삐걱삐걱 저 혼자 흔들리곤 했다.

그는 자주 담 너머로 함지에 받아놓은 물에 들어가 첨벙거리는 아이를 보았다. 그 애는 햇볕이 내리쬐는 마당에서 발가벗고 함지의 물을 튕기며 놀았다. 뒷덜미로 늘어진, 옥수수수염처럼 노랗고 숱 적은 머리털, 짧고 돌연한 웃음소리, 볼록 나온 배와 분홍빛의 작은 성기를 그는 장미꽃 덩굴이 기어간 담장 곁에 숨어 서서 거의 고통에 가까운 감정으로 바라보곤 했다.

"할머니, 뭘 만드세요?"

아이는 옷의 레이스가 충분히 팔랑거릴 정도로 몸을 흔들며 거듭 물었다. 거부당하고 거절당하는, 사랑받지 못한 아이가 본능적으로 일찍 터득한 교태로.

아이는 빙그르르 몸을 돌려 원피스 자락을 꽃잎처럼 활짝 펴며 선 자리에서 그대로 쪼그리고 앉았다.

"이상하게 생겼네요, 할머니."

아이가 앉은걸음으로 이마를 대일 듯 아내에게 다가앉았다.

"맥이란다. 나쁜 꿈을 먹는 짐승이야."

"할머니도 나쁜 꿈을 꾸어요? 나는 언제나 무서운 꿈을 꾸어요."

아이는 손 닿는 곳에 핀 채송화를 따서 손가락으로 비볐다.

"왜 꽃을 뜯니?"

아내가 나무랐으나 아이는 못 들은 체 계속 달라붙는 듯한 어조로 말했다.

"새처럼 막 날아가다가, 참 나는 새가 아닌데 떨어지면 어쩌나 하는 생각이 들면 곧장 거꾸로 떨어져버려요. 얼마나 무서운지 몰라요."

"키가 크려고 그러는 거다. 자기 전에 오줌을 누지 않아도 나쁜 꿈을 꾸게 되지."

아이는 또 달리아 한 송이를 뚝 꺾어 발로 문질렀다.

"그러지 말라니깐."

아내가 버럭 소리를 질렀다. 아이는 심술궂은 눈빛으로 빤히 아내를 바라보았다.

"몇 번을 일러야 알아듣니? 착한 아이는 꽃을 꺾지 않는다."

아내가 화를 누르느라 한층 나직하고 단호하게 한 마디씩 내뱉는 사이에도 아이는 수국과 백일홍을 잡아 꺾었다.

"너는 정말 말을 안 듣는구나. 못된 아이야. 혼 좀 나야 알겠니?"

아내가 아이를 때릴 듯이 한 손을 치켜들고 눈을 부라렸다. 그러나 곧 아이가 겁에 질린 표정으로 안길 듯이 다가들었기 때문에 맥없이 손을 떨어뜨렸다.

"난 어떤 때는 이불이 한없이 두껍게 부풀어 올라 덮씌워서 숨도 쉴 수 없어요. 아무리 울고 소리를 질러도 우리 엄마는 듣지 못해요."

아이는 호소하듯 떨리는 목소리로 말했다.

"그건 꿈을 꾸는 것이 아니라 가위눌리는 거란다. 이걸 가져가서 잘 때는 꼭 머리맡에 놓고 자거라. 그럼 괜찮을 거다."

"고마워요, 할머니."

아이는 아내가 준 맥을 소중히 받아 들었다. 신전의 기념품인

양, 혹은 뿌리를 보이면 죽는다는 모종(苗種)을 옮기듯 조심스럽게 손바닥으로 감싸 쥐고.

"애야, 옷이 더러워졌구나."

인형과 소꿉놀이 바구니, 그리고 맥을 들고 마치 징검다리를 건너가듯 조심스럽게 걸어가는 아이의 뒤에 대고 아내가 말했다. 뒤돌아 원피스 뒷자락에 넓게 쓸린 흙 자국을 보자 아이는 울음을 터뜨렸다.

"새 옷을 더럽히면 엄마한테 매를 맞아요. 유치원에서 생일잔치를 할 때까지는 절대로 꺼내 입지 말라고 했단 말예요."

"이리 온, 내가 털어줄게. 그러길래 아무 데나 함부로 주저앉는 게 아니란다."

아이의 느닷없는 울음에 담긴 공포가 그리도 절박하고 생생한 것에 놀란 아내가 손짓해 불렀으나 아이는 가까이 오지 않았다. 손에 들고 있던 맥을 팽개치고 마음 가득한 원망과 두려움으로 닥치는 대로 꽃을 잡아 뜯었다.

"이런 망할 계집애, 손모가지를 분질러놓을라."

아내는 벌떡 일어나 아이를 쫓아갔다. 아이는 달아나면서 여전히 높은 소리로 울어대었다. 울음소리가 담장의 샛문으로 쫓겨 가자 아내는 씨근거리며 마루턱에 다시 걸터앉아 한결 거칠어진 손놀림으로 반죽을 떼어내어 주물렀다.

대문 돌쩌귀가 삐걱거리고 움직이는 소리가 들리는 것 같았다. 누가 왔는가. 어쩌면 그네 소리일까. 아이가 저희 집 마당에서 그네를 타고 있는지도 모른다고 그는 생각했다. 그러나 아내는 전혀 아무 소리도 못 듣는 기색이었다. 그의 귀에 들리는 것이 그녀의 귀에는 들리지 않는, 아내에게 보이는 것이 그에게는 전혀 보이지 않는 경우가 드물지 않았다. 한밤중에도 가끔 그는 그네가 삐걱거리는 소리를 듣곤 했다. 아내는 퉁명스레 코대답을 하며 돌아누웠다. 어린애가 웬 청승으로 밤에 그네를 탄다우? 그러나 그는 종내 어지러운 꿈의 자락에 이끌리듯 밖으로 나와 담장 곁에 붙어 서서, 사랑에 빠진 자의 어리석음으로 바람만 실린 빈 그네의 흔들림을 오래 바라보곤 했다.

아내는 지칠 줄 모르고 반죽을 빚어 맥을 만들었다. 늙은 여자의 잠을 어지럽히는 나쁜 꿈은 무엇일까. 늙으면 누구나 잠은 얕고 꿈은 많은 법이다.

해그늘이 많이 옮겨져 나무 그림자들이 제법 길어졌다.

아내의 흰머리와 머리 너머 붉은 꽃과, 파랗게 타오르는 나무를 보며 취한 듯 또다시 얕은 잠에 빠져드는 그의 귀에 찢어지게 높고 새된 아이의 노랫소리가 담을 타고 들려왔다.

빼꾹, 빼꾹, 봄이 왔네. 빼꾹, 빼꾹, 복사꽃이 떨어지네.

"망할 계집애, 단단히 버릇을 고쳐놓아야지."

아내는 아직도 아이에 대한 화를 풀지 못해 씨근거렸다. 무겁게 내려앉은 눈꺼풀 위로 아이의 노랫소리는 빛살처럼 집요하게 달라붙었다.

꽃모가지를 손 닿는 대로 몽땅몽땅 분질러버리고 마니……

중얼거리던 아내가 동의를 구하듯 그를 큰 소리로 불렀다.

"주무시우?"

그는 안간힘을 쓰듯 간신히 눈을 떠 아내를 쳐다보았다.

"밤에 잠들려면 낮에 운동을 해야 해요. 점심때 반주를 드는 대신 식사를 하고 나서 또 산책을 해보세요."

아내의 말이 맞을지 몰랐다. 늘어진 위장은 이제 점심에 곁들이는 소주 한잔으로는 꼼짝도 하지 않았다. 아내는 그의 대답을 기다리지 않고 큰 소리로 이어 말했다. 아내의 목소리는 엉뚱한 활기에 차 있었다. 딱히 무슨 말을 하고 싶어서라기보다 그치지 않고 들려오는 노랫소리를 지우기 위한 안간힘인 듯도 싶었다.

"참 이상하죠. 난 요즘 자주 죽은 사람들 생각을 한다우. 꼭 아직도 살아 있는 것처럼 그 사람들 생전의 일이 환히 떠오르는 거예요. 그러면서 정작 우리가 살아온 세월은 기억이 나지 않아요. 아무리 애를 써도 기억나지 않는 희미한 꿈 같아요. 당신은 쉰 살 때, 마흔 살 때를 기억하세요? 난 통 그때의 당신 모습이 떠오르지 않아요. 난 아무래도 너무 오래 살고 있다는 생각이 자꾸 들어요. 뜰 손질도 이제 힘이 들어요. 하지만 하루만 내버려둬도 잡초들이 아귀처럼 자라니…… 요즘 같은 계절엔 더 그래요."

더욱 높아지는 노랫소리에 잠깐 말을 끊었다가 아내는 한층 커다란 목소리로 말을 이었다.

"내버려두라고, 예전에 그 애는 그랬었죠. 굳이 꽃과 풀을 가려서 뭘 하느냐고. 어울려 자라는 것이 더 보기 좋다구요."

그의 얼굴에 미소가 떠올랐다.

"당신이 쉰 살 땐 어땠지요? 마흔 살 때는? 서른 살 때는? 통 기억이 안 나요. 말해줘요."

아내는 마치 그에게 최면을 거는 듯 안타깝고 집요하게 캐묻고는 그에게서 대답이 나올 것을 두려워하며 재빨리 덧붙였다. 아내의 목소리와 담 너머 아이의 노랫소리는 다투어 연주하는 악기의 불협화음처럼 높고 시끄러웠다.

"스무 살 때는 아름답고 자랑스러웠어요. 대학에 들어가던 해였지요. 어제처럼 또렷이 떠오르는걸요. 늘 발이 가렵다고 했지요."

그는 더 이상 아내의 말을 듣고 싶지 않았다. 영로는 늘 발이 가렵다고 했었다. 그의 륙색 위에 얹혀 떠났던 피란길에서 걸린 동상이 종내 낫지를 않아 겨울밤에라도 차가운 콩 자루 속에 발을 넣고 자야 시원하다고 했었다.

"기억나세요? 시공관에 발레 구경을 갔던 게 다섯 살 때일 거예요. 그때 그 애는 내 숄을 잃어버렸어요. 그 시절 일본인들도 흔하게 갖지 못했던 진짜 비단으로 만든 거였지요. 구경을 하고 나와 화장실에 들르려고 잠깐 그 애 어깨에 걸쳐주었는데 흘러내리는 것도 몰랐었나 봐요. 그 앤 그렇게 멍청한 구석도 있었어요. 모두들 내게 가지색이 신통하게 어울린다고 했지요. 정말 내 평생에 두 번 갖기 어려운 물건이었죠."

아내는 언제까지 잃어버린 숄 얘기만 할 것인가. 아내의 말소리도 맥을 만드는 손놀림도 점차 빨라졌다. 반죽이 담긴 함지는 비어가고 마루턱에는 아내가 빚어놓은 맥이 더 늘어놓을 자리가 없을 만큼 즐비했다.

"겨우 스무 살이었어요. 스무 살에 뭘 안다고. 여드름이나 짤 나이에 세상을 뒤바꾸어놓을 수 있다고 생각하다니요. 그 애가 죽었어도 우린 여전히 이렇게 살고 있잖아요."

영로는 어느 봄날 바람개비처럼 달려 나갔다. 채 자라지 않은 머리칼을 성난 듯 불불이 세우고.

늙은이는 반성하지 않는다. 반성을 요구하는 어떤 새로운 삶을 기다리고 있지 않기 때문이다.

높고 찢어질 듯 날카로운 노랫소리가 점점 커졌다.

뻐꾹뻐꾹 봄이 왔네. 뻐꾹뻐꾹 복사꽃이 떨어지네.

"정말 못된 계집애예요."

아내가 입을 비죽이며 느닷없이 울기 시작했다.

"애들은 다 마찬가지요."

틀니를 뺀 텅 빈 입으로 말해야 한다는 것에 곤혹을 느꼈지만 그는 간신히 한 음절씩 내뱉었다.

"아니요. 죽은 애들은 특별해요."

아내는 두 손으로 얼굴을 가리고 소리 내어 흐느꼈다.

"할머니, 뭘 만드세요?"

울음기가 말짱히 없어진 얼굴로 아이가 아내 앞에 서 있었다.

"저리 가라."

아내는 손을 사납게 내저어 아이를 쫓았다.

"할머니, 왜 그러세요? 왜 울어요?"

"다시는 우리 집에 오지 말라니깐."

"할머니, 이건 만화경을 만들 거울이에요. 우리 엄마가 주셨어요. 유치원에서 만든 걸 누가 훔쳐 갔거든요."

아이는 까딱 않고 서서 콤팩트를 열어 동그란 거울을 아내에게 내보이며 자랑스럽게 말했다.

"거짓말 마라. 아직 새것인데 네 엄마가 주었을 리 없어. 네 엄마는 지금 미장원에 있잖니? 엄마 화장품에 함부로 손을 대었다가는 또 매를 맞을 거다."

사납게 눈을 치뜨고 아내를 노려보던 아이가 햇빛 환한 마당으로 뛰어갔다. 그러고는 이리저리 거울을 돌려 아내에게 비추었다. 아내가 눈이 부셔 얼굴을 가리며 손을 내저었다.

"저리 비켜."

그러나 아이는 생글생글 웃을 뿐 거울을 거두지 않았다.

"저리 치우라니까. 이 망할 계집애야, 네 엄마한테 이를 테다."

"일러라, 찔러라, 콕콕 찔러라."

아이는 마당에서 공처럼 뛰어다니며 거울을 비췄다. 아내는 겁에 질려 마루로 올라왔다. 거울 빛은 마루턱에 늘어서서 하얗고 단단하게 말라가는 짐승들을 지나 재빠르게 아내의 얼굴에 달라붙었다. 구겼다 편 은박지처럼 빈틈없이 주름살 진 얼굴이 환히 드러났다.

"얘, 얘야, 제발 저리 가. 그러지 마라."

아내가 우는 소리를 내며 아이에게 애원했으나 아이는 아내의 돌연한 공포가 재미있는지 작은 악마처럼 깔깔거리며 거울을 거두지 않았다. 아내는 빛을 피해 그가 누워 있는 방에 주춤주춤 들어왔다.

빛은 이제 눈물에 젖은 아내의 조그만 얼굴과 그의 눈시울, 무너진 입가로 쉴 새 없이 번득였다. 그것은 어쩌면 아득한 땅속에 묻힌 거울 빛의 반사일 듯도 싶었다. 아이는 보다 재미있는 놀이를 찾아낼 때까지 손에서 거울을 놓지 않을 것이다. 아마 햇빛이 완전히 사윌 때까지, 피곤한 그 애의 엄마가 돌아오는 밤이 되기까지. 그러나 아이에게 늙은이를 무력한 공포에 몰아넣는 것보다 더 재미있는 놀이가 있을까.

이미 뜰은 그늘에 잠겨 있고 땅에서 피어오르는 엷은 어둠에 꽃은 짙은 빛으로 잎을 오므리기 시작했지만 피어 있던 꽃의 공간이 침묵과 심연으로 가라앉기까지의 보이지 않는 흐름은 얼마나 길고 오랠 것인가.

이제는 울음을 감추려 하지 않는 아내에게 그는 무언가 위무의 말을 해주어야 한다고 생각했다. 아내에게는 다정한 말이 필요한 것이다. 그는 소년 같은 수줍음과 약간의 두려움으로 입을 열었으나 아내는 어눌하게 새어 나오는 말을 알아듣지 못했다. 아내는 유언이라도 듣는 시늉으로 그의 입에 바짝 귀를 갖다 대며 안타깝게 되물었다. 뭐라구요? 뭐라고 하셨어요? 누가 왔느냐구요?

그는 칠흑처럼 검은 머리를 하고 이제는 더 이상 말할 수 없는 무너진 입을 반쯤 벌린 채 누워 있다.

거울 빛의 반사가 잠시, 천장으로 벽으로 재빠르게 움직이다가 마침내 유리컵에 머물고 밖의 빛으로 어둑신하게 가라앉은 정적 속에서, 물속에 담긴 틀니만이 홀로 무언가 말하려는 듯 밝고 명석하게 반짝거렸다.

[1982]

바람의 넋

1

저녁상을 물리고 난 후, 부엌에서 들려오던 그릇 달그락거리는 소리, 수돗물 소리가 그친 지 오래인데도 아내는 방으로 들어오는 기척이 없다.

겨드랑이께에 베개를 괴고 비스듬히 누워 텔레비전의 뉴스를 보면서도 내 귀는 간혹 마루를 밟는 가벼운 발소리, 무언가 찾는 양 장식장의 서랍을 여닫는 소리로 아내의 존재를 확인하곤 했다.

'아내가 집에 돌아왔다.' 그러나 그것은 이미 안도감이나 푸근함, 혹은 또 다른 위기감 따위 새삼스럽거나 특별한 느낌은 아니었다.

아내가 또다시 시작한 가출(家出)에서 돌아온 것은 불과 닷새 전이다.

아내가 집을 비웠던 일주일 동안 쥐구멍이라도 찾는 듯 잔뜩 주눅이 들어 집안일을 보아주던 장모는, 이제 나는 손 털었네, 죽이든 내쫓든 자네 마음 돌아가는 대로 하게, 한마디 남기고는 늦은 밤인데도 아내와 엇비끼다시피 황황히 돌아가버렸다. 장모의 말이 아니더라도 이번엔 정말 결판을 냈어야 했다.

왜 또 기어들어 왔어? 이게 네 집이야?

잠든 아이가 깨어 어미에게 매달리는 꼴을 보기 전에 등을 밀어내고 단단히 대문 빗장을 질렀어야 했다. 그러나 후줄근해진 코트의 단추만을 만지작거리며 고개를 꺾고 어둠 속에 서 있는 아내를 보고, 망설임과 두려움으로 오래 서성이던 담 밖의 발소리를 들었던 기억을 떠올리며 나는 오히려 맥이 빠졌다.

승일이를 임신하면서부터 나은 듯싶더니 일 년 동안 벌써 세 번째 가출이었다. 이제는 어디를 갔었느냐고 물을 필요도 느끼지 않았다. 다그치면, 그저 여기저기를 돌아다녔노라는 언제나처럼 같은 대답을 할 게 뻔했다. 도대체 자신이 다닌 곳이나 기억할까. 차라리 화투 노름에 미쳤거나 춤바람이 났거나 생면부지의 남녀가 버스 안에서 짝을 맞춘다는 관광 미팅 따위라도 생각할 수 있다면 결단은 쉬울 것이다. 그러나 사실 아내가 "그저 여기저기를요"라고밖에는 말할 수 없을 만큼 그 이상도 그 이하도 아닐 것이 분명했다.

"일 년에 두어 차례 여행을 보내는 방법으로 선수를 치는 게 어떨까."

매형은 말했지만 나는 이미 그런 여유를 가질 수 없을 만큼 아내에 대한 마음이 차가워져 있었다.

내 아버지는 "팔 할이 바람이었다"는 시구절처럼 젊은 날 정처 없는 방랑으로 보냈고, 끝내 객사를 할 때까지 어머니는 수굿이 집을 지키며 자식들을 키웠지만, 나는 그럴 수 없었다.

길을 막고 물어보아라. 빈번이 자행되는, 아내의 명분 없는 출분을 참아낼 사내가 이 세상천지 어디에 있겠는가.

나는 새삼스럽게 끓어오르는 울화에 소리라도 지를 기세로 벌떡 일어나 앉았다. 그 통에 내 무릎을 올려 세우고 들락날락 빠져 다니며 기차놀이를 하던 승일이가 투정을 부렸다.

"아빠, 굴 무너져. 굴다리 해줘."

"그래라."

나는 선선히 대답하고 승일이를 물끄러미 바라보았다. 하관이 빨고 선이 가는, 나보다는 오히려 아내 쪽을 많이 닮은 다섯 살짜리 아이는 잦은 엄마의 부재에 이미 익숙해져 할머니나 아빠의 곁에서 잠자는 일에 불평하지 않는다. 아내는 대체 무엇에 사로잡혀 있는 걸까.

"창문을 좀 열지그래."

소릿기 없이 들어와 앉는 아내에게 나는 말했다. 아내가 펄럭이며 묻혀 들어온 차고 신선한 바람에 갑자기 방 안에 괸 공기가 답답하고 역하게 느껴졌던 것이다. 아내가 일어나 커튼을 젖히고 창문을 드륵 열었다.

커튼이 펄럭이며 찬바람이 선뜻하게 달려들고 텔레비전 소리에 가려졌던 바람 소리가 귓전을 때렸다. 바람이 한차례 지나갈 때마다 멀지 않은 곳의 고압선이 우우우우 울었다.

"그렇게 죄다 열어젖히면 어떻게 해."

나는 신경질적으로 조금 소리를 높였다. 승일이가 불안한 기색으로 눈을 동그랗게 뜨고 나와 아내를 번갈아 바라보았다.

"소리 지를 일이 없잖아요?"

아내는 커튼을 한쪽으로 밀어젖힌 채로 틈을 한 뼘만큼 남기고 창을 닫았다. 그러고는 짙은 어둠 저편의 무엇이 보일까마는 잠깐 창밖을 내다보았다.

검은 유리면에 아내의 얼굴이 음화상으로 떠올라 있었다.

열린 문틈으로 겨울의 마지막 바람 소리가 한결 뚜렷이 들려왔다. 텔레비전 속에서, 기상 통보관은 방금, 꽃샘바람이 분다고, 이 바람 속에 봄꽃들이 피리라고 예보하고 있었다.

아내는 창 너머 어둠 저편에서 미친 듯 불고 있는 바람을 보고 있는 걸까.

"엄마, 앉아, 앉아."

승일이가 여전히 불안한 얼굴로 아내의 옷자락을 끌어당겼다. 아내는 걱정하지 말라는 듯 승일이의 머리를 쓰다듬으며 내 발치께에 쪼그리고 앉았다. 손을 뻗쳐 신문을 끌어당기며 한 손으로는 방바닥을 더듬어 담뱃갑을 찾았다. 성냥을 찾아 담배에 불을 당기면서 신문에 눈을 박고 있었지만 눈여겨보는 기색은 없었다. 십이 면의 텔레비전 프로를 보고는 넘겨 사회면을 더듬었다. 큰 활자만을 훑는 시늉으로 일 면까지 뒤적이다 다시 광고란으로 눈길을 돌렸다. 생담배 타오르는 연기가 곱게 피어올라 형광등 주위에 희끄무레 떠올랐다. 왼손에는 절반 넘어 타들어간 담뱃재가 위태롭게 달려 있었다.

나쁜 습관이야. 나는 조금 밉살스러운 눈길로, 웅크려 더욱 좁아 뵈는 아내의 어깨를 바라보았다.

아내는 신문을 눈에 바짝 들이댄 채 담배 연기 때문에 눈을 가늘게 뜨고 심인란(尋人欄)을 보고 있는 중이었다. 나는 언제나 '김×× 46세, 현상금 삼십만 원' '지난 일은 모두 잊고 돌아오오. 아이들이 애타게 찾고 있소' 혹은 '이××, 30세, 여, 자줏빛 스웨터 꽃무늬 긴 스커트, 정신이상으로 집을 나갔음' 따위 심인란의 문면을 보면 입맛이 썼다.

얼간이들 같으니라구.

아내의 첫번째 가출 때 나 역시 신문의 심인란을 이용할 생각을 한 적이 있어 그 기억이 생생하게 떠오르기 때문이었다.

'최은수, 여, 당 28세, 쇼트커트의 머리형에 키 158센테미터가량, 여윈 체격. 위 사람의 행방이나 소식을 아는 분은 연락 바람. 후사하겠음.'

실로 비참하고 참담한 심사로 수첩에 적어보았던 문안이었다. 그것은 육 년 전의 일이던가.

아내는 요 며칠 사이 더욱 여윈 듯했다. 두드러진 광대뼈에 형광등 불빛이 얼룩처럼 묻어 얼굴이 거칠고 딱딱해 보였다. 유행과는 무관하게 변함없이 짧게 치켜 깎은 머리 아래 목덜미는 이상하게 굵고 주름이 잡혀 있었다. 전체적으로 목만이 기름지고 굵었으나 튼튼하다는 느낌은 들지 않았다. 오히려 짧게 자른 머리칼 때문에 한층 작아 보이는 머리통과의 불균형으로 불건강하고 기이해 보이기까지 했다.

결혼 생활을 하면 여자들은 목이 굵어지고 늙음의 징후도 목에서부터 온다는, 요는 목의 화장을 게을리하지 말라는 어느 화장품 회사의 광고를 본 일이 없다면 나는 아마 아내의 목에 대해 무관심했을 것이라고 생각하며 속으로 서른넷이란 아내의 나이를 헤아렸다. 지난해부터인가, 아내는 가끔 거울 앞에 앉아 흰머리칼을 골라내며 우울하게 말하곤 했다. 머리가 세는 거예요. 벌써 머리가 세다니.

아내는 내 눈길을 의식했음인지 담배를 재떨이에 눌러 껐다.

필터의 단면에 십(十)자의 손톱자국이 깊이 나 있었다. 무언가 곰곰 생각에 잠겨 있을 때는 담배 필터를 엄지손톱으로 세게 눌러대는 것이 아내의 버릇이었다.

“당신이 은행에서 일하고 있는 동안 내가 뭘하고 있을까를 생각해보기도 하나요?”

아내는 결혼 초, 내게 가끔 물었다. 나는 여자들의 일상사에 대해 깊이 생각해본 적이 없었기에 대답이 궁했다. 설거지, 청소, 빨래를 하고, 이런 일을 마치면 신문, 잡지 따위를 뒤적이거나 가벼운 클래식 음악과 자잘한 생활 주변의 일을 담은 사연으로 꾸며지는 라디오의 여성 프로를 듣고 저녁 찬거리를 생각하고 시장에 갈 것이라는 정도가 기껏 내가 생각할 수 있는 아내의 하루였다.

퇴근해서 돌아오면 집 안은 늘 깨끗이 치워져 있었으나 조금만 주의해서 살피면 방바닥이나 마루에는 담뱃재 흘린 자국이 있고 화장실에서도 연탄광에서도 부엌 바닥에서도 담배꽁초가 발견되는 것은 드문 일이 아니었다. 재떨이에도 열십자로 혹은 수레바퀴처럼 뱅뱅 돌려가며 필터에 세게 손톱자국이 박힌 꽁초가 있었다.

나는 화가 나기보다 우울하고 불쾌했다. 아내의 옷자락이나 방석, 테이블보 위에 조심성 없이 뚫린 담배 불구멍을 나는 예사롭게 보아 넘기기 어려웠다.

"오늘, 누가 집에 왔었나?"

"아니요, 왜요?"

아내는 의아해서 되물었다. 역시 공연한 질문이었다.

아내는 이상할 정도로 교제 범위가 좁은 데다 홀어머니의 외동딸이어서 찾아오거나 찾아가는 일가붙이, 친구가 거의 없었다.

결혼 후에도 그랬지만 맞선을 본 뒤 결혼을 전제로 한 짧은 교제 기간을 거치는 동안에도 나는 아내의 친구를 소개받은 적이 없었다. 내세울 만한 상대로서 부족하고 부끄럽게 여기는 것이나 아닐까 하는 의구심도 있었지만 그보다는 그녀의 조심스러운 성격이나 비교적 대인 관계에 소심한 편인 나에 대한 배려, 둘만의 자리에 누구를 끼우고 싶지 않은, 사랑하는 자의 이기심으로 받아들이는 것이 마음 편했다.

아내의 폐쇄적인 생활 태도가 처음에는 이해하기 어려웠으나 나는 아내의 좁은 세계에 곧 익숙해졌고 차차 다행스럽게까지 생각하게 되었다.

무릇 여자들이 몰려다니며 저질러대는 일이나 입방아란 결코 생산적인 것이 아니며 평지풍파를 일으키기 십상이니 하나도 대견할 것 없다는, 대부분 남자들의 소견에 이의(異意)를 표방할 귀감을 지니지도 않은 터이고 나라는 인간은 한갓 평범한 사내로 그네들의 입도마에 오르면 상찬보다는 허물이 더 많음을 알기 때문이었다.

이웃과 친구들과 뒤얽혀 생활을 번잡하게 만들기보다는 차라리 전공을 살린 취미로 생활의 품격을 높여주었으면 하는 것이 은근한 바람이기도 했다.

아내는 미술 대학 출신이었다. 서양화를 전공했다지만 맞선을 볼 무렵에는 아동물을 주로 출판하는 출판사의 도안사로 일하고 있었다.

살결이 맑고 눈이 커서 선량해 보인달 뿐 눈에 띄는 특징 없이 수수하고 평범한 인상의 그녀에게 이끌린 데는 그녀가 미술 대학 출신이라는 점이 단단히 한몫 작용했음이 솔직한 고백이겠다.

"회화를 전공했다면 앞으로는 계속 그림을 그리실 생각입니까?"

처음 만난 자리에서 나는 물었다.

"대단찮은 재능은 차라리 없느니만 못해요."

약간의 재능밖에 타고나지 못했기 때문에 절반의 목적밖에 지니지 못하고 한갓 직업인으로 도피해서 묻혀버린 자신에 대한 조소였을까. 그녀는 희미하게 웃어 보였다.

"그림을 그린다는 건 훌륭한 취미가 될 수 있다고 생각합니다. 더욱이 여자로서는……"

나는 황급히 덧붙였다.

지방의 소도시에서 보낸 중고등학교 시절, 나는 화구를 들고 다니는 미술반 학생들에 대해서, 천재병이라 일컬었던 폐결핵에 대한 것과도 같은 은근한 선망이 있었다. 그림이라면 국민학교 일 학년 때 미술 교과서에 그려 있던, 화분에 심은 튤립 그림을 지극히 평면적으로 그린 기억밖에 없는 내게 그림을 전공했다는 사실은 확실히 멋있고 대단해 보였다. 그렇다고 아내가 화가로서 입신하기를 바랐던 것은 아니었다.

화가라면 고흐나 고갱의 전기에서 얻어 읽은, 이해할 수 없는 격정과 열정, 광기로 가득 찬 비참한 생애가 곧장 연상되는 탓에 그림을 그린다는 것이 아이들이나 가정을 헌신짝처럼 팽개칠 정도의 강한 개성을 요구하는 작업이라면 화가가 안 되어도 얼마든지 좋았다. 이를테면 그녀의 미술 전공은, 착실히 한 계단씩 올라가 마침내 부장급 선에서 정년퇴직하게 될 것이 분명한, 햇내기 은행원이며 십여 년째 구멍가게로 생계를 꾸려가는 홀어머니의 둘째아들인 나로서는 접근할 수도, 감히 생활 속에 끼워 넣을 수 있으리라 생각해보지도 못한 부분의 구색 맞추기 같은 것인지도 몰랐다.

집의 허전한 빈 벽에 복제 그림을 거느니 이왕이면 아내가 그린 것을 거는 게 낫겠고 마당이 넓은 집을 마련한 뒤 장미가 만발한 유월의 뜰에서 이젤을 세워놓고 물감 냄새 풍기며 그림을 그리는 아내를 보는 것도 좋으리라. 어차피 나는 약간의 예술적 분위기만을 탐하는 평범한 소시민인 것이다. 그러나 결혼하면서 가져온 아내의 짐 속에는 한 자루의 붓도 끼어 있지 않았다.

혼자 있는 시간에 그토록 담배를 피워 없애야 할 이유는 무엇일까. 습관이 아니라면 대개의 경우 담배에 손이 가는 것은 초조하거나 불안한 때일 것이다. 아침 청소 때 물론 재떨이를 비웠을 테고 그렇다면 점심 전후에서부터 내가 돌아올 대여섯 시간 동안 무엇 때문에 그토록 담배를 피워대는 것일까. 단순히 습관적인 것이라 해도 대체 무엇이 그토록 지독한 끽연의 습관을 만들었단 말인가.

내 눈길이 담뱃재가 수북한 재떨이에 가닿으면 아내는 민망한 낯이 되어 손바닥으로 재떨이를 감추듯 덮어 싸고는 부랴부랴 들고 나가는 것이었다.

담배를 무섭게 피워대는 것 외에 아내에게는 이렇다 하게 흠

잡을 구석이 없었다. 집 안은 항상 청결하고 모든 물건은 있어야 할 자리에 정돈되어 있었다.

아내는 세 든 집 마당 한 귀퉁이에 상추씨를 뿌리고 파를 심었으며, 상추가 파랗게 자라 올라 잎을 벌리자 한 줌씩 뜯어 밥상에 올리며 기뻐했다.

저녁, 통근 버스에 실려 돌아오는 길이면 나는 늘 춥고 어두운 허허한 벌판의 끝에 홀로 켜져 까무룩 반짝이는 등불처럼 아내와 우리의 방을 생각하곤 했다. 궁핍하고 외로웠던 오랜 객지 생활에 비로소 닻을 내린 듯한 느낌이었다.

아내는 말수는 적었지만 몸은 물처럼 부드럽고 따뜻했다. 나는 종종 그처럼 부드럽고 완벽하게 순종하는 아내의 몸을 안고 있다는 사실을 믿을 수 없었다. 저녁을 먹은 후 아내의 무릎을 베고 누워 옷 밖으로 부드럽게 융기한 가슴께를 무심히 만지작거리며 나는 얼핏 우리의 방을 채우고 있는 춘곤(春困)과도 같은 따뜻하고 안일한 공기 속에 몽롱히 녹아 있는 불안이랄까 차가움이랄까 하는 것을 감지하기도 했다. 그러나 그것 역시 영원한 사랑이나 영원한 행복 따위를 믿지 않는, 혹은 생활은 냉혹하고 사실적인 것이라는 식으로 길들여진 고정관념이 만들어낸 또 하나의 허상일 뿐이라고 눈을 돌려버리곤 했다.

승일이의 옷을 벗기고 잠옷으로 갈아입힌 아내는 다시 손으로 방바닥을 더듬어 담뱃갑을 찾아 쥐었다.

눈은 텔레비전을 향해 있었으나 보고 있는 것 같지는 않았다.

나는 어딘가 멀리 가 있는 듯한 아내의 눈빛을 되돌리기 위해 무엇이든 말을 건네야 한다고 조바심을 쳤으나 이상할 정도로 아무런 말도 떠오르지 않았다.

나는 옆으로 비스듬히 누운 채 팔을 뻗쳐 채널을 돌렸다. 아내는 한 손을 아이의 머리에 얹은 채 한 손에는 담배를 쥐고 화면에 눈길을 박고 있었다.

그러한 아내의 모습을 보자 최초의 가출 이래 줄곧 마음 밑바닥에 굳게 엉겨 가라앉아 있던, 이제는 흥분도 안타까움도 갈등도 말끔히 걸러져 단지 분노 그 자체뿐인 차가운 감정이 스물대며 끓어올랐다.

결혼한 뒤 육 개월쯤 지났을 때였다. 여느 때처럼 대문 벨을 누르며 나는 은수, 은수, 두어 차례 아내의 이름을 불렀다. 아니 그럴 필요도 없었다. 집 앞 골목길을 지나다니는 숱한 발소리 중에서도 아내는 내 발소리를 어김없이 알아맞혔기 때문이다. 나오는 기척이 없자 나는 가볍게 대문을 흔들었다. 그 바람에 빗장을 지르지 않은 쪽문이 비긋이 열렸다.

집 안은 조용했다.

시장에 간 것일까, 아니면 잠든 것일까. 그러나 초겨울 오후 일곱 시라면 잠을 자기에는 이르고 장을 보러 가기에는 너무 늦은 시간이었다. 또한 내가 퇴근해서 돌아올 시간에 그녀가 집을 비웠던 적은 그때까지 한 번도 없었다. 더욱이 꽃구슬이 달린 슬리퍼도 얌전히 현관에 놓여 있는 것이다.

이상한 소심증으로, 성큼 마루에 오르지 못하고 은수, 은수 어디 있어, 몇 차례 불러 아내의 확실한 부재를 확인한 후에야 나는 방마다 문을 열어보고 부엌과 변소, 지하실, 연탄광 들을 두루 찾아 다녔다. 아내는 없었다.

집 안은 먼지 한 톨 없이 깨끗이 청소되어 재떨이도 말끔히 비워져 있었다. 안방 아랫목에는 조각 헝겊으로 만든 깔개가 깔려 따뜻했지만 집 안은 빈집의, 썰렁하고 어딘지 스산한 냉기가 차 있었다.

나는 이웃 나들이가 거의 없다시피 한 아내의 버릇을 알면서도 담장을 이웃한 옆집 문을 두드렸다. 막 저녁 밥상을 차리고 있었던 듯 김이 오르는 국자를 들고 나온 중년의 아주머니는 고개를 저었다.

"새댁이요? 안 왔어요. 오늘 종일 얼굴도 못 봤다우. 아 참, 낮에 수돗가에서 빨래하는 소리가 들리는 것 같았는데……"

별 기대는 없었지만 나는 낭패감을 감추느라 머쓱하게 고개를 숙여 보이는 수밖에 없었다.

거슬거슬 피어올라 점점 짙어지는 땅거미 속에 집은 잦아들 듯 적막하게 가라앉고 나는 옷을 갈아입을 염도 없이 걷잡을 수 없는 불안으로 서성이며 공연히 책상 서랍을 열고 찬장 문을 열고 벽시계의 뒤 뚜껑을 열어보았다.

급히 볼일이 있어 나갔으면 메모라도 남겼겠지 했으나 아내의 필적은 어디에도 없었다.

저물면서 불기 시작한 바람에, 빨랫줄에 널린 채 꾸득꾸득 얼어가던 빨래들이 뻣뻣이 팔 벌리고 다리 벌리고 살아 있는 몸짓으로 희끄무레 펄럭였다.

날이 완전히 저물자 불안은 예감으로, 다시 확신으로 바뀌었다. 생각할 수 있는 건 사고나 암장(暗葬)이었다.

외부에서 침입한 흔적은 전혀 찾을 수 없었음에도 나는 손전등을 켜 들고 다시 집 안팎을 돌며 뒤졌다.

내가 들어설 때부터 라디오가 계속 켜져 있는 상태라는 것을 날이 완전히 어두워져 불을 켜게 될 즈음에야 알아차릴 만큼 나는 황황해 있었다. 아내가 갈 만한 곳으로 짚이는 것은 장모 혼자 살고 있는 친정집과 우리가 살고 있는 변두리 지역과는 정반대 방향으로 서울의 끝인 광명리 누님 댁뿐이었다. 밤 열 시가 가까워 안절부절못하고 서성이던 나는 찻길로 달려 나가 공중전화에 매달렸다. 짐작대로 아내는 친정에도, 누님 댁에도 없었다.

"글쎄, 걔가 거기를 갔을 리 없는데……"

장모가 자신 없이 대어주는 몇 군데 전화를 거느라 백 원짜리를 바꾼 열 개의 주화를 모조리 소비하고도 나는 아내의 소재지나 행방을 짐작할 수 없었다. 통금 해제를 기다려 종합 병원 응급실로, 행려 사망자를 취급하는 시립 병원으로 뛰어다니며 인상착의를 말해야 하는 단계에 이르면 아내를 가냘프고 사랑스럽고 따위 내 아내로서가 아닌 한 여자로서 객관적인 설명을 해야 한다는 어려움에 나는 당황하곤 했다.

그러나 시간이 지나면서 나는 마치 겹겹의 옷을 차례로 벗겨 나가듯 아내라는 존재를 조금씩 구체화시켜 나갔고 사나흘이 지날 무렵에는 '최은수, 여, 당 28세, 신장 158센티미터가량, 쇼트커트한 머리형에 마른 체격. 안색은 창백한 편이며 왼쪽 귀 뒤쪽에 녹두알 크기의 사마귀가 있음' 따위로 실종자의 인상을 말할 수 있었다.

실종자 명단의 참고란에 그렇게 씌어진 것을 다시금 읽어보니 실상 그것만이 아내의 실체가 아닌가 하는 생각이 들기도 했다.

양면 괘지 위에서는 아내에 대한 나의 사랑, 우리가 이룬 가정, 우리가 두 손 맞잡아 두른 울타리 안에 심기 시작한 꿈, 현재의 불안하고 초조한 내 심경들은 애초부터 문제가 되지 않았다.

은행에 출근해서 창구를 지키고 앉았으면서도 일이 손에 잡힐 리 없었다.

눈과 귀는 뒷자리의 전화통에 쏠려 있었지만 정작 쉴 새 없이 울리는 전화벨 소리에 매양 피가 차갑게 식는 듯했다.

빈약한 추리력은 항상 '불의의 사고'에서 멎어버리기 때문이었다. 백 보 양보해서 가출의 가능성 쪽으로 방향을 돌려 그녀가 사라지던 날 아침의 모습과 더 거슬러 결혼 무렵, 그리고 교제할 당시의 그녀를 소급해서 떠올리며 어떤 동기나 실마리를 찾으려 애를 써보기도 했다. 그러나 이번 사건을 유추해낼 만한 어떤 실마리도 찾을 수 없었다.

우리는 가끔 가구의 배치나 장식품을 놓는 위치에 대해 의견 차이를 보였고 내 밥그릇에는 꼬박꼬박 더운밥을 담으면서도 자신은 남은 식은 밥이나 눌은밥을 먹는 것에 대해 내가 자주 화를 내었을 뿐이다.

닷새 전 아침에도 아내는 대문간에 서서 다녀오세요,라고 말했었다. 그러고는 갑자기 생각난 듯 나를 불러 세우고는 오늘, 늦으세요?라고 묻던 것도 여느 날과 다름없었다.

"혹시 다른 남자가 있는 건 아닐까. 스물여덟 살까지 결혼을 늦추고 있었다면 과거를 생각해볼 수도 있잖니?"

엿새가 지나도록 종무소식이자 누님은 흘깃흘깃 조심스레 내 눈치를 살피며 세상에 그런 일이 아주 없는 건 아니라는 듯 말했다.

나는 주간지와 텔레비전 드라마에 길들여진 누님의 사고 조직을 경멸했다. 세상에 흔한 일이라지만 나는 한 번도 아내의 부정(不貞)을 생각해본 적이 없었다.

"임신을 한 게 아닌가? 임신을 하면 여자들은 까닭 없이 우울증에 빠지거나 히스테리가 되더군. 이상하게 섬세해지고 신경이 날카로워지는 것 같아."

매형은 일반론을 폈다. 나는 그럴 리 없다고 고개를 흔들었다. 당분간 아이를 갖지 말자는 것은 아내와 나의 공통된 생각이었다.

장모가 와서 기거를 하며 집안일과 내 시중을 들어주고 있었지만 장모의 존재가 힘이 되거나 위안이 될 수는 없는 일이었다. 나는 전혀 잠을 잘 수 없었다. 잠깐 눈을 붙이면 영락없이 인적 드문 야산의 잡풀 더미에 버려진 아내의 모습이 나타나곤 했다.

"연애를 할 때 둘이 자주 가던 곳이 있나? 처음 만나게 된 장소, 혹은 처음 입을 맞추었다거나 하는 장소는? 여자들에게는 이해할 수 없는 감상벽이 있다네. 허탕 치는 셈치고 한번 가보는 게 어떤가."

결혼 경력 칠 년에 접어든다는 대출계 김 대리의 말도 그런대로 타당성이 있었다. 아내의 실종이 가정 문제의 테두리를 벗어나 어디까지나 '사고'라고 생각했기에 나는 그 사실을 굳이 숨기려 하지 않았고 때문에 이미 우리 부서에 공공연히 알려져 있었던 것이다. 이야기를 듣는 즉시 그날 저녁 신문이나 다음 날 아침 신문의, 타살 변사체 발견 따위 기사를 떠올렸던 그들은 일주일이 되도록 그러한 흉보가 없자 아내의 실종을 집안 문제나 아내의 극히 개인적인 사정으로 인한 가출 쪽으로 은근히 유도하며 위로조로 말했다. 그러나 내겐 '불의의 사고'나 자의에 의한 '가출'이나 끔찍하긴 마찬가지였다.

나는 결국 신혼여행지를 찾기로 했다. 내게 달리 무슨 방도가 있었겠는가.

신혼여행지는 고속버스로 세 시간쯤 달려 다시 시외버스로 갈아타야 하는, 해수욕장으로 알려진 바닷가였다.

고속버스에서 내려 대절해 간 택시를 버리고 야트막한 솔숲 사이로 보이는, 우리가 결혼 첫날을 보낸 호텔의 지붕을 바라보며 걸어갈 때도 나는 아내를 찾을 수 있으리라는 기대를 거의 하지 않았다.

일주일에 걸쳐 소모할 대로 소모해버린 신경과 체력의 피로는 은연중에 내게 체념을 요구하고 있었다.

거의 기대가 없었기에 호텔 프런트에서 투숙객 명부에 적힌 아내의 이름을 보고도 무심히 흘려 넘길 뻔했다.

"최은수 씨라면 이분이 아닙니까?"

프런트맨이 아내의 이름을 짚어낼 때야 나는 깜짝 놀라 고개를 끄덕였다.

낯익은 필체로 적힌 아내의 이름을 보는 순간 나는 갑자기 뒤통수를 맞은 듯 눈앞이 흐릿해지는 충격을 맛보았다.

투숙객 명부에는 아내의 이름과 나란히 집을 나간 날짜가 정확히 기재되어 있었다.

"306호실이군요. 실례지만 선생님은 누구시죠? 객실 손님과 어떤 관계십니까? 원래 이건 이렇게 공개하는 게 아니라 놔서요."

"내 처요."

내 대꾸가 상대방에게 불러일으킬 지저분한 상상의 여지를 지레 떠올리며 나는 고개 드는 수치심으로 마지못해 퉁명스럽게 대답했다.

"아, 그러십니까? 전화를 해드릴까요? 아, 안 되겠군요. 아까 잠깐 나갔다가 오시겠다고 하셨습니다. 아, 날씨가 추운데도 늘 바닷가로 나가시더군요. 무슨 복잡한 사정이 있는 분 같았지요."

불필요하게 자주 감탄사를 내뱉는 버릇이 있는 그 사내의 눈에 노골적인 호기심의 빛이 떠올랐다.

아마 투숙객이 드문 계절이어서 프런트를 지키고 앉아 있기가 지나치게 지루하고 한가한 탓이리라.

나는 담배를 바닥에 던지고 발로 세게 비벼 끄며 사내에게 등을 보이고 돌아섰다.

설령 천박한 호기심이 아니더라도 어떤 종류의 눈빛이나 호의도 제대로 받아들일 수 있는 심정이 아니었다. 오쟁이 진 남편, 혹은 싸우고 달아난 여편네를 찾아다니는 못난 사내쯤으로 보이겠지. 이런 곳에서야 별의별 꼴을 다 보아왔을 테니.

"키를 두고 나가셨는데 올라가시겠습니까? 사실 우린 좀 걱정을 했었지요. 젊은 여자분이 혼자 오신 데다 또 생각보다 장기 투숙을 하시기에……"

사내는 자꾸 뭔가 알아내고 싶어 했다.

"아니, 여기 있겠소."

나는 아내가 없는 방에 들어가 기다릴 마음이 전혀 아니었다.

아내에게나 프런트의 사내에게나, 현장을 잡기 위해 기습한 것 같은 꼴을 보이고 싶지 않았다.

아내가 살아 있다는 사실을 확실히 알게 되자 안도감보다도 배신감과 분노가 투지처럼 맹렬히 고개를 들었다.

"그럼, 식당에 가서 기다리시지요. 차가 될 겁니다."

나는 사내의 말을 등 뒤로 들으며 호텔 문을 밀고 나왔다. 그러곤 모래사장 쪽으로 나 있는 낮은 층계를 천천히 내려왔다.

올 때는 호텔만을 바라보느라 눈가에 스치지도 않았던 모래펄이 회색빛으로 길게 모습을 나타내었다.

인적이 없는 모래펄에는 바닷가를 따라 마치 새의 자취처럼 발자국이 찍혀 있었다.

나는 굽이 선명한 하이힐 자국을 따라 바닷가를 걸었다. 그리고 내가 나온 호텔이 조그맣게 멀어져 보일 즈음, 바위로 가려진 만(灣)의 저쪽으로부터 하나의 점으로 나타나 느릿느릿 걸어오는 아내를 만났다.

아내는 눈에 익은 밤색 반코트의 깃을 한껏 올리고 맨종아리를 드러낸 채 조그만 계집아이처럼 치마를 펄럭이며 걸어오고 있었다.

나는 다가가 따귀라도 올려 칠 심산이었다. 그러나 빨갛게 얼고 센 바람에 트실트실 갈라진 볼을 보는 순간 맥없이 손을 내려뜨렸다.

아내는 마치 낯선 사람을 보듯 눈을 깜박이더니 눈을 내리뜨고 비죽이 웃었다. 언제라도 울음으로 변해버릴 웃음이었다.

나는 왔던 길을 되돌아 걸었다. 내 앞에는 아내의 하이힐 자국과 내 구두 자국이 나란히 찍혀 이어져 있어 나 자신도 방금 전에 아내와 동행하여 산책이라도 나왔던 게 아닐까 싶은 생각이 들었다.

아내는 종종걸음으로 내 뒤를 따라왔다. 그토록 생생한 분노에도 불구하고 아내가 낯설고 서먹서먹하다는 것이 나를 새로운 혼란으로 빠뜨렸다. 일주일이란, 육 개월 동안의 생활을 무산(霧散)시키기에 충분한 시간인가.

아내를 향한, 마땅한 어떤 말도 끝내 찾아내지 못한 채 나는 호텔 로비의 의자에 앉아 담배를 찾았다. 빈 갑이었다. 나는 담뱃갑을 와락 소리 나게 구겨 내던지며 말했다.

"짐 가지고 나오지, 더 볼일이 남았나?"

그러고는 호기심이 가득 찬 눈길로 우리를 흘깃거리는 프런트의 사내에게 큰 소리로 말했다.

"계산서를 떼주시오."

"계산은 오늘 하루분만 하시면 됩니다."

내가 눈을 치뜨자 사내는 변명이라도 하듯 재빨리 덧붙였다.

"손님께서는 늘 그날그날 계산을 하셨으니까요."

아내가 비로소 할 말을 찾은 듯 더듬더듬 입을 열었다.

"그래요, 정말 늘 날이 밝는 대로 떠나자고 생각했더랬어요."

아내는 언 손에 하얗게 씻기고 바랜 몇 개인가의 조가비를 쥐고 있었다.

나는 그만 아내의 소녀 취미에 구역질이 치밀 듯했다. 짐을 가지고 나올 것을 채근했지만 아내는 층계참에서 머뭇거렸다.

내가 따라오기를 기다리는 듯했다. 하지만 나는 우리가 첫날 밤을 지낸 곳이 분명할 것임에도 아내가 일주야를 머문 방에 들어갈 기분이 전혀 아니었다. 오기인지도 몰랐다.

"차나 마시지, 춥군."

방으로 올라간 아내가 핸드백 하나만을 들고 내려오자 나는 앞장서 식당으로 들어갔다. 점심때가 훨씬 겨운 시간이긴 해도 서울로 돌아가는 버스 편은 넉넉했고 돌아가기 전 아내 쪽에서도 무엇이든 내게 말해야 할 의무가 있다고 생각했기 때문이었다.

식당에는 스토브를 둘러싸고 앉은 서너 명의 외국 군인이 눈에 띄었고, 군데군데 먼지를 뒤집어쓴 열대식물이 놓여 있을 뿐 썰렁했다.

나는 짙은 남빛의 커튼이 무대의 막처럼 무겁게 드리워진 곳에 자리를 잡았다. 스토브의 열기가 이곳까지 닿지 않는지 등허리가 싸늘했다.

아내는 여전히 말이 없었다.

나는 속에서부터 치받치는 답답증으로 비긋이 커튼을 들추었다. 조금 전 아내와 해후했던 모래펄이 한눈에 들어왔다. 초겨울의 바다는 더러운 청회색으로 암울하게 가라앉아 있었다.

종일 빈속이다시피 했지만 전혀 식욕을 느낄 수가 없던 나는 웨이터에게 위스키를 넣은 홍차와 물수건을 부탁했다. 아내도 고개를 끄덕였다.

나는 물수건으로 손가락을, 시간을 들여 하나하나 안쪽까지 꼼꼼히 닦아내었다. 물수건이 이내 새까매지자 아내는 핸드백에서 손수건을 꺼내 물을 축여 내 앞에 내밀며, 얼굴도 닦으세요, 라고 말했다. 그러곤 내가 얼굴을 닦기를 기다려 입을 열었다.

"걱정하시리라는 생각은 했어요. 저도 편안하게 마음 놓고 있었던 건 아니에요."

아내가 먼저 입을 연 것이 다행스러웠다.

"혼자 왔소?"

나는 망설이다 물었으나 아내의 의아해하는 눈과 마주치자 실언임을 깨달았다.

"동행이 있으리라고 생각했어요?"

아내의 되물음은 차라리 농담이었다.

"일어날 수 있는 모든 일을 다 생각해봤어. 일주일은 결코 짧은 시간이 아니야."

"얼굴이 볼 수 없이 상했어요."

민망한 어조로 말꼬리를 죽이는 아내의 얼굴도 초췌했다.

부옇게 모래바람이 일어 바다는 시야 밖으로 사라졌다.

"그동안 여기서 뭘 하고 지냈지?"

왜 집을 나왔지? 왜 이런 데 처박혀 있는 거야,라고 소리를 지르는 대신 나는 애써 말머리를 빙빙 돌렸다.

"그냥……"

"그냥이라니?"

아내가 희미하게 웃어 보이려다 말고 내 기세에 질려 더듬더듬 대답했다.

"용서하지 않으리라는 건 알아요. 이렇게 오래 있을 작정은 아니었다니까요. 꼭 하루만 있다 가리라고, 아니 밤에는 돌아갈 수 있으리라고 생각했었어요."

아내는 손의 떨림을 감추려는 듯 찻잔을 꽉 움켜쥐며 덧붙여 말했다.

"……변명 같지만 꼭 한번 다시 와보고 싶었거든요. 그때와 똑같은지…… 날이 많이 지날수록 돌아가기가 힘들어진다는 걸 알면서도 번번이 차 시간을 놓쳤어요."

"내가 뭐 잘못한 게 있었나? 아니면 내가 모르는 걱정거리라도?"

"아니에요."

아내가 세게 고개를 저었다. 내가 싫어진 건 아냐? 결혼 생활을 그만 끝내고 싶어진 건 아냐? 정작 하고 싶은 건 그런 말들이었는데 자존심 때문인지 상처받을 것에 대한 본능적인 방어태세 때문인지 나 자신도 분명히 알 수 없는 이유로 극력 그 말만은 피하고 있었다.

"어디 아픈 건 아니고?"

내 말은 임신의 암시였다. 아내는 또 고개를 저었다.

"그냥 한번 와보고 싶었다니까요. 그때 그대로일까 하고……"

"내게 말하면 못 오게 할 줄 알았어? 먼 곳도 아니니 함께 올

수도 있었잖아."

나는 다그쳤으나 아내는 실상 그녀가 말한 이상의 것을 감추고 있는 것 같지는 않았다. 그냥 오고 싶었을 뿐이라는 자신의 말의 부족한 설득력에 안타까워하는 빛이 역력했다.

아내는 담배 하나 주세요,라고 말했다. 나는 습관적으로 양복 주머니에 손을 넣다가 빈 갑을 구겨 버린 생각이 떠올라 웨이터를 불렀다.

"괜찮아요. 부르지 마세요."

아내가 울기 시작한 것은 그때였다. 볼 위로 눈물이 줄줄 흘러내리고 온몸을 후들후들 떨며 울었다. 다가온 웨이터가 무춤해서 물러갔다.

나는 아내의 손을 잡았다. 조그맣게 잡히는 차가운 손의 감촉에서 나는 아내에 대한 부드러운 애정이 솟아남을 느꼈다.

"일어납시다. 이제 떠날 준비를 해야지, 택시를 부르면 막차 시간에 댈 수 있을 거요."

호텔을 나오며 나는 쑥스러운 대로 약간의 감회를 가지고, 신혼여행의 이 박 삼 일을 묵었던 희고 나지막한 건물을 돌아보았다. 이미 아내의 갑작스러운 눈물로 풀려버린 내 마음의 저변에는, 잠적의 장소로 신혼여행지를 택했다는 사실로 아내의 가출을 여자의 감상벽 정도로 가볍게 처리하려는 의도가 깔려 있음을 부인할 수 없었다. 여자들이란 그런 유치한 구석이 있단 말야, 하는 가벼운 얼버무림으로 더 깊고 근본적인 불안이나 붕괴,

상처받은 자존심, 실망 따위가 복합된 어두운 감정을 은폐하기 위해.

"좋은 철이 되면 다시 옵시다."

돌아오는 차 안에서 나는 아내에게 말했다. 아내는 순순히 고개를 끄덕였다. 사실 그럴 생각이었다. 우리가 다시 이곳을 찾을 때쯤이면 우리는 언젠가 있었던 아내의 잠적에 대해 농담을 할 수도 있을 만큼 익숙하고 길들여진 부부가 되어 있을 테니까.

그날 밤, 아내는 소풍 갔다 온 아이처럼, 용서받은 아이처럼 깊이 잠들었다. 그리고 나는 참으로 오랜만의 숙면에서 깨어나 부엌에서 들리는 도마 소리, 나의 잠을 깨울까 봐 조심스레 오가는 아내의 발소리를 나른한 행복감에 잠겨 들었다. 나는 더 이상 아내의 실책을 허물하지 않기로 했으며 커다란 기지개로 간밤의 길고 푸근했던 단잠을 과장했다.

퇴근해서 돌아왔을 때 일주일에 걸쳤던 아내가 부재했던 흔적은 어디에도 없었다. 장모는 다시 돌아갔으며 집 안은 청결하고 따뜻했다.

모든 것은 전과 다름없었다. 우리는 거의 매일 밤 사랑을 했고 나는 새롭게 아내를 이해할 수 있을 것 같았다.

사실 평온무사한 일상 속에서 함께 살을 섞고 사는 사람들끼리 속 깊은 내면을 들여다보일 계기란 얼마나 적은 것이랴. 또한 인간이란 얼마나 여러 개의 얼굴을 가진 다면체이랴. 그런데 서너 달이 지났을 때 아내는 다시금 집을 나갔다. 겨울을 넘기고 마악 봄으로 접어들 무렵이었다.

나는 충격보다 분노와 수치심으로 몸을 떨었다.

수색은 서너 통의 전화로 끝냈다. 행방을 찾기 위한 것이 아닌, 가출을 확인하기 위한 전화였다는 게 옳은 말일 게다. 마음 한구석에서는 여전히 '사고'의 가능성을 생각하고 있었기 때문이었다.

아내는 사흘 후 돌아왔다. 얼굴 한쪽이 알아보게 그을려 있었다. 답답해서 여기저기를 돌아다니다가 야산의 양지바른 마루턱에서 한나절 잠을 잤다는 것이었다. 나는 아내의 따귀를 올려치는 대신 닥치는 대로 탁상시계며, 라디오, 꽃병 따위를 내던지고 유리문을 주먹으로 쳐서 부수며 울었다. 철들고 나서 처음 울어보는 울음이었다.

"왜 들어왔어. 일없다구. 이런 따위가 다 무슨 의미가 있어."

"안 그러겠어요. 잘못했어요. 다시는 안 그래요."

아내가 울며 매달렸다.

누님은 또 조심스럽게, 그러나 단정적으로, 있을 수 있는 아내의 과거와 부정을 들추었다. 하지만 돌아온 아내에게서는 어떤 부정의 흔적도 찾아볼 수 없었다. 부정의 의미를 남편 아닌 다른 사내와의 밀통(密通)에 한정시킨다면 말이다.

아내에게서는 부드러운 물도, 향기로운 비누 냄새도, 사랑에 빠진 자의 감미롭고 절박한 조바심도, 비린 욕정의 찌끼도 맡아지지 않았다. 다만 노독(路毒)과 낯선 길목의 찬 이슬비, 거친 바람으로 인해 곧 부스러져 내릴 듯 가슬가슬한 살갗의 감촉뿐이었다.

여느 때와 다름없는 날들이 계속되었다. 나는 가끔 지난밤의 숙취로 인한 두통으로 잠에서 깨어났고 무디어진 면도날에 살갗을 베이며, 새 면도날을 미리 준비해놓지 않은 것에 아내를 나무라기도 했다.

특별한 일이 없는 한 퇴근 후 통근 버스를 타고 곧장 집으로 돌아오고 밤이면 비스듬히 누워 신문을 뒤적이며 텔레비전을 보았다. 아내는 방바닥에 엎드려 꼼꼼히 가계부를 적으며 붉은 볼펜으로 적금의 액수와 계금을 첨가했다.

눈에 뜨이게 달라진 것은 없었고 표면적으로는 평온하기 그지없는 하루하루였으나 나는 차츰 무언가 형체를 잡을 수 없는 것이 우리 생활 속에 스며들어 아메바처럼 뭉글뭉글 번식하고 있다는 것을 막연히 느끼고 있었다.

어느 날 문득 방의 벽지가 누추하게 바랜 것을 보았고 늘 기대앉는 부분에 꺼멓게 때가 올라 있는 것을 발견했다.

어느 날 문득 이쪽에 등을 보이고 엎드려 걸레질을 하는 아내의 겨드랑이 부근 옷 솔기가 터져 있는 것을 보았고, 아내의 식사량이 형편없이 적다는 것을 비로소 알았다. 봄을 타는 것일까.

손질을 게을리한 아내의 까칠한 피부와 잔주름이 눈밑에 실날처럼 가늘게 얽힌 것을 발견하기도 했다.

여름으로 접어들 무렵 아내는 세번째 가출을 했다.

망할 년, 죽일 년, 주리를 틀 년이라고 욕설을 퍼부으며 면목없어 쩔쩔매는 장모의 입을 나는, 이번에는 갈라질랍니다,라는 단 한마디 말로 봉해버렸다.

"지 서방, 아이를 낳도록 하게. 아이는 끈이라네. 제아무리 독한 년도 새끼 거느리면 발목 잡히는 거라네."

천만에요, 나는 속으로 장모에게 대꾸했다. 아내를 잡아두기 위한 방편으로 아이를 낳고 싶지는 않았다. 어쨌든 이번에는 결판을 내야 했다.

나는 아내의 가출 때마다 아내의 눈에 비친 우리의 생활, 보잘것없이 초라한 내 모습 따위에 살 맞은 늙은 짐승처럼 무력하게 괴로워했다. 아내가 돌아오고 그전과 다름없는 생활이 계속되는 사이 일견 나은 듯하던 상처가 아내의 가출로 다시금 더 깊고 생생하게 입을 벌렸다.

상처는 나은 것이 아니었다. 표면상의 무마였으며 속임수였을 뿐이었다. 마치 조금씩 새어 나와 스미는 물이 어느 결엔가 지반을 무너뜨리듯 다른 형태로 우리 생활에 배어들어 꿈이라든가, 소망, 신뢰 들을 잠식해가는 것이었다.

아내는 열흘 후에 기다시피 들어왔다. 들어오는 길로 물 한 모금 제대로 넘기지 못하고 구역질을 해대었다. 임신의 징후였다.

아이를 낳고 기르는 일에 몸과 마음을 쏟느라 고달프고 바쁜 일상에서 아내는 오히려 정신적으로는 그 어느 때보다도 안정

되는 듯싶었다. 그러나 아내는 아이가 첫돌을 넘겨 제법 걸음발을 뗄 무렵부터 또다시 가출을 시작했다.

"넌 짐승만도 못해."

아이를 버리고 달아났던 아내의 등을 밀어내며 나는 차갑게 내뱉었다.

"네가 인생에 대해 조금만 겸손하다면 네가 하는 짓거리가 얼마나 감상적이고 교만한 것인가를 알 텐데."

나는 나름대로 아내의 우울증을 이해하려고 애썼다. 물론 전문적인 진료에는 미치지 못했지만 여러 각도에서 분석해보기도 했다. 그러나 아내의 대답은 한결같았다.

"그냥 그럴 때가 있어요. 그냥 어떻게 이렇게 평생을 사나, 사는 게 이런 건가 하는 생각이 들곤 해요."

어떻게 이렇게 살다니? 아이에게 젖꼭지를 물린 여편네가 어떻게 그런 무책임한 소리를 할 수 있는가. 서른 살의 여자가 사춘기 아이들도 유치해서 입에 올리지 못하는 소리를 거침없이 해대다니.

아내의 가출 방법은 점차 악랄해졌다. 아니, 악랄하다고 받아들일 수밖에 없을 만큼 아내에 대한 내 마음은 황폐해졌다.

"병이다. 그저 못된 버릇이라고 넘길 일이 못 돼. 정신감정을 받도록 해."

주위에서 종용했으나 나는 아직까지 아내를 병원에 데려갈 생각을 하지 못하고 있었다. 아내는 결혼 무렵부터, 아니 그 이

전부터 무언가에 깊이 사로잡혀 있었던 게라고 생각하는 것이 내가 되도록 덜 상처를 받는 방법일 것이다.

아내가 슬그머니 무릎을 세우고 일어나 방을 나갔다. 이어 안방의 이불장을 열고 자리를 펴는 기척이 들려왔다.

담 밖으로 지나다니는 발소리가 한결 뜸해졌다. 밤이 깊어진 것이다.

승일이는 엎드려 아랫목에 깔린 담요의 한쪽 귀를 만지작거렸다. 눈에 졸음이 가득했다.

"뭘 하는 거야, 애를 재우지 않고."

나는 조금 신경질이 돋은 목소리로 아내를 불렀다. 대꾸가 없었다. 방금 아내가 잠자리를 보아놓았을 안방은 불기 없이 조용했다. 대신 부엌문 틈으로 불빛이 새어 나오고 있었다.

부엌문을 여는 것과 동시에 쏴아, 세찬 기세로 쏟아지는 수돗물 소리가 들렸다.

아내는 이쪽에 등을 댄 채 개수대 앞에 서 있었다. 아내가 내 기척을 죽이기 위해 일부러 수돗물을 세게 틀었다고 생각할 만큼 나는 심사가 사나워져 있었다.

"뭘 하는 거지?"

나는 거친 어조로 말하며 부엌을 둘러보았다. 갑작스러운 물줄기로 개수대 주위에 함부로 튄 물 자국 외에는 깨끗이 정돈되어 있었다. 개수대에 물이 넘치자 아내는 수도를 잠그는 대신 개수대의 마개를 뽑아 물이 흘러내리게 했다. 하릴없이 개수대

둘레에 파인 홈을 만지작거리는 아내의 좁고 높은 어깨가 완강한 거부를 나타내고 있었다.

"왜 그러는 거야."

나는 가래를 삼키는 기분으로 억지로 어조를 누그러뜨리며 거듭 물었다.

"곧 들어갈게요."

코 먹은 소리로 아내는 마지못해 대답했다. 울고 있던 게 분명했다.

나는 거칠게 문을 닫고 들어와 담배를 피워 물었다. 거푸 두 개비를 피울 동안에도 아내는 돌아오지 않았다.

승일이는 방바닥에 모로 누워 잠이 들었다. 나는 승일이에게 담요를 끌어당겨 덮어주고 한쪽 뺨이 이상하게 부풀린 모습으로 엎드려 잠든 얼굴을 바라보았다. 그러곤 잠깐 이 아이의 앞에 놓여 있는 운명 같은 것을 생각해보았다.

가슴속에서 부글부글 끓어오르던 미움과 분노는 차츰 슬픔이나 비애의 몽롱하고 흐릿한 감정으로 희석되었다.

어떻게 이렇게 평생을 사느냐고? 그렇다면 아내가 꿈꾸는 삶이란 어떤 것일까.

나는 넉넉지는 않지만 그런대로 살아갈 만한 돈을 벌어왔고 아내와 아이를 사랑하고, 가정의 아늑함을 소중히 여겼다. 대부분의 사람들처럼 평범하고 본질적으로 모질지 못한 사내일 뿐이었으나 삼십대라는 우리 나이에서 해야 할 일들을 차근차근해나가고 있었다. 그런대로 인생의 청사진은 윤곽이 잡혀가고 있는 셈이었다.

확실히 말해두지만 나는 삶에 대한 어떠한 감상도 없었다. 태어남이 자유의사에 의한 것이 아니듯 죽음도 또한 자연의 한 현상일 뿐 인간이란 꼭 무엇인가를 이루기 위해 살아가는 것은 아니며 생애를 걸고 이루어야만 할 무엇이 있다고도 생각지 않았다.

더욱이 우리의 시대는 우리에게 혁명도 연애도 요구하지 않는다. 나는 대부분의 사람들이 그러하듯 살고, 또 죽을 것이다.

아내가 들어와 승일이를 안아 올렸다.

"애를 안방에서 재워야겠어요."

차분하게 가라앉은 목소리였다. 눈을 내리깐 것은 운 빛을 감추기 위해서일 것이다.

"안방에 자리 보아놨어요. 여기서 주무시겠어요?"

"먼저 자라구."

화면이 지워진 텔레비전 코드를 빼고 아내는 방에서 나갔다.

나는 날카롭게 귀를 세워 아내의 발소리를 좇았다. 안방 문 여닫는 소리가 잠깐 들렸을 뿐 바깥은 잠잠했다.

아내의 자취는 이제 연기나 그림자처럼 영영 어딘가로 스며들어가버린 것이 아닐까 하는 생각이 별반 놀라움도 수반하지 않고 떠올랐다.

밤에 자다가 문득 아내의 몸이 선뜩하게 느껴질 때가 있었다.

분명히 바깥에서 묻혀 온 찬 공기라는 심증이었다. 어딜 갔었어? 화장실에요. 까맣게 잊고 있던 이런 따위 짧은 대화가 생생하게 되살아났다.

아내와 상머리를 마주하고 있을 때도 나는 아내의 커다란 눈에서, 저무는 낯선 거리에 우두커니 서서 오가는 차들과 사람들을 바라보는, 이제는 조금도 젊지 않은 여자의 모습을 보곤 했다. 이즘 들어 아내는 잠을 잘 이루지 못했다. 가위눌리는 얕은 비명 소리에 나는 하룻밤에도 두어 차례씩 깨어난 때가 있었다. 그렇지 않을 경우에도 숨소리는 얕고 고르지 못했다.

나는 컴컴한 텔레비전 화면에서 눈을 떼고 일어났다.

안방은 불이 환히 켜진 채 승일이만 혼자 잠들어 있었다.

변소도 부엌도 캄캄했다. 전등 스위치를 올려보았으나 아내의 모습은 없었다. 나는 마루문을 열고 밖으로 나왔다. 연탄광과 지하실을 들여다보며 아내를 불렀으나 대답이 없었다.

대문은 굳게 잠긴 채였다.

뒤꼍으로 돌아가 지붕으로 올라가는 층계를 하나씩 밟으며 나는 옷깃으로 스미는 찬 공기에 몸을 떨었다. 밤이 깊을수록 더욱 기승스럽게 펄럭이는 사납고 메마른 바람에 이를 딱딱 마주치며 떨었다.

슬래브 지붕 위, 떠도는 넋처럼 어두운 하늘을 찢으며 펄럭이는 바람 속에 아내는 서 있었다.

짙은 어둠에도 불구하고 아내의 모습은, 투시 광선으로 내용물을 모조리 기화(氣化)시켜버린 물체처럼 윤곽만 뚜렷이 드러나 보였다.

비늘이 떨어지듯 곧 윤곽은 흐려지고 형체는 부서져 내릴 것이다.

"은수."

나는 비명처럼 들릴 부름을 목 안으로 밀어 넣었다.

"은수, 거기 서서 뭘 하는 거야. 바람이 이렇게 부는데……"

나는 목 안의 소리로 웅얼거리며, 곧 무너질 듯, 바람으로 흩어져 날아오를 듯한 아내를 향해 팔을 내밀었으나 한 걸음도 움직일 수 없었다.

연극을 하듯 내민 팔이 무거웠다.

나는 무서웠다.

아내를 포기하게 될 것이, 아니 포기하기를 두려워한다는 의식에 안도감을 느끼는 자신이. 또한 엄마의 부재를 일상적인 것으로 예사롭게 받아들이게끔 길들여진 아이를 다행스럽게 생각하는, 아내는 전혀 모를 계산이 무서웠다.

2

혜원 선교원의 마이크로 버스가 길 아래 버스 정류장에 닿는 시간은 아홉 시다.

세수를 하고 밥을 먹기까지 마냥 늑장을 부려대는 승일이를 채근해서 손을 잡고 비탈길을 달리다시피 내려오면서 은수는 몇 차례나 멈춰 서서 심호흡을 했다. 맞바람에 헉, 숨이 막혀왔기 때문이었다.

유치원에서부터 서너 구간을 거쳐 오는 동안 버스 좌석은 반남아 채워져 차창으로 오롱조롱 매달린 아이들의 얼굴이 보였다.

은수는 승일이를 안아 차에 올리기 전 거의 충동적으로 세게 끌어안았다.

"엄마, 안녕."

자리를 찾아 앉은 아이가 창에 매달려 손을 흔들었다. 문이 닫기자 웃고 있던 아이가 입을 비죽이며 얼굴을 일그러뜨리고 엄마 안녕, 울부짖음처럼 절박하게 외쳤다.

아침마다 엄마와 떨어지는 일이 한 달이 거의 다 되어가건만 승일이는 매번 그랬고 문이 닫히는 순간의 절박한 외침은 그대로 마지막 인사인 양 아프게 가슴을 후볐다.

은수는 버스가 오가는 차들에 섞여 완전히 시야에서 사라지자 집을 향해 발길을 옮겼다.

승일이는 지난달부터 혜원 교회에서 운영하는 유치원의 유아반에 다니고 있었다. 유치원에 가려면 아직 일 년을 더 기다려야 하는 어린 나이에, 굳이 엄마와 떨어져 일찍부터 집단생활을 시킬 필요가 있을까. 은수는 조심스레 이견(異見)을 내비쳤지만 세중의 생각은 달랐다.

"네 돌이 지나면 피교육 능력이 충분히 있어."

단호한 태도에서, 당신이 어미 노릇을 제대로 해왔는가, 걸핏하면 뛰쳐나가는 당신 손에 어떻게 마음 놓고 아이를 맡길 것인가,라는 분명한 힐난을 보는 듯하여 은수는 더 이상 아무 말도 할 수 없었다. 피교육 능력이나 사회성 운운은 그의 의도의 작은 몫일 뿐이다. 그가 의식하든 의식하지 않든 간에 은수는 그의 행동이 모자 분리(母子分離)의 전초전이라는 느낌을 지울 수 없었다.

승일이는 아침마다 내키지 않는 몸짓으로 유아원 배지가 달린 모자를 쓰고 가방을 메고 마이크로 버스를 타기 위해 집을 나섰다. 세중의 준절한 타이름으로 승일은 유아원 통원을 의무로 받아들이고 있었다.

남편과 아이가 빠져나간 집은 한바탕 난리를 치른 듯 어수선했다. 방과 마루에는 함부로 벗어 던진 양말이며 옷가지들이 허물처럼 널리고 흩어진 장난감들이 아프게 발바닥을 찔렀다. 틈없이 유리문을 꼭 닫았건만 바람 소리는 바로 귓전에서 인 듯 가깝게 들렸다. 창 너머로 뿌옇게 바람이 일으키는 흙먼지의 회오리도 보였다.

봄은 언제나 그랬다. 은수는 바람 소리를 들으며 문득 잊었던 기억을 떠올리듯 새삼스레 고개를 끄덕였다.

메마른 나뭇가지에, 전선줄에 걸려 기폭처럼 흔들리며, 수천 수만의 손을 흔들며 허공을 떠도는 바람과 자우룩한 흙먼지, 이들을 잠재우듯 때 없이 머리칼 적시며 축축이 내리는 가녀린 빗발, 봄은 언제나 그렇게 오는 것이다.

남향의 마루 유리문으로 가득 쏟아져 들어오는 햇살에 실내의 먼지가 어지럽게 떠올랐다. 부옇게 내리깔리고 더러는 햇빛 속에 떠도는 먼지들, 헛되고 헛된 사념의 부스러기들. 매일 쓸고 닦고 털어내건만 도대체 어디서부터 흘러드는 것일까.

왼손 무명지에 감긴 붕대 위로 배어 나온 피가 검붉은 빛깔로 넓게 번져 말라가고 있었다. 아침에 파를 썰다가 베인 상처였다. 앗, 얕은 비명을 지르고 손을 감싸 쥐는 은수를, 때마침 조간신문을 들고 화장실에 가던 참이었던 세중이 힐끗 바라보았다.

"왜 그러지?"

"아무것도 아니에요. 손을 좀 베였어요."

"거 좀 조심하잖구그래."

상처는 꽤 깊었다. 감싸 쥔 손바닥을 타고 핏방울이 앞치마에 뚝뚝 떨어졌다. 지혈제를 뿌리고 고무줄로 베인 부분의 손가락 마디를 묶자 금세 살빛이 파랗게 죽었다.

세중은 이마를 찡그린 채 더 말이 없었다. 염려라기보다 부주의를 못마땅해하는 기색이 역력했다. 정신은 대체 어디다 팔고…… 분명 그런 말이 하고 싶었던 것이리라. 그 시선 앞에서 은수는 마치 자해 행위를 들킨 듯한 수치심으로 얼굴이 홧홧하게 달아올랐다.

이제 정말 일을 시작해야지. 창문을 덜컹덜컹 흔들며 지나가는 바람의 한 자락을 잡고 자꾸만 흩어지려는 마음을 나무라며 널린 옷가지들을 주섬주섬 거두어 챙기려는데 전화 벨이 울렸다.

"너, 있었구나."

친정어머니의 전화였다.

"네, 엄마, 웬일이세요?"

"별일 없었니?"

어머니는 이어 물었다. 지 서방은 출근했니? 승일이는 유치원에 갔고? 고추장은 안 담가도 되니? 된장은 얼마나 남아 있니?

다녀간 지 사흘밖에 안 되었는데 긴치 않은 안부와 일을 고루 물으며 통화를 끄는 것은 분명히 어렵게 할 말이 있다는 뜻이리라.

아니나 다를까. 잠깐 망설이듯 뜸을 들이다가 어머니는 지나가는 말처럼 넌지시 내비쳤다.

"어제 무슨 일 있었니?"

"어제? 아무 일도 없었는데요."

어제 무엇을 했던가를 자신에게 반문하며 은수는 고개를 저었다. 승일이가 유치원에 간 사이에 잠깐 시장 보러 간 일 외에는 특별히 기억나는 것이 없었다.

"그럼 못 오면 못 온다고 전화라도 하지 그랬니."

"네?"

"내가 엊그제, 그러니까 네 집에 갔다 온 다음 날이지 아마.

은행으로 전화를 했었다. 저녁이나 함께 먹게 너랑 승일이 데리고 집에 오라고 말야. 그러마길래 꼭 오려니 하고 어제저녁 내내 기다렸다만…… 지 서방이 얘길 않던?"

그런 일이 있었던가. 엊그제 퇴근해서는 물론 어제 아침 출근 때도 세중은 어머니의 전언에 대해서 한마디도 말이 없었다. 출근하는 그의 등 뒤에 대고 은수가 늦으세요?라고 여느 때처럼 묻자 그는 늦을 일 없을 거야,라고 대답하고 나갔던 것이다.

"제게는 별 얘기가 없던데요."

"깜박 잊었나 보구나. 직장 일로 바빠서 돌아치다 보면 그럴 수도 있느니라."

어머니의 나직한 한숨 소리가 전화선을 타고 고스란히 들려왔다.

술과 몇 가지 음식을 장만하여 아늑하고 화해로운 분위기의 자리를 만들어본다는 것이 허물 많은 딸을 가진, 그래서 늘 은수 내외를 금 간 그릇 다루듯 아슬아슬하고 불안하게 바라보는 어머니로서 생각해낼 수 있는 최선의 방법일 것이었다.

약속을 잊은 게 아닐 거예요. 어머니, 그러지 마세요. 공연한 수고예요. 치받치는 이런 말들을 은수는 목 안으로 밀어 넣었다.

"음식들이 그냥 있는데 좀 싸다 주련? 나야, 나 혼자 입인 걸 어느 세월에 그걸 먹겠니?"

"뭘 그렇게 하셨어요?"

"한 건 없다. 그냥 승일이 애비 좋아하는 녹두부침 몇 조각하고 약식을 조금 했을 뿐이란다."

수년래 앓고 있는 관절염으로 다리를 절룩거리며 분주했을 어머니의 모습이 잠깐 떠올랐다. 은수의 대답이 없자 어머니는 다시금 말했다.

"내가 갖다주랴?"

"아니에요, 제가 잠깐 가죠."

승일이는 오늘 유치원에서 식물원 견학을 간다고 도시락을 싸 갔으니 오후 세 시나 되어서야 올 것이고 그러니 갈현동에 다녀올 시간은 충분하리라는 계산에서 은수는 수월히 대답했다.

전화를 끊고 서둘러 청소를 하면서도 은수의 생각은 줄곧, 어머니가 저녁 준비를 해놓고 그네들을 기다릴 동안 세중은 어디에 가 있었던 걸까, 어머니와의 약속을 종내 전하지 않았던 의중은 무엇이었을까 하는 데서 맴돌았다.

어제저녁 세중은 열한 시가 넘은 늦은 시간에 만취해서 돌아왔다. 그러곤 들어오는 길로 건넌방에 모로 쓰러져 잠이 들었다.

술에 취해 가쁘게 숨 쉬며 코를 골고 있는 그의 몸에서 힘겹게 겉옷을 벗겨내다가 은수는 문득 물끄러미 세중의 얼굴을 바라보았다. 무언의 냉담으로 눈에 보이지 않게 조금씩 조금씩 은수를 밀어내고 있는 근래의 그를 이렇게 마음 놓고 찬찬히 바라보기는 처음인 듯싶었다. 은수는 자신도 이해할 수 없는 약간의 놀라움으로, 이제 마악 중년에 접어든 남자의 피곤하고, 어지간히 지치기 시작한 얼굴을 마치 거울 속으로 자신의 얼굴을 볼 때처럼 물끄러미 바라보았다.

긴장을 풀어버린 방심한 표정 뒤에는 그가 완전히 잠 속에, 무의식 속에 있었음에도 삶에 대한 권태, 바래가는 욕망의 찌끼가 드러나 있었다. 돈냄새가 나. 돈냄새가 얼마나 지독한지 당신은 모를 거야. 오래전 그는 퇴근해서 돌아오면 몇 차례나 비누칠을 거푸하며 손을 씻곤 했었다.

이불을 끌어당겨 어깨까지 올리자 양말을 벗긴 맨발이 비죽 나왔다. 맨발이라는 것이 그토록 겸손하고 적나라하다는 데 은수는 묘한 감동을 느꼈다. 은수는 살이 없고 뼈가 두드러진 커다랗고 헐벗은 발을 모두어 가슴에 안았다. 거의 비애라고나 말해야 할 슬픔이 가슴 밑바닥에서부터 조용히 차올랐다. 이것인가, 함께 살아온 여섯 해의 부피는 이런 것인가.

베개를 고쳐 베어주느라 세중의 머리를 안아 올리자 그가 잠결에 습관적인 손짓으로 은수의 어깨를 안았다.

은수는 가만히 몸을 빼내어 이불귀를 잘 눌러주고 방을 나왔다. 그러고는 마루 유리문을 드르륵 열고 찬 공기를 한껏 들이마셨다. 시계가 열두 시를 쳤다.

세중이 비틀대며 들어온 후 대문 빗장이 은수 자신의 손에 의해 단단히 잠겨졌음을 알면서도 그녀는 또 한 번 잠긴 문을 확인했다.

밤이 되어 한결 차가워진 공기 탓에 총총히 박힌 별들은 저마다 홀로인 듯 외롭게 깜박였다. 은수는 마음속에 악마처럼 깃든 정령, 제어할 수 없는 충동을 잡아 가두듯 옷깃을 단단히 여몄다. 그 어떤 안타까움이 자신을 자꾸 떠나도록 손짓하는 것일까. 은수는 눈을 크게 뜨고 어둠 저편에서 선연히 살아나는, 그녀가 집을 벗어나 헤매고 다녔던 낯선 길목, 낯선 거리, 낯선 방들을 바라보았다.

"역마직성(驛馬直星)을 타고났는가, 웬일로 놓아 먹인 망아지처럼 그렇게 하냥 돌아다니는지 잃어버리기도 여러 번이었다."

자라면서 어머니에게서 어지간히 들어온 소리였다. 은수로서는 기억해낼 수 없는 일들이었다. 그렇다면 기억할 수 없는 어린 시절부터 자신의 생애에 바위처럼 깊고 단단히 매몰된 부분을 감지했던가. 그런 찾아 헤매임, 안타까움이었던가. 그러나 어머니는 자신이 은수의 생모(生母)가 아니라는 현실에서 나름대로 완벽히 그녀를 보호하려 애를 써왔다. 국민학교 졸업 무렵 아버지가 병사하자 어머니는 가산을 정리하여 그때까지 살고 있던 항구 도시를 떠나 서울로 집을 옮겼다. 그러고는 친척, 일가붙이들과는 절연하다시피 발을 끊고 지냈다. 친척들의 눈과 입, 귀에서 은수를 비켜서게 하려는 의도에서였다. 그러나 그전해 은수는 이미 자신이 어머니와는 한 점 피도 살도 섞이지 않은, 밖에서 들어온 아이라는 사실을 알고 있었다. 집에 자주 놀러 오던 한 살 위인 사촌과 인형 놀이를 하다가 싸움이 붙었을 때 암팡지고 오달지기가 비길 데 없었던 은수의 손에 머리칼을 잡혀 빠져나가지 못하며 사촌은 소리쳤다. 넌 거지야. 얻어온 애야. 우리 엄마가 그랬어. 넌 내 동생도 아냐. 날 언니라고 부르지도 말아. 은수가 눈을 크게 뜨고 빤히 바라보자 사촌은 큰 소리로 울기 시작했다. 머리칼을 뜯긴 아픔보다 어른에게 단단히 다짐받은, 결코 해서는 안 될 말을 얼결에 뱉어낸 데 대해 겁이 났던 것이다. 은수는 그때까지도 손아귀에 쥐여 있던 한 움큼의 머리털을 놓고, 울고 있는 사촌의 얼굴에 침을 탁 뱉고 집을 나왔다. 어린아이의 직감이란 무서운 것이었다. 은수는 그때 사촌의 말을 한 치의 의심도 없이 받아들였다. 더없이 다정하고 무람없는 어머니에게서 어쩌다 가끔씩 느껴지는—아마 어머니 자신도 의식지 못했음이 분명한—선불리 안기지 못하게끔 밀어내던 차가움, 본능적으로 감지되던 불투명하고 석연치 않은 공기, 그리고 집에 드나드는 친척들이 자신을 바라보던, 호기심과 연민이 깃든 눈초리 따위가 대번에 확연히 맥락이 닿아왔던 것이다. 그때 불현듯 떠오른 생각은, 다만, 이곳은 내 집이 아니다라는 것뿐이었다.

결국 그날 밤 늦어 어머니는 멀지 않은 부두에 정박해 있던 빈 배에서 은수를 찾았지만 그 까닭에 대해서는 종내 아무것도 알아낼 수 없었다.

무서운 비밀을 발설했다는 두려움 때문인가 사촌은 곧장 자기 집으로 돌아가버렸고 은수도 굳이 입을 열지 않았기 때문이었다.

그 뒤로 은수의 머리를 끈질기게 사로잡기 시작한 것은, 이 집은 내 집이 아니다라는 것이었다. 방도 자신의 방이 아니었고 자신이 현재 먹고 있는 밥도 자기의 밥이 아니었다. 그러한 생각은 또한 언제나 임시로 머물러 있는 듯한 기분을 불러일으키곤 했다.

철이 들려면 하루 만에도 든다더니…… 얼굴에 손톱자국이 가실 날 없이 사나운 계집애인 은수가 점차 말이 없고 온순하게 숨어들기 시작하자 어머니는 놀랍고 대견해했다.

그러나 은수는 가끔 깊은 밤 이불을 들쓰고 어린애답지 않게 소리 죽여 울었다. 나는 누구인가, 나를 낳고 또 버린 사람들은 누구인가.

그것은 마치 기억에서 완벽히 떨어져 나간 유아기의 어느 부분, 혹은 상기도 그녀의 가슴속에 깜깜하게 묻힌 단단한 바위를 헤집으려는 노력과도 같았다.

최초의 그녀의 기억은 이 층으로 오르는 어두신하고 가파른 나무 계단과 하얗게 햇빛이 쏟아지는 마당에 나뒹굴고 있던 두 짝의 작은 검정 고무신이었다.

아마 네댓 살 때였을 것이다. 그 이전의 일은 검은 휘장으로 가려진 듯 아무것도 기억나지 않았다. 아니 어쩌다 방심하고 있는 순간에 예기치 않게 익숙한 분위기로 찾아오기도 하고 거대한 빙산의 한 모서리처럼 어렴풋이 떠오르기도 했다. 그러나 그것은 하도 연약하고 희미한 것이어서, 그녀가 잡으려고 손만 내밀어도 다시 형체 없이 묻혀버리고 마는 것이었다. 볕바른 마당에 던져졌던 검정 고무신의 기억은 곧바로 그녀가 서울로 이사 올 무렵까지 살았던 항구 도시의 목조 왜식집으로 이어졌다.

이불을 들쓰고 누워 울던 마음에 가득한 원망과 미움과 그리움은 해가 갈수록 스러지고, 내가 누구인가, 내가 누구인가 하는 안타까움과 갈증만 앙상히 남아 한 자락 스쳐가는 바람에도 펄럭이며 함께 흐르곤 했다.

물론 사춘기의 어느 시절 은수는 자신이 혹시 일찍 돌아간 아버지와 어느 여인의 아름답고 슬픈 사랑의 결실이 아닌가 하는 추리에 골몰하기도 했고 이룰 수 없는 사랑에 대한 소설적 공상을 하기도 했었다. 그러면서도 정작 자신의 출생에 대해 어머니에게 입을 뗀 것은 세중과의 결혼을 결정하고 난 뒤였다.

"내가 누군가요. 누구의 자식인가요."

세중이 처음으로 어머니에게 인사를 드리러 왔다가 돌아간 날 밤 세중을 대접하느라 내놓은 포도주에 얼근히 취해버린 어머니를 똑바로 바라보며 은수는 물었다. 낯에서 대번에 술기가 걷히며 어머니는 메마른 목소리로 허겁지겁 다그쳤다.

"언제 알았니. 누구한테서 들었어?"

"아버지 돌아가시기 전에 알았어요. 아버지가 갑자기 돌아가시자 사람들이, 굴러온 돌멩이가 박힌 돌을 뺐다고 수군거리는 소리도 들었어요."

은수가 비시시 웃자 어머니는 폭삭 무너지듯 낙담한 얼굴로 한숨을 쉬었다.

"알고 묻는 걸 속이면 뭘 하겠니, 허지만사 또 이제 와서 그런 게 무슨 큰 문제가 되겠니."

벌겋게 젖어드는 눈시울과는 달리 어머니의 목소리는 메마르고 삭막했다. 자작으로 술을 붓는 손이 알아보게끔 떨고 있었다. 그러나 막상 아득히 떨어져 내리는 느낌은 은수 쪽이었다.

"어머니는 그럼 제가 까맣게 모르리라고 생각했었나요?"

은수는 어머니의 떨리는 손에서 주전자를 빼앗아 잔을 마저 채웠다.

"커오면서 별다른 기색이 없길래 고비를 넘겼구나 하고 안심했었지. 물론 끝까지 모르게 되리라는 생각은 못 했다. 그런 문제가 어디 쉽게 감춰지는 것이냐. 허지만 네 쪽에서 암말 없고 다른 눈치를 보이지 않길래 에미는 그저 조마조마한 마음으로 국민학교 졸업 때까지만 몰랐으면, 중학교 때까지만, 대학에 들어갈 때까지만, 하고 바람을 늘려갔던 게지. 네가 결혼해서 아이를 낳고 기르다 보면 그게 또 든든한 뿌리가 되어 내가 네 생모냐 아니냐에 그닥 괘념치 않게 되겠지 했다. 이렇게 알게 된 마당에 숨기고 가릴 것이 뭐 있겠니. 솔직히 나는 네가 그 사실을 알게 되는 날부터 내게서 영 떨어져 나갈 것만 같아 두려웠지…… 내 나름대로 틈없이 길러왔지만 나도 모르게 네 가슴에 못 박은 일이 더러 있었을 게다."

"아니에요. 누구라도 그 이상 잘해주실 수는 없었을 거예요."

은수는 가만히 고개를 저었다. 그렇다면 이제 와서 새삼 밝히려 들 게 무엇이냐, 이때까지 그래왔던 것처럼 아는 듯 모르는 듯 묻어두고 살 수는 없었더냐, 어머니의 심하게 떨리는 손이 무언중에 묻고 있었다.

그러나 그럴 수는 없었다. 언제 어디서나 은수를 지배하던, 나의 집이 아니라는 느낌, 임시로 머무는 듯한 지긋지긋한 헤매임으로부터 이제는 벗어나야 했다. 결혼은 '옮겨 심음'이 아닌 파종, 새로운 뿌리내림이어야 했다.

"술 좀더 가져온. 오늘 술 좀 먹어야겠다."

어머니는 은수가 새로 술을 담아 온 주전자를 받아 들고 은수의 잔을 채웠다.

"네가 처음 집에 온 것은 전쟁 때였다. 네 살쯤 되었을 게다. 전쟁 통에 부모를 잃은 아이는 너뿐이 아니었지. 전쟁이란 못 겪을 일이 따로 없는 지옥이더라. 게다가 네 생부는 돌아가신 아버지와 친구분이었다. 나는 결혼하고 여섯 해가 넘도록 포태를 못 했고 설사 내 자식이 있다손 쳐도 전쟁 통에 부모 잃고 혼자 남은 어린애를, 더욱이 친구의 자손을 모른 체할 수 있었겠느냐. 그건 네 돌아가신 아버지도 마찬가지였다."

어머니는 은수의 부모가 어떤 사람들이었는지, 어떤 경위로 죽게 되었는가에 대해서는 입을 열지 않았다.

"제가 처음 온 것이 어느 집에 살던 때인가요."

"서울로 이사 오기 전까지 살았던 왜식 이층집이었지."

그러나 그 집에 햇빛 가득한 마당 따위는 없었다. 그렇다면 최초의 기억으로 뚜렷이 남아 있는 햇빛에 하얗게 바랜 너른 마당과 함부로 나뒹굴어 있던 두 짝의 검정 고무신은 무엇에서 비롯된 것일까.

"내가 할 수 있는 말은 이것뿐이다. 우리가 함께 살기 시작한 이후의 일은 아마 네가 더 잘 알 게다…… 알 때 알게 되더라도 행여 신랑 자리한테는 먼저 말하지 마라……그다지 큰 허물이 될 리야 있겠느냐만……"

어머니는 아무리 술이 취해도 그 이상의 말을 하지 않았다.

단순히 전쟁고아라는 사실을 은수는 믿을 수가 없었다. 그렇다면 자신은 별에서 온 아이, 혹은 땅끝에서 홀연히 솟아오른 아이라고 생각했던가. 말해지지 않은 부분의 어떤 것을 바라고 있었던 것일까. 세중은 아직 은수가 어머니의 양녀(養女)라는 사실을 모르는 성싶었다. 호적에도 물론 친자(親子)로 기재되어 있었지만 어머니 역시, 은수의 가출 때마다 치르는 곤욕에도 불구하고 굳게 입을 다물고 있었던 탓이리라.

물론 어머니에게 자신이 누구인가, 누구였던가를 따져 물으려 작정했을 때는, 자신의 출생에 대해 장차 남편이 될 세중에게도 알려야 한다는, 그래서 세상과 자신의 생을 직시하여 당당히 정직하게 맞서겠다는 의도가 강하게 작용한 것이 사실이었다. 그러나 끝내 세중에게 말할 수 없었던 이유, 즉 선량하고 소심한 편인 그에게 공연한 또 하나의 편견을 심어줄 따름이 아닌가 하는 것은 변명만은 아니었다. '전쟁 통에 부모 잃은 아이는 너뿐이 아니었다'라는 어머니의 말대로 평범한 사실 앞에, 남몰래 키워왔던, 자신의 운명에 대한 비장함 따위는 응석이 아니었던가. 무엇보다도 현실은 과거를 보상할 수 없다는, 과거의 사실로 인해 현실은 변명되고 보호되지 않는다는 명료한 인식 때문이었다. 그러나 때 없이 등을 밀리듯 보이지 않는 바람의 손길에 잡히듯 집을 떠나 헤매게 하던 자신의 고아 의식은 현실을, 삶을, 삶의 권태를, 열정을 견뎌낼 수 없었던 자의 핑계였던가.

집 안을 대강 치우고 은수는 화장을 시작했다. 눈밑에서부터 광대뼈 위까지 넓게 퍼진, 덜 닦인 먼지처럼 얼룩진 기미를 가리기 위해 짙게 분을 바르고 볼연지를 덧칠했다. 옷장을 열어, 너무 화사해서 좀체 입지 않던 밝은 보랏빛의 투피스를 꺼내 입었다. 봄날의 어두운 빛깔은 상가(喪家)의 휘장을 연상시킨다.

입술 연지를 짙게 바르고 재떨이가 말끔히 비워졌는지, 덜 닫힌 서랍은 없는지, 물건들이 놓일 자리에 제대로 놓였는지를 눈으로 점검하고 은수는 집을 나왔다. 분명 대문 열쇠를 핸드백에 넣었건만 대문을 당겨 닫으며 은수는 찰칵 자물쇠 맞물리는 소리에 가슴이 섬뜩했다.

그러나 은수는 이내 일상적으로 맛보게 마련인 작은 느낌들 하나하나마다 예감으로 곧장 연결시키는 자신의 버릇을 나무랐다. 한두 시간 후면 돌아오게 될 것이 확실한 작은 외출에도 등 뒤에서 닫기는 문소리는 등을 밀어내듯 늘 그렇게 차갑고 견고하지 않았던가.

아침에 승일의 손을 잡고 내려가던 비탈길에는 여전히 바람이 불고 있었다. 승일이는 말했었다. 바람이 불어, 바람은 왜 불지? 난 바람이 싫어. 은수는 바람에 눈을 뜨지 못하는 승일의 앞을 가로막아 뒷걸음질 쳐 바람을 가려주며 대답했었다. 바람은 그리워하는 마음들이 서로 부르며 손짓하는 것이란다.

갈현동으로 가는 버스가 좀체 오지 않았다. 쉼 없이 줄을 이어 닿고 떠나는 버스들의 행선지 푯말을 읽으며 서성이던 은수는 문득 몸의 어디랄 것도 없이 끈끈히 와 닿는 시선을 느꼈다.

거미줄처럼 흐릿하나 확실하고 접착력 있게 달라붙는 시선에 은수는 목덜미를 쓸며 뒤를 돌아다보았다. 신문 가판대 앞에서 한 사내가 은수를 유심히 바라보고 있었다. 스물예닐곱이나 되었을까. 흰빛 가까운 점퍼에 더부룩한 머리의 흔히 볼 수 있는 차림의 젊은이였다.

은수는 그의 눈길에서 비켜서며 몸을 돌렸으나 그 젊은이는 집요한 시선을 거두지 않았다. 학생일까, 외판원일까, 아니면 실업자일까.

옷 단추가 벌어져 속살이 보이는가, 스커트 단이 뜯긴 건 아닌가, 사내의 시선 앞에 불안해진 은수는 남몰래 옷차림을 살폈다. 사내의 눈길을 끌 만한 것은 찾아지지 않았다. 그저 단지 무료한 사내의 눈길에 우연한 표적이 된 건지도 몰라. 그건 어쩌면 어릴 때 많이 하던 거울 장난 같은 건지도 몰랐다. 보이지 않는 곳에 숨어 손거울을 비추면 표적이 된 아이는 처음엔 어리둥절하다가 차츰 짜증을 내고 이윽고 공포에 사로잡히게 마련이었다.

일종의 자기암시, 최면인가. 아마 그는 뜻없이 바라보는 눈길의 덫에 걸려 차츰 자기암시에 빠져 들어가는 여자의 모습을 관찰하는 짓궂은 장난을 하고 있는 거라고 생각하면서도 은수는 가면처럼 달라붙어 있는 짙은 화장에 신경이 쓰여 정류장 앞의, 가게 유리 진열장으로 다가갔다. 밖의 빛으로 우물 속인 듯 어둡고 깊어 보이는 유리면에 탈 쓴 듯 하얗게 분장한 일본 무극의 배우처럼 짙게 화장하고 화사하게 차려입은 여자가 음화상으로 낯설게 찍혀 있었다. 그리고 여자의 몸 가득히 무리무리 꽂혀 있는 꽃무리들이 보였다.

유리 안쪽은 꽃집이었다. 화분에 심겨진 관엽식물들, 장미, 프리지어, 카네이션, 금잔화, 안개꽃, 그 외에 은수는 꽃 이름을 모른다.

은수는 목덜미에 더운 입김을 느꼈다. 유리면에 비친 자신의 몸 뒤로 사내의 모습이 겹친 듯 바짝 다가와 있었다.

가게 앞을 떠나는 대신 은수는 유리문을 밀고 안으로 들어갔다. 그러고는 향기가 강한 프리지어 한 다발을 샀다.

기쁜 일에도, 슬픈 일에도 똑같이 요긴하게 쓰이는 것은 꽃뿐이다. 그래서 사람들은 혼례식에도, 장례식에도 꽃으로 치장하지 않는가.

셀로판지에 싼 꽃을 들고 나올 때까지도 사내는 진열장에 붙어 서서 은수를 바라보고 있었다.

은수는 손에 든 한 다발의 꽃이 사내에게나 자신에게 확실한 목적으로, 목적 있는 발걸음으로 보여지기를 바라며 때마침 와 닿은 버스에 올라탔다.

버스가 도심지를 벗어나자 흙과 햇빛과 수목의 정기가 뿜어내는 대기의 어울림으로 연기가 서린 듯 자우룩한 산의 모습이 다가들었다. 푸른 물이 채 들기 전이건만 먼 눈에도 바위 벼랑의 진달래가 붉었다.

자줏빛 바위갓에 / 잡은 손 암소를 놓게 하시고 / 나를 아니 부끄러워하시면 / 꽃을 꺾어 바치오리다.

과거나 미래를 향해 한없이 달려가는 듯 고즈넉한 기분에 잠겨, 은수는 내려야 할 정류장도 잊은 채 하냥 다가드는 산을 보았다.

산은 멀리서 볼 때와는 달리 제법 골이 깊고 등성이가 가팔랐다.

야트막한 둔덕에는 간간이 나물 캐는 여자들의 모습이 눈에 띄었다. 등성이를 오르며 은수는 가끔 돌아서서 어느새 꽤 멀찍이 보이는 찻길과 집들을 바라보았다. 시장 통에서 내려야 할 것을 차창 밖으로 보이는 산빛에 홀려 내처 종점까지 온 것이다. 어머니에게는, 돌아가는 길에 잠깐 들르면 되려니 하는 심산이었다. 셀로판지로 싼 프리지어는 햇빛과 바람을 못 이겨 어느새 후줄근하게 시들고 있었다.

간혹 골의 이쪽저쪽에서 뻐꾹새 소리만 들릴 뿐 산은 조용했다. 하긴 지금은 학교에 간 동네 아이들이 돌아올 시간도 아니고 부지런한 아침 산책객들이 약수를 마시러 나올 시간도 아닌 것이다. 능선을 타고 넘자 나물 캐는 여자들도 보이지 않았다. 대신 양지바른 탓인가, 뗏장이 벗겨져 벌겋게 흙이 드러나고 봉분이 내려앉은, 버려진 무덤들이 군데군데 눈에 띄었다.

은수는 지난해의 마른 덩굴과 시든 풀이 부드러운 무덤가에 앉았다. 신을 벗고 편하게 다리를 뻗었다. 볼 좁은 구두 속에서 부득부득 부어오르는 듯하던 발이 시원해졌다.

은수는 담배를 꺼내 피워 물었다. 까마득히 높은 하늘에 비행기가 은빛 새처럼 날았다. 날카롭게 금 그어진 비행운이 물에 젖듯 점차 엷어지고 사라지는 모양을 은수는 아무런 생각 없이 오랫동안 바라보았다. 단지 원초적인 평안함이 있다면 이런 것이 아닐까 하는 막연한 느낌을 즐기며.

꽤 높직하고 바위 벼랑이 많아 오르는 길이 짐작되지 않는 골짜기 맞은편 산에서 사람의 모습이 어른대며 내려오는 것이 보였다.

그들은 등에 자루를 하나씩 걸머메고 손에는 방금 산에서 꺾어 만든 듯한 지팡이를 들고 있었다.

그 지팡이로 연방 아직 잎 피지 않은 잡목들을 헤치며 골짜기를 향해 내려오는 것이었다.

골짜기를 건너 은수가 있는 무덤가의 뒤편으로 접어들던 그들이 은수에게 다가왔다.

"아주머니, 담배 한 대 나눠 피웁시다."

은수는 눈을 치떠 그들을 바라보았다. 셋 다 예비군복 차림으로 웃저고리 주머니나 눌러쓴 모자에 진달래꽃 한 가지씩을 꽂고 있었다.

은수는 잠자코 그중 키가 큰 사내의 내민 손에 담배를 갑째 건네주었다.

"고맙시다. 이왕이면 불도 빌립시다."

사내는 자루를 내려놓고 털썩 주저앉았다.

"성냥은 여기 있어. 얌체같이 입만 가지고 다니지 말라고."

한 사내가 주머니에서 성냥을 꺼내 키 큰 사내에게 던지며 역시 담뱃갑에서 담배를 뽑아 물었다. 나머지 사내는 선 채 들고 있던 소주병을 입에 대고 한 모금 마시고는 자루를 헤집어 진달래꽃을 한 줌 털어 넣고 우물거리다가 뱉었다. 사내는 내내 꽃을 먹으며 왔던가, 꽃물이 든 입술이 붉은 보랏빛으로 축축이 젖어 있었다. 은수는 봄이면 진달래꽃을 뜯어다 자루에 담아 팔거나 함지에 이고 다니던 사람들을 본 기억이 났다. 은수는 담배를 비벼 끄고는 필터에 짙게 루주가 묻어 있는 꽁초를 눈에 띄지 않게 마른풀로 덮었다.

"아주머니는 이 동네에 사시오?"

은수의 하는 양을 집요하게 지켜보던 키가 큰 쪽의 사내가 조금 다가앉을싸 하는 몸짓을 보이며 물었다.

"아니에요. 그저 바람 좀 쐬러……"

"보아하니 임자 없는 무덤에 술 한잔 부어줄 인정으로 온 거 같진 않고…… 발 뻗고 앉은 걸 보니 이 아주머니도 꽤나 외롭고 애달픈 사연이 있는 듯한데…… 어때요, 그렇지 않소?"

체수가 그중 작고 마른 사내가 은수의 벗은 발을 흘긋흘긋 바라보며 낄낄 목 안의 웃음소리를 내었다. 사내의 눈길에 민망해진 은수가 얼른 신을 찾아 신었다. 그들은 주린 듯 성급히 또 한 개비씩 담배를 빼어 불을 당겼다. 서른 살에서 마흔 살 사이? 검붉게 탄 얼굴과 험한 일에 길든 거친 손, 노동복으로 상용되는 듯한 예비군복 차림으로는 쉽게 나이가 짐작되지 않았다.

"내다 파시는 건가요?"

가슴에서 스물스물 피어오르기 시작하는 불안을 감지하며 은수는 짐짓 가벼운 어조로 물었다.

"봄에는 꽃 꺾어 팔고 여름에는 뱀 잡아 팔고, 닥치는 대로지요."

그들은 또 마주 보고 낄낄 웃으며 소주병을 넘겨 한 모금씩 마시고 돌렸다. 네 홉들이 병에 삼분의 일가량 술이 남아 있었다. 한 모금씩 술을 넘길 때마다 목젖 꿀럭이는 소리가 크게 들렸다. 조금 전까지 평안이라 느꼈던 산의 정적이 갑자기 못 견디게 불안해졌다. 새소리도 멎었는가, 기이할 정도로 조용한 한

낮의 정적이 그만한 불안으로 은수를 옥죄었다. 은수는 꽃다발과 백을 들고 일어났다.

"날씨도 좋은데 슬슬 얘기나 하다 가시오. 별반 급한 걸음도 아니잖소. 아주머니도 꽤나 따분한 것 같은데 우리 같은 사람과 한나절 말 친구 하는 것도 괜찮을 거요. 거참, 시간 조져대기 힘드네."

"가야 돼요. 꽃이 좋아서 그냥 잠깐 올라와본 거예요."

은수는 웃으며 대꾸했다. 입안이 자꾸 말라왔다.

"꽃만 좋은가, 님도 좋지. 담배 잘 피웠시다. 우린 대접할 게 이것밖에 없는데 어떠슈? 한 모금 안 하시겠소?"

내내 선 채 먼산바라기를 하며 소주를 찔끔거리던 사내가 느닷없이 은수의 코앞으로 술병을 들이밀었다. 은수는 멈칫 한 걸음 물러서며 눈을 크게 떴다.

"강 건네주니 보따리 채가는 식이군. 이건 임자한테 돌려줘야지. 뭣이든 집어먹을 생각부터 하면 못써."

키 큰 사내가 슬그머니 집어넣는 담뱃갑을 낚아채어 은수의 손에 쥐여주었다.

축축하고 투박한 손이 잠시 은수의 손을 잡고 놓지 않았다.

"아니, 그냥 피우세요. 전 괜찮아요."

"어이구, 이 아주머니, 화끈한 데가 있네. 내 진작부터 그럴 줄 알았다구."

그는 클클 웃으며 담뱃갑을 제 주머니에 챙겨 넣었다.

지나왔던 길이 어디였던가. 은수는 비쭉비쭉 솟아 있는 나무 그루터기에 걸려 허둥대며 능선으로 올라왔다. 등 뒤에서 사내들의 낮은 수군거림, 클클한 웃음소리가 희미하게 들렸다.

능선에 올라오자 종점 동네가 멀찍이 내려다보였다. 올라올 때까지도 산등성이에 드문드문 보이던, 나물 캐는 여자들의 모습은 하나도 눈에 띄지 않았다. 한낮, 빈산의 정적이, 어른대는 그림자 하나 없는, 정지된 시간이 은수에게 문득 원시적인 차가운 공포를 불러일으켰다.

갑자기 등 뒤에서 휘적휘적 발소리가 들렸다. 은수는 화들짝 놀라 뒤를 돌아보았다. 그들이었다. 자루는 어디엔가 벗어둔 채 서너 걸음 떨어져 은수의 뒤를 따라오고 있었다. 땅딸한 사내는 그저도 소주병을 든 채였다. 은수는 애써 웃음을 지어 보였다. 아니 웃어야 한다고 생각했다.

"어느 길로 올라왔는지, 내려가는 길을 통 못 찾겠네요."

긴장으로, 자신의 귀에도 터무니없이 높고 팽팽해진 목소리로 은수는 말했다. 그들은 웃지 않았다. 나물 캐던 여자들은 모두 어디로 숨어 들어간 걸까.

은수는 그물처럼 팽팽히 죄어오는 그들의 눈빛에 본능적인 경계심으로 뒷걸음질 치며 환각처럼 사라져버린 여자들을 찾아 두리번거렸다. 소리를 치면 어디까지 들릴 수 있을까. 그들은 한 자만큼의 사이를 두고 반원의 포진(布陣)으로 은수 앞을 막아섰다. 낮술이 벌겋게 오른 그들에게는 이미 포획을 자신하고 몰이를 하는 노련한 사냥꾼의 침착함이 있었다. 아이들이 서너 명, 노래를 부르며 무심히 등성이를 타고 지나갔다.

"왜들 그래요. 난 가야 해요."

목 질린 소리를 간신히 내뱉으며 뒷걸음질을 치던 은수는 돌부리나 나무 그루터기에 걸렸던가, 맥없이 뒤로 넘어졌다. 은수는 나뒹굴며 재빨리 스커트를 내려 무릎을 가렸다. 이렇게까지 굴러떨어져서는 안 돼, 속으로 부르짖으며. 그러나 이미 보일 것은 다 보여버렸다는 참담함이 새로운 굴욕감으로 고개를 들었다. 다만 한 다발의 꽃으로 가렸어도 자신은 신문 가판대 앞의 사내의 눈에서, 그리고 진달래 꽃잎을 먹고 있던 사내의 눈에서도 이미 발가벗겨지고 있던 것은 아니었을까.

그들은 은수에게 다가왔다. 그러고는 점차 사이를 좁혀 그들이 내려왔던 산의 깊은 골에 밀어 넣었다. 은수는 이제 꼼짝없이 삼각의 틀, 혹은 아가리가 좁은 병 속에 갇힌 꼴이었다. 산자락에 가려 누구의 눈에도 쉽게 뜨이지 않을 곳이었다. 술병을 든 사내가 은수의 어깨를 덮치듯 밀어 마른풀이 깔린 바닥에 쓰러뜨렸다.

"왜, 왜 그래요? 어쩔려고 그래요?"

참을 수 없는 공포와 분노로 은수는 눈을 크게 뜬 채 무력하게 외쳤다.

"뭘 하려느냐구? 이제 알게 되지."

사내가 술병을 뒤에 선 키 큰 사내에게 넘기며 나지막이 말했다. 그의 억센 손이 윗도리에 닿자 이내 후드득 단추가 뜯기고 앞섶이 벌어졌다. 은수가 벗어나려는 몸부림으로 다리를 버둥대자 사내는 성가시다는 듯 구두를 벗겨 던져버렸다. 그러고는 한 손으로 은수의 입을 막고 두 무릎으로 다리를 찍어 눌렀다. 공포는 직시하면 사라져버린다던가. 눈앞으로 크고 축축한, 꽃물 든 입술이 커다랗게 다가왔다. 은수는 그때까지도 맹목적으로 비틀어 움켜쥐고 있던 프리지어 다발로 사내의 얼굴을 힘껏 후려쳤다. 거칠고 조급한 손길로 스커트를 걷어 올리던 사내가 피식 잇새로 웃었다.

삭이지 못한 술냄새인가, 으깨어진 꽃냄새인가, 입을 막고 있는 더러운 손의 댓진내와 뒤섞여 숨이 막혀왔다.

"얌전히 있어. 여긴 아무도 오지 않아. 살인을 해도 모른다구. 성해서 돌아가고 싶으면 순순히 말을 들어."

"재미 좀 보자는데 뭘 그래. 어차피 배 지나간 자린걸."

골의 입구를 막고 망을 보듯 서 있던 키 큰 사내가 병나발을 불고는 빈 병을 골짜기 아래로 내던지며 목젖 울리는 웃음소리를 냈다. 한 사내는 돌아서서 오줌을 누었다. 골짜기를 지나는 발소리가 들렸다. 산자락에 가려 모습은 보이지 않았으나 재깔거리는 말소리가 바로 곁인 듯 가깝게 들렸다.

"이 녀석들. 여기가 어디라고 함부로 싸다니냐. 뱀 나와. 뱀에 물려."

뒷짐 지고 골짜기를 바라보던 사내가 으름장을 놓았다. 말소리도 발소리도 곧 멀어졌다.

햇빛에 눈이 시었다. 문득 바위 벼랑의 진달래가 가득 눈에 들어왔다.

뻣뻣이 경직된 몸을 사내는 거칠고 성급한 손길로 헤쳤다. 억척스럽고 집요한 낯선 몸, 낯선 냄새에 진저리를 치며 은수는 고개를 돌렸다.

스커트는 허리 위까지 말려 올라가고 사내의 체중에 짓눌린 허리 아래는 완전히 알몸이었다. 나는 왜 기절도 하지 못하는가. 눈과 귀를 환히 열고 이 모든 냄새, 모든 소리, 풍경을 기억 속에 각인해야 하는가. 무거운 추를 단 듯 몸은 한없이 한없이 아래로 떨어져 내리고 있었다. 마침내 가닿는 밑바닥은 무엇인가. 바닥을 보지 않으려는 노력으로 은수는 눈을 감았다. 감은 눈에도 햇살은 눈부시고 벼랑의 진달래는 선연히 붉었다. 그리고 햇빛 아래 널부러진 자신의 모습이, 사지를 핀에 꽂혀, 아직 죽지 않은 의식으로 퍼들대는 해부대의 개구리처럼 떠올랐다. 그런데 이상한 일이었다. 왜 불현듯 기억의 맨 밑바닥에서 물에 잠긴 사금파리처럼 빛나는 최초의 기억, 튀어오를 듯 강한 햇빛과 나뒹구는 두 짝의 고무신이 떠오르는가.

사내가 은수의 몸에서 떨어져 나가자 망을 보던 키 큰 사내가 혁대 버클을 절그럭거리며 다가왔다. ……세번째 사내가 다가왔다.

"꼴사납군. 미친 여편네. 죽을 작정이 아니라면 이런 델 그렇게 혼자 싸다니지 않는 게 좋아."

산을 내려가는 그들의 휘파람 소리를 들었던가. 그들이 떠나고 발소리마저 완전히 사라진 뒤에도 은수는 그 자리에 쭈그리고 앉아 있었다. 무슨 일이 일어났던가. 단추가 떨어져 나가고 찢긴 옷, 질퍽하고 끈끈하게 젖어드는 속옷 따위가 아니라면 은수는 방금 자신에게 일어났던 일이 꿈이거나 영화의 한 장면이라고 생각했을 것이다. 사내들의 얼굴은 하나도 기억나지 않았다. 모자와 윗주머니에 꽂혔던 진달래 꽃가지, 꽃물 들어 붉고 축축한 입술만이 떠올랐다.

산그늘이 점점 넓고 짙어지고 있었다. 몇 시나 되었을까. 승일이가 돌아올 시간은 벌써 지났을 것이다. 시계는 언제 퉁그러져 나갔는지 눈에 띄지 않았다. 바람이 가지뿐인 잡목 숲을 흔들었다. 서른네 살의 여자가 햇빛 아래 발가벗겨 윤간을 당하고 울 수가 있는 걸까. 강간당하고 울 수 있는 권리는 철모르는 아이들에게나 있는 것이다. 은수는 산의 깊은 골마다 안개처럼 피어올라 서리는 땅거미와, 형체 없이 다가드는 어둠을 망연히 바라보았다.

비탈길을 올라와서도 집으로 들어가는 골목은 까마득히 길게 이어지고 있는 듯했다.

봄날 저녁은 일찍 저물고, 저물면 곧 밤이다. 골목이 꺾이는 곳마다 드문드문 서 있는 가로등 불빛 주위의 어둠이 제법 깊고 부드러웠다.

은수는 몇 차례나 걸음을 멈춰 어두운 담벼락에 기대서서 숨을 몰아쉬었다.

"아니, 승일이 엄마. 어디 갔다 이제 오우?"

누군가 앞을 가로막으며 잡아 흔들 듯이 물었다. 이웃집 아낙네였다. 석유를 사러 가는지 석유통을 들고 있었다.

"네, 좀……"

은수는 가로등 불빛에서 비켜서며 옷깃을 여미어 단추가 뜯어져 나간 앞섶을 가렸다.

"어서 들어가보우."

말로는 그러면서도 그녀는 은수의 앞을 틔워주지 않았다. 무언가 잔뜩 할 말이 있는 성싶은, 자못 탐색하는 표정으로 은수의 행색을 찬찬히 살폈다.

"어딜 나가면 나간다고 우리 집에라도 얘길하지 그랬수. 글쎄 그때가 언젠가…… 점심때 좀 겨워서 돌아온 승일이가 문밖에서 엄마 찾는 소리가 들립디다. 난 승일이 엄마가 잠깐 낮잠이라도 들었나 싶어 무심했는데 한 십 분 남짓 부르고 문을 두드려도 승일이 엄마 대답하는 소리가 없지 뭐예요. 그래서 나가봤지요. 엄마가 잠깐 장에 갔나 보다, 우리 집에 들어가 있으면 엄마 돌아오는 소리가 들릴 거다, 하면서 그동안 우리 집에 들어가 있자고 타일러도 엄마 올 때까지 그냥 문밖에서 기다리겠다지 뭐예요. 그래, 마냥 그렇게 실랑이하고 섰을 수도 없어, 그럼 언제든지 들어오너라 하고 대문을 안 건 채 들어갔지요. 어린애 고집이 황소고집이란 말도 있지 않아요? 그런데 저녁밥이 다 되어 찬거리를 사러 가게에 내려가는데 승일이가 그때까지도 그대로 댁의 대문에 기대앉아 꼬박꼬박 졸고 있지 않겠어요? 어찌나 애처롭고 가엾던지…… 엄마가 볼일이 늦어지나 보다, 밤이 되기 전에는 돌아올 테니 우리 집에 가재도 고개만 흔들어요. 어린 게 울지도 않고 엄마를 기다리는 것이 신통하다기보다 오히려 섬뜩합디다. 동네 아주머니들이 모두 나와서 달랬지요. 그럼 우리 집에 가 있으련? 맛있는 것을 많이 주마, 누나랑 형들이랑 텔레비전도 보고 같이 놀고 있으면 엄마가 찾으러 올 거다, 온갖 말로 어르고 달래도 막무가내예요. 밤새도록이라도 그대로 앉아 있을 기세였다우. 그런데 좀 전에 승일이 아빠가 오셨더군요. 우리 집 장독대로 해서 담을 넘어가서 문을 따고 승일이를 안고 들어가셨어요. 어쨌든 아빠가 제시간에 오셨기에 망정이지……"

그녀의 말은 귓전에서 이명(耳鳴)처럼 맹렬히 끊임없이 울리며 이어졌다.

은수는 돌아서서 지켜보고 있는 그녀의 눈길을 의식하며 불빛을 피해 한 걸음씩 떼어놓았다.

집에는 안방에만 불이 켜져 있을 뿐 깜깜했다. 텔레비전 소리도 들리지 않았다. 은수는 발끝을 한껏 들어 담에 두 팔을 걸치고 서서 좁은 마당 건너 손에 잡힐 듯 가까운 안방의 불빛을 오랫동안 바라보았다. 간혹 알아들을 수 없는 승일이의 목소리와 함께 웅얼웅얼 낮게 대꾸하는 세중의 음성이 들려왔다.

은수는 떨리는 손으로 초인종을 찾아 눌렀다. 그러다가 집 안쪽에서 울리는 짧고 둔한 소리에 놀라 성급히 손을 떼었다.

안방의 창문이 열리고 세중의 얼굴이 나타났다.

"누구요?"

"저예요, 은수."

그러자 탁, 거친 기세로 창문이 닫혔다. 커튼마저 틈없이 닫히고 커튼에 가려진 창의 불빛이 한결 어둡게 은수의 눈에서 멀어졌다.

"누가 왔어? 누구야, 아빠?"

승일이의 묻는 소리였다.

"아무도 아냐. 옆집 벨 소리다. 어서 자거라."

일부러 그러하듯 어조를 높인 세중의 대꾸가 커다랗게 담을 넘어왔다. 은수는 있는 힘을 다해, 매달리다시피 하며 거의 결사적으로 벨을 눌러댔다.

이웃집 창문으로 잠깐 사람의 그림자가 어른대다가 사라졌다. 그러나 안방 창문은 끝내 열리지 않았다. 대신 갑자기 텔레비전 소리가 크게 들렸다. 빈 골목을 채울 만큼 큰 소리였다. 필시 승일이의 귀에서 엄마의 기척을 가리려는 의도이리라.

승일이가 오후 내내 돌아오지 않는 엄마를 기다려 쪼그리고 앉아 있던 자리는 어디쯤일까. 은수는 무너지듯 대문 기둥에 기대어 주저앉았다.

안의 기척은 터질 듯 울려대는 텔레비전 소리에 가려 들리지 않았다.

석유통을 든 이웃집 여자가 대문 그늘에 웅크리고 앉은 은수를 발견하지 못하고 종종걸음으로 지나갔다. 골목을 지나는 사람들의 발길이 끊이지 않고 드문드문 이어졌다. 이제 곧 집을 향해 돌아가는 사람들의 발길도 끊기고 골목에는 깊어가는 밤의 은밀한 정적, 어둠만이 남게 되리라.

춥다. 은수는 문득 진저리를 쳤다. 얼굴 가득, 그리고 다리 안쪽에도 좁쌀알 같은 소름이 빈틈없이 만져졌다. 이토록 아득한 절망감에도 불구하고 '춥다'라는 생리적 느낌이 생생하게 살아나는 것이 기이하게 여겨졌다.

은수는 다시 일어나 벨을 짧게 두 번 거푸 눌렀다. 텔레비전 소리는 어느 결엔가 한결 작아져 있었다.

한참 지난 후 창문이 조금 열렸다. 세중이 말없이 대문께를 내다보았다. 저예요. 문 좀 열어주세요. 그러나 그것은 말이 되어 나오지 않았다.

창문이 닫혔다. 잠시 후 방문을 여는 소리, 마루문을 드르륵 여는 소리가 들렸다. 신발을 끌고 두어 걸음 마당으로 내려서던 세중이 멈춰 섰다. 은수는 흑, 숨을 들이마셨다.

"아직…… 있소? 돌아가요. 밝은 날 얘기합시다."

끓어오르는 감정을 누르고 있는 듯 그의 목소리가 한껏 낮았다.

돌아가라니, 어디로요. 은수는 속으로 부르짖었다.

"당신 얼굴을 보면……"

잠깐 사이를 두었다가 말을 이었다.

"죽이게 될 것 같아."

"문 좀 열어주세요. 들어가서 말할게요."

"아직 할 말이 남았던가?"

분노를 극도로 누른 빈정거림이었다.

"승일이 잔다구. 큰 소리 내지 마. 밤이 늦었어, 돌아가요. 당분간 피차 생각할 시간을 가집시다. 그러고 있는 거 남의 눈에 띄어도 볼썽사납잖아. 시골 어머니께 전화 넣었어. 새벽차로 오시겠다니 승일이 걱정은 안 해도 돼."

곧 마루문이 닫히고 안방 불이 꺼졌다.

3

틀림없이 머리맡에 놓여 있을 조간신문을 찾아 누운 채 습관적으로 팔을 뻗으며 물 좀 줘,라고 말하던 나는 불현듯 덜미를 치는 생각에 손을 움츠리고, 반사적으로 옆자리를 바라보았다.

방 안을 채운 희미한 새벽빛 속에 승일이는 이불을 차 내던지고 모로 누워 잠들어 있었다. 이불을 당겨 덮어주며 나는 부엌으로 나가 냉수를 한 그릇 마셨다.

지난밤 무슨 꿈을 꾸었던가. 부엌 식탁에는 반찬 그릇이며 밥

알이 말라붙은 그릇 따위가 상보도 덮이지 않은 채 지저분하게 널려 있고 마루 탁자에도 역시 반 나마 남긴 술병과 잔, 꽁초가 수북한 재떨이가 그대로였다.

어제 밤늦도록 대문 밖에서 안타깝게 소리 죽여 서성이던 아내의 기척에 날카롭게 귀를 세우고 나는 불을 끈 어두운 마루에 앉아 찔끔찔끔 술을 마셔댔던 것이다.

마루 커튼을 젖히자 어둑신하던 실내가 조금 밝아졌다. 곧 날이 밝을 것이다. 방으로 들어가자 문 열리는 기척에 선잠 깬 승일이가 몸을 몇 번 뒤채며 약하게 울음소리를 내었다. 엄마, 쉬이.

나는 새벽마다 아내가 그러하듯 승일이를 안아 세워 내 목에 팔을 둘리고 요강을 갖다 대었다. 오줌을 눈 승일이가 잠이 덜 깬 몽롱하고 서러운 눈길로 나를 바라보고 방 안을 휘둘러보았다. 곧장 투정을 부릴 듯 잔뜩 찡그린 얼굴이었으나 엄마가 없음을 알고는 말없이 제 이불 속으로 들어갔다. 그러고는 망설이듯 물었다.

"엄마는 밥해?"

엄마 없다, 무뚝뚝하게 잘라 대꾸하다가 나는 덧붙여 달래듯 말을 이었다.

"조금 있으면 시골 할머니가 오신댔어. 승일이는 할머니 좋아하지?"

전후 사정을 설명할 것 없이, 곧 올라오셔야겠다는 내 전화에 역시 내일 첫차로 올라가마, 영문 모르고 황황히 대답하던 어머니가 아홉 시면 도착하리라는 계산에서였다. 벽시계가 여섯 시 반을 쳤다. 나는 드르륵, 소리 나게 분합 문을 열고 마당으로 내려섰다. 대문 틈에 끼여 있을 조간신문을 가져오기 위해서였다.

신문을 뽑아 들고도 한동안 우두커니 서 있다가 가만히 대문을 열었다. 아내는 없었다. 등교 시간이 이른 학생들이 간혹 집 앞을 지나갈 뿐이었다. 이상한 일이었다. 결코 아내를 받아들이지 않겠노라고 단호히 결심했음에도 불구하고 막상 아내가 떠난 자리를 보자 심한 배반감과 허기증과도 같은 허전함이 가슴을 메워오는 것은 무슨 까닭인가. 어제저녁, 퇴근해서 돌아와, 대문간에 앉아 꼬박꼬박 졸고 있던 승일이를 보았을 때의 아내에 대한 살의에 가까운 분노는 이미 차갑게 식었다. 그렇다면 대문 앞에 웅크리고 울며 잠든 아내를 보기를 바랐던가. 마음 어느 구석엔가, 아내는 여느 때처럼 며칠씩 외박을 하고 온 것이 아니라 다만 뜻하지 않게 외출 시간이 길어졌을 뿐이라는 변명을 스스로 준비하며.

아내의 읍소에, 뺨 몇 대 치고 세간살이 몇 가지 부수는 것으로 쉽게 주저앉을 수는 없다고 고개를 세게 흔들며 나는 빗자루를 들고 나왔다. 아내가 초라하게 어깨를 늘어뜨리고 비척비척 걸어갔을 길을, 마치 아내의 모습을 지우듯 집 앞에서부터 꼼꼼히 쓸기 시작했다.

어머니가 도착하기를 기다리느라 근 한 시간택이나 늦게 출근하고서도 나는 오전 내내 일이 손에 잡히지 않았다. 언젠가는 이런 날이 오리라고 남모르게 다지던 마음을 되돌이켜보면서도 전화벨이 울릴 때마다, 누군가 나를 찾는 소리가 들릴 때마다 깜짝깜짝 놀라곤 했다.

입금과 대출 통장에 도장을 찍는 사이사이 나는 할 일 없이 화장실에 자주 드나들고 손을 씻어댔다.

사환 아이가 책상 위의 재떨이를 비우며 벌써 세번째예요 하는 말에도, 연신 보리차를 마셔대는 내게 어머, 지 대리님, 간밤에 약주 많이 하셨나 봐요, 하는 여행원의 말에도 대꾸할 기분이 아니었다. 다만 한결같이 넥타이 단정히 매고 자리를 차지하고 앉은, 집안 걱정이나 자신에 대한 고통 따위는 말끔히 씻어버리고 오로지 일에 열중한 희고, 검고, 누르고, 넓적하고, 길쭉한 얼굴들을 향해 나는 멱살을 흔들며 묻고 싶었다. 당신들이라면 이런 경우 어떻게 처신을 하겠느냐고. 그들은 으레 약간 딱하다는 듯 대범한 표정으로 대답할 것이다. 아내에게 결정적인 부정만 없다면 어린아이를 보아서라도 한 번만 받아들이라고. 혹은 죽도록 두들겨 패서라도 못된 버릇을 고치되 그럴 자신이 없으면 일찌감치 갈라서라고 할 것이다.

아내는 지금쯤 갈현동 처가에서 이불을 들쓰고 누워 있을까, 아니면 번잡한 거리에 우두커니 서서 오가는 사람들을 마냥 바라보고 있을까, 어쩌면 이미 집에 돌아와 있을지도 몰랐다. 나는 몇 차례나 전화기로 가는 손을 거두고 대신 보리차를 들이켜거나 애꿎은 담배만 피워댔다.

어머니는 오늘 아침 집에 들어서는 길로 내게 물었다. 웬일이냐, 무슨 일 있었니? 그러고는 어수선한 부엌이며 그때까지도 잠옷 차림으로 마루턱에 시무룩이 앉아 있는 승일이를 일별함으로써 대번에 사태를 알아차렸다. 오냐, 걱정 마라. 할미 왔다. 배고프지? 불쌍한 내 새끼. 어머니는 소매를 걷고 부엌으로 내려가 부랴부랴 쌀을 씻어 안쳤다.

내 입으로 말한 적은 없건만, 또한 아내의 가출로 어머니를 불러 올린 적은 없건만 누님의 입을 통해 아내의 가출 버릇은 수년래 집안 간에 짜자한 말거리가 되었다.

나는 아내가 나타나기를 기다리는 건지 면대하기를 두려워하는 건지 자신도 분명히 알 수 없었다. 다만 시간이 지남에 따라 확실해지는 것은 나 자신 별수 없이 소심한 사내라는 것이었다. 이번에는 정말 안 돼. 이를 앙다물면서도 깊은 밤 대문 밖에서 울고 있는 아내의 등을 밀어 쫓아냈다는 한 가닥 느낌을 떨쳐버릴 수 없었다.

퇴근 시간이 가깝도록 아내에게서는 전화가 없었다. 대신 은행에 나타난 것은 뜻밖에도 장모였다. 때 없이 출입구로만 가는 눈길에, 선팅이 된 은행 유리문 밖에서 서성이는 장모의 모습이 잡히자 나는 손끝이 하르르 떨리며 가슴이 내려앉았다. 그러나 나는 대기용 의자에 앉아 안타깝게 내 시선을 잡으려 기다리는 장모를 애써 모른 체 옆자리 동료와 긴치 않은 얘기를 주고받으며 담배 한 대를 다 피웠다. 그리고 기다리다 못해 창구로 다가

온 장모를 그제야 발견한 듯 웬일이냐는 표정을 지으며 의자에서 일어났다.

마감 시간이 가까운 은행은 장마당처럼 붐비기 마련이었다. 지하 다방에라도 잠깐 내려갈까 하다가 나는 장모에게 대기용 의자를 권하고는 옆자리에 앉았다. 종일 피워댄 탓에 입안이 쓰고 깔깔했지만 나는 거의 습관적으로 담배를 꺼내 물고 불을 붙였다.

"자네…… 바쁜 모양이군."

핸드백 고리를 만지작거리며 장모는 민망해하는 어조로 입을 열었다.

"이 시간엔 늘 그렇지요."

"승일이 에미가 또 일을 저질렀구먼."

"갈현동에 있습니까?"

마냥 입을 닫고만 있을 수도 없는 일이어서 나는 내뱉듯이 짐짓 무관심한 투로 물었다. 장모는 내 대꾸에 비로소 할 말을 찾은 듯, 나를 만나러 은행으로 오며, 또 차마 문 안으로 들어서지 못하고 서성이며 내내 혼자 중얼거렸을 말을 쏟아놓기 시작했다.

"아닐세. 그 애가 그러고 나가서 갈현동에 오는 적이 있었던가. 그 애가 어제 갈현동에 온다길래 음식 몇 가지 싸놓고 내내 기다렸는데 저물도록 안 오더군. 무슨 사정이 있나 보다,라고만 생각했지. 그런데 지난밤 꿈자리가 하도 뒤숭숭해서 오늘 전화를 해봤더니 글쎄 사부인께서 받으시질 않나. 승일이 에미가 집을 비워서 올라오셨다는 말씀을 듣고서 그만 맥살이 풀려서…… 이걸 어쩌나, 정신이 다 아득해지네. 진작 우리 집에 전화를 했으면 나라도 뛰어갈 텐데 굳이 바쁘신 사부인을 올라오시게 했나."

경황 중에도 장모는 시골 어머니에게 득달같이 전화를 해서 알린 것이 서운하고 원망스러운 기색이었다.

"어차피 이젠 숨기고 말고도 없지 않습니까."

"내가 죄인일세. 할 말이 뭐 있겠는가. 그러나저러나 이 미친 것이 또 어딜 갔을꼬."

"전들 압니까. 결혼하고 육 년이에요. 참을 만큼 참아왔어요. 경찰에 수색원을 내고 신문에 광고를 내고, 거리에 방을 써 붙일까요?"

어느 결에 흥분한 내 목소리가 좀 높았던가. 공과금을 내기 위해 길게 줄을 선 사람, 의자에 앉아 주간지 따위를 뒤적이던 사람들이 힐끗힐끗 바라보았다.

"내 이번에는 다시 그런 짓 못 하게 단단히 이르겠네. 그나저나 승일이 에미가 아닌가."

장모가 덥석 내 손을 잡으며 한껏 기어 들어가는 목소리로 말했다. 아, 언제나 똑같이 되풀이되는 이런 행위, 일들. 진절머리가 나도록 이젠 정말 싫다.

"승일이 에미라구요? 애 딸린 어미가 그런 소행머리를 합니까?"

나는 목소리를 낮추었다. 모두 부질없는 짓이다. 나는 장모의 뜨겁고 껄껄한, 검버섯이 거뭇거뭇 피기 시작한 손에서 슬며시 내 손을 빼내며 손목시계를 들여다보는 시늉을 했다.

"바쁜 모양인데, 가서 일보게. 난 이 길로 자네 집에 가겠네. 사부인은 가게 일로 바쁘실 텐데 내일이라도 내려가시도록 해야지. 내가 에미 올 때까지 승일이를 돌보겠네."

장모는 먼저 자리에서 일어났다.

"아닙니다. 그러실 필요 없어요. 가게 일은 동생에게 맡겨놓으셨으니 당분간 정리될 때까지 계시겠답니다."

나는 흙빛으로 질리는 장모의 늙은 얼굴을 똑바로 바라보며 냉정하게 잘라 말했다.

"승일이 에미 보시거든 제게 한번 나오라고 하십시오."

어떻게든 내 마음을 누그러뜨리려는 안간힘으로, 자리에서 일어나고도 쉬이 발길을 떼지 못하고, 퇴근할 때까지 부근에서 기다리겠노라고 멈칫대는 장모를, 월말이니 야근을 해야 할 판이라는 핑계로 돌려보낸 후, 나는 종일 머릿속을 어지럽게 맴돌며 괴롭히던 생각들이 오히려 차분히 정리되는 느낌이었다. 갈피를 잡을 수 없이 엉클린 실꾸리의 끝이 보이는 듯했다. 결코 감추려 하지 않는 장모의 조바심, 안타까움의 반작용으로 상대적인 여유를 얻은 것일까.

나는 나 자신 그다지 냉정한 사내라고 생각해본 적이 없었다. 그러나 가정은, 내 손으로 일군 가정만은 새의 보금자리처럼 포근하고, 호두 껍데기처럼 견실하고, 안전해야 한다는 신념은 확고했다. 그것은 어쩌면 세상살이를 해오면서 쌓아진, 인간과 세상에 대한 불신과 무상감으로 더욱 확실하고 두꺼워진 담일지도 몰랐다.

나는 빈 담뱃갑을 구겨 버리고 책상 서랍을 열었다. 볼펜, 명함, 소형 전자계산기, 편지봉투 따위가 정연하게 정리되어 있고 안쪽 맨 밑에 몇 개의 적금 통장이 있었다. 나는 그중 하나를 꺼냈다. 오 년째 적립하고 있는, 육 개월 후에 타게 되어 있는 오백만 원짜리 적금으로, 올가을쯤에는 집을 팔고 적금을 타서 보태면 융자를 얻어 보다 조건이 좋은 집으로 옮길 수 있으리라는 계산이었다. 도장이 찍히지 않은 채 비어 있는 여섯 개의 칸을 하나씩 눈으로 더듬으며 나는 아내에게 지고 있는 현실적 의무, 도의적 측면, 법적인 측면과 한계 따위를 두서없이 생각했다.

다섯 해 전, 힘들더라도 주택 적금을 들어야겠다는 내 제안에 아내는 어린애처럼 즐거워했다. 남이 살던 집이나 지은 집을 살 게 아니라 짓도록 해요. 우리식으로요. 난 사는 집이 곧 자기 체질이 된다고 생각하는 축이에요. 요즘 집들은 재미가 없어요. 아파트식이라 편하다고는 해도 손바닥처럼 빤해서 싫어요. 방을 많이 만들어요. 개미굴 같겠지만. 화가 나거나 뭔가 마음에 차지 않을 때 들어가 숨어 있을 수 있는, 아무도 찾아내지 못할 장소가 꼭 한 군데는 있어야 해요. 우리 아이들을 위해서라도 그런 자리를 마련해줘야 해요. 그렇다고 반드시 집이 커야 할 필요는 없지요. 대신 마당은 넓어야 해요. 마당에 둥근 탁자를 놓고 날이 좋으면 밖에서 식사를 하고 차를 마시거나 책을 읽겠어요. 나무는 되도록 유실수로 심어요. 그래야 애들이 좋아할 거예요. 소녀 취미라고 하겠지만 담은 흰 페인트 칠한 목책으로 두르겠어요. 지붕은 녹색이 좋겠어요. 여학교 때 『그린 게이블스』라는 책을 읽어서 그런가 봐요. 초록 지붕의 농가에 온 '예배당의 쥐새끼'처럼 못생기고 가난한 고아 소녀가 아름답고 행복한 여자로 성장하는 얘기예요. 그걸 읽으면서 나는 행복을 느끼는 것도 대단한 능력이라고 감탄했지요. 내가 살 집은 손수 짓고 그 집에서 오래 살고 싶어요. 난 애를 많이 낳을 거예요. 몸은 작지만 틀림없이 다산형이에요. 마당에서는 아이들이 뛰어놀고 난 아이들을 보면서 좀 슬픈 듯한 기분에 잠겨 늙은이처럼 오래 등의자에 앉아 있을 거예요.

나는 용지를 꺼내어 해약 청구서를 쓰기 시작했다.

상황이야 어찌 되었든 내게 남편으로서의 아내에 대한 빚은 남게 마련이고 세속의 일이란, 그것이 설혹 정신적인 부채라 할지라도 금전상의 마무리가 많은 정리를 해준다는 것을 나는 알고 있었다.

아내는 또 말했었다. 나는 왜 어린애들을 보면 슬픈 생각이 드는가 몰라요. 천지 분별 없이 인생에서 제일 행복할 때라는데, 철없이 뛰노는 아이들의 천진함에는 아주 깊은 슬픔이 있어요. 난 자주 우리가 낳을 아이들을 생각해보곤 하지요. 그런데 이상하게도 대여섯 살 정도의 아이들만 떠올라요. 더 큰 아이들이 내 주위에 있다는 건 상상이 안 돼요. 아이들은 자라기 마련인데요. 그건 당신이 형제가 없이 자라서 그럴 거요. 난 벌써 내 양말을 같이 신는 커다란 녀석이 떠오르는걸. 아내는 그때 승일이를 임신하고 제법 배가 불러 있었다.

볼펜 자국이 번졌다는 이유로, 도장이 선명히 찍히지 않았다는 이유로 나는 해약 청구서를 세번째 구겨 버리고 네번째 용지를 꺼내 꼼꼼히 적어 넣었다.

적금부 미스 문은 퇴근 준비로 핸드백을 책상 위에 올려놓고 화장을 고치는 중이었다. 나는 문득 유예를 얻은 기분이었으나 굳이 미스 문의 책상 위에 청구서를 내밀었다.

"미스 문, 내일 오전까지 처리해줘."

날은 이미 저물고 어둠이 깔리는 속에 불빛이 흐릿하게 돋아나고 있었다. 곧 밤이 되고 거리의 불빛은 한층 따뜻하고 은성해질 것이다.

나는 대기하고 있는 통근 버스를 타지 않고 시청 쪽으로 걸음을 옮겼다. 승일이와, 일 년에 서너 차례 올라와보기도 힘들던 아들네 집의, 몸에 익지 않은 살림살이에 전전긍긍하며 연신 대문 밖의 발소리에 귀를 모을 어머니의 얼굴이 떠올랐으나 이대로 집에 들어가고 싶지는 않았다. 허전하고 불행하고 억울하다는 심사에 무엇에든 무턱대고 투정을 부려야만 할 것 같았다.

퇴근 무렵의 번화가는 걷는다기보다 떠밀린다는 표현이 옳을 것이다. 사람들은 어깨를 부딪고 발등을 밟으며 저무는 거리를 물결처럼, 다만 흐르고 있었다. 나는 무턱대고 걸었다. 불행하다는 의식이 내게 어느 정도 해방감을 주었던가. 지나치는 여자들의 뒷모습은 모두 아내로만 비치기도 했다. 정말 아내와 헤어질 작정인가. 어두운 밤거리에 어린아이를 버려두고 달아났다는 느낌 없이 갈라설 수가 있는 것일까. 나는 허청허청 인파에 떠밀려 걸으며 줄곧 자문했다.

아내는 밤눈이 유난히 어두웠다. 서울에서 근 이십 년을 살아왔다면서도 그녀가 알고 있는 확실한 길이란 그녀의 집에서부터 그녀가 다닌 학교, 학교를 졸업하고 나가던 직장을 잇는 길뿐이었다. 결혼 전 나는 길을 잃을까 봐, 하는 이유로 밤거리를 무서워하는 아내를 데리고 퍽 많은 길을 걸어 다녔고, 그렇게 많은 찻길과 골목의 갈피갈피를 알고 있는 내게 아내는 매양 감탄하곤 했다.

나로 말하자면, 서울살이에서는 무엇보다 길부터 익히는 것이 경제적이라는 고향 선배의 충고가 아니더라도 되도록 싼 자취방을 찾으면서, 또한 쉼 없이 아르바이트로 뛰어야 했던 고달픈 생활의 결과로 익혀진 길들이었다.

밤이 깊어갈수록 인파는 불어났다. 도시는 수많은 차량과 사람을 실어 나르는 거대한 컨베이어 벨트 같았다. 어디서 이렇게 많은 사람이 흘러드는 것일까. 어쩌면 우리는 모두 마법사의 피리 소리에 홀려 어디론가 사라져버린 후 영영 다시 돌아오지 않았다는 전설 속의 소년들이 아닐까. 상기도, 보이지 않는 힘의 손길에 이끌려 자신도 모르게 미지의 문을 향해 가고 있는 것이나 아닐까.

사람들에게 밀려 미도파 앞을 지나 충무로 길을 걸으며 나는 가끔 기이한 비현실감에 빠져 목적 없이 내딛던 발길을 멈추고 서서 거리를 메운 사람들의 무리를 바라보곤 했다.

점심도 거르다시피 한 위장이 허기증으로 쓰렸다. 허기증이 아니더라도, 밤 여덟 시라면, 참담하고 울적한 심사의 중년 사내가 말짱한 맨정신으로 무작정 거리를 쏘다닐 시간은 아니었다. 아직 집에 돌아가지 못한 사내들에게는 약간의 취기가 그리운 시간인 것이다.

나는 큰길에서 벗어난 술집 골목으로 들어섰다.

술집 안은 고기 타는 연기와 이미 자리를 채우고 앉은 사람들의 취기, 떠들썩한 목소리로 가득했다. 나는 그중 빈자리를 찾아 앉아 이 홉들이 소주 반병과 낙지볶음 한 접시를 비웠다. 빈속인 탓에 술이 이내 올랐다. 야, 세상살이가 다 그런 거야. 강한 놈한텐 약하고 약한 놈한테는 강한 게 이 세상 이치야. 너만 억울하게 당하고 있는 게 아니라구. 어서 술이나 들어. 실컷 마시고 다 잊어버려. 억울하면 출세하란 말 몰라? 형, 정말 더럽고 분통 터져서 못살겠어요. 화덕을 낀 옆 탁자에서 한 사내는 악을 써대고 한 사내는 질금질금 흐르는 눈물을 주먹으로 닦고 있었다.

나는 돈을 치르고 술집을 나왔다. 아홉 시였다. 집 쪽으로 가는 택시를 타기 위해서는 길을 건너야 했다. 그러나 집으로 들어가기에는 취기도 시간도 어중간했다. 승일이는 아마 지금쯤 잠이 들었을 테고 어머니는 저녁밥을 묻어두고 연신 바깥으로 귀를 모으며 내 발소리를 기다리고 있을 것이다. 어쩌면 아내도 돌아와 있을지 몰랐다. 아니면, 차마 들어오지 못하고 어두운 골목에서 서성이고 있을지도 몰랐다. 그 어느 것도 내가 집으로 들어가야 하는 이유는 되지 못한다고, 스스로도 납득할 수 없는 오기로 고개 흔들며 나는 내처 걸었다. 취기가 오른 몸에 봄밤의 공기는 훈훈하고 부드럽게 느껴졌다.

지하도 입구, 봉제완구와 조악한 장난감 따위를 늘어놓고 파는 노점상 앞을 지나치다가 나는 커다란 판다 곰을 하나 샀다. 노점상 여자의 어린아이가 지하도를 기어 다니며 나팔을 삑삑 불어대는 것을 보고는 그것도 하나 샀다.

노점상 여자가, 쌓아놓은 상자에서 부라나케 조그만 탱크를 꺼내 태엽을 감아 바닥에 굴렸다. 굴러가던 탱크가 몇 차례 거꾸로 재주를 넘다가 바로 섰다. 나는 탱크도 함께 싸달라고 말했다.

승일이를 위해 내 손으로 장난감을 사본 기억은 거의 없다. 그것은 늘 아내의 몫이었다. 포장지로 한 겹 두르고 노끈으로 엉글게 묶은 커다란 곰을 어색하게 옆구리에 끼고 탱크와 나팔을 양쪽 주머니에 나눠 넣으며 지하도를 빠져나왔다.

잠깐 우두망찰 서 있다가 눈에 띄는 대로 조그만 맥줏집의 문을 밀고 들어섰다. 칸막이 된 탁자가 두 줄로 배치된 실내는 기차간처럼 길고 좁고 어두웠다. 카운터 가까운 곳에 서너 명의 청년이 자리를 잡고 앉았고 연인인 듯한 남녀가 두어 쌍 앉아 있을 뿐이었다.

나는 맥주 두 병과 마른안주를 시켰다. 술을 날라 온 여자가 앞자리에 앉으며 고개를 까닥, 숙여 보였다.

"미스 정이라고 불러주세요. 앉아도 되나요?"

"앉으라는 자린걸."

"또 오실 분이 있으신가 부죠?"

여자가 컵에 술을 따르며 물었다. 손톱에 엷은 은회색 에나멜을 칠한 손가락이 길고 손목이 유난히 가늘었다. 병의 무게도 힘에 겨운 듯 술을 따르기 위해 치켜든 손목에 헐겁게 감긴 금속 팔찌가 가볍게 떨었다.

"아니, 혼자야."

"기분이 울적하신가 봐요."

"왜? 그래 보이나?"

"혼자 술 마시는 사람은 드물거든요."

"진짜 술꾼은 혼자 마시지. 그래야 술맛을 제대로 즐길 수 있거든."

나는 빈 잔에 술을 따라 그녀에게 권하며 픽, 실소했다. 그녀도 짙은 화장에 가려 표정이 드러나지 않는 얼굴로 가면처럼 따라 웃었다.

"선생님, 애기 선물인가요?"

그녀가 시늉만으로 두른 포장지 밖으로 비죽 나온 곰을 옮겨 놓고 내 옆자리로 바꿔 앉으며 물었다.

"응, 그런데 막상 사고 보니 곰을 가지고 놀 나이가 지난 것 같아. 나팔도 사고 탱크도 샀는데 탱크나 겨우 환영받을까 말까 야."

나는 주머니에서 나팔과 탱크를 꺼내 탁자 위에 늘어놓았다.

"어머, 멋쟁이 아빠시구나. 그런데 요즘에도 애들이 나팔을 불고 노나요?"

그녀가 나팔을 입에 대고 짧게 한숨 내쉬다 삐익 소리에 호들갑스럽게 떼었다.

"멋진 아빠에다 고독한 남자, 굉장한 사연이 있을 거 같잖아요?"

술병이 비자 나는 술을 두 병 더 청했다.

"연애소설 감이군."

"난 고독해 뵈는 사람이 좋아요. 그런 사람하고 하는 연애가 진짜래요."

"아가씨는 문학소녀인가."

"왕년에 문학소녀 안 해보고 고독 좋아하지 않은 사람이 있나요?"

그녀가 목소리를 높여 웃었다.

"사실은 오늘 집을 한 채 헐었지."

"어머, 그럼 선생님은 철거반원이세요?"

눈을 크게 뜨고 깜짝 놀란 듯 되묻는 그녀의 얼굴에 담배 연기를 뿜으며 나는 헛, 하고 웃었다.

"아까운 집인데 흉가라더군. 별도리 없이 기둥뿌리까지 뽑아 버렸지."

탁자 위의 술병이 점점 늘어갔다.

"선생님두 참, 생판 남의 집 헐린 것 가지고 그렇게 기분이 우울하셨어요? 집이야 새로 지으면 되는 걸요 뭘. 속상한 일이 있으면 곤죽이 되도록 술을 마시고 정신없이 곯아떨어졌다가 아침에 일어나면 어느새 괴롭던 어제는 지나가거든요. 남자들은 그래서 좋은 거 아닌가요?"

그녀가 내 빈 잔을 채우며 깔깔 웃었다.

열한 시가 넘자 나는 술집을 나왔다. 관행(慣行)이란 무서운 것이다. 나와 마찬가지로 머리꼭지까지 취한 상태에서 귀가를 서두르는 사내들과 합승한 택시에 실려 달리며 생각했다. 그러나 통금이 없어진 지금까지 사람들의 의식 속에 깊이 뿌리박힌, 여하한 일이 있어도 처소에 들어가야 한다는 열두 시 하한선은 단순히 귀소본능이나 관행만은 아닐 것이다. 사람들은 살아가면서 얼마나 많이 나름대로의 적정선(適正線)을 그어놓고 그 안에서 몸을 사리는 것일까.

아내에 대한 나의 적정선은 어디까지인가.

찻길에서 택시를 내려 남의 집 담벼락에 오줌을 누며 나는 달무리 뿌옇게 진 하늘을 올려다보았다.

골목에는 인적이 없었다. 너무 조용하구나, 중얼거리며 나는 취기에서 비롯된 걷잡을 수 없는 쓸쓸함과 비감으로 한껏 비틀거렸다. 주머니에서 무언가가 툭 떨어졌다. 나오는 길에 술집 여자가 알뜰히 챙겨 주머니에 넣어주었던 나팔이었다.

곰을 겨드랑이에 끼고 뚜우, 뚜우, 나팔을 불었다. 줄창 나팔을 불어대던 여자가 있었지. 누구였더라. 뚜우우우, 뚜우우우. 그래, 영화에서 본, 머리칼을 짧게 치켜 깎은 좀 모자라는 듯한 여자였지. 눈 덮인 숲길, 병들어 누운 여자의 머리맡에 나팔과 몇 푼의 돈을 놓아주고 달아난 덩치 큰 야바위꾼 사내. 이제야 생각나는군. 이탈리아 영화였지. 어린애처럼 조그맣던 여자는 양지 쪽에 담요를 두르고 앉아 사내가 가르쳐준 한 가지 곡만 부르다가 죽어갔지. 그리고 머릿수건을 쓴 키 큰 여자가 바람 부는 들판에서 빨래를 널며 부르던 높고 맑은 노래. 몇몇 장면과 나팔 소리가 명료히 살아났다. 그 영화는 우리에게 천사를 보여주려 한 걸까. 인생의 페이소스를 보여주려 한 걸까.

짧은 머리칼, 놀란 듯, 겁에 질린 듯 커다랗게 뜬 눈. 오 젤소미나, 슬픈 천사여. 오 젤소미나, 어디로 갔나. 멋대로 가사를 붙여 불러보다가 다시 휘파람을 불어보았으나 다음 소절의 멜로디는 생각나지 않았다. 나는 다시 나팔을 불기 시작했다. 뚜우우, 뚜우우. 조그만 울림도, 높낮이도 지니지 못한 채 나팔은 두

꺼운 모포를 찢듯 둔탁하고 단순한 소리로 어둠 속에 퍼졌다.

최초의 나팔 소리를 들었던 것은 아주 어린 시절, 마을에 들어온 곡마단의 풍각쟁이에게서였다. 땅거미를 재우며 스쳐가는 바람 소리뿐 사위는 조용한데 문득 들려오던, 저무는 하늘을 찢을 듯 높고 높은 나팔 소리를 나는 아직도 생생히 기억하고 있다.

슬프고 적막한 소리였다. 우리가 살고 있는 곳이 아닌 깊은 땅속, 혹은 멀리 떨어진 다른 별에서 들려오는 듯한 소리였다. 그것은 간단없이 우리 앞에 찾아올 슬픔과 죽음과 이별의 예시처럼 조그만 가슴속으로 차갑게 스며들어, 알지 못할 깊은 슬픔과 두려움에 빠뜨리곤 했던 것이다.

집 앞에 이르러 나는 선뜻 벨을 누르지 못했다. 어젯밤 아내가 그러했듯이 마치 남의 집을 엿보는 기분으로 낯설게 안을 들여다보았다. 어제의 나는 어땠는가? 그저께의 나는? 그리고 그 전의 나날들은? 나는 대문 기둥을 짚고 서서 잠깐 생각했다. 그런대로 괜찮았다. 모든 것이 오늘과 같지는 않았다. 술집 여자의 말대로, 아니면 어린 날들처럼 한잠 푹 자고 일어나면 괴롭고 어지러운 오늘은 어느 결에 어제가 되어버리고 새로운 오늘이 머리맡에 와 있을 것인가.

벨을 누르자 잠시 후 첩첩이 닫힌 문을 열듯 힘겹게 걸어 나오는 어머니의 모습이 유리문에 어른대고 이어 어릿어릿 허리 구부리고 신을 찾아 끌고 나오는 기척이 들렸다.

"늦었구나."

"네, 좀 늦었어요. 승일이 자나요?"

등 뒤에서 빗장을 지르며 어머니는 대꾸했다.

"그래, 진작 잠들었다. 술 좀 자그만치 마셔라. 그렇게 매일 고주망태가 되다간 몸이 항우장사라도 못 당해."

방에 들어서는 길로 엎드려 잠든 승일의 얼굴을 물끄러미 들여다보노라니, 어머니는 곁에 쭈그리고 앉아 조심스레 내 기색을 살피며 수군수군 물었다.

"아직 승일 에미 소식 모르지?"

어머니는 승일이의 머리를 쓰다듬으며, 승일이의 잠귀를 꺼리는 듯 한결 목소리를 낮추어 구시렁구시렁 이야기를 시작하는 것이다.

"녀석이 음전하고 신통하기 짝이 없구나. 어린 소견에도 뭘 아는가, 에미 찾는 법이 없어. 할미 말을 한 번도 어기는 적이 없으니 더 애처로운 생각이 들지 뭐냐. 이게 다 타고난 팔자소관인지……"

나는 어머니의 푸념을 못 들은 체 양말을 벗고 윗도리를 벗었다. 아내 역시 내 말을 한 번이라도 어긴 적이 있었던가. 여느 때, 대체로 조용하고 담담한 행동거지며 표정의 어느 한순간에라도 제 속에 깃든 맹랑한 허깨비, 무엇엔가 잔뜩 들려 있는 넋을 내보인 적이 있었던가.

"좀 일찌거니 다녀라. 늙은이, 어린애 둘이 오도카니 얼굴 보고 앉아, 날 저물면 사람 나가 찬바람 도는 집이 더 스산하고 적막해지는구나."

어머니의 성화에 퇴근하는 대로 집에 들어오기도 했다.

그러나 그런 날은 으레 늦은 밤이라도 슬리퍼를 끌고 동네 어귀의 구멍가게에 나가 맥주를 한 병쯤 마시고야 다시 들어와 잠들곤 했다. 밤보다 먼저, 어둠으로 깊고 음산하게 가라앉는 집, 어미에 대한 기다림으로 터무니없이 순하고 풀이 죽은 아이, 아이를 재우기 위해 돋보기를 코에 걸치고 서투르고 느리게 동화책을 읽는 어머니의 낮은 웅얼거림 따위를 들으며 빠져드는 바닥 모를 깊은 절망과 비애를 견뎌낼 수 없었다. 견딜 수 없어 마시는 술이 내게 보다 생생하고 원색적인 감정, 분노나 증오 따위를 불러일으키기를 바랐던 것이다.

어머니가 아내의 소식을 넌지시 물어올라치면 나는 잘라 말하곤 했다. 승일 에미 오거든 집에 들이실 거 없이, 은행으로 나오라고 하세요.

벽에 걸렸던 아내의 옷가지는 차츰 눈에 띄지 않게 치워졌다. 아내의 화장대 위에는 두껍게 먼지가 쌓여갔다. 눈이 어두운 어머니에게는 보이지 않는 먼지였다. 아침마다 나는 바꿔놓지 않은 눅눅한 타월에 얼굴을 문지르고 어머니가 빨아 다림질한 와이셔츠를 입었다. 어머니는 아침 밥상머리에서, 승일이의 밥숟갈에 가시 바른 생선을 얹어주며 버릇처럼 말하곤 했다. 가게에 나가봤자 먹을 것도 없고 웬일로 그리 비싸기만 한지. 어머니는 이틀 사흘거리로 시외전화를 걸어 가게를 보고 있는 시골집의 동생에게 말했다. 내 곧 간다는 게 그만 여기 살림에 붙들려 꼼짝 못 하는구나. 가게는 진작 동생 내외가 맡아 꾸려가고 있어 어머니의 손이 그다 긴하지도 않을 터였다.

절기상으로는 아직 봄이라 해도 초여름의 날씨가 계속되었다. 기상대는 낮 최고 이십칠팔 도까지 올라가는 이상 고온을 발표하고 밤과 낮의 심한 일교차에 따른 감기에 주의할 것과 봄 가뭄을 걱정하였다.

마침 찾아온 거래처의 김 부장과 부근 식당에서 설렁탕을 한 그릇씩 먹은 후 이쑤시개를 물고 나오던 나는 로터리 분수가에 문득 눈이 멎었다. 시원스레 물줄기가 치솟고 있는 분수대 밑의, 삼색의 팬지 꽃이 융단처럼 심어진 축대에 걸터앉은 여자의 모습이 눈에 익었던 것이다. 아내였다. 아내라는 것을 알아채자 나는 급습을 당한 듯 순간적으로 당황했다. 그러나 이편에 옆모습을 보이면서, 사람들의 출입이 금지된 축대에 천연스레 올라앉아 있는 아내는 사람들의 흘깃거리는 눈길도 아랑곳하지 않고 방심한 표정이었다. 며칠 사이 한결 가볍고 얇아진 사람들의 옷차림 때문인가. 아내의 밝은 보랏빛 투피스는 뜨거운 햇빛 아래, 축대에 올라앉은 모습만큼이나 기이하고 불안하게 눈에 띄었다.

"왜 그러시죠? 뭘 잊었습니까?"

발길을 떼지 못하고 무춤하니 서 있는 내게 김 부장이 물었다.

"아, 아무것도 아닙니다."

나는 등을 밀리듯 급히 걸음을 옮겼다.

자리에 돌아와 일을 보면서도 내 생각은 줄곧 분수가에 있던 아내에게서 맴돌았다. 그렇다면 어제저녁 어머니가 얼핏 보았다는 것은 아내가 틀림없을 것이다. 어제 밤늦게 돌아온 내게 문을 열어준 어머니는 내가 들어간 뒤에도 곧 빗장을 잠그지 않고 목을 빼어 어두운 골목길을 살폈다. 그러고는 살며시 옷깃을 당기듯 소리 죽여 소곤거렸다.

"너 들어오다가 혹시 못 만났니?"

"누굴요? 아무도 못 만났어요."

필시 아내를 가리키는 말이리라는 짐작에 술기가 대번에 걷히는 느낌이었다.

"이웃집 여자가 그러더라. 서너 시쯤이나 되어 시장에서 돌아오다가 찻길에서 승일이 에미를 보았다는 거야. 이편을 알아보고는 얼른 등을 돌려 못 본 체하는 걸 붙들고 물었다지. 승일 엄마, 요즘 통 볼 수가 없던데 어딜 갔었수. 그랬더니 그냥 우물쭈물 뭐라 대답하는데 무슨 소릴 하는 건지 알아들을 수가 없었다더라."

어머니는 그사이 세탁기 쓰는 법을 배운다던가 시장길을 익히기 위해 동행을 한다는 구실로 자주 이웃집 중년 아낙네와 접촉을 해왔고 서로 간에 오거니 가거니 마실도 다니면서 웬만한 속사정은 다 털어놓는 눈치였다. 어머니는 손바닥이라도 딱 치고 넘어갈, 기가 찰 일이라는 표정으로 말을 이었다.

"그 말을 듣고 맘이 하 꺼림칙해서 승일이를 일절 밖에 내보내질 않았지. 그런데 저녁때가 다 되어 어둑어둑한데 아무래도 신경이 밖으로만 쓰이지 않겠니? 꼭 누군가 와 있는 것 같은 예감이 들어 문을 열고 내다봤지. 바로 그때 누군가 등을 보이고 휙 대문 앞을 지나가더라. 뒷모습이 꼭 승일이 어멈이야. 내 저한테 죄진 것 털끝만치도 없다만 어찌나 속이 떨리던지…… 요즘 같아선 사돈도 밉고 야속하구나. 제 딸이 부실하고 허물 많으면 면목이 없어서라도 지레 조치를 하겠건만…… 벌써 달포가 넘지 않았니?"

어제 오후 내내 집 주위에서 맴돌던 아내가 오늘 은행 부근에 나타난 것은 필시 나를 만나기 위해서일 것이다.

적금을 해약한, 삼백만 원이 넘는 돈은 이미 내 개인 통장에 입금이 되어 있었다. 아내가 나간 다음 날쯤 만나게 되리라는 생각에 서둘러 해약했건만 일주일이 넘도록 소식이 없자 다시 입금을 시켰던 것이다. 아내가 찾아오리라던 내 예상은 적중했다. 오후 세 시가 조금 넘은 시각, 아내에게서 전화가 왔다.

"저예요, 은수."

아내의 목소리는 긴장 탓인가, 여느 때와는 달리 조금 갈라지고 성마르게 들렸다. 모르는 사람의 음성처럼 귀에 설었다. 나는 잠시 대꾸를 잊고 침을 삼켰다.

"어, 그래, 그렇군."

"지금 지하 다방에 있어요. 내려오실 수 있으세요?"

이쪽의 반응을 듣지 않기 위해서인 듯 아내는 높은 목소리로 빠르게 말했다.

"지금 한창 바빠. 한 삼십 분 후에 내려가지."

"기다릴게요."

찰칵 전화가 끊겼다. 바쁘다는 건 거짓말이었다. 삼십 분씩이나 아내를 기다리게 해야 할 바쁜 일은 없었다. 시간을 얻고 싶다는 조바심에 얼결에 뱉은 말일 뿐이었다.

나는 우선 담배를 한 대 피워 물고 별반 어수선하지도 않은 서랍을 정리하기 시작했다. 삼십 분은 긴 시간이었다.

다방에서 기다릴 아내를 떠올리며 화장실에 들어가 오줌을 누고 천천히 손을 씻었다. 통장에서 이백만 원을 찾아 오십만 원짜리 수표 넉 장으로 바꾸어 흰 봉투에 넣고 은행을 나오기 전 출입문 곁의 거울 앞에 서서 자신의 모습을 비춰 보았다. 계속되는 숙취로 얼굴은 검누른빛이었으나 아침에 갈아입은 와이셔츠 깃은 깨끗했다.

아내는 입구를 등지고 앉아 있었다. 어두운 조명과 시끄럽게 울리는 음악 소리로, 실상 자리는 군데군데 비어 있었는데도 꽤 붐비고 번잡스럽다는 느낌이 들었다. 이미 분수가에서 충분히 눈에 익혀두었던 탓에 나는 쉽게 아내를 찾을 수 있었다. 아내가 입고 있는 보랏빛 옷은 어둡고 붉은 조명으로 불그죽죽하게 착색되어 있었다.

잠깐 멈칫거리다가 나는 앞자리에 앉았다. 아내는 반쯤 몸을 일으키다가 슬며시 앉았다. 아주 짧은 순간 나는 아내의 얼굴이 이상하게 달라졌다고 생각했다. 짙은 화장 때문이었다. 머리칼도 훨씬 짧게 치켜 깎아 목덜미와 비죽 솟은 귀가 거친 느낌으로 드러나 있었다. 짙은 화장이 얼핏 아내를 젊고 생기 있어 보이게 했으나 나는 그것이 초췌하고 거칠어진 얼굴을 감추려는 필사적인 노력임을 곧 알아차릴 수 있었다.

"오랜만이군."

나는 탁자 위에 담배를 꺼내놓으며 의자 등받이에 등을 기댔다.

"자릴 옮길까요? 너무 시끄러워요."

"일하다 나왔어."

자리를 옮길 의사가 없음을 비치고는, 대신 차 주문을 받으러 온 여자에게 음악 소리를 좀 줄여달라고 부탁을 했다.

"어디에서 오는 길이오?"

필시 한나절 내내 은행 부근에서 배회했으리라 짐작하면서도 나는 아내와 나 사이의 긴장으로 어색하고 팽팽해진 침묵이 거북스러워 입을 열었다.

고개를 숙이고 탁자의 모서리를 만지작거리던 아내가 문득 눈을 들어 똑바로 바라보았다.

"아침에 집에 갔었어요. 어머님이 계시더군요."

"응."

"집에 발도 못 들여놓게 하시데요, 은행에 가서 당신부터 만나라고."

"내가 그렇게 말씀드렸소."

아내의 입가에 희미한 웃음이 피어올랐다. 그러나 가슴속에서 치미는 감정을 억제하려는 안간힘으로 이마에는 핏줄이 파랗게 두드러졌다.

"어머님이 계시니까 별 불편은 없겠네요."

"그런대로 지내."

다시 말이 끊겼다. 탁자 위에 놓인 찻잔에 손도 대지 않은 채 뭔가 곰곰 생각하는 표정이던 아내가 망설이듯 한참 만에 말했다.

"승일이, 잘 있나요?"

"응."

"유치원에 잘 다니구요?"

"이제 제법 재미를 붙인 모양이야."

아내가 손수건을 꺼내 이마의 땀을 닦았다. 철 늦은 옷 탓만은 아니게 아내는 몹시 땀을 흘리고 있었다. 손수건을 핸드백에 집어넣다가 팔굽이 탁자를 세게 쳤던가, 가장자리에 위태롭게 놓인, 방금 아내가 마시던 엽차 잔이 데구르르 굴러 바닥에 떨어졌다. 아내는 터무니없이 당황한 낯빛으로 그것을 줍기 위해 허리를 굽혔다.

"그냥 둬요, 내가 줍겠소."

엽차 잔을 주워 올리다가 나는 아내의 구두에 눈이 멎었다.

분명 아침에 집에 다녀오는 길이었다면서, 어느 멀고 험한 길을 헤매어 돌아 한 걸음씩 자박자박 걸어온 걸까, 먼지가 부옇게 앉은 구두의 뒷굽 가죽이 더러 긁히고 벗겨져 초라하고 고달파 보였다. 연민 때문에 물러서서는 안 된다. 나는 얼른 구두에서 눈길을 돌렸다. 그것은 오랫동안 몸에 익힌 자기 보호 본능, 방어력 같은 것이었다.

"피우겠어?"

나는 안주머니에 들어 있는 흰 돈 봉투를 꺼낼 적당한 기회를 찾으며 담뱃갑을 아내 앞에 밀어놓았다. 아내가 고개를 흔들었다.

"당신도 마찬가지겠지만…… 나, 그동안 많이 생각했어. 이런 상태로 이렇게 지내는 건 피차 괴로운 노릇이야."

나는 마치 칼이라도 뽑듯 안주머니에서 돈 봉투를 꺼내어 아내 앞에 놓았다.

"그러니까…… 이게, 뭔가요?"

잠깐, 영문을 알 수 없다는 듯 멍청하게 나를 바라보던 아내의 얼굴이 차차 하얗게 변했다. 급히 핸드백을 열어 손수건을 꺼내 땀을 닦으며 더듬더듬 다시 물었다.

"이게 뭐예요? 어떡하자는 얘기인가요?"

"돈이야. 주택 적금을 해약했어. 당신 돈 없는 거 알아. 서로 냉정히 생각해볼 시간을 충분히 가집시다. 솔직히 말하면 난 더 이상 다치는 게 무서워. 승일이 문제는 걱정하지 말아요. 어머니가 잘 돌봐주고 계시니까. 이 돈은 당분간 당신이 맡아 써요.

살아가자면 돈은 언제나 필요한 거요."

눈도 깜박이지 않고 똑바로 바라보는 아내의 핏발 선 눈을 외면하며 나는 중얼중얼 말을 이었다.

"궁리궁리하다가 결국 죽을 궁리를 한다는 말처럼, 이따위 방법밖에 생각할 수 없는 나 자신이 졸렬하고 한심스러워. 허지만 어쩌겠소. 이렇게 계속 살아갈 수는 없는 일 아니오?"

그런 눈으로 나를 바라보지 말아. 당신이 다 자초한 결과가 아닌가. 당신은 그렇게 무책임하게 훨훨 떨치고 돌아다니면서 이런 날이 오리라는 것을 예상 못 한 바보는 아니겠지. 정작 피해자는 나야. 퍼부어대고 싶은 말들을 삼키며 나는 실로 장황하고 궁색하게 늘어놓았다. 자신의 귀에도 어설픈 변명조로밖에는 들리지 않는 말들을 지껄이게 한 것은 아내에 대한 엉뚱한 가해 의식이었다.

"그러니까 이 돈이 말하자면 위자료라는 건가요?"

아내는 아주 힘들게 '위자료'라는 말을 내뱉었다. 아내의 입에서 나온 위자료라는 말에 나는 갑자기 눈앞이 어뜩 흔들렸다. 비로소 그 말의 현실적 의미, 무게 따위가 생생하게 실감되었던 것이다.

"굳이 그런 명목이라고 생각할 건 없소. 꼭 그런 의도는 아니야. 당분간 헤어져 있으면서 우리 모두를 위한 최선책을 생각해 보자는 거지. 당신에게도 그게 나을 거요. 이런 결과에 이른 것은 정말 불행한 일이야. 허지만 나는 시간의 힘을 믿소. 시간이 흐르면 반드시 우리 모두에게 가장 좋은 방법이 무엇인지 알게 될 거요."

그건 사실이었다. 솔직히 나는 아직까지 아내와 나 사이에 얽힌 가녀린 끈을 단번에 끊어버릴 용기를 내지 못하고 있었다. 앞으로 내 생활에 어떤 변화가 오더라도 이전의 상황보다 더 나을 리 없다는 것을 나는 알고 있었다. 아니 더욱 나쁜 상태를 상상하는 편이 훨씬 쉬웠다.

"마치 부리던 사람을 해고할 때와 같은 말투로군요. 이럴 때를 당신은 오래 기다려온 것 같아요."

뜻밖에도 아내는 씁쓸하게 웃었다. 나는 예기치 않은 아내의 웃음과 말에 의표를 찔린 듯 속으로 흠칠 놀랐다.

"난 그동안 내 나름대로 많이 참아왔다고 생각해. 내 인내력의 한계가 고작 이 정도인 게 유감이군. 난 오늘에 이르기까지 우리가 지내온 날들을 거슬러 올라가며 생각했소. 어떻게 우리가 이런 지경에 이르게 되었을까. 애초 근본적인 원인이 내게 있었던 건 아니었을까 하고. 하지만 당신의 행동을 이해하기에는 내 능력도 아량도 모자란다는 것을 알게 되었을 뿐이오."

"알아요. 그렇게 힘들게 말씀 안 하셔도 다 알아들어요. 이거, 얼마죠?"

아내가 돈 봉투를 핸드백에 넣으며 또 알 수 없는 웃음을 희미하게 웃어 보였다.

"얼마 안 돼."

"먼저 올라가세요. 저도 곧 갈게요."

"어디로 갈 셈이지? 갈현동 집에 있을 건가?"

"아직 모르겠어요, 생각해봐야지요."

아내가 열에 뜬 듯 어쩌면 아무 생각 없이 멍청해 보이는 표정으로 고개를 흔들었다. 나는 아내를 남겨둔 채 자리에서 일어났다. 카운터에서 셈을 치르며 끈질기게 머리칼을 끌어당기는 눈길에 뒤를 돌아보았으나 아내는 여전히 이쪽을 등진 채 앉아 있었다.

은행으로 올라온 후에도 나는 내 자리에 가 앉을 염이 없이 창가에 우두커니 서 있었다. 오 분가량 지나자 은행 앞에 아내의 모습이 나타났다. 은행 안은 선팅이 된 유리로 철저히 가려져 있지만 밖은 환히 잘 내다보였다.

신호등에 걸려 잠깐 서 있던 아내는 불빛이 바뀌자 은행 앞의 횡단보도를 걸어갔다. 사람들 사이에 섞여 길을 건너는 아내의 뒷모습은 거리에서 보게 되는 어느 여자와도 달라 보이지 않았다. 잠시 후면, 내게 등을 보이고 멀어져가는 숱한 사람들 중 그녀의 모습을 식별할 수 없게 될 것이다. 내 모습 역시 그러할 것이다.

아내가 숨어 들어간 하오의 거리를 메우며 사람들은 한결같이, 달리 이름이 없는 한 개의 입자처럼, 혹은 이윽고 하나의 강을 이뤄 흘러갈 물방울들처럼 익명의 삶을 등에 지고 그렇게 똑같은 모습으로 흐르고 있었다.

점차 조그맣게 멀어지는 아내의 모습을 눈으로 좇는 사이, 나는 어렵고 괴로운 일을 무사히 치러냈다는, 아내에 대해 시종 냉정할 수 있었던 자신에 대해 인간관계, 더욱이 가장 가깝다는 부부 관계라는 것도 참 별게 아니구나,라는 무상감과 더불어 은근히 다행스럽던 느낌은 사라졌다. 대신 몸의 어느 한 부분이 떨어져 나가는 듯한 아픔과 절박한 안타까움으로 가슴이 에어 숨도 쉴 수가 없었다.

아내를 다시 볼 날이 있을까. 나 자신의 몸보다 더욱 잘 알고 익숙하게 길들여진, 욕망에 정직하고 포학에 순종하던 그녀의 몸을 다시 안을 날들이 있을까. 내 팔을 베고 누운 밤 아내는 문득 말하곤 했었다. 전에는 종종 사람이 몸을 가졌다는 게 슬프다는 생각을 했었거든요. 그런데 이젠 위안으로 여겨져요. 정직하고 순결한 것은 육체뿐이 아닌가 싶기도 해요. 확실히 만져지고 기억할 수 있잖아요. 실체가 사라진 뒤에도 기억은, 소멸한 그것을 본디 모습대로 살려내지요. 단, 눈을 감아야 한다는 전제가 따르기는 하지만요. 그리고 아내는 좀 유치한 말을 했다는 부끄러움이 들었던지 소리 내어 웃으며 덧붙였다. 유행가 가사 같지요. 하지만 사는 일이 좀 뜬구름 같다거나 쓸쓸하다거나 하는 생각이 들어서 그런가 봐요.

결혼하고 아이를 낳고 기르면서 함께한 자잘한 일상의 기억들이 두서없이 떠올라 가슴을 후볐다.

나는 달려가 사람들 무리 속에서 아내를 찾아 끌어내고 싶었다. 머리채를 잡고 옷깃을 움켜잡아 끌며 소리치고 싶었다. 또 어딜 가는 거야. 왜 매달리지 못해. 왜 다시는 안 그런다고 빌며 매달리지 않는 거야. 문이 잠겼으면 부수고라도 들어가야지. 제 새끼가 있는 집엘 왜 못 들어가고 거지처럼 밖에서 서성거리기만 하는 거야.

그러나 나는 은수, 은수, 아내의 이름을 소리쳐 부르며 뛰어나가는 대신 주먹을 부르쥐고 눈을 부릅떠 이제는 전혀 식별할 수 없이 가물가물 멀어지다가 완전히 시야에서 사라져가는 아내의 모습을 바라보고만 있었다.

4

어지러운 꿈속에서 등을 밀리듯 은수는 잠에서 깨어났다. 교회의 새벽 종소리 때문이었다. 새벽 종소리가 울릴 무렵이면 잠시 깨어 어슴푸레한 박명 속에 일어나 앉는 것이 근래의 버릇이었다.

어둠이 푸르무리한 빛으로 바래져가는 창가를 무연히 바라보며 은수는 마치 다리를 잘린 사람이 없어진 다리의 통증에 괴로워하듯 역시 새벽빛 속에 잠들어 있을 승일이와 세중을 생각하곤 했다.

높은 곳에서 낮은 곳에서 교회의 종소리는 아우성치듯 어우러져 들려왔다.

교회가 많은 동네라놔서 시끄럽기 짝이 없어. 죄인들은 유독 이 동네에 많이 모여 사는 모양이야. 언젠가 들은 어머니의 우스갯소리가 아니더라도 어제도 밤늦도록 언덕 위 교회에서는 한숨과 눈물의 통성 기도가 끊이지 않았다. 묵상에서, 수군거리는 낮은 중얼거림으로, 이윽고는 저마다의 속 깊은 원망과 아우성으로 변하며 한바탕 통성의 눈물 바람이 지나는 것이다.

인생은 어느 정도 늑대 가죽의 냄새를 풍기기 때문에 때때로 환기를 시킬 필요가 있다던가.

은수는 창문을 열었다. 밖은 방 안보다 훨씬 밝았다. 새벽의 창백한 빛이 가시고 불그레 해가 돋고 있었다.

은수는 잠옷을 갈아입고 이부자리를 개어 얹은 후 방을 나왔다.

"어디 나가니?"

은수가 일어난 기척을 낱낱이 살피고 있었음이 분명한 어머니가 안방 문을 열고 내다보며 어제와 똑같이 물었다.

"잠깐 바람 쐬고 올게요."

은수 역시 같은 대답을 하며 대문을 열었다. 갈현동 어머니의 집으로 옮겨 온 후의 한 달 동안 내내 손가락 하나 까딱할 수 없는 무력감에 빠져 있는 은수의 유일한 움직임이란 동네를 한 바퀴 돌아오는 아침 산책뿐이었다.

은수는 천천히 골목을 빠져나왔다. 이곳을 지날 때마다 매번 느끼는 것이지만 골목은 지나치게 길었다. 때문에 얼만큼 지나와서도 얼마쯤 왔는가, 자주 뒤를 돌아보게 되는 것이다. 마치 등산길에서 가파른 산길을 휘이 돌아와 그때까지도 능선을 따라 뱀처럼 길게 남아 있을 발자취를 더듬어보듯.

언덕으로 올라가는 가직한 골목 어귀에 몇 사람의 모습이 어울려 나타났다. 모습보다 먼저 또닥또닥 골목길에 깔린 보도블록 두들기는 소리를 들었다는 것이 정확한 말일 것이다. 장님들이었다. 서너 명의 장님이 또닥또닥 지팡이로 발밑을 두드리며, 가야 할 곳을 알고 있는 자의 망설임 없는 걸음걸이로 걸어오고 있었다. 지팡이 끝의 촉수는 정확하여 보도블록의 금 하나 밟는 법 없이 발걸음을 옮겨놓는 것이었다.

그들에게 이쪽의 모양이 보일 리 없는데도 은수는 길을 틔워주기 위해 담 쪽으로 몸을 붙이고 지나치며 그들의 얼굴을 흘깃 바라보았다. 놀랍게도 곁을 스치는 맹인들의 짙은 안경 속에 숨은 눈이 말갛게 뜨여 있었다. 은수는 흠칫 놀라 쫓기듯 발소리를 죽여 급히 걸었다.

소리 죽인 걸음의 사이사이 또닥또닥 지팡이 소리가 멀어져 갔다.

한 번도 가본 적은 없지만 언덕 위 교회에는 맹인 학교가 부설되어 있기 때문에 맹인 교인이 제법 있다는 얘기를 은수는 어머니에게서 들은 적이 있었다.

여름 들어 해가 일찍 돋는 탓에 산책길에서 새벽 예배를 마치고 나오는 그들을 보는 일은 드물지 않았다. 그러나 어둠이 채 걷히지 않은 희부연 골목에서 처음으로 검은 안경을 쓴 한 무리의 맹인과 느닷없이 부닥쳤을 때의 가슴 서늘한 놀라움을 은수는 아직까지 생생하게 지니고 있었다. 그들은 마치 환각처럼 은수의 의식을 벗기며 갑자기 다가들었던 것이다.

정말 중요한 것은 눈에 보이지 않는 것들입니다. 우리는 보이는 세계 너머의 그것들을 보려고 애쓰지 않으면 안 됩니다.

은수가 다닌 미션계 고등학교의, 다소 광신적인 눈빛과 부흥목사적인 제스처로 저항감을 느끼게 하던 교목(校牧)이 예배 시간마다 빼지 않고 하던 말이었다.

영원한 생명을 얻기 위해 갈아야 하는 현세의 밭이 반드시 고통이어야 할까. 까맣게 잊고 있던, 우렁우렁 울리던 교목의 설교는 아침 산책길에서, 찬송가와 성경을 소중히 옆구리에 낀 맹인들을 만날 때마다 되살아나 보이지 않는 것을 수렴하여 살아가는 저들에 대해 다소 풍자적인 생각을 하게 되는 것이다. 우리가 볼 수 있는 것은 진실의 환상일 뿐이 아닐까.

골목을 벗어나면 당근밭이었다. 그런데 지금은 당근을 심을 계절이 아니다. 버려진 빈 들의 가장자리로 울타리처럼 오이 섶을 두르고 그 위로 오이 덩굴이 무성히 기어오르고 있었다. 그것들은 밤새 한 뼘씩이나 자라 녹빛은 더욱 짙어지고 뿌리는 보이지 않는 곳에서 엉켜 뻗는다. 당근밭을 지나 복개가 안 된 개천을 끼고 돌면 테니스 코트였다. 거대한 퀀세트로 된 실내 코트여서 안은 들여다보이지 않으나 공이 라켓에 맞는 탄력 있는 소리, 그보다 좀더 둔탁한 백보드 치는 소리를 들을 수 있었다. 은수가 지나다니는 길에 면해 있는 곳은 샤워장이었고 이맘때면 늘 물소리가 요란했다. 높이 매달린 창문으로는 물 돋은 청정한 사내들의 얼굴이 잠깐씩 나타났다 사리지곤 했다. 때때로 그들은 거리의 부랑자처럼 휘익휘익 휘파람을 불기도 했다. 은수는 그곳을 지나쳐 개천 위에 걸린 다리를 건넜다.

고작 개천 하나를 사이에 두었을 뿐인데도 이쪽과 저쪽은 생활 양상과 계층에서 완연한 차이를 보이고 있었다. 비닐하우스 뒤편으로 난민촌이 형성되어 있는 것이다.

판잣집들 사이로 들어서서 걸어가노라면 새벽잠을 깬 계집애들이 길에 나앉아 엉덩이를 까고 쐐쐐 밤새 참았던 오줌을 누는 것을 볼 수 있었다. 어린아이들뿐만이 아니었다. 꽤 나이 찬 처녀들이나 늙은 여자들도 서슴없이 아랫도리를 드러내고 선잠 깬 눈을 게으르게 껌벅이며 배뇨를 즐기는 것이다.

은수는 때때로 걸음을 멈추고 그들이 앉았다 일어난 자리의 파인 자국과 작은 물줄기를 보며, 아하, 현실감이란 이것뿐이구나 하는 엉뚱한 생각을 해보기도 했다.

귀신처럼 늙고 추레한 노파는 미진한 아침잠에 칭얼거리는 어린아이를 업고 서성였다. 여자들은 마당에 내놓은 연탄 화덕이나 곤로에 밥을 안치고 푸성귀를 끓였다. 결혼 전까지 근 십 년을 살면서도 은수는 이웃 동네인 이곳까지 와본 적이 없었다.

부연 대기 속에 햇살이 퍼지기 시작하면서 비로소 푸득푸득 깨어나는 판자촌을 한 바퀴 돌아 걸으며 은수는 자신이 집을 떠나 다녔던 많은 곳을 떠올렸다. 어디나 다 마찬가지라고 생각하면서도 자신이 딛는 한 발짝 한 발짝이 또 어느 낯선 곳으로 데려갈 것인가 두려웠다.

집을 떠날 때는 매번 그랬다. 꽉 닫힌 분합문의 틈서리로 비비대며 안타깝게 아우성치는 바람 소리를 들을 때, 빨래를 하다가 문득 깨끗이 닦인 유리창에 담긴 시리도록 차갑고 새파란 하늘을 가슴속에 한줄기 청량한 바람이 지나가듯 서늘한 느낌으로 오래 바라보다가, 어린 승일이를 어머니에게 맡기고 시장에라도 가는 시늉으로 집을 나설 때 은수 자신 고작 한나절의 외출 이상을 생각해본 적이 없었다. 적어도 세중의 퇴근 시간까지는, 저녁을 지어야 할 시간까지는 돌아오리라. 어느 모진 손길이 아이와 남편, 길들고 깃든 집에서 떼어낼 수 있으랴. 그러나 이상한 일이었다. 무심히 나선 걸음이 집에서 멀어질수록 정체 모를 어떤 힘이 마치 한없이 풀리는 연줄처럼, 어딘가 깊은 곳으로 소리 없이 떨어져 내리는 추처럼 등을 밀어내는 것이었다.

아이와 남편, 자잘한 일상사로 이어지는 현실이 뿌리 없이 부랑하는 삶으로 불투명하게 흐려지며, 대신 가슴 밑바닥에 단단히 매몰된 기억의 촉수가 살며시 고개를 들곤 했다. 때문에 걸음마를 배우는 아이들이 자신이 가고 있는 곳도 모르면서 제 걸음에 취해 한 발짝씩 옮겨놓는 것처럼 뭔가 잊어버린 것과 만날 것 같은 기대와 안타까움으로 낯선 거리, 낯선 사람들 사이를 돌아다녔던 것이다.

그러다가 누추한 여관방에서 잠을 깬 밤 문득 자신의 행적에 놀라 부끄러움과 두려움에 사로잡혀 한없이 풀어 올린 연줄을 감듯 떠났던 길을 되짚어 황황히 돌아오곤 했다.

자신은 이곳이 아닌 다른 삶, 다른 곳을 꿈꾸고 있는 것일까.

가슴속에 한 조각의 투명하고 차가운 얼음을 지닌다는 것이, 혹은 반딧불처럼 가녀리고 은은한 불을 지닌다는 것이 얼마나 어려운 일이었던가.

때 없이 덜미를 잡아 내치는 것, 바람 소리를 이기지 못해 펄럭이며 문밖으로 나서게 했던 것, 그것은 어쩌면 생활 속에 생활이 아닌 다른 공간을 지니고자 하는 안간힘은 아니었던지.

서른넷의 나이, 인생이란 언제든지 다시 시작할 수 있는 그 어떤 것일까. 앞으로 어쩔 것이냐, 이것아. 어머니는 은수가 결혼 전 기거하던 건넌방을 내주며 탄식했다. 승일 에미 여기 와 있네. 어머니는 은수가 갈현동에 온 직후, 서둘러 은수의 소재를 알리고 두어 차례 은행에도 다녀온 눈치였으나 세중에게서는 아직 아무런 연락이 없다.

“자식을 둔 부부가 베인 듯 돌아서서 남 되기는 쉽지 않은 법이다. 시간이 지나면 지 서방도 엔간히 화가 풀릴 테니 그때까지 근신하는 셈치고 꼼짝 말고 집에 있어야 한다. 지 서방 됨됨이가 본디 그리 모질지는 못해. 행여 지 서방 심하다는 생각은 말어. 입장을 바꿔놓고 생각해봐라. 어느 사내가 번번이 튀어나가는 여편네 꼴을 보려고 하겠니."

두어 차례 행보에도 불구하고 세중의 마음을 돌리는 데 실패했음이 틀림없는 어머니는 따끔한 어조로 은수에게 쐐기를 박았다.

은수로서는 세중이 선언한 '잠정적 별거' 상태가 시간에 의해 해결될 어떤 것이 아님을 알고 있었다. 시간의 부산물로 얻어지는 것은 망각과 체념뿐일 것이다. 그런데도 사람들은 시간이 모든 것을 해결해주리라고 쉽게 말한다. 세중도 역시 돈 봉투를 내밀며 그렇게 말했다. 돈 봉투는 그에게 일종의 유예가 아니었을까.

세중에게서 받은 돈은 아직 손도 대지 않은 채 고스란히 핸드백 속에 들어 있었다. 이런 상태가 오래 계속된다면 아마 그 돈으로 싼 셋방이라도 얻어 나가야 할 것이라고 은수는 막연히 생각했다.

밤마다 은수는 불도 켜지 않은 깜깜한 방에서 자신의 몸을 태질하듯 뒹굴며 안타깝게 중얼거렸다. 어떡허나. 어떡허나. 어둠 속에서는, 아무리 귀를 막아도 언제나 기운 없이 가늘게 우는 아이의 울음소리가 들려왔다. 눈을 감으면 행여 엄마가 오려니, 잠이 깨면 엄마가 머리맡에 와 있으려니, 하는 헛된 기대로 기다리다 지쳐 모로 쓰러져 잠든 아이의 얼굴이 오히려 뚜렷이 떠올랐다. 지난 시절 자신이 나를 낳고 또 버린 이들이 누구인가,

소리 죽여 원망의 울음을 울었듯 승일이도 그러하리라는 것이 평생을 두고 벗어나지 못할 업화(業火)인 듯 뜨겁게 가슴을 태워 은수는 밤마다 갈라지고 말라붙은 입술을 옥물며 거듭 다짐했다.

날이 밝는 대로 돌아가리라. 누군가 대문을 가로막으면 당당히 밀치고 들어가서, 또 누군가 승일이를 품에서 떼어내려 한다면 들쳐 업고 천리만리 뛰어 달아나리라. 아니면 은행으로 세중을 찾아가리라. 그가 그러했듯 당당히 돈 봉투를 그의 앞에 되돌려주며 담판을 지으리라. 이런 식으로 쉽게 해결이 될까요? 이 돈은 필요 없어요. 난 집에 들어가겠어요. 언제까지 이런 상태로 지내자는 건가요. 더 이상 다치는 게 무섭다구요. 당신 마음의 갈피를 잘 살펴보세요. 당신이 내세우는 이유는 한 부분에 불과할지 몰라요. 몇 해를 함께 산 부부란 편안히 몸에 맞게 낡은 헌 옷과 같은 거라더군요. 사람들은 때때로 낡고 헐거워진 헌 옷을 새 옷으로 바꿔 입고 싶어 하지요. 또한 사람들은 화합과 조화를 으뜸의 덕목, 으뜸의 행복이라고 하면서 지극히 예사로운 생활 속에 때때로 혼자 있고자 하는 간절한 갈망을 숨기고 있지요. 당신을 탓하는 건 정말 아니에요. 모든 잘못은 다 내게 있어요. 용서를 빌겠어요. 당신은 모르겠지만 난 정말 차마 겪지 못할 일도 겪었어요. 기억하기조차 끔찍한 일이에요. 그러나 다 잊겠어요. 완전히 잊어버리면 그건 나와 관계없는 단지 추악하고 끔찍한 하나의 사건일 뿐이 아닐까요?

아침 식사를 몇 술 뜨는 둥 마는 둥 은수는 외출 채비를 서둘렀다.

“어딜 나가니?”

어머니가 화장을 하고 있는 은수를 걱정과 나무람이 뒤섞인 표정으로 바라보며 물었다.

“은행에 가려구요. 승일 아빠를 만나야겠어요.”

시청 앞에서 버스를 내린 은수는 시청 청사의 시계탑을 보며 손목시계를 열 시에 맞추고 지하도를 지나 남대문 쪽으로 천천히 걸음을 옮겼다. 물론 세중과 사전에 시간 약속을 한 적도 없어 서두를 필요가 없기도 했지만 걸으면서 생각할 시간을 벌자는 속셈이었다. 어차피 세중은 종일 은행에 나와 있을 터였다. 세중을 만나기 위해 나선 걸음이긴 했으나 막상 마주쳐서 무슨 말을 어떤 식으로 풀어가리라는 마련은 없었다. 은행 앞에 이르러 은수는 전번에 세중을 불러내었던 지하 다방으로 내려갈까 잠깐 망설이다가 은행 안으로 들어갔다. 전화를 받을 때의, 세중의 반응이 두려웠던 것이다. 실제로 은수는 그동안 몇 차례인가 세중이 들어와 있을 시간에 집으로 전화를 한 적이 있었다. 그러나 얼마 전까지 자신이 쓰던 방, 텔레비전 세트 옆 탁자에 놓인 너무도 낯익은 전화기에서 뚜루룩, 뚜루룩 울리는 신호음을 아득히 들으며 마치 마음 돌아선 연인에게 전화를 하듯 두려움과 긴장을 이기지 못해 수화기를 놓아버렸던 것이다. 실제로 여보세요, 여보세요, 응답하는 세중의 목소리를 듣다가 끊기도 했다.

오전 중이어서 은행은 그닥 붐비지 않았다. 은수는 세중이 이곳 지점으로 온 이 년 전 이래 한 번도 은행으로 찾아와본 적이 없어 세중의 자리를 짐작할 수 없었다. 은수는 대기용 의자에 앉아 펼쳐 든 주간지로 얼굴을 반쯤 가리고 안을 살폈다. 두려워하는, 주눅 들린 마음이 자신을 더욱 초라하게, 볼품없이 보이게 하리라는 것을 알면서도 은수는 쭈뼛거리고 조그맣게 움츠러드는 자신을 어쩌지 못했다. 은행 안을 몇 차례 훑어본 뒤에야 은수는 세중의 모습을 찾아낼 수 있었다. 한결같이 반팔 와이셔츠에 넥타이를 단정히 맨 남자들 틈에서 세중을 한눈에 식별해내는 것은 쉬운 일이 아니었다. 때마침 여행원이 자동 판매대에서 사 온 커피를 책상 위에 놓자 일을 하고 있던 세중은 고개도 들지 않고 오, 고마워라고 말했다.

오랜만에 보는 탓만은 아니게 일터에서 보는 세중은 생소했다. '대리 지세중' 책상 위에 놓인, 자개로 새긴 패찰에 걸맞게 성실하고 유능한 일꾼이었으며 친절하고 사무적이었다. 안색은 좀 창백했으나 그것은 마음의 고통이나 질병 때문이 아닌, 햇빛을 볼 기회가 적은 실내 생활자들이 공통적으로 갖는 것이었다. 그에게서 아내를 쫓아낸 사내의 흔적은 발견할 수 없었다. 아내의 곰살맞은 시중을 받고 아이들에게 정답게 손 흔들어주며 출근한 다른 사람들과 조금도 다를 바 없었다. 바쁘게 전화를 받고 짧은 통화 중에도 종종 유쾌한 웃음과 농담을 끼워 넣고, 다시 엎드려 일하며 종내 초라하게 웅크리고 있는 아내를 발견치 못하는 세중을 한 시간 넘게 지켜보다가 은수는 슬그머니 자리에서 일어났다. 누구에게랄 것도 없이 심한 배반감으로 울음이 치받칠 듯 목이 잠겨왔다.

"재미가 어때? 나야 늘 그렇지 뭐. 요즘 좀 바쁘다네."

전화를 받는 세중의 목소리를 뒤로 들으며 은수는 출입문을 밀고 나왔다. 은행 앞에서 택시를 잡아탔다. 행선지를 묻는 운전사에게 집 방향을 이르고는 의자 등받이에 깊이 몸을 묻었다. 마지막 보루로서, 비장하고 있던 몇 개의 패 중 하나를 어이없이 빼앗긴 기분이었다. 어쨌거나 오늘 중으로 어떤 결정이든 해야 할 것 같았다.

이대로 막연히 지낼 수는 없어. 열어놓은 차창으로 불어드는 바람에 이마 위로 흐트러지는 머리칼을 쓸며 은수는 중얼거렸다.

차가 도심지를 벗어나자 은수는 문득 승일이 지금 유치원에 있으리라는 생각이 떠올라 운전사에게 행선지를 고쳐 말했다.

혜원 교회의 둥근 아치로 장식된 철문을 들어설 때 방금 놀이 시간이 끝난 듯 딸랑딸랑 종소리가 울렸다. 아이들이 교육관 건물 안으로 밀려 들어가는 중이었다. 노란 가운을 입은 어린아이들로 꽃밭 같던 교회 마당 놀이터는 삽시간에 텅 비었다. 모래밭에서 고개를 숙이고 흙을 퍼 담으며 혼자 놀고 있는 아이와 미끄럼틀에서 채 내려오지 못한 아이만 남아 있을 뿐이었다. 보모가 나와 미끄럼틀의 아이를 안아 내리고 모래밭의 아이를 일으켜 몸의 흙을 털어주었다. 은수는 이쪽으로 잠깐 돌아선 아이를 보는 순간 눈앞이 아뜩 흔들렸다. 승일이었다.

"승일아."

은수는 허우적거리듯 손을 내밀어 승일이를 불렀으나 그것은 소리가 되어 나오지 않았다. 아이는 엄마를 보지 못한 채 보모에게 손을 잡혀 안으로 들어갔다. 곧 문이 닫히고 피아노 소리, 아이들이 목청껏 부르는 노랫소리가 한바탕 어우러져 들려왔다.

은수는 교육관의 유리창에 바짝 매달려 안을 들여다보았다. 마루방을 가득 채운 오륙십 명이나 되는 아이들이 제자리를 찾아 고물고물 움직이며 노래를 부르고 있었다. 손가락을 빼물고 시무룩이 한구석에 서 있는 아이들도 보였다. 은수는 제 아이를 찾아내려는 필사적 노력으로 눈을 크게 뜨고 살폈으나 승일이는 어느 틈에 묻혔는지 보이지 않았다.

"누굴 찾아오셨나요?"

일자 건물인 교육관의 끄트머리 방에서 젊은 여자가 비죽 고개를 내밀며 묻는 말에 은수는 창에서 물러났다.

"아, 아닙니다. 제 아이가 있어서요."

은수는 민망스럽게 웃으며 벤치에 앉았다. 교회 담을 따라 키 큰 포플러가 심어져 있었지만 놀이터는 그늘 한 점 없이 햇빛이 하얗게 내리쬐고 있었다. 바람이 지날 때마다 포플러 가지는 솨아솨아 흔들리고 윤기 나는 녹빛 이파리들을 뒤집으며 반짝거렸다.

바람이 불어. 왜 바람이 불지? 바람은 그리워하는 마음들이 서로 부르며 손짓하는 것이란다. 승일이를 마지막으로 보았던 날의 말들이 떠올라 은수는 눈물이 가득 고인 눈으로, 바람이 어우러져 잦아들고 다시금 지나가는 나무 끝을 올려다보았다.

끝나는 종이 울리고 아이들이 몰려나와 대기하고 있는 선교원 버스에 올라타기 시작했다. 셈을 하듯 한 아이 한 아이를 더듬던 은수는 거의 맨 마지막에 나오는 승일이를 발견하고 다가가 말없이 아이의 손을 잡았다.

손을 잡힌 채 두어 걸음 걷다가 무심히 올려다본 승일이의 눈이 단박 커다래졌다. 곧 낯가림을 하듯 비켜서며 입을 비죽거렸다. 금세 울음이라도 터질 듯한 얼굴이었다.

"승일아."

은수는 아이와 눈이 마주치는 순간 목이 꽉 잠겨 속삭이듯 나직이 불렀다.

"엄마야, 엄마가 왔단다."

아이의 손이 은수의 손을 놓고 치맛자락을 거머쥐었다. 조금만 당기면 그대로 찢겨버릴 듯 아이답지 않게 거세고 날카로운 악력이었다. 그러면서도 승일이는 눈도 깜박이지 않고 빤히 바라보기만 할 뿐 엄마를 부르지 않았다.

눈앞에 문득 나타난 엄마의 실체를 믿을 수 없는 것이리라.

두 대의 버스에 나눠 탄 아이들이 창밖으로 고개를 내밀고 손을 흔들며 노래를 불렀다. 선생님 안녕히 계세요. 친구야 안녕, 내일 또 만나자.

승일이가 조금 불안하고 망설이는 표정으로 버스와, 엄마와, 아이들을 향해 손 흔드는 보모를 번갈아 바라보았다.

"다 탔습니까?"

운전사가 창밖으로 고개를 빼어 보모에게 물으며 시동을 걸었다. 버스 주위에 남아 있는 것은 승일이와 은수와 세 명의 보모뿐이었다. 그녀들 중 한 사람이 은수에게 다가왔다.

"승일이 데리러 오셨나요? 승일이 어머니 되세요?"

몸에 밴 친절하고 상냥한 웃음 뒤편에서 은수는 늦추지 않는 경계심과 탐색하는 기미를 느낄 수 있었다. 어린아이들을 맡아 돌보자면 낯선 손을 가려내는 감각의 훈련도 필수적이리라. 입학식과 첫 달 자모회에 잠깐 얼굴을 내밀었을 뿐인 은수를 그녀가 기억하지 못하는 것은 당연했다.

"승일이 엄마예요. 외출했던 길에 이 앞을 지나게 되어서……"

"아, 그러세요."

보모는 운전사를 향해 고개를 끄덕여 보이고 버스 문을 닫았다. 버스는 움직이기 시작하고 아이들은 밖에 서 있는 보모들을 향해 일제히 소리쳤다. 선생님 안녕.

"승일이가 아주 착해요. 제일 어린 축인데도 얼마나 차분한지 모르겠어요. 지난달에 가정방문을 갔다가 할머니만 뵈었지요. 어머니는 시골에 며칠 다니러 가셨다고 하시더라구요."

보모가 승일이의 머리를 쓰다듬으며 말했다.

"아, 네, 그랬었지요."

은수가 애매하게 웃어 보였다. 승일이는 시종 은수의 치맛자락을 단단히 거머쥔 채 고개를 숙이고 제 그림자를 발로 뭉개고 있었다.

"그럼, 안녕히 가세요."

보모가 목례를 해 보이고 교육관 건물로 들어가자 은수는 승일이의 손을 잡고 유치원을 나왔다.

"업어줄까?"

아이는 유치원을 돌아보며 도리질을 했다.

"괜찮아, 엄마가 업어주고 싶어서 그래. 애기라고 흉볼 사람은 없어."

서너 발짝마다 은수는 승일에게 등을 돌려 대었다. 거침 없이 비집고 나오는 눈물을 아이에게 보이고 싶지 않았던 것이다.

유치원을 훨씬 벗어나 교회의 십자가만이 주택가의 지붕들 사이로 삐쭉 솟아 보일 때야 승일이는 은수의 등에 업혔다.

"엄마 어디 갔었어?"

목을 바짝 끌어안고 등에 얼굴을 묻으며 승일이가 비로소 함빡 투정이 담긴 어조로 물었다.

"엄마 이제 진짜 온 거지? 할머니가 엄마 멀리 갔다고 그랬어. 갈현동 할머니네 집보다 훨씬 더 먼 데로 갔대."

귓전에서 울리는 아이의 낭랑한 목소리와 비릿하고 따스한 입김을 느끼며 은수는 허방을 짚듯 허청거리는 걸음을 간신히 가누었다. 결코 등에 업힌 아이의 무게가 힘에 겨운 탓은 아니었다. 아이는 연신 엄마를 부르며 종종 정말 엄마인가 아닌가 미덥지 않다는 듯 은수의 고개를 돌려 자기를 쳐다보게 했다.

"엄마 없어도 울지 않았니? 감기 안 들리고?"

"아니. 아침마다 아빠랑 역기를 들거든. 그래서 몸이 아주 튼튼해졌어."

"역기?"

"아빠가 사 왔어. 아빠 꺼는 아주 크고 무겁지만 내 껀 아주 작아. 또 복슬이도 있어. 예쁜 강아지야. 집이 없어서 상자에다 넣어 마루에서 재우는데 밤에는 자꾸 울어. 아직 애기 강아지라 그렇대. 그러면 할머니가 막 야단을 쳐. 내가 몰래 일어나 내 이불 속에 넣어주면 가만히 있어. 할머니는 강아지가 내 이불 속에 들어오고 싶어서 우는 걸 모르나 봐."

찻길까지 나와서도 은수는 무턱대고 걸었다. 어디로 가야 할지 몰랐다. 의당 승일이를 집에 데려다주어야 할 것이었다. 하지만 시어머니와 면대할 일이 두려웠다. 언젠가 집에 갔을 때 대문간에서 내밀던 시어머니의 살얼음 낀 차가운 얼굴이 떠올랐다.

시어머니는 그때 평생을 오로지 가정과 아이들을 위해 살아왔다는 자부심과 우월감을 숨기지 않고 멸시하는 눈길로 은수의 행색을 살피며 냉랭하게 말했다. 무슨 낯을 들고 왔니? 벼룩도 낯이 있지. 아범 얘기 듣기 전엔 집엘 들일 수가 없구나. 섭섭하게 생각할 것 없다. 그러나 무엇보다도 승일이를 돌려보내야 한다는 사실에 은수는 두려움을 느끼고 있었다.

더운 날씨였다. 승일이를 업은 등에 축축이 땀이 차기 시작했다. 아이가 등에서 내리겠다고 말했다. 아이가 내린 등이 갑자기 허전하고 서늘해졌다.

"엄마, 어디 가는 거지?"

늘 버스로 다니던 방향과 반대쪽에 서 있는 것이 이상한 듯 승일이가 은수를 올려다보며 물었다.

"배고프지? 맛있는 거 사줄까?"

승일이가 고개를 흔들었다.

"유치원에서 간식 먹었어."

"그랬구나. 그럼 엄마랑 놀러 갈까?"

"엄마, 정말 이젠 아무 데도 안 가는 거지?"

아이가 손을 쥐고 바짝 다가서며 새삼 다짐을 주었다.

"엄마 여기 있잖니."

은수가 한 번 세게 끌어안았다가 놓자 승일이는 안심한 듯 웃으며 치마폭에 얼굴을 묻었다.

은수는 빈 택시를 세웠다. 우선 시내로 나가 수표를 현금으로 바꾼 뒤 그다음 일을 생각할 작정이었다.

봉투 속에 든, 넉 장의 오십만 원짜리 수표들 중 한 장을 현금으로 바꾼 뒤 은수는 부근 중국집으로 승일이를 데리고 들어갔다. 무엇이 먹고 싶으냐고 사뭇 다그치듯 묻는 은수에게 승일이가 짜장면을 먹겠다고 대답했던 것이다.

"짜장면만 먹을래? 다른 것 또 먹고 싶은 거 없어?"

무엇이든 자꾸만 먹이고 싶어 하는 엄마의 조바심과 안타까움의 까닭을 알 리 없는 아이는 거듭되는 물음에 짜증스럽게 고개를 흔들었다. 은수는 승일이의 입가를 닦아주며 먹는 모양을 물끄러미 바라보았다.

"할머니한테 전화했어? 할머니가 기다릴 거야. 매일 버스 내리는 데까지 나와 있는걸."

"괜찮아. 엄마랑 같이 있으니까 걱정 안 하셔."

창으로 들어온 햇살이 얼굴에 닿자 승일이는 잠깐 부신 듯 눈을 껌벅거렸다. 뺨의 솜털이 금빛으로 보르르 일어났다. 은수는 커튼을 가려주려다가 그대로 아이를 바라보았다. 감은 지 며칠이나 되었는지 윤기 없이 부옇게 이마와 귀를 덮은 머리칼, 몽롱하고 크게 뜨인 눈, 반바지 아래 드러난 흠집투성이의 작은 무릎. 아이를 안고 팔 안에서 잠재워, 자는 모습을 언제까지든 지켜보고 싶다는 밤마다의 갈망이 뜨겁게 가슴을 메웠다. 어느 정념이 이보다 더 간절할 수가 있을까. 품에서 절대로 놓을 수 없다는, 누구의 눈에서도 감추고 싶다는, 그것만이 오직 유일한 소망인 듯 은수는 절박해졌다. 승일이를 낳았을 때 은수는 그 작은 생명체가 자신에게 있어 완전한 닻이 되리라 믿고 바라지 않았던가. 그러나 이제 맞은편에 앉아 무심히 국수 올을 말아 올리고 있는 작은 사내아이가 자신에게 있어 이미 잃어버린 모든 것, 다시는 허락되지 않을 그 모든 것이리라는 절박감으로 은수는 괴롭게 이마를 찡그리며 탁자 밑에 숨긴 손을 맞잡아 세게 비틀었다.

그것은 필시, 돌아오지 않는 승일이를 찾아 좌불안석, 초조하게 서성일 시어머니의 모습, 핸드백 속에 든 천 원권 다발들의 무게로 더욱 부채질된 감정인지도 몰랐다.

은수는 승일이 다 먹기를 기다려 곧장 서울역으로 향했다.

"기차를 탈까. 승일이는 기차를 타본 적이 없지?"

그림책에서만 기차를 보았을 뿐인 아이는 좋아라고 깡총거렸다.

때 없이 떠나고 닿는 사람들로 붐비는 대합실에서, 밤까지 되돌아올 수 있는 시간과 거리를 계산하며 각 선(線)의 시발역에서 종착역까지의 정거장과 발차 시간을 읽어가던 은수의 눈이 낯익은 역에 멎었다. M시. 은수가 자란 항구 도시였다. 그러나 은수는 그곳을 떠난 이후 이십 년이 넘도록 가본 적이 없다. 그렇게 많은 곳을 떠돌면서도 기차로 고작 한 시간 반 정도 거리인 그곳에 발길을 돌리지 못했던 것은 자신의 의식 속에 깊이 숨긴 그 어떤 두려움이 있었기 때문일까. 단순히 떠나왔던 장소를 되찾을 때의 슬픔 때문이었을까.

삼십 분을 기다려 표를 끊고 기차에 올라타자 기차는 곧 출발

했다.

"기차가 거꾸로 가네."

승일이는 좌석 위로 올라서며 환성을 질렀다. 아이의 발에서 신발을 벗기며 은수는 마치 필름을 거꾸로 돌리듯 먼 과거로 향해 떠나는 기분이었다.

인수동, 선창으로 넘어가는 고갯마루턱 낡은 왜식 목조 가옥들이 늘어선 거리는 이제껏 은수의 의식 속에, 유년기를 뜻하는 추상명사로서 존재하고 있었었다.

항구의 끝에서는 늘 칼날처럼 차고 매운 바람이 불어왔다. 선창 부근 동네 아이들은 아침마다 까마득한 돌계단을 올라가는 공원을 지나 학교로 갔다. 수백 개는 됨 직한 돌계단을 세며 서너 번쯤 다리를 쉬고 짬짬이 뒤를 돌아보면 그제야, 새벽잠 깊은 게으른 창부처럼 깨어나는, 포격에 무너지고 부서진 시가지와 색색의 깃발을 달고 부두에 정박해 있는 외국 선박들이 눈에 들어왔다.

밤이 되면 일제히 휘황하게 불 밝히는 그 배들과 이국인들로 부두는 언제나 축제처럼 은성하였다.

비 오는 날이면 아이들은 지름길인 공원길을 피해 번잡한 시장 통을 지나 학교로 갔다. 공원 군데군데 서 있는 철탑을 질러 걸린 고압의 송전선이 비바람이 칠 때면 무서운 소리로 웅웅 울어댔기 때문이었다. 머리채를 잡아끌 듯 소름 끼치는 그 소리를 아이들은 귀신이 우는 소리라고 말했다.

그러나 이 모든 것은 그녀의 생애 중 홀로 고립된 한 공간으로 어둡게 채색되어 있을 뿐이었다.

낯선 거리를 걸을 때 옛날의 흔적을 연상시키는 것은 아무것도 없었다. 서울 가까운 주변 도시가 대개 그러하듯 무섭게 비대하고 삭막한 거리에서 아이들은 예전이나 다름없이 학교 수업을 마치고 집으로 돌아가고 있었다.

택시를 타고 도무지 짐작할 수 없는 방향을 달려 인수동이라고 내린 곳을 은수는 찬찬히 살펴보았다. 그녀의 기억 속에 단단히 자리 잡은 왜식 이층집들이 늘어선 작고 누추한 동네는 없었다. 선창으로 넘어가는 고갯길 아래 넓게 포장된 길을 사이에 두고 약국, 당구장, 슈퍼마켓, 파출소가 있을 뿐이었다. 그러나 은수는 마치 장님이 길잡이를 세우듯, 어쩌면 어린 날의 자신의 손을 잡고 걷듯 몽롱한 비현실감에 빠져들며 기억 속의 집을 찾아 승일이의 손을 꼭 잡고 완전히 낯설어진 길목들을 기웃거렸다.

'최 치과 의원'의 흰 페인트 칠한 나무판에 검은 글씨로 쓰인 입간판. 작은 목조 이층집의 아래층은 아버지가 병원으로 쓰고 있었고 이 층이 살림채였다. 이 층 다다미방에 엎드려 숙제를 하노라면 아래층 병원에서는 간간 금속의 기구들이 달그락대는 소리, 은수에게는 어렵기만 했던, 말수 적은 아버지의 헛기침 소리가 들려오곤 했었다.

"여기가 어디야?"

조금도 신기할 것 없는 거리를 걷는 일에 피곤하고 지루해진 승일이는 은수를 올려다보며 자주 물었다.

"엄마가 승일이만큼 어렸을 때 살았던 곳이란다."

"엄마가 다섯 살일 때도 있었어?"

이 층으로 올라가는 가파른 나무 계단의 중턱에서 무서워, 무서워 소리치며 내려오지 못하고 울던 것은 몇 살 때였을까.

공원으로 오르는 계단은 엄청나게 작아진 모양으로 여전히 있었고 그것을 근거로 추리해본, 최 치과 병원의 위치로 짐작되는 자리에는 세탁소가 있었다.

웃도리를 벗은, 러닝셔츠 차림의 청년이 김을 올리며 다림질을 하고 있는 세탁소 바깥에는 몇 벌의 가죽점퍼가 벤젠 냄새를 풍기며 내걸려 있었다. 은수는 열린 문으로 세탁소 안을 기웃이 들여다보았다. 순간적으로, 그 휘발성 강한 기름 냄새가 언제나 아래층 병원을 채우고 있던 크레졸 냄새인 듯한 착각을 일으켰다. 그러나 은수는 곧 고개를 저었다. 이제 최 치과 의원의 낡은 건물은 이 지상의 어느 곳에도 존재하지 않는 것이다. 자신이 이미 그 시절의 조그마한 계집애가 아니듯 그것은 자명한 사실이었다. 영원히 소멸해버린, 지나간 시간을 되짚어 무언가 조그마한 흔적이나마 찾으려는 것은 부질없는 안간힘일까.

은수는 천천히 세탁소 앞을 떠났다. 예전 아침저녁으로 수없이 오르내리던 돌계단을 밟고 공원으로 올라갔다. 이 시의 단 하나뿐인 공원은 또한 이 시의 가장 높은 언덕이기도 했다.

초여름 오후의 햇발은 길고 뜨거웠다. 드문드문 벤치가 놓인 공원 꼭대기의 빈터에 깔린 흰 모래들이 강한 햇살에 사금파리인 듯 반짝이며 튀어 오르고 있었다.

하얗게 바래져 튀어 오르는 흰 모래를 무연히 바라보는 사이 은수는 이미 전혀 낯설지 않은 분위기, 익숙한 장소에 와 있는 듯 기이한 느낌에 빠져들었다. 꿈속에서는 늘 가는, 그러나 꿈을 깨고 나면 기억나지 않는, 희미하고 익숙한 곳에 와 있는 기분이었다.

쨍쨍하고 뜨거운 햇볕 아래의 한기와도 같은 공포, 때 없이 빠져드는 이런 분위기의 정체는 무엇일까. 바다 밑바닥에 깊숙이 가라앉았다가 오랜 세월이 지난 후 잠수부들의 손길에 의해 천천히 녹슬고 무너진 몸체를 드러내는 침몰선의 이물처럼, 망각의 단단한 껍데기를 깨고 희미하게 떠오르는 것은 무엇일까.

그러나 그것은 잡으려는 안간힘으로 손을 내밀면 손가락 사이에서 형체 없이 빠져나가 몸을 숨겨버리고 마는 것이었다. 기억은 볕바른 마당과 두 짝의 검정 고무신에서 더 나아가지 않았다. 마당 앞쪽엔 누군가가 있었을 것이다. 나는 어디에 있었을까.

"엄마, 바다는 굉장히 커. 바다는 끝이 없나 봐. 땅이 둥둥 떠 있는 것 같애."

승일이가 은수의 팔을 당겨 발아래 빤히 보이는 바다를 가리켰다. 아이는 바다를, 바다에 떠 있는 섬을 처음 보는 것이다.

"세상은 물과 땅으로 이루어져 있단다. 배를 타고 멀리멀리

가면 또 다른 땅에 닿게 되지.”

햇살은 밝았지만 바다는 탁하고 검푸른 빛으로 가라앉아 있었다.

사촌의 입을 통해 자신이 어머니가 낳은 아이가 아니라는 것을 알게 되었던 날 은수는 선창가 방죽에 앉아, 정박해 있는 배들을 보며 어디로든 달아나야겠다고 생각했었다. 단지 이곳이 아니라면 그 어디라도 좋았다. 지구는 둥글어 한없이 가노라면 결국 떠났던 자리에 되돌아오게 마련이라는 것을 모르던 시절이었다.

지나간 시절은 기억 속에서 환상의 섬처럼 가뭇없이 아득하였다.

사이다 병에 빨대를 꽂아 빨며 바다를 바라보던 승일이가 몽롱하게 풀린, 졸음기 가득한 눈으로 은수에게 기대앉았다.

풀숲에서는 때 이르게 나온 풀벌레가 저물기를 재촉하며 성급히 찌륵찌륵 울었다.

다시 서울로 올라가야 한다고 생각하면서도 은수는 밤이 될 때까지 M시에 머물러 있었다. 돌아오지 않는 승일이를 찾아 안절부절못하고 있을 시어머니나 세중의 얼굴이 언뜻언뜻 머릿속을 스쳐갔으나 이건 유괴가 아니야, 내 아이를 내가 데리고 있을 뿐이야, 은수는 간단히 고개를 저었다. 시어머니는 즉시 유치원에 연락을 했을 테고 친절한 보모는 승일이가 엄마와 함께 갔다고 분명한 전갈을 할 것이었다.

며칠을 두고 거리를 샅샅이 뒤진들 아는 사람 하나 만날 수도 없을 것이고 그런 기대야 애초부터 없었다. 자신의 배회가 허공을 휘저어 흐르는 바람을 잡으려는 것, 바다 밑에 떨어뜨린 바늘 한 개를 찾으려는 것과 같이 헛된 도로(徒勞)임을 알면서도 은수는 쉬이 그곳을 떠날 수 없었다. 머릿속에 안개처럼 스미기 시작하는 한 가닥 예감 때문이었다.

그 예감이란 기실 이 도시에서 느껴지는, 기억 속에 남아 있는 풍경과는 조그마한 맥락도 닿지 않게, 완전히 생소하게 변모한 거리에서 희미하고 은밀하게 느껴지는 낯익음에 다름 아니었다. 그것은 어쩌면 자칫 방심하는 사이 한숨처럼 사라져버릴 듯 아주 미약하고 엷은 그림자와 같은 것이었다. 그러나 또한 예감이나 추측 따위란 대부분 자신의 환상이 만들어낸 것으로 보기 좋게 배반당하는 경우가 종종 있어왔지 않는가.

어두워지자 아이는 돌아가자고 칭얼거렸다. 동물원도, 재미있는 놀이 시설도 없는 거리를 자신을 업고, 걸리며, 헤매이는, 오랜만에 만난 엄마에 대해, 더욱이 어두워지는 낯선 거리라는 점까지 덧붙여 막연한 불안을 느낀 탓일 게다.

은수는 스쳐가는 사람들을 하나하나 붙잡고 묻고 싶었다. 한 번쯤 어디선가 본 듯 낯익은, 그러나 초면임이 분명한 사람들을 붙잡아 세워 가면처럼 천연덕스럽고 예사로운 얼굴을 벗기고 진정으로 묻고 싶었다. 선창 동네에 살던 아이를 기억하세요? 한 작은 여자아이를 기억하세요? 여름, 아니면 가을의, 햇살이 무섭게 쨍쨍하던 어느 날을 기억하세요? 전쟁 때였다니까 삼십 년 전쯤일 거예요. 콜타르 칠한 판자울로 둘린 마당 안쪽에서 있었던 일을 혹시 아세요? 무슨 일이 있었지요? 그 집은 어디쯤일까요? 간단없이 내 등을 밀고 덜미를 쥐어 휘두르는 것은 무엇인가요? 어떤 무서운 그리움이 있어 나를 바람처럼 펄럭이며 떠돌게 하는가요? 나는 아주 비싼 대가를 치렀어요. 모든 것을 다 잃고, 이제 껍데기만 남았어요. 내게 보이는 건 유폐와도 같은 어둡고 막막한 희망 없는 미래뿐이에요. 잃어버린 것, 되찾을 수 없는 것에 대한 원한과 안타까움으로 추하고 심술궂게 늙어갈 여자의 모습만이 보여요. 나를 어느 곳에도 붙들어 매지 못하게 하는 것, 심술궂게 떼어내는 것은 도대체 무엇인가요. 어느 보이지 않는 눈이 나를 지켜보고, 어느 보이지 않는 혼이 나를 떠돌게 하나요. 머리칼 날리고 귓가에서 웅웅대며 끊임없이 부는 바람은 살아온 흔적까지 몰아가 무(無)로 만들어 버려요. 나는 이제 그림자조차 거느리지 못하는 허깨비 같아요. 뒤를 돌아보아도 살아온 흔적은 아무것도 보이지 않아요. 바람의 동심원(同心圓)에 갇혀 뿌리 없이 떠돌 뿐이에요. 바람의 눈[眼]은 어디에 단단히 숨어 있는 걸까요.

M시의 선창 부근 여관에서 하룻밤을 묵은 은수는 다음 날 오후 늦게 서울로 돌아왔다. 아직도 어제의 그 자리에 머물고 있는 듯 여전히 사람들로 붐비고 혼잡스러운 역 광장을 빠져나오며 은수는 만 하루 동안의 나들이에 한껏 지쳐 있는 승일이를

집으로 돌려보내야 할지 어쩔지를 잠깐 망설였으나 이내 망설임을 떨어버리고 갈현동으로 향했다.

어젯밤 낯선 방에서 잠든 아이는 한밤중 서너 차례나 깨어 지켜보는 엄마를 확인하고 안심한 듯 다시금 잠이 들곤 했었다. 먼지와 땀에 젖은 아이를 씻기고 머리를 깎아주고 새 옷이라도 한 벌 사 입힐 심산이었다.

"여긴 갈현동 할머니네 가는 길이잖아?"

어둠이 짙어지는 차창 밖을 내다보며 승일이 의아한 듯 고개를 갸우뚱했다.

한 달에 한 차례씩 다니러 오기도 힘들었던, 외가로 가는 길을 아이는 용케 기억하고 있었다.

"그래, 갈현동 할머니가 승일이를 보고 싶어 하시니까 가서 뵈어야지?"

잇달아 물어올, 왜 집으로 가지 않느냐는 물음을 성급히 막으며 은수는 낡은 캐비닛 하나와 잡동사니들을 넣어둔 커다란 궤짝이 서너 개 포개 얹혀 있을 뿐인 자신의 방에 대해 승일이 본능적으로 감지할 비정상적인 상황에 두려움을 느꼈다. 기거하는 사람의 생활이나 온기가 전혀 배지 않은, 누구의 눈에도 빈 방의 스산함, 썰렁함 따위가 보일 것이었다. 어린 눈에, 엄마의 불안정한 상태가 어떻게 비쳐지고 어떤 형태로 받아들여질 것인가.

집 앞에서 차를 세우자 차 소리에 어머니가 황황히 내달아 나왔다. 저녁상을 보고 있었던 듯 행주를 든 채였다.

"이 미친 것아. 어딜 가면 간다고 말을 해야지, 온 집안을 이 지경으로 난가를 만드니? 지 서방 와 있다. 어서 들어가."

세중이 갈현동에 와 있다는 것은 뜻밖이었다. 은수의 걸음이 저도 모르게 대문 앞에서 우뚝 멈추어 섰다. 어머니는 은수의 치마를 잡고 서서 말끄러미 바라보는 승일이를 번쩍 치켜들어 끌어안고 앞서 들어가며 큰 소리로 말했다.

"이보게, 승일 에미 왔네. 내가 뭐라던가. 곧 애를 데리고 돌아올 거라고 하지 않았던가."

어머니의 느닷없이 커다란 목소리와 너스레에는 은수가 집을 비운 동안의 가슴 졸임, 세중에 대한 면구스러움, 원망 따위가 생생하게 묻어 있었다.

꽤 어두워졌는데도 불도 켜지 않고 마루에 앉아 있던 세중이 몸을 일으켰다. 엷은 어둠으로 표정이 잘 보이지 않았지만 은수는 세중을 보는 순간 긴장으로 온몸이 팽팽히 당겨왔다.

"피곤할 텐데 저녁 차릴 동안 들어가 누워 쉬랬더니 그냥 이러고 있었나? 불이라도 좀 켜지 않고……"

세중과 은수의 기색을 살피며 어머니는 비로소 할 일을 찾은 듯 부랴부랴 전등 스위치를 올렸다. 세중의, 멸시하는 듯, 비웃는 듯 차가운 눈초리가 은수를 쏘아보았다.

"무슨 짓이야, 이게. 도대체 애를 빼돌려 어쩌자는 거지? 정말 이런 식으로 나와야 되겠어?"

"빼돌리다니요. 어떻게 그런 말을 할 수 있어요?"

은수는 어깨를 펴고 당당히 세중을 마주 쏘아보며 대답했다. 그것은 승일이가 어디 당신만의 아이인가, 하는 반발과 오기만은 아닌, 어제 아침 은행에서 세중을 보면서부터 잔뜩 초라하게 주눅 든 자신에 대한 절망적인 자조이기도 했다.

"이건 더럽고 비열한 짓이야. 아이의 팔을 양쪽에서 하나씩 잡아끌며 줄다리기를 하자는 건가?"

"승일이는 당신의 아이만도, 내 아이만도 아니에요. 승일이는 자기 자신일 뿐이지요."

부모 사이의 심상치 않은 기미에, 두려운 빛으로 손을 놓지 않는 아이를 떼어 마루에 남겨놓고 은수는 안방으로 들어갔다. 철제 캐비닛과 궤짝 들로 썰렁하고 스산한 자신의 거처를 아이에게도 남편에게도 보이기 싫었던 것이다. 그것은 바로 집을 나온 이후의 생활, 황폐하고 삭막한 자신의 내면을 드러내는 것 같았기 때문이었다.

부엌에서는 저녁 준비로 부산히 움직이는 어머니의 기척이 들리고 찌개 끓이는 냄새가 풍겨왔다. 어머니는 저녁 준비를 하는 사이사이 마루를 내다보며 세중에게 말했다. 왜 그렇게 서 있나. 집 안 무너지네. 승일아, 아빠랑 방에 들어가거라. 오랜만에 가족들이 모이니 정말 사람 사는 집 같구먼. 그래 옛말 그른 거 없어. 사람이 한평생 살다 보면 굽이굽이 험한 고비를 수없이 넘긴다고 하잖던가. 지난 일은 다 흐르는 물에 씻어버리게나.

세중으로는 필시 아이의 행방을 찾아 씨근벌떡 달려온 것임을, 그 가슴속에 도사린 날이 퍼런 증오를 모를 리 없겠건만 어머니는 짐짓 마치 신행 온 딸 내외를 맞이하듯 전에 없이 들뜨고 부산한 태도로 다변이었다. 그러나 세중은 마루에 선 채 끝내 묵묵부답이었다.

상을 차려 들고 마루에 나오며 어머니가 안방을 향해, 에미야 뭘 하니, 상 좀 맞들자,라고 소리칠 때 세중은 그예 마당으로 내려섰다.

"아니, 여보게. 왜 그러나. 저녁상 들여가는 게 안 보이나? 사부인께는 내가 전화할 테니, 저녁 먹고 천천히 돌아가게."

사색이 된 어머니는 차마 소매를 잡지는 못하고 같은 말을 거듭하며 만류했으나 세중은 갈랍니다, 무뚝뚝한 한마디로 잘랐다.

"승일아, 신발 신어라."

승일이 울 듯한 얼굴로 방문턱을 짚고 선 엄마를 돌아보며 쭈뼛쭈뼛 마당으로 내려섰다. 세중의 차가운 기세에 눌려 아이는 자동인형처럼 움직이고 있었다.

"자네 참 모진 사람일세. 무서운 사람일세. 늙은이 낯을 봐서라도 그러는 게 아닐세."

어머니의 말은 사뭇 넋두리였다.

세중은 말없이 허리를 굽혀 뒤축이 꺾인 운동화를 펴 승일이의 발에 신겼다. 은수는 눈앞의 이러한 광경을 못 박힌 듯 꼼짝 않고 바라보았다. 눈알이 발갛게 달아올랐으나 자칫 깜박이는 사이 이 모든 것이 신기루처럼 사라져버릴 듯한 느낌에 있는 힘을 다해 눈을 크게 부릅떴다. 어떤 미미한 스침에도 재처럼 무너져 내릴 것만 같았다.

세중의 후줄근하게 늘어뜨린 뒷모습과 아이의 작은 몸이 대문을 빠져나갔다.

그리고 잠시 후 엄마아, 목멘 가냘픈 부름과 한껏 소리 죽인 흐느낌이 멀어져갔다.

"국이 다 식겠구나."

세중과 승일이 나가고 난 꽤 오랜 후까지 마루턱에 걸터앉아 어둠 속에 더 짙은 어둠으로 휑하니 열린 대문을 망연히 바라보던 어머니가 문득 생각난 듯 중얼거렸다.

마루 가운데에는 네 벌의 수저가 놓인 밥상이 덩그러니 놓여 있었다. 피어오르던 더운 김은 사라진 지 오래여서 서둘러 만든 음식은 거의 불결하게 변색되어 보였다. 불빛을 찾아 들어온 나방 한 마리가 형광등 주위에서 펄럭이며 맴돌았으나 어머니나 은수 중 누구도 문을 닫거나 나방을 쫓아내야 한다는 생각을 하지 않았다.

"국 데워 올게요."

은수가 차게 식은 국그릇을 들자 어머니는 은수 쪽을 바라보지 않고 덧붙여 일렀다.

"부엌에 술 담아놓은 주전자 있으니 그것도 가져오너라."

조그만 주전자에는 호박빛 도는 맑은 술이 가득 담겨 있었다. 필시 오랜만에 찾아온 세중을 대접하기 위한 것이리라.

달리 찾아오는 손도, 특별히 손님을 치를 일도 거의 없다시피 했지만 해마다 과일 술을 담가 뒤뜰 구석진 곳에 묻는 어머니의 버릇을 은수는 알고 있었다. 어쩌다가 찾아오는 사위를 맞아 맑게 거른 술을 내놓으며, 술의 맛과 향기의 칭찬에 어머니는 무척이나 자랑스러워했었다.

"저녁 드세요, 어머니."

은수가 밥상머리에 앉자 어머니는 먼저 은수의 잔에 술을 따랐다.

"작년에 담근 것이니 맛이 들었을 게다."

어머니는 자신의 잔을 가득 채워 단숨에 마셨다. 세중이 처음 집에 오던 날도 그랬었다. 벌써 여섯 해 전이던가, 여섯 해의 세월은 등 뒤로 자취 없이 비껴가고 훨씬 늙어버린 그네들만이 여전히 그 자리에 고스란히 남겨져 있었다.

"너도 마셔봐라. 잠 못 자는 사람들이 수면제를 찾듯이 술이 꼭 필요한 때도 있는 거란다. 대문 걸었니? 올 사람도 없느니라."

메마른 입에 향기로운 술은 뜨겁고 쓰게 느껴졌다. 한잔의 술은 지치고 피폐해진 심신에 위안처럼 따뜻한 취기로 피어났다.

몇 잔의 술을 거푸 마신 어머니는 어느새 눈자위가 불그레 젖어들었다. 둘 다 숟가락에는 손도 대지 않은 채였다.

"웬 술을 그렇게 하세요? 술은 그만 드시고 식사를 하세요."

"아니 괜찮다. 미쳐 돌아다니는 딸년을 앞에 놓고 밥을 먹으라는 거냐? 그래 어딜 갔었니? 앞으론 어쩔 작정이냐?"

어머니가 얼굴을 찡그리며 쓰게 웃었다. 은수는 그러한 어머니를 똑바로 바라보았다.

"아직 잘 모르겠어요. 허지만 이제껏 살아온 것처럼 살 수는 없을 것 같아요. 그보다도 이제는 알아야겠어요. 얘기해주세요. M시에 갔었더랬어요. 물론 이십 년이 넘었으니 엄청나게 변해서 기억할 수 있는 건 아무것도 없었어요. 허지만 무언가 있었어요. 아주 흐린 그림자 같은 것이지만 내 발목을 놓지 않아요. 그게 무엇인가요? 내가 누군가요? 어디서부터 왔나요? 아무리 혼자 찾아보려 해도 안 돼요."

"그래 그렇게 이제까지 널 괴롭히더냐. 업보로구나. 전생의 업보야."

어머니가 술잔을 놓고, 붉게 젖은 눈으로 아득히 은수를 바라보았다.

조그만 단발머리 계집아이들이 마당에 앉아 머리를 맞대고 열심히 땅바닥을 들여다보고 있었다. 개미를 잡고 있는 것이다. 왕개미를 잡아 밑구멍를 핥으면 달고 시큼한 맛이 났다. 볶은 콩 한 줌으로 점심을 때운 배에서 자꾸 꼬르륵 소리가 났다.

지금은 전쟁 때이니 이렇게 견디는 수밖에 없다고, 엄마는 부억 바닥에 몰래 숨겨 묻은 항아리에서 밀가루 한 줌, 혹은 쌀을 한 줌 꺼내어 수제비를 끓이거나 멀건 죽을 쑤며, 눈을 번히 뜨고 지켜보는 계집애들에게 타이르곤 했다.

볕발이 하얗고 쨍쨍한 초가을 오후였다. 동네는 죽은 듯 조용했다. 대문을 굳게 잠가놓고 피란을 떠난 사람들은 좀체 돌아오지 않았다. 간혹 판자를 엇갈려 걸고 대못을 친 이웃집 대문 틈새로 들여다보면 마당에는 잡초들이 키를 넘겨 자라 있고 기와지붕 위에도 무성히 푸른 풀이 자라 유령의 집처럼 음산하고 괴기스러웠다.

시가지 쪽에서는 밤마다 하늘을 찢는 듯한 둔탁한 총소리가 들려왔고 엄마는 대문을 굳게 잠근 채 낮에도 아이들을 집 안에만 가두어놓았다. 다락 속에서 숨어 지내는 아버지는 밤이 되어야 방으로 내려왔다. 엄마는 아버지에게 자주 수군거렸다. 도둑들이 끓는대요. 피란 간 집 문을 뜯고 들어가 식량이나 옷가지, 돈 될 만한 것은 모두 집어 간대요. 사람들이 무서워요. 점점 짐승들이 되어가는가 봐요.

그러나 아이들은 배가 고플 뿐이었다. 사람들이 없고 동무가 없어도 심심하지 않았다. 아주 오래전, 태어나면서부터 둘이서만 노는 데 길들여졌기 때문이었다. 두 아이는 쌍둥이였다. 부모 외에는 그 누구도 두 아이를 구별할 수 없이 똑같았다. 어쩌면 이렇게 똑같을까. 꼭 거울을 댄 것 같네. 네 얼굴을 보려면 재를 봐라. 때론 부모조차 구별을 하지 못했다.

엄마는 언제나 각각 다른 빛깔의 옷을 입히곤 했다. 똑같이 잘난 신랑 구해 한날한시에 시집 보내겠어요. 한 아이가 똑같이 신고 있던 검정 고무신을 벗어 잡은 개미를 넣었다. 갑자기 담 밖으로 여럿이 어울린 발소리가 들려왔다. 곧이어 대문이 덜컹거렸다. 잠겼던 판자 대문이 간단히 밀어젖혀지고 서너 명의 사내가 마당 안으로 들어섰다.

한낮의 정적 속에 느닷없이 침입한 낯선 사내들에 놀란 아이가 고무신을 그대로 벗어둔 채 엄마를 부르며 마루로 뛰어갔다. 남은 한 아이는 본능적인 공포로 마당 귀퉁이 변소로 뛰어 들어가 문을 잠갔다. 변소 문의 성긴 판자 쪽 틈으로는 ㄱ 자의 안채가 환히 보였다.

사내들은 신을 신은 채 성큼성큼 마루로 올라갔다. 저마다 손에 곡괭이와 쇠 지렛대 같은 것을 들고 있었다. 방문 앞에 엄마의 얼굴이 비치는가 하더니 비명 소리가 들려왔다. 계집애는 엄마에게로 가야 한다고 생각했다. 그러나 더 큰 공포가 변소 문고리를 잡은 손을 단단히 잡고 놓지 않았다. 사내들이 방을 나와 부엌 쪽으로 가자 머리에서 피를 쏟으며 기어 나온 엄마가 그중 한 사내의 바짓가랑이를 잡았다.

사내는 간단히 엄마를 향해 곡괭이를 찍었다. 잠시 후 쌀자루와, 무엇인가로 퉁퉁해진 보퉁이를 둘러메고 거짓말처럼 사라졌다. 계집애는 그제야 변소 문을 열고 나왔다. 조용했다. 하얗게 튀어 오르는 햇살이 가득한 마당, 죽은 듯한 정적 속에 벗어놓은 두 짝의 검정 고무신만이 덩그러니 놓여 있을 뿐이었다. 어디 있니? 어서 나와. 그 자리에 선 채 계집애는 동생의 이름을 가만히 불렀다.

아침 겸 점심을 대강 먹고 있던 그 여자의 귀에 문밖에서 가늘게 흐느끼는 울음소리가 들려왔다. 기진한 울음은 환청처럼 이어지고 간간 문 두드리는 소리도 들리는 듯했다. 그 여자는 전쟁이 일어나자 군의관으로 징집되어 나간 남편이 불시에 찾아들 듯한 예감으로 채 피란을 나가지 못하고 빈집을 지키고 있던 터였다.

한동안 망설이다가 그 여자는 판자를 대고 못질을 한 창문의 한쪽 틈으로 밖을 내다보았다.

문 앞에서 조그만 계집애가 주저앉아 울고 있었다. 거리에는 개미 새끼 하나 얼씬거리지 않았다. 하루에도 몇 차례씩 벌어지는 시가전은 느닷없고 예고 없는 것이었기에 미처 피란을 못 가고 남아 있는 사람들은 죽은 듯 기척을 죽이고 안에 숨어 밖에 나올 엄두를 내지 못했다.

그 여자는 황급히 아이를 집 안으로 끌어들이고 문을 잠갔다. 뉘 집 아이인지, 어떤 경위로 문 앞에서 울고 있는지 그 여자는 알 수 없었다. 아이는 간혹 흐느낌을 잦히며 배가 고파,라고만 말했다. 아이에게 밥을 먹이고 눈물과 먼지가 뒤범벅된 얼굴을 씻기고 머리를 빗긴 후에야 그 여자는 아이의 얼굴이 전혀 낯설지 않음을 알아차렸다. 남편 친구의 쌍둥이 딸 중의 한쪽이라는 것을 생각해낸 것이다. 그 여자는 자신의 기억이 흐린 것을 나무랐지만 또한 그것은 당연한 것이었다.

아이를 마지막으로 본 것은 근 일 년 전쯤이었고 아이들은 나날이 다르게 자라기 때문이었다. 해방 이태 후 그 여자의 집에 남편의 학교 동창이라는 친구가 아내를 데리고 찾아왔다. 이북에 부모를 두고 젊은 부부만 월남해 왔다고 했다. 눈이 크고 목소리가 고왔던, 보육학교 출신의 아내는 그때 이미 봉긋이 배가 불러 있었다. 그들은 그 여자의 집에서 달포를 지낸 후 시의 변두리에 셋집을 얻어 나갔다.

얼마 안 되어 아내는 몸을 풀어 딸 쌍둥이를 낳고 남자는 중학교 교원으로 취직이 되었다. 남편과 친구라고는 해도 그닥 막역한 사이는 아니었던 듯, 그 여자의 집을 찾는 그들 부부의 발길이 차츰 뜨악해졌다. 한 달에 두어 차례씩 쌍둥이를 데리고 놀러 오던 아이 엄마의 발길이 그나마 뚝 끊기자 본래 성격이 그러한가, 아니면 이곳 생활이 그런대로 자리가 잡혀가는 모양이라고 그 여자는 섭섭한 마음을 애써 지웠다. 그리고 전쟁이 터졌다.

엄마랑 같이 왔니? 엄마는 어디 있지? 아버지는? 집에 무슨 일이 있었어? 다급히 묻는 어떤 말에도 아이는 무표정하게 고개를 저었다. 아무것도 기억하지 못하는가 보았다. 다섯 살짜리 아이 혼자 근 일 년 전에 엄마의 손을 잡고 오던 길을 더듬어 더욱이 포격으로 무너지고 사람의 자취 하나 얼씬대지 않는 거리를 지나 어떻게 시의 끝에서 끝까지 올 수 있었는지 그 여자는 알 수 없었다.

얼마나 많이 넘어졌는지, 피가 더께로 엉긴 무릎과 부르터서 물집 잡힌 작은 발에 약을 발라주며 말했다. 이젠 걱정 마라. 나랑 내일 네 집에 가보자. 그러나 정작 집을 나선 것은 시가전이 멎고 적군이 완전히 철수했다는 소식을 듣고서였다.

아이는 햇볕 가득한 마당에 부옇게 먼지를 쓰고 나뒹구는 두 짝의 검정 고무신만을 멀거니 바라볼 뿐 절대로 안으로 들어가려 하지 않았다.

아이를 남겨두고 안으로 들어가 그 여자는 부엌 앞에 쓰러진 여자와 다락 층계에 엎어진 남자, 마루에 엎드려 있는 여자아이의, 이미 얼굴을 알아볼 수 없이 부패한 시체를 보았다.

"누가 그런 끔찍한 짓을 했는지, 집 안에서 무슨 일이 벌어졌었는지, 어떻게 해서 어린 너 혼자 살아남아 우리 집까지 그 먼 길을 걸어왔는지, 누가 데려다주었는지, 종내 나는 알 길이 없었지만 너는 아무것도 기억하지 못했고 그 후로도 그 일에 대해 아무런 설명도 하지 못했다. 식량을 훔치러 도둑이 들었거니, 추측해보았을 뿐이지. 그런 일은 드물지 않았단다. 전쟁 때였고 피란 못 간 사람들 중 많은 사람이 굶어 죽었고 목숨을 부지한 사람들도 모두 부황기로 누렇게 부어 있었지. 너를 맡아 기르며 네가 그날 집에서 있었던 일을 비롯해서 네 부모, 늘 붙어 있던 쌍둥이 자매, 집의 기억을 완전히 잊은 것을 나는 얼마나 다행스럽게 생각했는지 모른다. 온전히 내 자식으로 만들고자 하는 욕심 탓만은 아니었다. 그 끔찍한 장면을 보았다는 업(業)을 지니고 평생을 어찌 편안히 살기를 바랄 수 있겠느냐."

어머니는 기진한 듯 벽에 등을 기대고 눈을 감았다.

밤이 퍽 깊었다. 가끔 집 앞을 지나가던 발짝 소리도 끊긴 지 오래였다. 한결 깊어진 어둠과 한기를 피해, 불빛을 찾아 모여든 날벌레들이 펄럭이며 형광등 주위를 맴돌았다. 밤이 깊어지자 조금씩 불기 시작하는 바람이 마당의 몇 그루 나뭇가지를 쇄애쇄애 약한 소리로 흔들었다.

"누가 왔니? 문 아직 안 걸었지?"

눈을 감고 꼼짝 않고 앉았던 어머니가 문득 물었다.

문을 잠갔던 기억이 분명하건만 은수는 신을 끌고 마당으로 내려섰다. 누군가 와 있는 듯한 느낌이 들었던 것이다. 잠긴 빗장을 가만히 벗기고 은수는 어둠에 묻힌 골목을 내다보았다.

깜깜한 길모퉁이를 돌아서면 아, 불현듯 햇볕 쨍쨍하게 밝은 대낮이고, 낯익은 거리의 끝에서부터 조그만 계집애 하나가 걸어오고 있다. 어느 먼 곳으로부터 오는 것일까. 신은 어디에 벗어둔 걸까. 한 발짝씩 타박타박 내딛는 것은 바알간 맨발이다.

알아볼 수 없이 무너진 거리, 전쟁의 포격으로 인적 하나 없이 텅 비고 죽어버린 거리를 아이는 무심한 얼굴로 걷는다. 아이는 걷다가 가끔 무언가 뒤를 끌어당기는 것, 안타깝게 부르는 소리를 들은 듯 뒤돌아보지만 역시 아무도 없다. 아이는 자기가 가야 할 곳을 알지 못하는 것처럼 떠나온 곳도 기억하지 못한다. 다만 가냘픈 생명 속에 깃들인 무서운 본능이 이끄는 대로, 끊일 듯 끊일 듯 한가닥 희미하게 남아 있는 기억의 끈을 찾아 한 걸음씩 옮겨놓는 것이다.

하얗고 뜨겁게 내리쬐는 햇볕 아래 줄곧 땀이 흘러내리는데도 자꾸만 춥다는 느낌이 드는 이유를 아이는 알지 못한다. 다만 길을 자꾸자꾸 걷노라면 기억의 끝머리쯤에서 작은 목조 이층집이 나타나더랬다는 것을 알고 있을 뿐이다. 사람들이 돌아오지 않는 빈집의 무성히 자란 잡초 속에서 날아오는 흰나비 한 마리 팔랑이며 앞서 날고 아이는 그것을 잡으려는 손짓으로 잠깐 두 팔을 내젓다가 다시 걷는다.

오라, 나의 어린 넋이여, 바람 되어 떠도는 넋이여, 하염없는 그리움 잠재우고 이제는 돌아오라.

[1982]

작가의 말

『유년(幼年)의 뜰』 이후 1984년도까지 쓴 작품들을 모았다. 살아 있음으로 인해 부단히 치뤄내야 하는 안팎의 싸움이 결코 나만의 것은 아닐진대 홀로 눈 밝은 듯 비장해지지 않았던가. 홀로 의롭다고 외치지 않았던가 하는 물음을 깔고서라도 이 책의 행간에는, 삶은 의무라는 명제에 갇힌, 내 속의 숨은 욕망, 삼십대 후반을 흐르는 나이의 몰래 내쉬는 탄식, 어찌할 수 없는 한숨이 서려 있어, 모든 글은 어차피 자전적(自傳的)인 것이 아니겠는가 변명도 해본다. 모자람과 남루함을 굳이 감출 생각도 없고 또한 그것이 가능한 일도 아니다. 한마디 말로 천 냥 빚을 갚을 수 있고 재치 있는 임기웅변으로 사지(死地)에서 목숨을 구할 수도 있다고는 하나 문학 행위란 자신과 적나라하게 진실의 그림자조차 볼 수 없는 것이리라. 결국 나는 내 글이 드러낸 보이는 바 그 이상도 그 이하도 아닌 것이다. 소설을 쓰고, 책으로 묶어내고 하는 등 일련의 행위로 내게 부닥쳐오는 문제들이 사라지거나 해결되는 것이 아니라 그것은 그것대로 유보, 유예의 시간으로 남는 다는 것을 알면서도, 물살 험산 개울에서 징검다리 돌 하나 얻은 듯, 책을 내게 된 것이 기쁘다.

이 가을, 가진 것도, 잃을 것도, 아무것도 없다라는, 가난한 자의 필사적인 용기로 조금쯤 스산하고 표표해져 있는 내게, 글을 써야 한다는, 그것이 내 몫의 축복받은 일임을 암암리에 일깨워주시는 분들께 진정 감사할 따름이다.

두려워하지 않고 부끄러워하지 않고, 깊어가는 사랑에 연서(戀書)를 쓰듯 소설을 써야 하리라.

1986년 9월

오정희

오래전에 쓴 자신의 소설들을 읽는 일에는 어느 정도 용기가 필요했지만 그것은 참 이상하고 특별한 경험이기도 했다. 과거로의 시간 여행인 듯 그 소설들을 쓰던 당시의 주변 정경, 한 문장 한 문장을 마음을 다해 써나갈 때의 정황 즉 생생히 살아나는 나의 모습과, 책을 낼 때마다 후기라는 형식을 빌려 토로했던 도저한 결의와 문학에의 열정, 안타까움 들에 쓸쓸해지기도 하고 미소가 지어지기도 했다. 글을 쓰면서, 글을 읽고 생각하면서, 글로 인해 괴로워하면서 행복하고 고마운 인생이고 세월이었다.

다시 읽어보면서 지금이라면 조금 달리 쓸 것 같은 내용과 표현 들이 더러 짚어지기는 했으나 대체로 그때의 그 자리에 그대로 두기로 했다. 이미 지나온 길이고 그렇게 쓸 수밖에 없었던 당시의 최선을, 나 자신을 인정하자는 생각이었다.

첫 창작집을 낸 이래 오랜 세월 문학과지성사는 늘 내게 정다운 곳이었다. 다만 순정한 마음으로, 따뜻한 배려와 후의에 감사할 뿐이다.

2017년 12월

오정희